Ariadne Krimis: Inwiefern anders?
Ariadnes Spezialität ist spannender Lesestoff mit literarischem *und* aufrührerischem Anspruch. Für uns muss ein *guter* Krimi folgende Kriterien erfüllen: Der Suspense muss auf mehreren Ebenen stattfinden. Also nicht nur: wer hat gekillt bzw. wird er oder sie überführt?, sondern zusätzliche Rätsel, Fragen, Unklarheiten, Gefahren, Ängste und Nöte. Der Erzählkosmos darf keine heile Welt sein, die nur durch ein einsames Verbrechen gestört und mit der Lösung des Falls wieder blitzsauber wird – vielmehr zieht ein guter Krimi seine Spannung auch aus den Lücken, Grauzonen und Fehlern herrschender Moral und Rechtsvorstellung. Gerade hier sehen wir die Herausforderung einer zeitgemäßen Krimikultur: eingängig und spannend Geschichten zu erzählen, die gesellschaftliche Widersprüche und Ungerechtigkeiten ausleuchten, Zweifel an kulturellen, moralischen, sozialen Selbstverständlichkeiten wecken, kritischen Argwohn gegenüber den gängigen Glücks-, Erfolgs- und Wohlstandsversprechungen schüren, zum Misstrauen gegen blinde Ideologien, Dogmen und Normen anregen.

Ariadne Krimis neigen zum Subversiven. Dass Frauen darin stets die Hauptrollen besetzen, war vor zwölf Jahren ein mittlerer Skandal, heute stehen wir damit nicht mehr so allein. Dass die Hälfte unserer Protagonistinnen Sex mit Frauen bevorzugt, ist schon weniger gängig und entspricht dem Off-Mainstream-Anspruch der Ariadne Krimis. Die Heldinnen und Antiheldinnen sind meist Figuren, die an den üblichen Rollenmustern rütteln und neue Wege zu gehen versuchen. Bei den deutschsprachigen Autorinnen suchen und fördern wir diejenigen, die mit dem Genre experimentieren, über den Tellerrand spähen, sich dreist auf neues Terrain wagen. Krimis sind für uns eine Art Widerstandskultur. Das muss man natürlich nicht genauso sehen, man kann auch einfach die spannenden Bücher genießen, die wir verlegen.

Zu diesem Buch
Die Stuttgarter Journalistin Lisa Nerz recherchiert für eine Story über den Mord an einem Lehrer. Prompt pfeift ihr Chef, dessen Gattin am selben Gymnasium unterrichtet, sie zurück. Doch so leicht lässt Lisa Nerz sich nicht ausbremsen, und sie entdeckt schnell, dass es bei diesem Mord kaum um die Affekthandlung eines Schülers gehen kann. Vielmehr wittert sie einen Zusammenhang mit einer Strafanzeige, bei der es um Videoproduktionen und Minderjährige geht …

Christine Lehmann, geboren 1958 in Genf und wohnhaft in Stuttgart, hat bereits drei Lisa-Nerz-Krimis veröffentlicht. Neben der Hardboiled-Schiene schreibt sie »Soft-Krimis«, wie sie selbst sie nennt, und Romane. Lehmann pflegt einen wundervoll eigenen Stil : realitätsscharf, gefühlsecht, souverän und sarkastisch.

Christine Lehmann

Harte Schule

Ariadne Krimi 1157
Argument Verlag

Ariadne Krimis
Herausgegeben von Else Laudan
www.ariadnekrimis.de

Ähnlichkeiten mit lebenden oder toten Personen
sind nicht beabsichtigt und wären rein zufällig.

Deutsche Originalausgabe

Glashüttenstraße 28, 20357 Hamburg
Telefon 040/4018000 – Fax 040/40180020
www.argument.de
Lektorat & Satz: Iris Konopik
Umschlaggestaltung: Else Laudan
Druck: Oldenbourg Taschenbuch GmbH, Kirchheim
Gedruckt auf säure- und chlorfreiem Papier
ISBN 3-88619-887-1
Erste Auflage 2005

1

Chefredakteur Hermann Elsäßer stand an der Kaffeemaschine, biss auf seiner Pfeife herum und kontaminierte den Kaffee mit drei Pillen Süßstoff. »Frau Nerz, wie Sie wissen, unterrichtet meine Frau am Paul-Häberlin-Gymnasium.« Elsäßer war sonst nicht der Mann, der den Verheirateten herauskehrte. »Also machen Sie bitte keine große Geschichte draus.«

Ich nahm Zucker. »Woraus denn?«

Er kraulte sich den Vollbart. »Irgendein Deutschlehrer ist ermordet worden. Und behandeln Sie mir die Volontärin pfleglich!«

Volontärin Isolde Ringolf saß in meiner Zelle im Großraumbüro des *Stuttgarter Anzeigers* auf meinem Stuhl vor meinem Bildschirm und surfte durch die Agenturmeldungen. Der Duft von Laura Biagottis Venezia harmonierte mit einem orangeroten Leinenblazer, einer beigefarbenen Seidenbluse und einem braunen Wickelrock mit orangeroten Streifen. Sie war blond. Auf dem Näschen saß ein randloses Titanmodell. Sie war hochintelligente unter dreißig, und ich hatte sie jetzt für einen Monat am Hals.

»Was wissen Sie über das Paul-Häberlin-Gymnasium?«

»Paul Häberlin«, sagte sie, »war ein Pädagoge und Philosoph, ein Existenzialist. Er entwickelte eine Ontologie von Individualität ...«

»Was auch immer das ist.«

Isoldes Augenbrauen rutschten hoch. »Ontologie? Die Lehre vom Sein.«

»Ich meine Individualität.«

Sie lächelte spöttisch. Als ich nach meiner Lederjacke griff, nahm sie einen karamellfarbenen Kamelhaarmantel vom Haken.

»Und wo wollen Sie hin?«, erkundigte ich mich.

»Ich dachte, wir ...«

»Wissen Sie, was eine Blondine mit zwei Gehirnzellen ist?«

Sie runzelte die Stirn.

»Schwanger.«

Hinter den entspiegelten Gläsern brodelte blaues Gift. Ich meldete uns im Sekretariat zur Recherche ab und hielt meiner schönen, verstockten Begleiterin die Türen auf, die sich uns auf dem Weg zum Parkplatz entgegenstellten. Ihr »Danke« klang wie Zitronenbonbons mit Vitamin-C-Zusatz.

Die Büsche, die kostbaren Parkplatz wegnahmen, waren wie verglast. Von jedem Blatt schmolz tropfend das Eis, um auf dem Asphalt sofort wieder zu gefrieren. Isolde rutschte. »Der da?«

»Darf ich vorstellen«, sagte ich, »das ist Brontë. Und das ist Isolde.«

Isolde lutschte an einem kleinen Lächeln, durchaus anerkennend. Brontë wirkte weniger begeistert. Sie war ein vierzig Jahre alter Porsche 356 B 1600 Super 90 – hochzeitsweiß mit nuttenroten Ledersitzen –, den ich mir hatte zulegen müssen, nachdem Emma, mein Golf Cabrio, an einem Apfelbaum bei Reutlingen an der Schwäbischen Alb ihr Leben ausgeknistert hatte. Ich hätte mir auch ein fabrikneues Cabrio leisten können, aber ich habe ein Faible für alte Damen. Auch wenn Brontë grätig war wie eine alte Katze. Erst wollte sie die Tür nicht öffnen, dann nadelte sie uns Kaltluft ins Gesicht. Isolde raffte den Kamelhaarmantel und überlegte laut: »Brontë? Nach welcher der drei Brontë-Schwestern ist die hier benannt?«

»Keine Ahnung. Sie verrät mir ihren Vornamen nicht. Aber vielleicht haben Sie ja mehr Glück.«

Isoldes titanleichter Brillenblick rasterte mein Profil, legte es unter der Rubrik ›mutwillig originell bis verrückt‹ ab und resümierte: »Mein Freund legt seinen Oldtimer im Winter still. Einen Benz.«

Ich gab Brontë die Hundert auf der Schnellstraße nach Degerloch. Das intelligente Verkehrsleitsystem suggerierte sonniges und trockenes Wetter. Stuttgart eiste unter grauen Wolkenschichten zwischen entlaubten Hängen im Talkessel. Wir mussten längs hindurch, vom Südwesten in den Norden. Münster liegt hinter der Müllverbrennungsanlage, eingequetscht zwischen Bahnlinie und Neckar und nördlich beschnitten vom Schnarrenberg. Hier wurde eifrig und eng gewohnt. Es gab eine Bankfiliale, eine Post, eine Apotheke, ein Rathaus, aber kein Zentrum. Das Paul-Häberlin-Gymnasium gruppierte seine dreigeschossigen Plattenbauten oben an der Bahnlinie um einen Lehrerparkplatz und einen kleinen Schulhof. Das Aufgebot an Polizeiautos hatte etliche Anwohner zu einem spontanen Gang zum Bäcker animiert.

Die Glastür des Haupteingangs hatte einen Sprung. Der Geruch nach feuchten Jacken, Turnschuhen und Putzmitteln weckte tief sitzende Beklemmungen. Wenn unsereiner früher durch menschenleere Schulgänge eilte, dann war etwas schief gegangen. Andernfalls saß man hinter den Türen im Unterricht oder rempelte durch Pausenmassen.

Ich steuerte die Treppe an. Lehrerzimmer und Rektorat lagen immer irgendwo oben. Grünpflanzen in einem Hydrokübel mit Sitzgruppe im zweiten Stock zeigten an, wo Eltern zu warten hatten, die zur Lehrersprechstunde erschienen. Das Lehrerzimmer verwehrte Unbefugten den Zutritt mit einem Türknauf. Das Rektorat hatte jetzt, zwischen den Pausen, etwas von Pausenstimmung. Am Tisch hinter der Holztheke trank eine voluminöse Sekretärin mit gespitzten Lippen und abgespreiztem kleinem Finger Kaffee aus einer Mokkatasse. Sie suchte den Blick durch beschlagene Brillengläser.

»Guten Morgen«, sagte Isolde. »Wir sind vom *Stuttgarter Anzeiger*. Könnten wir wohl den Herrn Rektor sprechen?«

»Der hat anderes zu tun.«

»Dürfen wir dann hier auf Herrn Otter warten, Frau Bluthaupt?«, erkundigte sich Isolde höflich. Wie ein guter Staubsaugervertreter hatte sie sich die Namen auf dem Türschildchen gemerkt. Der Kamelhaarmantel schmiegte sich um ihr Figürchen an das zerratzte Holz der Theke. Unter dem Saum lugte der Rock hervor, darunter schimmerten Seidenstrümpfe. Die Pumps hatten an den Fersen kleine Nieten.

»Tun Sie, was Sie nicht lassen können«, sagte Frau Bluthaupt und wandte sich Papieren zu. Stühle gab es im Vorzimmer nicht. Schüler sitzen sowieso den ganzen Tag.

»Sie halten die Stellung«, flüsterte ich Isolde zu. »Ich bin gleich wieder da.«

»Aber …«

»Oder wollen Sie im Auto warten?«

Isolde schnaufte.

Der Rektoratsgang endete an einem Fenster zu einem hinteren Schulhof. Gegenüber klotzte eine Turnhalle, die rechts durch einen Seitenflügel mit dem Haupthaus verbunden war. Der Zaun zum öffentlichen Fußweg hatte was von Raubtiergehege. Unten rotteten sich Uniformierte und Zivilisten um einen abgedeckten Körper. Ich treppelte die zwei Stockwerke hinab. Der Gang, der unten an einer Glastür endete, war mit rotweißen Bändern gesperrt und wurde von einem Schutzpolizisten bewacht.

»Ist Oberkommissar Weininger schon da?«, fragte ich.

Weder meine Frage noch meine Lederjacke oder die Narbe in meinem Gesicht passten zu dem, was sich der Bulle unter einer Lehrerin vorstellte. Seine Antwort war diplomatisch. »Das weiß ich nicht.«

Ich entzog mich seinem Blick um die nächste Ecke in den Verbindungstrakt zur Turnhalle. Die Klassenzimmertüren lagen einander gegenüber. Ich klinkte links die nächste auf. Dahinter war es überraschend finster. Im Schein der offenen Tür starrten mir zwei Dutzend Kinder entgegen. Neben einem Filmprojektor ahnte ich die Gestalt des Lehrers. Auf der Leinwand vor der Tafel wurde gerade der brasilianische Regenwald abgeholzt. »Jede Minute verschwindet eine unserer Lebensgrundlagen auf einer Fläche von vierzig Fußballfeldern.« Schon zu meiner Zeit hatte der Sprecher so unerbittlich geklungen.

»Polizei«, sagte ich noch tadelnder und marschierte durch den Regenwald zu den Fenstern, die mit schweren Vorhängen verhängt waren. Ich suchte nach einem Lichtstrahl, fand den Schlitz, öffnete ein Fenster und stieg aufs Fensterbrett. Gelächter flackerte auf. Auch die heutige Jugend war noch mit ganz einfachen Dingen zu erfreuen. Ehe ich in den Schulhof sprang, hatte ich Christoph Weininger ausgemacht. Er neigte zu weißen Socken, die vor der schwarzen Plane blitzten.

»Ich kann dir nichts sagen«, sagte er.

»Brauchst du auch nicht. Warum liegt die Leiche noch hier?«

»Glatteis. Der Leichenwagen steckt im Stau. Es sind wieder alle Hausfrauen mit Sommerreifen losgefahren und haben sich quergestellt.« Er blies in die rot gefrorenen Hände und steckte sie dann in die wattierte rote Weste. Christoph war ein kleiner Schlägertyp mit stoppeligem Schädel und einem Gesicht zwischen Biergemütlichkeit und Strafbarkeitsvermutung.

»Wer hat ihn gefunden?«, erkundigte ich mich.

»Der Hausmeister und eine Turnlehrerin, heute früh beim Aufschließen, gegen halb acht.«

Ich hätte gern die Plane angehoben. Aber die Spurensicherung ließ niemanden mehr ran. Der Tote lag kopfseits an einem sechseckigen Blumenkübel aus Beton, in dem ein kahles Bäumchen kümmerte. »Wie ist er gestorben?«

Christoph hob die breiten Schultern. »Möglicherweise ausgerutscht und rückwärts gegen den Kübel gefallen.«

»Das klingt nicht nach Mord.«

»Dazu kann ich nichts sagen.« Christoph blinzelte an mir vorbei. Eine Frau stürzte auf uns zu. In Regenjacke, Jeans, Turnschuhen und mit dem mausgrauen Kurzhaarschnitt über dem Backpflaumengesicht schien sie seit Jahrzehnten erpicht darauf zu beweisen, dass sie der Abteilung bester Mann war.

»Was machen Sie hier? Wer sind Sie?«

»Nerz.« Ich senkte meine Stimme um eine halbe Oktave. »Hat man Sie nicht informiert? Ich bin der Stuntman. Dezernat für aktionsorientierten Lokaltermin, DALT, im Volksmund Stuntmen genannt. Wir stellen den Tathergang gerichtsverwertbar nach, sobald es der materielle Befund erlaubt. Ich kann nichts dafür. Die Idee stammt von unserem rührigen Polizeipräsidenten. Wir sind beim Referat Ärztlicher Dienst angesiedelt. Versuchsphase. Ich sollte einen Blick auf die Angelegenheit hier werfen. Und wer sind Sie?«

Christoph drehte sich schnell weg und machte sich fremd.

»EKHK Beckstein. Und Sie verpissen sich! Verarschen kann ich mich selber.«

Erste Kriminalhauptkommissarin also, Leiterin des Dezernats 1.1 für Tötungsdelikte und Todesermittlungen, das war neu. Eine wackere Frau, die ihre Untergebenen mit ihrer physischen Gegenwart beglückte und sich nicht zu schade war, eigenhändig nach einem Streifenpolizisten zu winken, der mich abführte.

Mit dem Klingeln zur Pause erschienen an den Fenstern zum Hof Gesichter. Die Gänge waren plötzlich voll von Orange, Giftgrün und DDR-Blau mit weißen Streifen und viel Nabelfrei. Die jungen Türken in gestreiftem Adidas mit Messern in den Taschen. Die Lans in weißen Hosen mit zu Krönchen und Kränzchen gegelten Farbstoffhaaren, bei ihnen die Schminkmädels mit quellendem Busen und so knappen Hüftjeans, dass der Stringtanga rausguckte. Den Skatern hingen die Hosen von den Hinterbacken, der Hosenboden in den Kniekehlen. Hin und wieder ein Skin mit Springerstiefeln, ein Punk mit Hahnenkamm, ein Gruftie ganz in Schwarz und Samt. Was war das nur für ein Rektor, der den Unterricht voll durchziehen ließ, während der Deutschlehrer auf dem Schulhof erkaltete.

Die Glieder des Lehrkörpers, die im zweiten Stock aschgesichtig dem Lehrerzimmer zueilten, waren schon reichlich gichtig, keiner unter fünfzig. Da fiel es auf, dass der albinoblonde Mann im grauen Zweireiher, der, gefolgt von Isolde, aus dem Rektorat kam, kaum die vierzig erreicht haben konnte.

»Wie gesagt«, sagte er, »ich muss erst einmal das Kollegium informieren.«

»Aber natürlich«, antwortete Isolde. »Wir warten gern.«

Otter war ein pigmentarmes Prachtexemplar von einem breitärschigen Jungkarrieristen, der außer einer Topausbildung in Menschenführung und dem richtigen Parteibuch noch ein Schweinsgesicht ins Amt einbrachte. Wieder einmal wäre ich gern Mäuschen im Lehrerzimmer gewesen. Wenn Isolde behauptete, sie warte gern, war sie keine Journalistin. Jetzt wollte sie auf dem Schulhof Jugendliche befragen.

Ein Junge, gerade mal elf oder zwölf Jahre klein, sprang uns auf der Treppe entgegen und fuhr just in dem Moment, da er zwischen uns durchhuschte, die Ellbogen aus. Mich traf er an der Brust. Auch Isolde japste. Ich erwischte ihn am Kragen. Sein Maul feixte noch, aber seine Augen weiteten sich schon. Kurzerhand fasste ich ihm in den Schritt.

»He, was machen Sie denn da!«, rief jemand von unten.

Der Bub riss sich los. Eine Lehrerin stieg mit fliegenden Grauhaaren die Treppe hinauf. Isolde war auffällig sprachlos.

»Wir wollen zu Herrn Otter«, sagte ich.

»Das Rektorat befindet sich aber oben.« Die Lehrerin machte graue Augen hinter den Brillengläsern und zupfte am violetten Halstuch. Sie war dem, was sie gesehen hatte, sprachlich im Moment nicht gewachsen. Überdies fantasiert jeder Mensch, der dazu verdammt ist, sich als Lehrer auf die Gewalt des Wortes zu beschränken, zuweilen von handgreiflicher Zurechtweisung der Rabauken. Isolde und ich kehrten um und fanden zwischen den Grünkübeln Platz. Mit dem Klingeln zum Pausenende erschien Otter.

»Frau äh Ringolf. Von welcher Zeitung waren Sie doch gleich noch mal?« Er öffnete die Tür zum Sekretariat und dann das zu seinem Büro.

»Das ist meine Kollegin Lisa Nerz«, hechelte Isolde hinterher.

Otter eroberte seinen Schreibtisch. Der Stuhl dahinter machte ihn optisch größer. Wir nahmen auf Stühlen davor Platz. Isolde schlug die Beine übereinander. Der Wickelrock klaffte, wie es sich gehörte. Otter nahm seinen glasigen Blick an die Kandare. »Wie gesagt, ich kann Ihnen auch nichts sagen. Wir sind entsetzt und schockiert über diese feige Tat. Herr äh Marquardt war –«

»Dann war es Mord?«, unterbrach ich.

Otters Äuglein hielten es nur Bruchteile von Sekunden auf meinem Gesicht aus. »Wie gesagt, Frau äh Ringolf, Sie werden verstehen, dass ich zu diesem Zeitpunkt natürlich keinerlei Auskunft geben kann, um die polizeilichen Ermittlungen nicht zu gefährden. Herr Marquardt unterrichtete an dieser Schule Deutsch und Ethik seit nunmehr fünf Jahren. Er war ein engagierter Kollege. Ich habe seine Beförderung zum Oberstudiendirektor befürwortet. Er war ein sehr beliebter Kollege …«

»Bei wem?«, fragte ich. »Bei den Schülern oder bei seinen Kollegen?«

Otter blinzelte. »Die Türken gingen sogar zu ihm in den Ethikunterricht. Aber«, an Isolde gewandt, »das schreiben Sie bitte nicht, denn sonst steht morgen der Imam bei mir im Vorzimmer. Wir haben hier einen Ausländeranteil von dreißig Prozent.«

»Verstehe«, seufzte Isolde aus tiefster deutscher Seele. »Da ist die Gewaltrate sicherlich hoch.«

Otter versteifte sich. »Eine konsequente Erziehung zur Leistungsbereitschaft und Demokratie ist der beste Schutz vor politisch motivierter Gewalt. Ich darf wohl sagen, dass wir an dieser Schule bislang keine derartigen Vorkommnisse hatten. Diese erschütternde Bluttat ist für mich überhaupt nicht nachvollziehbar.«

Niemand verlangte von Otter, dass er einen Mord nachvollzog.

»Ist Herr Marquardt verheiratet?«, erkundigte ich mich.

»Nein.«

»War er schwul?«

Otter zog das Kinn an. »Wie gesagt, ich kann hier, selbst wenn ich es wüsste, aus Gründen des Persönlichkeitsschutzes über private Dinge natürlich keine Auskunft geben.« Er schaute auf die Uhr.

»Natürlich«, sprang ihm Isolde bei. »Wir haben ja auch schon viel von Ihrer kostbaren Zeit in Anspruch genommen. Allerdings hätten wir da noch eine kleine Bitte. Wäre es wohl möglich, ein paar Worte mit Marquardts Klasse zu sprechen? Ein paar Schülerstimmen würden das Bild abrunden.«

Warum war Isolde nur so darauf erpicht, mit Jugendlichen zu reden? Otter errötete, quetschte sich hinter seinem Schreibtisch hervor und ließ sich von Frau Bluthaupt, die sich auf allerhöchsten Stöckelschuhen in Zeitlupe zu den Stundenplanaushängen bewegte, sagen, wo die Klasse 8 b Unterricht hatte. Ich fragte mich, was Schüler von einem Rektor hielten, der immer rot anlief. Was er von Schülern hielt, offenbarte er Isolde beim Gang durch die Gänge. Rechtschreibung mangelhaft, Rechnen ungenügend. »Hätten wir bei Pisa mitgemacht, Deutschland wäre Letzter geworden.« In einer Zeit, da sich das Weltwissen in einem Jahr verfünffache, komme es auf die Grundlagen an und darauf, dass die Schüler das Lernen lernten. Otter setzte auf die Vermehrung von Datenträgern. Gleich bei Amtsantritt hatte er den EDV-Raum ausgebaut. Leider versagten die Rechner zuverlässiger den Dienst als ein Lehrer mit Burn-out-Syndrom. Isolde gab sich als Philosophin und Politologin zu erkennen. Ich trottelte hinterher und spielte mit dem Gedanken, ihr in den Nietenabsatz zu treten.

Otter atmete durch, ehe er die Hand mit dem Ring am kleinen Finger auf die Klinke einer Klassenzimmertür legte. Dann trat er schwungvoll ein und überraschte Madame Hoffmann mitten im Wort *il meurt*.

»Entschuldigen Sie die Störung. Hier sind zwei äh Damen von der Presse.«

Madame Hoffmann schob scharfen Protest auf ihr Gesicht, doch als ihr Blick auf mich fiel, wichen die Gesichtszüge erschrocken zurück. Manche Schöngeister konnten sich schlecht beherrschen, wenn sie die Narbe erblickten, die mein Gesicht spaltete.

Otter verabschiedete sich von Isolde mit eiligem Handschlag und schwitzte hinaus. Isolde ging zur Tafel hinüber. Ich blieb bei der Tür und lehnte mich gegen den Rahmen. Da Isolde bei der Lehrerin stand, musste sie nun auch etwas sagen.

»Ja, äh, ihr wisst doch alle, was euerm Deutschlehrer, dem Herrn Marquardt, zugestoßen ist.«

Die Schüler lümmelten.

»Ihr seid doch sicher alle sehr betroffen.«

Ich erhaschte den hellblauen Blick einer gefärbten Blondine in der zweiten Bank. Sie hatte einen Teint wie Milch und Zucker.

»Herr Marquardt war doch ein beliebter Lehrer«, krampfte Isolde weiter.

Neben der Aquamarinblondine saß eine dicke Brünette mit Ringen an jedem Finger und nabelfreiem Streifenwestchen. Sie starrte mich hemmungslos an. Die Grunge-Lady hinter ihr nahm verstohlen den Walkman aus den Ohren. Sie trug drei Lagen laufmaschiger, auf links gedrehter Strickpullover übereinander. Vier blankäugige Südländer in blauen Trainingsanzügen flegelten hinten.

»Wir möchten«, holte Isolde aus, »etwas über die schreckliche

Tat in der Zeitung bringen. Dafür brauchen wir noch ein paar Schülerstimmen ...«

Ich zog die Hand aus der Jackentasche und legte – unsichtbar für Isolde – den Finger an die Lippen. Die Aquamarinblonde runkste ihrer Nebensitzerin den Ellbogen in die Rippen. Die Grunge-Lady schaute sich um. Eine Mauer des Schweigens war im Nu hochgezogen.

»Oder habt ihr zu seinem Tod gar nichts zu sagen?«, mühte sich Isolde. »Lässt euch das denn völlig kalt?!«

Hinten stand einer auf, zog die Jacke vom Stuhl und schlappte nach vorne knapp an Isolde vorbei zur Tür.

»Wo willst du hin, Marko?«, fragte Madame Hoffmann alarmiert.

Der Junge zeigte bös gelichtete Vorderzähne, streifte mich mit der Schulter und knallte die Tür.

»Ich denke«, sagte die Französischlehrerin energisch, »Sie gehen jetzt. Es ist ohnehin eine Geschmacklosigkeit *extraordinaire,* was Sie hier treiben.«

Isolde drehte sich wortlos um. Ich hielt ihr die Tür auf. Während der Kamelhaarmantel an mir vorbeirauschte, zeigte ich der Klasse verstohlen den erhobenen Daumen.

»Sie sollten sich was schämen!«, sagte Hoffmann.

Die Blonde kicherte lautlos in ihre Nike-Jacke hinein.

2

Isolde schwieg ausführlich. Ich zwang Brontë auf der linken Spur zwischen Straßenbahndamm und einem Lastwagen hindurch. Isolde holte Luft. »Was habe ich denn falsch gemacht?«

»Zerbrechen Sie sich nicht Ihr schönes Köpfchen. Es war schon okay.« Die Riesenreifen des Lastwagens kamen Brontës Flanke bedrohlich nahe. »Natürlich hätten Sie Otter nicht die Antworten schenken dürfen ...«

»Und Ihre Frage, ob Marquardt schwul war, war natürlich superschlau. Was sollte er denn darauf antworten?«

»Er hat doch geantwortet. Er hat alles gestanden: seine Angst vor den Schülern, vor den Kollegen, vor sich selber. Marquardt war in seinen Augen ein Querulant. Otter wollte ihn wegloben. Wir haben nämlich Beförderungsstopp im Ländle. Otter benimmt sich wie einer, der die ganz oben auf seiner Seite weiß gegen sein eigenes Kollegium. Das dürfte Ihnen doch vertraut sein!«

»Wenn das eine Anspielung sein soll«, schnappte Isolde, »dass ich mit Herrn Elsäßer bekannt bin, dann ... dann möchte ich eines mal klarstellen –«

»Wenn Sie jemals Journalistin werden wollen«, unterbrach ich, »dann bringen Sie sich bei einem Thema nie selbst ins Spiel!«

»Was haben Sie eigentlich gegen mich?«

Ich lachte. »Streichen Sie das Ich aus Ihrem Wortschatz. Das Bedürfnis, als Mensch respektiert zu werden, ist eine schlechte Voraussetzung für die Unabhängigkeit der Presse.«

»Wenigstens habe ich es nicht nötig, andere Menschen wie Dreck zu behandeln.«

In der Redaktion räumte ich ihr die Hälfte meines Schreibtischs frei, besorgte ihr einen Stuhl und legte ihr Papier und Kugelschreiber hin. Selbstverständlich war sie es gewohnt, am Bildschirm zu arbeiten. Den Artikel über den toten Lehrer mit der Hand zu malen, bedeutete Rückfall in Zeit und Stil von Deutschaufsätzen. Sie hielt die Hand schützend übers Blatt. Dass sie sich drangsaliert fühlte, hinderte mich daran, den Stuhl samt der nach Venezia duftenden Intelligenz mit einem Fußtritt aus meinem Kabuff zu befördern.

Ich klickte mich im Computer durch die Agenturmeldungen. Das Land strich die Fahrtkostenzuschüsse für die Schüler. Entweder die Kommunen zahlten fürs Abo oder die Eltern, wenn sie die Kinder aufs Gymnasium schickten. Die Gewerkschaft Erziehung und Wissenschaft zeterte wieder einmal was vom Ende der Chancengleichheit.

Isolde hüstelte. »Ich habe da ein Problem. Was wissen wir schon? Sollte man nicht bei der Polizei anrufen?«

»Gratuliere. Sie haben so viele Waschmaschinen gewonnen, wie Sie tragen können.«

Die Leichtgläser blitzten. Ich korrigierte ihr Rechercheergebnis im Telefonbuch in Richtung Landespolizeidirektion II. Isolde konnte nicht wissen, dass die LPD I fürs Umland zuständig war. Da sie die Angewohnheit hatte, die Gesprächspartner mit Namen anzureden, bekam ich mit, dass sie an den Chef der Pressestelle geraten war, der sich als Bollwerk gegen die öffentliche Neugierde verstand, vor allem wenn er Volontäre am Ohr hatte.

»Aber, Herr Käfer …« Isolde malte Quadrate aufs Papier. »Sie gehen doch offenbar von einem Gewaltverbrechen aus.« Sie füllte die Quadrate schwarz aus. »Ich will doch bloß wissen, ob es Mord war …« Sie versah die Quadrate mit Nasen. »… meinetwegen ein Tötungsdelikt …« Die Nasen wurden lang und krummer. »Ich meine …« Die Nasen bekamen Warzen. »Na gut, dann warten wir eben die Pressemitteilung ab.« Sie knallte den Hörer aufs Gerät.

Elsäßer verdunkelte den Eingang meines Kabuffs und erkundigte sich, ob er die Damen zur Recherche ausführen dürfe. Schwer zu sagen, wen es mehr erleichterte, die Dame oder den Herrn, dass ich den Mittagstisch ablehnte. Isolde knüllte ihr Blatt in den Papierkorb. Kaum waren sie und ihr Parfüm weg, fischte ich es wieder heraus. Sie hatte eine schwungvolle Handschrift.

»Im Paul-Häberlin-Gymnasium im Stadtteil Münster wurde heute Morgen die Leiche des Deutsch- und Ethiklehrers Marquardt aufgefunden …« Aufgefunden, jawohl! Isolde brauchte nicht erst ein Polizeifax als Vorlage.

Ich kramte Christoph Weiningers Nummer aus meinem Karteikasten und rief im Dezernat an. Er senkte sofort die Stimme. »Nicht jetzt. Ruf gegen sieben wieder an.« Was war EKHK Beckstein nur für ein Besen? Es war absurd, so ein Geheimnis um einen toten Deutschlehrer zu machen. Ich erwog, meinen Oberstaatsanwalt zu aktivieren. Dr. Richard Weber leitete zwar die Abteilung für Wirtschaftsdelikte und lehnte Mord ab, aber ihn verband mit Christoph eine uralte Feindschaft, deren wahre Ursache ich noch nicht hatte ergründen können. Die Aussicht,

Christoph zu schaden, konnte ihn locken. Mir zuliebe mischte er sich auf keinen Fall in fremde Ermittlungen ein. Doch: »Herr Weber ist in der Sitzung«, teilte seine Sekretärin Kallweit mit.

Ich legte die Füße auf den Tisch und rauchte. Seit zwei Jahren starrte ich mindestens ein Mal täglich ins Lochraster der Deckenverkleidung, das die Arbeitsgeräusche des Großraumbüros schlucken sollte. Die Löcher entzogen sich der räumlichen Fassbarkeit. Mal stachen sie als schwarze Punkte herab, dann wieder löcherten sie ins Unendliche. Stets warfen sie mir das Echo meiner Faulheit zurück. Was die Löcher schluckten, produzierte den nervösen Unterdruck für mein journalistisches Tun, doch was die Fläche reflektierte, lähmte meinen Diensteifer für das publizistische Interesse meines Arbeitgebers. So sorgte das Haus dafür, dass ich meinen Platz in der Welt jederzeit bestimmen konnte.

Als Isolde vom Essen zurückkam, hatte ich den inneren Frieden wieder. Auf ihrem Gesicht glänzten Reste ranghöherer Gespräche. Ich überging das »Mahlzeit« und erbot mich, Kaffee zu holen. Vermutlich hatte Isolde mir meine niedere Herkunft längst angesehen und fand die Welt wieder auf die Füße gestellt, als ich mit zwei Bechern Kaffee anschwappte. Inzwischen war auch das Fax von der LPD II gekommen. Es war noch nicht lange her, da hatte man aufgehört, die Polizeiberichte mit Schreibmaschine und Tipp-Ex zu verfassen, und sich einem Textverarbeitungsprogramm anvertraut. Mit dem Briefkopf experimentierte man noch. Mal wieherte das Wappenpferdchen des lokalhistorischen Stutengartens, mal warfen abgerundete Ecken Schlagschatten. Der journalistischen Einfallslosigkeit kam man mit einer schwungvollen Mischung aus Polizeideutsch und reißerischem Lokalzeitungsstil entgegen.

»Eine grausige Entdeckung machte R. Treiber, der Hausmeister des Paul-Häberlin-Gymnasiums, als er am Mittwoch, den 1. Februar um 7.15 Uhr den hinteren Schulhof aufschloss ...«

Isolde schob die Haare hinters Ohr. Die kleinen Diamantstecker waren recht konventionelle Ware, vermutlich ein Geschenk ihres Freundes, der seinen Oldtimer im Winter stilllegte. Sie seufzte.

»Den könnte doch jeder erstochen haben. Zum Beispiel eine eifersüchtige Freundin.«

»Erstochen also, aber Freundinnen morden selten.« Ich konnte meine feministische Vergangenheit nicht verleugnen.

»Ich meine ja nur«, sagte Isolde. »Es müssen nicht unbedingt Schüler gewesen sein.«

»Wären Ihnen Schüler lieber?«

»Natürlich nicht!« Sie nagte an der Unterlippe. »Soll ich jetzt einfach nur das Fax abschreiben? Und wozu waren wir dann heute früh in der Schule?«

»Weil Elsäßer mir verboten hat, eine große Geschichte draus zu machen, mit Rücksicht auf seine Frau.«

»Ach so, ja.« Isolde blinzelte. »Aber wenn man den Artikel nun so aufziehen würde, wie wir es erlebt haben? Betroffenheit bei den Lehrern, Sprachlosigkeit bei den Schülern?«

Ich fragte mich, wie sie den Anschlag des Skaters auf ihre Brust schildern würde. »Nicht zu vergessen, Otters Verdacht gegen die Türken!«

»Da wäre ich vorsichtig.«

»Mit Rücksicht auf die Türken? Oder auf Otter? Oder auf Ihr Verhältnis zu Elsäßer? Wem schulden Sie am meisten Political Correctness?«

»Wenn Sie glauben, dass ich Angst ...!«, fuhr Isolde auf.

»Oh nein«, sagte ich milde. »Aber meinen Sie nicht, Sie sollten sich klar darüber sein, wen Sie in die Pfanne hauen wollen, die Schüler oder die Lehrer?«

»Ich will selbstverständlich niemanden in die Pfanne hauen!«

»Warum nicht?«

»Sie wollen mir doch nicht unterstellen, dass ich –«

»Wenn Sie also auf Objektivität bestehen«, sagte ich lächelnd, »meinen Sie nicht, es wäre unverfänglicher, auch mit Rücksicht auf die Wünsche des Chefredakteurs, wenn Sie sich an den Polizeibericht hielten?«

»Also gut.«

»So viel zum pädagogischen Unsinn sokratischer Fragen. Trauen

Sie nie einem Lehrer, auch wenn er sagt, dass er es gut mit Ihnen meint.«

Hinter den Titanzwischenstücken glomm ein blauer Funke auf. Sie wollte meinen Job nicht, aber sie war entschlossen zu beweisen, dass sie ihn eher verdiente. Sie war jung und weiblich und eine Bekannte Elsäßers. Wer zuletzt lacht …

Ich überließ ihr mein Kabuff und ging die Kollegen stören. Als ich nach anderthalb Stunden zurückkam, stand mein Karteikasten offen, und Isolde schrieb, über ihren Terminplaner gebeugt, Telefonnummern ab. Ich riss ihr, ehe sie aufschaute, ihr Büchlein unterm Kugelschreiber weg. Sie fuhr auf. Mit einem zweiten Griff ratschte ich den gesamten Adressteil aus den Ringen und warf ihr den Terminplaner entgegen, als sie aufsprang. Das lederne Buch hüpfte ihr aus den Händen unter den Tisch. Als sie wieder hochkam, hatte ich schon das Feuerzeug unter die Adresszettel gehalten und ließ das Bündel in den Aschenbecher fallen. Fassungslos sah sie zu, wie der Aschenbecher in Flammen aufging.

»Telefonnummern«, sagte ich, »erarbeitet sich jeder Journalist selber. Ich hoffe, Sie schreiben besser, als Sie stehlen. Wo ist der Artikel über den Schulhofmord?«

»Der ist … Maier hat ihn abgesegnet … Sie waren ja nicht da!«

In meinem Hirn funkte es. Aber der Spannungsbegrenzer verhinderte, dass die Sicherung durchknallte. Ich schloss meinen Adresskasten in den Schreibtisch und begab mich ins Archiv hinab.

Dort herrschte in feuerfesten Kunstlichträumen Karin Becker über die hauseigenen und bundesweiten Presseerzeugnisse und das Munzinger Archiv. Die Jungfer legte die Schere auf die *Leipziger Volkszeitung* und füllte einen Kaffeebecher.

»Paul-Häberlin-Gymnasium«, sagte ich.

Becker ging an die Hängeregister. »Das PHG wurde in den Fünfzigern gegründet und in den Siebzigern erweitert. Starker naturwissenschaftlicher Zug, obgleich der damalige Rektor Philologe war, ein Dr. Karl August Hauff. Er ging vor sechs Jahren in Pension. Sein Nachfolger heißt Wilhelm Otter. Hat alle Staatsexamen mit Eins absolviert und ist der Schwager des Kultusministers.«

»Oh!«

Becker lächelte knittrig fein. »Karl Kraus hat damals den Artikel geschrieben. Einer seiner letzten Arbeiten für den *Anzeiger*. Ich würde sagen, er hat wie üblich vor dem dicken Ende gekniffen, gell.«

So auch im Privatleben. Krk hatte mir im Rahmen einer heftigen Affäre seinen Tisch und Job beim *Stuttgarter Anzeiger* überlassen und war als Fotograf zum *Motor-Magazin MM* gewechselt. Dort schien er endgültig unter die Räder gekommen zu sein. »Haben Sie mal wieder was von ihm gehört?«

Becker dankte mir mit einem Lächeln für den Hinweis, dass die Affäre längst vorbei war, und blätterte in den Zeitungsschnipseln der Mappe. »Da schau her. Vor zwei Jahren verschwand ein Schüler, zwölf Jahre, ein Kurde namens Selim Ögalan, auf dem Nachhauseweg. Die Ermittlungen in türkischen Kreisen brachten genauso wenig wie die in Skinheadkreisen. Im letzten Jahr wurde ein Skinhead aus dem PHG zu zwei Jahren Haft verurteilt, weil er zusammen mit einem Jungen von der Carl-Benz-Schule auf dem Hallschlag Steinplatten von der Reinhold-Mayer-Brücke in Münster auf Obdachlose geworfen hatte. Glücklicherweise kam keiner zu Schaden. Die Namen der beiden Burschen wurden aus Gründen des Jugendschutzes nicht veröffentlicht.«

»Gestern wurde der Deutschlehrer Marquardt vermutlich ermordet.«

»Oh.« Becker nestelte eine Haarsträhne in den Dutt zurück und setzte sich an den Computer. Seit Jahren schon bemühte sich eine einsame Hilfskraft, das gesamte Archiv einzuscannen und mit Recherche-Modi zu versehen. Die Jungfer Becker, hochkonzentriert im bläulichen Widerschein des Bildschirms, war immer noch ein ungewohnter Anblick für mich. Dabei bewahrte sie, trotz der Unerschrockenheit gegenüber futuristischer Technik, die zarte Würde einer früh verknitterten Fünfzigerin in blauem Faltenrock und rosafarbener Bluse, die beim abendlichen Kräutertee den kastrierten Kater streichelte und von Kreuzfahrten mit einem distinguierten Herrn träumte.

»Da haben wir's«, meldete sie. »Jürgen Marquardt hat nämlich mit seinen Schülern das Stück *Was heißt'n hier Liebe?* von der Roten Grütze inszeniert. Die Aufführung sollte kurz vor Weihnachten stattfinden, aber der Hauptdarsteller erschien nicht, ein gewisser Marko Vasiljevic, fünfzehn Jahre.«

Musste das ein Gekicher gewesen sein. Wie brachte man pubertierende Kinder dazu, auf der Bühne von Masturbation in Bubenzeltlagern und Orgi dem Orgasmus zu erzählen? Der Vorbericht zur Premiere war reich bebildert. Marko war derselbe, der heute früh die 8 b verlassen hatte. Die Aquamarinblonde hieß Steffi Bach, vierzehn Jahre. Marquardt lächelte vollbärtig in die Kamera wie einer, der sich berufen fühlte, wozu auch immer. Die Notiz, die Ruth Laukin nach der geplatzten Premiere verfasst hatte, offenbarte den ganzen Unmut der gelackmeierten Lokaljournalistin.

»Und noch was«, sagte Becker. »Eine Schülerin namens Birgit L. – Name von der Redaktion geändert – wirft dem Deutsch- und Ethiklehrer des PHG sexuelle Belästigung vor. Das war im letzten August. Er soll sie in den Sommerferien angerufen und sie bekniet haben, mit ihm zu verreisen. Zwei Tage später gibt die Polizei bekannt, das Mädchen habe sich in Widersprüche verwickelt und schließlich eingeräumt, den Vorwurf erfunden zu haben, um die Aufmerksamkeit des Lehrers zu erregen.«

»Eieiei.«

»So was kommt in den besten Schulen vor«, sagte Becker. Sie hüstelte. »Ich … ich hätte mich beinahe wegen eines Lehrers umgebracht.« Sie sah mich mit ihren liebebedürftigen Augen an. »Es war der Lateinlehrer, ein Mann mit schiefen Schultern, unverheiratet, aber wenn er lächelte, sah er so bübisch aus, und er sang wunderbar, mit hoher reiner Stimme. Eines Tages war ich einmal spät dran und ging nachmittags mutterseelenallein durch das große leere stille Schulhaus. Da sah ich plötzlich den Lehrer, meinen göttlichen Lehrer, zusammen mit dem Sohn vom Hausmeister. Ich weiß nicht, was ich gesehen habe, aber es war so schrecklich, dass ich heimging, einen Abschiedsbrief schrieb …«, sie lächelte schief, »… einen sehr schwülstigen, und den Rest aus der Spiritusflasche trank. Es war nur ein kleiner Rest, und so konnte ich den Abschiedsbrief noch vernichten.«

Ich ging bei Ruth Laukin vorbei, die mir bestätigte, dass der Bericht über die Theater-AG auf Betreiben Marquardts zustande gekommen war. Er habe mehrmals angerufen und sie nebenbei für sich zu interessieren versucht und für seinen Kampf gegen den Rektor, der die Deutschergänzungskurse für ausländische Schüler strich zugunsten eines forcierten Ausbaus der EDV-Einheiten. »Er fühlte sich politisch behindert«, resümierte Laukin. »Der reine Verfolgungswahn. Jedenfalls berichte ich nie wieder über ein Schülerprojekt, bevor es abgeschlossen ist!«

Isolde saß immer noch in meinem Kabuff und surfte durch die Agenturmeldungen. Es war sechs Uhr.

»Feierabend«, sagte ich.

»Ich dachte, Redaktionsschluss ist um acht. Allerdings müsste ich heute ausnahmsweise mal um sieben gehen. Mein Freund und ich, wir wollten in die Oper ...«

»Gehen Sie!«

»Hören Sie, es tut mir wirklich Leid, das vorhin. Ich dachte ... ich wollte nur die Handynummer des Pressesprechers von Daimler-Chrysler ...«

»Stehen Sie auf!«

Sie hob die Brauen.

»Sie sitzen auf meinem Stuhl.«

Isolde lächelte, als gelte es, das ganze Opernpublikum auf meine gelbstrümpfige Lächerlichkeit hinzuweisen, stand auf, langte nach dem Kamelhaarmantel und prallte im Umdrehen gegen einen Herrn in maßgeschneidertem braunem Dreiteiler mit gestreifter Krawatte, der einen kuhdungbraunen Trenchcoat über dem Arm trug.

»Darf ich vorstellen: Isolde Ringolf, Volontärin. Oberstaatsanwalt Dr. Richard Weber.«

»Angenehm«, sagte Richard. »Habe ich Ihren Namen nicht schon in der *Süddeutschen Zeitung* gelesen?«

Isolde wurde souverän. »Ich möchte den Journalismus gewissermaßen von der Pike auf lernen, bevor ich die Pressestelle von TVCinema übernehme.«

»Eine interessante Aufgabe«, bemerkte Richard.

»Ich hoffe, dass ich ihr gewachsen bin«, sagte Isolde.

»Daran besteht kein Zweifel«, antwortete er, »vor allem, wenn Sie durch die Schule von Frau Nerz gegangen sind und sie überlebt haben.«

Isolde lachte heftig. Richard wandte sich mir zu. »Wann bist du hier fertig?«

Das Du brachte Isoldes Ohren in Lauscherposition. Doch statt still die falschen Schlüsse zu ziehen, hielt sie den Staatsanwalt für den richtigen Mann, ihm vom Schulhofmord zu berichten. »Und stellen Sie sich vor«, schwärmte sie, »das lässt die Schüler völlig kalt.«

Richard runzelte die Stirn und zog eine gelbe Schachtel American Spirit aus der Jacke. Er missbilligte nicht die Sprachlosigkeit der heutigen Jugend, sondern jegliche Begeisterung für Leichen. Er schätzte weder meinen Beruf noch meine Umgangsformen noch meinen Kurzhaarschnitt. Sein Frauenbild – das Zentrum jeder männlichen Existenz – erlitt ständig neue Säureattacken.

Da er den Mantel schon überm Arm trug, war er nicht direkt zu mir gekommen, sondern hatte vorher bei Elsäßer vorbeigeschaut, wahrscheinlich um für Samstag ein Tennismatch im Club zu verabreden. Mit Sicherheit war er über den Toten auf dem Schulhof bereits bestens unterrichtet.

»Danke, ich rauche nicht«, sagte Isolde.

Richard lächelte väterlich und zündete eine Zigarette an. Isolde wusste nicht, wohin mit dem Mantel, und suchte nach einer tragfähigen Konversation.

»Schluss für heute«, sagte ich noch einmal.

»Mein Freund holt mich erst um sieben ab«, teilte sie Richard mit. »Kurt Holzer, vielleicht kennen Sie ihn. Er arbeitet bei TVCinema im internationalen Verkauf.«

Richards Mimik wurde eine Spur wacher.

»Er kennt zumindest einen Kollegen von Ihnen«, plapperte Isolde weiter. »Herrn Fuhr. Aber natürlich nicht dienstlich.« Sie lachte.

»Verpiss dich!«, flüsterte ich ihr von hinten ins Ohr.

Sie fuhr herum. »Wie war das eben?!«

Ich winkte Fliegen scheuchend Richtung Tür.

Sie straffte sich, raffte den Mantel an sich. »Das muss ich mir nicht bieten lassen! Nicht von Ihnen. Was kann ich dafür, dass Sie es nicht zu mehr gebracht haben als zu einer kleinen Lokaljournalistin?!«

Und weg war sie. Richard löschte die Kippe in meinem Aschenbecher. »Glücklicherweise ist Elsäßer schon gegangen.«

»Keine Sorge«, sagte ich. »Die konserviert ihren Zorn über Nacht und verlangt morgen meine Entlassung.«

»Was hat sie dir denn getan?«

»Oh! Es ist immer wieder erhebend zu erleben, wie unverbrüchlich du zu mir hältst.«

»Ach weißt du, es ist doch stets eine rhetorische Herausforderung, Elsäßer davon zu überzeugen, was für eine fähige Kraft er mit dir verlieren würde, auch wenn es keinerlei objektive Belege dafür gibt. Übrigens ...«

»Nein, sag es nicht!«

»Was den Schulhoftoten betrifft ...«

»Was geht dich das an?«

»Könntest du dich in dieser Sache ausnahmsweise noch ein wenig zurückhalten?«

»Wieso? Hinterzieht Otter Steuern? Veruntreut er Gelder des Vereins der Freunde des PHG? Hat er einen Schulcomputer für den Privatgebrauch abgezweigt?«

»Du wirst verstehen, dass ich dazu im Moment keinerlei Stellungnahme abgeben kann.«

»Hat Otter Marquardt umgebracht?«

»Lisa, das ist kein Scherz. Einer ist schon tot.«

Wenn ich da einen Anflug von Sorge heraushören wollte, so war der Nachgeschmack auf jeden Fall bitter. Richard ärgerte sich nämlich über zwei Anrufe. So hatte sich die ermittelnde Staatsanwältin Meisner erkundigt, ob der Auftritt eines Beamten aus einer sonderbaren Abteilung für aktionsorientierten Lokaltermin am Tatort auf seine Initiative zurückgehe, und sich jegliche Einmischung verbeten. Außerdem hatte Pressesprecher Käfer angerufen und ihn gebeten, seinen Einfluss beim *Stuttgarter Anzeiger* geltend zu machen, damit wir uns auf den protokollarischen Fünfzeiler beschränkten. Solches Ansinnen stand Richards Berufsethos entgegen. Nur ungern nahm er die Schmälerung seiner juristischen Selbstherrlichkeit hin.

»Und was habt ihr beschlossen, du und Elsäßer?«, erkundigte ich mich.

»Er war der Meinung, dass sich die Berichterstattung auf das beschränkt, was die Polizei mitteilt. Frau Ringolfs Artikel entspricht diesen Kriterien vollkommen.«

»Gratuliere.« Ich stand auf und langte ihm nebenbei an den Sack. Er wich behände aus.

»Um neun im *Tauben Spitz*«, sagte ich. »Bis dann.«

3

Der Stuttgarter *Tatort* dreht seine Polizeiszenen gern im Funkhaus. Aber nicht einmal ein Funkhaus aus den Siebzigern ist abgelatscht genug, um die Wahrheit über die Landespolizeidirektion II zu erzählen. Die graue Kaserne in den Weinhängen am Pragsattel wirkte auch ohne Stacheldraht am Tor wie ein Gefängnis, wenngleich es in der Kantine, die ich zum zweiten Fahrstuhl durchquerte, auch abends noch nach Gurkensalat roch.

Christoph saß kurzärmelig bei offenem Fenster im kalten Zigarettenrauch im Büro der Soko Marquardt. Die fünf weiteren Arbeitstische wirkten wie fluchtartig verlassen.

»Aber ihr dürft noch ermitteln?«, fragte ich.

»Wieso?« Christoph zündete sich eine Zigarette an.

»Nach meinen Informationen gibt es Kompetenzstreitigkeiten zwischen den Abteilungen Gewaltverbrechen und Wirtschaftskriminalität in der Staatsanwaltschaft.«

»Um die Politik kümmert sich Beckstein. Dafür wird sie bezahlt.«

»Gehört es zur Politik, nicht einmal den Pressesprecher zu informieren? Was Käfer mitgeteilt hat, war ein Witz. Nichts über den Todeszeitpunkt, nichts über die Tatwaffe. Ich lasse mich nicht gern verarschen.«

»Ich auch nicht.« Christophs Augen hatten die Farbe von Beton. Was er außer einem rhythmischen Aufreihen von Scheinwerfern auf der Pragkreuzung draußen sah, blieb mir dunkel. Endlich blickte er mich an. »Marquardt wurde gestern Nacht getötet, schätzungsweise zwischen halb neun und halb zwölf.«

»Also definitiv kein Unfall auf eisglattem Schulhof.«

»Er ist zwar mit dem Hinterkopf auf den Blumenkübel gefallen, aber die postmortalen Klugscheißer haben außerdem einen winzigen Einstich in der Brust gefunden. Jemand hat Marquardt einen langen nadelförmigen Gegenstand ins Herz gestoßen.«

»Eine Haarnadel? Wie altmodisch.«

»Nein. Eine Spritze, aber eine mit einem Durchmesser von eins Komma fünf Millimeter. Die Länge ist nicht genau feststellbar, weil es am Herzen explosionsartige Zerstörungen gab, sagen die Leichenfledderer. Es ist kaum Blut aus der Wunde getreten. Der Stich erfolgte durch Pullover, Hemd und Unterhemd hindurch. Es musste zunächst so aussehen, als sei Marquardt ausgerutscht. Allerdings mit runtergelassenen Hosen.«

»Oh!«

»Wenn du mich fragst: Es sieht nach einer Beziehungstat aus.«

»Und warum dann diese Hektik bei höheren Stellen?«

Christoph hob die breiten Schultern. »Ich bin nur der kleine Fahnder, der die Puzzlestücke sammelt.«

»Und was sagen die noch?«

»Zum Beispiel, dass eine Unmenge Leute auf dem Schulhof die dünne Eisschicht zertrampelt haben, die uns sonst allerlei hätte erzählen können. Dem Hausmeister und der Turnlehrerin kann man nicht übel nehmen, dass sie Spuren hinterließen, aber der Vandalismus der Schutzpolizei ist unbegreiflich.«

»Gab es einen Kampf?«

»Die Leiche weist zumindest keine Blutergüsse oder Hautabschürfungen auf. Allerdings kann man nicht ausschließen, dass Marquardt vielleicht ein paarmal gestoßen wurde. Er war dick angezogen. Übrigens deutet vieles darauf hin, dass er sich die Hose selber runtergezogen hat.«

»Seine Notdurft hätte er doch wohl besser auf dem Bubenklo verrichtet.«

»Es ist gar nicht so selten, dass Leute ihrem Unmut gegen Personen oder Institutionen Luft machen, indem sie prominente Plätze verschmutzen.«

»Seine Genitalien sind unversehrt?«

Christoph bekam ein Gesicht ähnlich dem, das Frauen machen, wenn sie dem Partner das Wesen der Menstruation erläutern. »Nun, Marquardt hatte da eine kleine Anomalie. Sein Penis ist verkrümmt wie ein Haken. So was kann man im Prinzip operativ korrigieren lassen, aber oft trauen sich die Männer nicht, damit zum Arzt zu gehen. Sie reden mit niemandem darüber, verzichten oft ihr ganzes Leben lang auf Sexualität oder weichen auf abnorme Praktiken aus.«

»Was hat Marquardt eigentlich gestern Abend noch in der Schule gemacht?«

»Er hatte –«

Die Tür platzte auf, Christoph duckte sich, und EKHK Beckstein trat ein. »Sie schon wieder!«

»Ich tue auch nur meinen Job«, sagte ich. »Leider ist Herr Weininger wenig kooperativ.«

Beckstein stemmte die Beine in den Boden. »Herr äh ...?«

»Nerz.«

»Wer hat Ihnen eigentlich die Anweisung gegeben, bei uns rumzuschnüffeln? Der Polizeipräsident mit Sicherheit nicht. Und der Psychologe aus dem Haus auch nicht. Wer also dann?«

Christoph schnaufte. »Dr. Weißenfels ist wirklich für jeden Schwachsinn gut.«

»Soooooo! Weißenfels also!«

Ein Hauch Schnee weißte die Fußwege. Über den Hallschlag fuhr ich nach Münster hinab. Teerschwarze Nacht stieg aus dem Neckar auf.

Das Haupttor des PHG war verschlossen. Ein Pfad führte zwischen Haupthaus und einem verwilderten Grundstück zur Bahnlinie. Er wurde von zwei Funzeln erleuchtet. Die dritte war kaputt. Der Raubtierzaun zum hinteren Schulhof war gut zwei Meter hoch und hatte ein Wärtertörchen. Ein solches Törchen befand sich auch am vergitterten Bolzplatz hinter der Turnhalle. Beide waren abgeschlossen. Ich turnte hinüber und sprang in den Schulhof. Am mittleren der drei sechseckigen Betonkübel war Marquardt gestorben. Morgen ödeten sich hier wieder Schulkinder an.

Plötzlich flammten Lichter im Verbindungsflügel zwischen Haupthaus und Turnhalle auf. Ich warf mich in den Schatten eines Stützpfeilers der Turnhalle. Das Licht flutete zwei Räume im unteren Stockwerk. Eine ältliche Frau mit dem Dutt der praktizierenden Christin am Hinterkopf trat von einem Hörsaal, in dem die Stuhlreihen anstiegen, in die Physiksammlung und wandelte zwischen Rolltischen mit Versuchsanordnungen herum. Ich huschte näher. Die Alte hantierte hexenhaft gebeugt mit einem Bunsenbrenner hinter einem verbeulten Bandgenerator.

Ich trat ans Fenster. Sie blickte hoch, griff nach einer Coulombschen Kugel, ließ die untaugliche Waffe dann aber liegen, strich das graue Kleid glatt und öffnete das Fenster. Ich zeigte meinen Presseausweis. »Es ist lange her, dass ich all diese physikalischen Folterinstrumente gesehen habe.«

Sie strich das dünne Haupthaar zum Dutt zurück. »Da draußen können Sie nicht bleiben. Wenn Sie der Hausmeister erwischt …« Sie kicherte. Ich stieg ein. Sie musterte mich flink. »Gott, Sie sehen ja aus wie ein Zombie. Wer hat Ihr Gesicht so verwüstet?«

»Ein Autounfall.«

»Hm. Übrigens, ich heiße Schneider. Möchten Sie einen Tee?«

Das Wasser sprudelte auf einem Dreifuß über dem Bunsenbrenner. Die Alte holte zwei Bechergläser aus dem Schrank und hängte Teebeutel hinein. Ihre Nase war spitz und weiß, die Augen lagen tief in den Höhlen unter einer breiten und hohen Stirn.

»Störe ich?«

Sie kicherte. »Natürlich stören Sie, mein Kind. Außerdem haben Sie mir einen jesusmäßigen Schrecken eingejagt. Gestern wurde da draußen ein Kollege ermordet. Aber deswegen schleichen Sie hier vermutlich herum.« Sie goss das sprudelnde Wasser über die Teebeutel. »Aber ich muss Sie enttäuschen. Ich habe nichts gesehen. Ich habe um acht das Licht ausgemacht. Da war Marquardt noch drüben mit seiner AG zugange. Ich bin über den Schulhof zum Törchen. Ich habe einen Schlüssel, damit ich den Hausmeister nicht immer bitten muss. Ich wohne da oben an der Bahnlinie. Mein Mann ist vor fünf Jahren gestorben.«

Sie stellte Zucker in einem Mörserschälchen auf den Tisch. Das Leben hatte ihre Lippen auf einen Strich reduziert, aber ein subversiver Optimismus verbog sie zu einem Lächeln.

»Was war Marquardt für einer?«

»Ich würde sagen, das kann Ihnen genauso egal sein wie mir. Abgesehen davon, ich kannte ihn kaum. Ich komme selten rauf ins Lehrerzimmer. Physikalische Versuche wollen gut vorbereitet sein, sonst tanzt Ihnen die Klasse auf der Nase rum.«

Auf einem der Rolltische war der Versuch mit dem Wagen aufgebaut. Das Wägelchen auf der waagrechten Schiene war über einen Strick und eine Rolle mit einem Gewicht verbunden, das lotrecht hinunterhing.

Schneider kicherte. »Natürlich funktioniert kein Versuch wirklich. Zwar müssen die Axiome durch Versuche gesichert sein und demzufolge wiederholbar. Aber das ist Theorie. Der Reibungsverlust bei dem Wagen ist viel zu groß, und meistens drücke ich zu spät auf die Stoppuhr. Eigentlich messe ich gar nicht mehr. Ich weiß, dass der Wagen in der doppelten Zeit den vierfachen Weg und in der dreifachen Zeit den neunfachen Weg zurücklegt. Die Strecke ist die halbe Beschleunigung mal Zeit im Quadrat. Wir ersetzen *a* gleich Beschleunigung durch *g* gleich Erdbeschleunigung …«

»Neun Komma acht eins Meter pro Quadratsekunde.«

»Schau an! Sie haben aufgepasst in der Schule.«

»Nee. Die Zahl steht auf dem Aufkleber hier unter der Schiene.«

Schneider lachte. »Es soll ja Physikkollegen geben, die sich das nicht merken können.« Sie wischte ein nicht vorhandenes Stäubchen vom Tisch. »Aber Sie interessieren sich wohl mehr für Deutschlehrer. Nun denn, er war engagiert, wie man so sagt. Einmal fragte er mich was wegen einer Astrologie-AG. Er hatte die vage Vorstellung, Astrologie hinge doch irgendwie mit Astronomie zusammen.«

Sie stellte das Zuckerschälchen wieder in den Schrank. Der Tee war ungenießbar bitter.

»Er war unruhig«, sagte sie vom Schrank her, »ein Mensch, der immer auf der Suche ist. Zuletzt hat er eine Esoterik-AG geleitet.«

»Hatte er Feinde?«

»Du meine Güte, jede Antwort darauf wäre eine Beschuldigung. Vorsicht! Kommen Sie dem Plattenkondensator nicht zu nahe. Da kann immer Spannung anliegen.«

Der Kondensator war mit dem verbeulten Bandgenerator verbunden.

»Der Generator dient dazu«, erklärte Schneider, »den Schülern zu veranschaulichen, dass man Arbeit verrichtet, um die Elektronen von einer Platte auf die andere zu bringen. Mittelstufe. In der Oberstufe geht es nun darum zu zeigen, dass die Feldstärke im Kondensator konstant bleibt, auch wenn man die Platten auseinander zieht, dass die Spannung aber zunimmt. Das ist genauso, wie wenn Wasser aus großer Höhe herabstürzt. Die Menge bleibt dieselbe, aber es klatscht mehr, je tiefer Wasser fällt.«

»Aber die Feldstärke?« Hatte ich eben noch gemeint, das Prinzip verstanden zu haben, so hatte das Wasser alles wieder weggespült.

Die Alte lächelte listig und wühlte aus einer Schublade ein Glühlämpchen mit Verbindungskabeln. »Passen Sie auf. Ich schalte die Glühlampe zwischen die Platten. Es leuchtet. Ich ziehe die Platten auseinander …«

Das Lämpchen glühte mächtig auf. »Hübsch.«

»Doch die Ablenkung«, fuhr sie fort und ließ eine kleine Kugel an einem Fädchen zwischen die Platten baumeln, »die eine negativ geladene Kugel in Richtung der positiv geladenen Platte erfährt, bleibt immer gleich, egal, wie weit oder eng die Platten stehen. Die Feldstärke bleibt demnach konstant.«

»Aha.«

»Vorsicht!«

Zu spät. Ein mordsmäßiger Schlag haute mich unter den Tisch. Ich verlor ein paar Sekunden.

Neben mir kniete die Alte und gab mir Klapse auf die Backe. »Und ich sag's den jungen Kollegen immer wieder: Lasst nie die Schüler nach vorne kommen, wenn ihr mit dem Plattenkondensator experimentiert. Da liegen schnell mal siebentausend Volt an. Unglaublich, wie wenig die Leute wissen, wo sie ihre Hände haben. Zum Glück sind Sie Rechtshänderin. Wäre der Strom durch die Herzseite geflossen, wären Sie jetzt tot. Da reichen schon ein paar Volt.«

Schneider half mir auf einen Stuhl. Meine Knie zitterten ernstlich. Sie diagnostizierte Schock, legte meine Füße hoch und redete allerlei auf mich ein: »Auch die Dauer, die der Strom durch den Körper fließt, entscheidet über Leben und Tod. Die Hitze zerstört die Muskelzellen, die Eiweißzerfallsprodukte legen noch Tage später die Nieren lahm. Dass manche von der Stromquelle nicht mehr loskommen, liegt daran, dass der Strom die Muskeln kontrahiert und dass die Handschließer stärker sind als die -öffner.«

Ich entdeckte die Strommarke auf der Kuppe meines rechten Mittelfingers, eine winzige Delle in der Haut, umgeben von einem kleinen weißen Wall aus geschmolzenen und verkürzten Hautfasern. Ich konnte mich jedoch beim besten Willen nicht erinnern, wie ich eigentlich in Kontakt mit dem Kondensator gekommen war. Schneider holte ihren Wintermantel aus einem Schrank und griff mir unter den Arm. »Geht's?«

Ich ignorierte das Muskelflimmern im rechten Arm. Durch den Physiksaal gelangten wir in den Gang und von dort durch die Glastür in den hinteren Schulhof. Die kalte Luft schüttelte mich aus dem Tran. Schneider schlüsselte uns durchs Törchen hinaus auf den Pfad. Eine trockene kleine Hand hibbelte in meiner. Die tief liegenden Augen huschten um den direkten Blick herum.

»Sie müssen mal auf einen Tee zu mir kommen«, kicherte sie, »falls Sie vor einer einsamen alten Schachtel keine Angst haben. Passen Sie auf sich auf. Sie stehen noch unter Schock.«

Sie ging fort in Richtung Bahndamm, klein und schief. Hatte sie wirklich versucht, mich umzubringen? Welche Ehre für eine Kröte wie mich.

Münster hatte sich unterhalb der Schule den schwäbischen Dorfcharakter bewahrt. Häuser und Gassen hielten sich an keine Linie, wie ein Kindergebiss vor der Zahnregulierung. Die Giebel spitzten ins nahtlos abschließende Dach. Wer dahinter lebte, gönnte sich nur ein einziges erleuchtetes Zimmer hinter runtergelassenen Rollläden. Garagen hatte man früher nicht gebaut. Heute fehlte der Platz. Entlang der Bahnlinie hatten sich Pfennigmarkt und Drogeriemarkt angesiedelt. Vor einer Eckkneipe lungerten drei Buben in Springerstiefeln und Blousons. Ich zitterte noch und lechzte nach etwas Wärmendem. Drinnen saßen am Fenster, das mit einer gelben Butzenscheibenfolie beklebt war, ein halbes Dutzend Grufties vor Gläsern mit Diesel. Schwarzer Samt, weiße Rüschen, schwarze Röcke, schwarze Lippen, weiße Gesichter, silberne Kreuze an Ohren und Hälsen. Unter den Tischen scharrten die Pikes, die tütenspitzen Schuhe der gotischen Denkungsart. Sie waren damit beschäftigt, Bierdeckel von der Kante hochzuschnippen und mit derselben Hand danach zu schnappen.

Der haarlose Wirt war hinter der Theke in etwas Zeitungsähnlichem mit vielen nackten Weibern versunken. Ich verlangte Kaffee. Er zog die Hausjacke über den Hinterschinken und angelte die Kanne von der Wärmeplatte.

»Frisch, wenn's geht«, sagte ich.

»Ebbes andres gibt's net.«

Die Goten hatten die Bierdeckeljagd unterbrochen. Unter ihnen befand sich ein Punk, dessen blauer Haarkamm schon etwas welkte.

»Cool!«, entfuhr es einem Mädchen. Mit leuchtenden Augen

vermaß sie Haken um Zacken die Narbe in meinem Gesicht. So was musste ihresgleichen erst mühsam im Pearcingstudio ritzen und pfeffern lassen, und dann sah es doch nie so antik aus.

»Geht ihr ins PHG?«, erkundigte ich mich. »Ich suche Steffi Bach und Marko Vasiljevic.«

Der Punk hob streitlustig das Kinn. Er hatte ein verzweifelt sensibles Gesicht, aufgezogen auf dem Schädel eines prinzipienstrengen Vaters.

»Oder wisst ihr was über Marquardts Tod?«, fuhr ich fort.

»Das waren die Faschos«, sagte der Punk. »Marquardt war ein linker Pfosten.«

»Was heißt das?«

»Fönt einen zu und rastet aus, wenn man peilt, dass alles nur Masche ist, um uns anzufummeln. Hat die Hand auf deiner Schulter und sagt, dein Problem lösen wir gemeinsam. Dann schleimt er zum Direx und plädiert für Schulausschluss. Sind Sie von der Bildzeitung? Worauf steht ihr? Ich weiß schon: Die gute alte Ohrfeige ist out, Kinderfick ist in. Na, wollen wir dieser Gesichtsfünf den Keller zeigen, wo der Jürgen mit den kleinen Jungs geparkt hat? Der stand nämlich auf Jungs. Sie auch?«

Ich war überfordert.

»Du bist doch voll behindert!«, keifte ihn das Mädchen an, das mich wegen meiner Narbe anschmachtete. »Marquardt konnte nichts dafür, dass dein Freund Wolle sich den goldenen Schuss gesetzt hat.«

Der Punk sprang auf. »Drogensüchtigen«, rezitierte er, »kann man nur helfen, wenn man sie völlig isoliert. Der Leidensdruck muss so groß sein, dass er freiwillig einen Entzug macht. Deshalb muss man jeden Kontakt zu ihm abbrechen, auch der beste Freund. Nur dass sich Wolle nichts eingebaut hat, rein gar nichts!«

Der Wirt schob seinen Bauch heran, besorgt, dass der Punk ihm auskommen könnte, ohne zu zahlen. Die Schwarzen begannen, Münzen aus ihren Geldbeuteln zu kramen, während der Punk Schmähreden aus seiner schmalen Lunge pumpte, bis ihn die Cavelady anschrie: »Nu schalt mal ab, Fickfehler!«

Der Junge drehte sich auf dem Absatz um und stolperte zur Tür hinaus. Ich dachte an die Faschos draußen und stürzte hinterher. Mit zitterndem Haarkamm und in knöchellangem Schottenrock stand das Kerlchen auf den Stufen, Auge in Auge mit den drei Gehsteigpanzern, und lachte. »Deutschland erwache. Hoch die Fäuste, ihr Affenarschficker.«

Die Faschos warfen die Zigaretten weg und machten sich breit. Die restlichen Gothics erschienen in der Tür. Damit war die Schlacht entschieden, ehe sie begonnen hatte. Es galt das einfache Prinzip acht gegen drei, und die Truppenentflechtung ging blitzschnell. Die Grufties schleppten Fickfehler mit sich, der verbal noch immer unter die Gürtellinie zielte, und verflüchtigten sich in der Dunkelheit.

Ich fand mich unversehens an einer Leihbücherei wieder, hinter der ein Park begann, der struppig und finster den Übergang in die sibirische Tundra machte. Ein eingefrorener Sandspielplatz mit vereisten Mutterbänken war das letzte Zeichen der Zivilisation. Dann irrte ich über eine schneebestäubte knüppelharte Wiese, deren Erdreich vermutlich auch im Hochsommer nur wenige Zentimeter tief auftaute. Nach fünf Tagen Wanderung leuchtete in der Ferne ein Licht. Eine Straßenlaterne. Doch ein Dickicht versperrte den Weg. Ich vernahm Stimmen. Hinter einem Busch glühten Zigaretten auf. Fünf Youngsters hockten auf der Lehne einer Bank neben einem Sandkasten. Ich erkannte Marko und Steffi. Unter Markos Jacke lappte das Holzfällerhemd hervor. Steffi bibberte im viel zu dünnen Nike-Jäckchen. Neben ihr saß nabel- und nierenfrei die dicke Brünette mit viel zu leichten, aber geburtstagsgeschenkneuen Chucks an den Füßen. Außerdem waren da noch ein hohlwangiger, pickliger Typ in Skaterhüfthosen und ein Milchbubi, dem wohl die Mutter noch die Noname-Jeans kaufte.

»Hi«, sagte ich. »Habt ihr mal Feuer?«

Marko glitt von der Banklehne und ließ die Flamme so dicht vor meiner Nase springen, dass ich zurückfuhr. Die Mädels kicherten.

»Okay, okay«, sagte ich und fragte mich, warum Erwachsene

immer glaubten, dem Slang der Kinder entgegenkommen zu müssen. Verblüfft stellte ich fest, dass ich mich erstmals als Erwachsene sah. »Okay. Ich bin nicht von der Polizei. Ich bin keine Lehrerin und nicht eure Eltern. Trotzdem bin ich nicht wie ihr. Ich bin ein Marsmensch, auch wenn ich nicht grün bin.«

Marko zeigte seine Zahnlücken. Steffi raffte die Kunststoffjacke. Die Dicke drehte an den Ringen.

»Auf dem Mars schwitzt man im Winter und friert im Sommer. Nachts trägt man Sonnenbrillen, und die Erzeugerfraktion geht bei den Kids in die Schule. Aber ich hatte keine Lust, mir von Kindern was sagen zu lassen, also bin ich auf die Erde. Hier haben Kinder nichts zu melden.«

Ich schämte mich, weil ich den Teens Märchen erzählte. Aber der Umgangsmodus zwischen sehr jung und nicht mehr ganz jung war alles andere als geklärt. Ihr Schweigen machte uns überheblich.

»Das wollte ich nur sagen.«

»Porno!«, bemerkte Steffi anerkennend.

»Du bist Steffi Bach, nicht wahr?« Trotz bester Vorsätze gelang es mir nicht, sie zu siezen.

»Und?«

»Freut mich, dich kennen zu lernen.«

»Dann kennst du sie ja jetzt«, sagte Marko und rückte breitschultrig vor.

»Und tschüs!«, sagte die Dicke.

»He, Moment mal«, fuhr Steffi auf. »Ich kann reden, mit wem ich will. Woher wissen Sie überhaupt, wie ich heiße?«

»Aus dem Zeitungsbericht über eure Theateraufführung.«

»Also dann.« Sie reichte mir mit frischem Blick eine gefriergetrocknete Hand. »Und der da, das ist Marko, der ist fett die Evolutionsbremse. Und das ist Birte ...«

Markos Hand kam aus der Jackentasche und war warm. An Birtes Händchen war jeder Ring ein eisiger Nadelstich. Der picklige Skater mit Hüfthose hieß Jöran und hatte in seiner Hand mehr Kraft, als man ihm ansah. Der Milchbubi dagegen besaß statt der Hand einen nassen Waschlappen.

»Was sollte das eigentlich heute Morgen in der Schule werden?«, fragte Steffi nun. »Warum sollten wir nichts sagen?«

»Es gibt solche und solche Journalistinnen.«

Birte starrte offenen Mündchens.

»Genauso wie es solche und solche Lehrer gibt. Zum Beispiel Marquardt.«

»Der Jürgen«, sagte Steffi, »war voll okay, ich schwör.«

»Und trotzdem habt ihr sein Theaterstück geschmissen.«

»Klar, das war voll übel. Aber da war diese Evolutionsbremse dran schuld.«

Marko versenkte das Kinn im Jackenkragen. »Das verstehst du nicht.«

»Ich bin zwar blond, aber wenn du langsam redest ...«

»*Ihr* habt doch den Jürgen angezeigt, nicht ich!«

»Ich doch nicht!«, keifte Steffi. »Das war die Birte. Ich schwör. Wenn er sie doch angefummelt hat.«

»Hat er nicht!«, knurrte Marko.

»Hätte aber sein können, wo Birte doch voll fett in ihn verknallt war.«

»War ich nicht!«, keifte Birte.

»Warst du wohl!«

Birte knallte Steffi unvermittelt die beringte Hand ins Gesicht, und Steffi kippte rückwärts ins Unterholz. Im Aufstehen riss sie Birte von der Lehne. Birte fäustelte und kreischte. Steffi schlug zurück. Marko packte Steffi am Kragen und warf sie in den Sandkasten. Sie sprang auf, schrie: »Mach das nie wieder!«, und stellte sich in das, was die meisten für eine Karateposition halten. Marko schnaubte Wolken und zeigte die abgeschlagenen Beißer. Wahrscheinlich sollte das ein Lächeln sein.

»Und warum«, fragte ich, »habt ihr die Anzeige dann wieder zurückgezogen?«

Die Mädels wechselten einen Blick, schon wieder als dicke Freundinnen.

»Auf Meineid steht Strafe«, teilte Steffi mit. »Außerdem hat sich der Jürgen voll korrega verhalten. Er hat sich hingestellt und gesagt, dass ihn jemand wegen sexueller Belästigung angezeigt hat und dass er gehen muss, wenn das wahr ist, und so. Und dann hat er gesagt, dass er schwul ist und nie was mit Mädchen anfangen würde.«

Marko ritzte mit der Stiefelspitze Kerben in den gefrorenen Sand.

»Okay«, sagte ich. »Und wer hat ihn umgebracht?«

»Die Brutalos vom Hallschlag«, antwortete Steffi prompt. «Ich schwör.«

»Nachts auf euerm Schulhof? Wie sind die denn da reingekommen?«

Steffi zuckte mit den Achseln. Aus den Mündern dampften Wolken.

»Oder die Türken?«, schlug ich vor.

»Aber«, sagte Marko, »nur wenn's ein Messer war.« Er stieß den Stiefel in den Sand. Wir husteten Staub.

»Hör auf damit!«, fauchte Steffi.

»Fick dich! Außerdem muss ich dann mal.«

Sofort sprang Jöran von der Bank. Birte rutschte hinterher.

»He!«, schrie Steffi. »Ihr könnt doch nicht alle gehen.«

Sie konnten. Steffi schüttelte mir eilig die Hand und rannte hinterher.

4

Nach Jahren unreflektierter Praxis war ich kürzlich darauf gekommen, dass ich mir immer dann eine Krawatte umband, wenn ich mit meinem Latein am Ende war. Ich hatte nur mittlere Reife. Aber man konnte nicht alles auf die Kindheit schieben, wenn mir auch aus irgendeinem Grund die Jugend jene Beziehungen vorenthalten hatte, die aus dem Kind Frau oder Mann machen. Weder Minirock noch Nadelstreifenanzug hatten mir später wesentliche Erkenntnisse über meine Identität beschert. Nur eines war sicher: Der weibliche Körper ist für Hosen ohnehin viel besser gebaut als der männliche. Und zu meiner Narbe konnte ich sogar zum dunkelroten Schlips rosa Hemden tragen, ohne dass Zweifel an meiner Männlichkeit aufkamen. Ein schwerer dunkelblauer Mantel mit Schulterklappen tat den Rest.

Ich fuhr mit der U-Bahn bis Charlottenplatz und stieg ins Bohnenviertel hinauf. In den Altstadtgassen kümmerten Designerboutiquen, Antiquitätenhändler und Nobelkneipen gleich neben dem Junkiestrich. Der *Taube Spitz* lag an der Grenze und gab sich als schwäbisches Weinlokal mit den besten Maultaschen der Stadt. Ich zwang eine Frau, die mir entgegenkam, allein mit meinem Blick dazu, mir aufs Straßenpflaster auszuweichen. Das funktionierte immer.

Neun war noch keine Zeit für den *Tauben Spitz*. Die Kulturelite kam erst, wenn die Versicherungskaufleute die Stammtische geräumt hatten. Hinterm Tresen wirtschaftete Sally. Sie winkte mir vom Zapfhahn aus zu. Eine weitere Bedienung gab soeben den Blick auf einen Tisch in der Ecke neben der Tür frei. Dort saßen Richard Weber und – mit dem Rücken zu mir – Isolde Ringolf. Servietten und Besteck waren bereits vom Holztisch verschwunden. Sie plauderten schon beim Viertele, zumindest sie, denn Richard hatte ein bierfarbenes Getränk vor sich stehen. Er grüßte mich so diskret, dass Isolde nichts merkte.

»Hi«, sagte Sally. »Dein Staatsanwalt wartet schon seit Stunden. Er hat schon sein zweites ›Sie wissen schon‹ bestellt. Ist was?«

»Nö.«

»Pass nur auf. Die Tussi geht voll ran.« Sally grinste und zog mit einem Tablett voller Wein- und Biergläser ab in die Stube. Sie hatte eine zuweilen peinliche Art, mein Schicksal in die Hand zu nehmen. Sie fühlte sich dazu berechtigt, seitdem sie mir das Leben gerettet hatte, als ich im Krankenhaus nach meinem Unfall unter einem Medikamentenschock abzuschiffen drohte.

»Schick siehst du aus«, sagte sie, als sie zurückkam. »Wie findest du meine Haare? Ich habe ein neues Mittel. Ich sage nur: Phytologie. Fass mal an. Die Leute sollen ruhig sehen, was für einen tollen Kerl ich habe.« Sie puffte ihre goldenen Locken auf. Das Geld, das sie für Haarpflege, Düfte, Make-up, Massagen und Pediküre ausgab, verdiente sie sich in drei Jobs zusammen. Daheim fütterte sie drei Katzen und eine altersschwache Schäferhündin. Ich war ein fester Bestandteil ihrer Menagerie, wenn auch ihre Heterosexualität über jeden Zweifel erhaben war.

»Nun geh schon«, sagte sie und gab mir einen Schubs. »Wie soll er denn diese Schnepfe loswerden, wenn du ihm nicht hilfst. Ich bring dir die Maultaschen.«

Auftritt Lisa Nerz.

Richard erhob sich höflich. Isolde drehte sich nichts ahnend um, verschob die Lippenstiftlippen zu einem spöttischen Lächeln und sagte mit gewissem Timbre: »Guten Abend.«

»Das war wohl nichts mit der Oper«, bemerkte ich.

»Kurt hatte leider noch im Geschäft zu tun. Aber Herr Dr. Weber war so freundlich, sich meiner anzunehmen, als ich auf dem Parkplatz stand wie bestellt und nicht abgeholt.«

Ihre Augen grubelten Knöpfe zählend an meinem dunkelblauen Dreiteiler herum. Richards milchkaffeebrauner Blick war dagegen gespickt mit Warnungen, die da lauteten: Halt bloß die Klappe!

Isolde übernahm die Konversation: »Vor zehn Jahren war ich das letzte Mal im *Tauben Spitz*. Ich bin ja gleich nach dem Abitur aus Stuttgart weg nach München. Wo haben Sie studiert?«

»Die Wahrheit ist«, sagte ich, »ich habe überhaupt nicht studiert. Ich versuche zwar, meine Minderwertigkeitskomplexe im Zaum zu halten, aber es gelingt mir nur selten.«

»Oh! Ich dachte, ein Volontariat bekommt man nur mit abgeschlossenem Hochschulstudium.«

»Ich habe auch kein Volontariat gemacht. Und ich kokettiere damit, dass ich nicht mal Abitur habe. Dafür habe ich eine Ausbildung zur Fremdsprachensekretärin und drei Jahre Berufserfahrung. Außerdem hatte ich den richtigen Liebhaber.«

»Ah!«

Sally kam mit dem Teller. »Einmal Maultaschen in der Brüh' für den Herrn. Was darf ich zum Trinken bringen?«

»Ein Pils.«

»'n guten«, sagte Isolde. »Bei uns daheim gab's Maultaschen immer freitags, mit viel Grün drin, damit der Herrgott nicht sieht, dass man Fleisch isst. Sie sind nicht von hier, oder?«

»Doch. Ich komme aus Vingen an der Schwäbischen Alb.«

»Ach, ich dachte nur, weil Sie koi Schwäbisch schwätze.«

»I ka's scho au, wenn es sein muss. Außerdem spreche ich Deutsch, Englisch, Französisch, Spanisch und Italienisch. Ein bisschen Protzerei muss halt sein, gell?«

Isolde lächelte. Es war nicht das erste Mal, dass mich Frauen aufmerksamer behandelten, wenn ich im Anzug steckte.

Sally brachte das Bier. Ich teilte die Maultaschen mit dem Löffel und fragte mich, wie lange Isolde brauchen würde, um auf den Punkt zu kommen. Zunächst ließ sie ihre Fähigkeiten spielen, zwei maulfaule Männer in eine Plauderei über Reisen und Restaurants zu verwickeln. Richard spielte mit der Zigarettenschachtel. Isolde entwarf von München das Bild einer Weltstadt, gegen die unser Dorf kaum anstinken konnte, hätte es nicht den eifrig expandierenden Medienkonzern TVCinema gegeben, der seinen Geschäftssitz auf dem alten Südmilchgelände hatte und zur Freude der Politik die Hoffnung nährte, Stuttgart werde sich doch noch zum Medienstandort mausern. Doch in München gab es natürlich die Bavaria-Studios und einen Transvestiten, den Isolde ausführlich interviewt hatte. Na endlich.

»Vielleicht«, sagte sie, »haben Sie den Artikel ja in der *Süddeutschen* gelesen.«

Richard hüllte sich in Zigarettenrauch.

»Doch ja«, log ich. Man musste solche Artikel nicht gelesen haben, um zu wissen, was drinstand. Außerdem erläuterte es Isolde ohnehin. Der Vorteil ihrer Jugend war, dass sie verzwickte menschliche Angelegenheiten mit klaren Vorurteilen anging. »Das ist doch irgendwie unnatürlich.«

»Was zählt schon die Natur«, sagte Richard ungnädig, »in einer hochkomplexen Zivilisation wie der unseren? Sie spielen männliche und weibliche Rollen, je nachdem, was Sie erreichen wollen.«

Ich dankte ihm im Stillen.

»Aber«, sagte Isolde, »bei uns kann man heutzutage als Frau alles erreichen, was auch die Männer erreichen können.«

»Wenn Sie es sagen«, erwiderte Richard.

»Sind Sie anderer Meinung?«

»Mit Ihrer Intelligenz und Ihrem Charme werden Sie bestimmt Ihren Weg machen, daran habe ich keine Zweifel.«

»Danke«, lächelte Isolde wie eine Schlittschuhprinzessin auf brüchigem Eis.

Richard blickte auf die Uhr und schaute nach der Bedienung aus. Isolde griff sofort zur Handtasche.

»Lassen Sie nur«, sagte Richard.

»Vielen Dank auch.«

Doch wenn sie gehofft hatte, Richard werde sich erbieten, sie heimzufahren, so sah sie sich getäuscht, obgleich sie alles tat, um ihn mit der Schilderung ihrer Straßenbahn- und Busfahrt hinauf zur Panoramastraße auf das Problem aufmerksam zu machen. Ich weidete mich an seiner Begriffsstutzigkeit. Von der Selbstverständlichkeit, mit der er das Interesse an Frauen von einem Augenblick zum nächsten auf höfliche Gleichgültigkeit reduzierte, konnte ich mir noch einiges abschneiden.

Sally wusste, dass sie bei mir extra kassieren musste. Das wiederum gab Isolde Rätsel auf. Der schweigsamen Allianz distanzierter Rivalen war sie nicht mehr gewachsen. Sie verabschiedete sich eilig und mit jenem Zug um den Mund, den Frauen haben, wenn sie merken, dass sie von einem Mann als Zeitvertreib missbraucht worden sind.

Kaum war sie raus, setzte sich Richard wieder, und Sally war mit Kaffee zur Stelle.

»Könnte es sein«, sagte ich, »dass du gegen diesen Kurt Holzer und TVCinema ermittelst? Findest du es fair, dich an seine Freundin ranzumachen?«

»Was treibt ausgerechnet dich, Frau Ringolf gegen mich in Schutz zu nehmen?«

»Das ist eine prinzipielle Frage der Frauensolidarität.«

Richard lachte. Wenn er lachte, offenbarte er den schwäbischen Pietisten, der selbst mit Heiterkeit sparsam umging.

Ich zuckerte säuerlich meinen Kaffee. »Du ermittelst also.«

»Habe ich nicht gesagt.«

»Sag bloß, dein Flirt mit Frau Ringolf dient allein dem Zweck, mich eifersüchtig zu machen.«

»Du weißt doch gar nicht, was das ist.«

Es klang so verschluckt, dass ich nach seiner Hand griff. Er zog sie eigensinnig weg.

»Richtig ist vielmehr«, sagte er, »dass wir gegen TVCinema ermitteln. Es besteht der Anfangsverdacht, dass die Verkaufsstelle, die Holzer leitet, Videos und DVDs im Inland verkauft statt im Ausland.«

»Und?«

»Wenn das stimmt, haben sie sich die beim Innenhandel fällige Umsatzsteuer mit gefälschten Exportpapieren vom Finanzamt rückerstatten lassen. So ein Umsatzsteuerbetrug geht schnell in die Millionen. Außerdem besteht der Verdacht, dass TVCinema Raubkopien auf den Markt bringt, die in Korea und Polen gezogen werden.«

»Hast du mit Isolde darüber gesprochen?«

»Um Gottes willen!«

»Und wie verquicken wir das mit Marquardt?«

»Er hat TVCinema beim Finanzamt angezeigt.«

»Oh! In welcher Verbindung stand er denn mit denen?«

»Das hätten wir ihn auch gern gefragt.«

Ich rührte im Kaffee und wünschte mir Kaffeesatz, der mir zwei Fragen beantwortete: Sah Richard die Ermittlungen gegen Holzer durch meine Recherchen im Fall Marquardt wirklich gefährdet? Die Antwort war leicht: Er sah sich immer gefährdet. Und zweitens: Warum war er so kühl zu mir?

Ich versumpfte die Nacht mit Sally. Morgens um sieben klingelte Oma Scheible mich mit einer verwickelten Geschichte aus dem Bett, die von in die Papiertonne geratenen Milchtüten handelte. Ich verstand das Problem nicht, denn es war Oma Scheible selbst, die meine Wohnung in Ordnung hielt und meine Milchtüten entsorgte, doch dann ging mir auf, dass die Alte sich selbst vom Verdacht des Irrtums reinigen wollte, um ihn auf die Matuscheks im Erdgeschoss zu lenken. Ausländer begriffen den Ernst der Mülltrennung ja nie. Als sie auf Salmonellen kam, war ich so wach, dass es mir gelang, den auswurfreichen Bericht über den Kartoffelsalat-Tod eines Bekannten zu unterbrechen.

Isolde traf zehn Minuten nach mir im Büro ein. Ich schlürfte noch den Kaffee und beglückwünschte mich zu der Entscheidung, die Zeit zwischen Oma Scheibles Salmonellen und dem Aufbruch zur Arbeit nicht an Kaffee, sondern an den Kleiderschrank verschwendet zu haben. Isolde trug zwar Hosen, aber – du lieber Himmel! – sie illustrierte damit nur, warum in erzkatholischen Mädchenschulen das Tragen von Hosen bis vor kurzem noch verboten war. Der schwarze Stoff floss über die Rundungen, und die gebügelte Naht versickerte im süßen Durchblick zwischen Schenkeln und Schambein. Ein Bolero aus braunem Patchwork über einem Body richtete weitere hormonelle Verheerungen bei mir an. Venezia hatte sie etwas zu eilig aufgetragen, aber der Duft würde sich im Lauf des Tages mildern und mit einem Hauch geschäftigen Schweißes zu purer Erotik mischen. Ich hatte mich um textile Kontinuität bemüht, die Signale aber leger gedämpft: schwarze Jeans, dunkelgrünes Hemd mit weißem T-Shirt darunter, den Binder locker geknüpft, dazu einen grauen Fischgrätenblazer.

Und schon klingelte das Telefon. Der Anruf kam über die Zentrale. »Hallo, hier ist Steffi. Sie wissen, wer ich bin?«

»Wie könnte ich das vergessen.«

Das Mädel kicherte. Im Hintergrund gellte Schulhofgeschrei.

»Also Frau Nerz …«

»Lisa.«

»Äh, also Lisa … ich weiß nicht, wie ich Ihnen … wie ich dir das erklären soll. Außerdem ist die Pause gleich rum … Könnten Sie … ich meine, könntest du nicht mal ganz kurz kommen? Es wäre voll wichtig. Ich weiß nicht, was ich tun soll. Ich bin da voll in was reingeraten. Kannst du nicht kommen?«

»Gleich?« Die große Pause war halb elf zu Ende. Das schaffte ich nicht mal mit dem Hubschrauber. »Also dann zur nächsten Pause, Viertel nach elf, richtig?«

»Porno! Das ist voll nobel von Ihnen … von dir.« Die Stimme zappelte förmlich. »Danke.« Das Schulgeschrei erstarb, die Bürogeräusche übernahmen wieder. Isolde fummelte am Ohrring und starrte auf die Pressemitteilungen und Einladungen.

»Sie gehen zu Maier«, eröffnete ich ihr, »und fragen ihn, ob er was für Sie hat. Ich bin in zwei Stunden wieder da.«

Isolde ließ den Ohrstecker los. »Könnte ich nicht mitkommen? Ich meine, wie man Pressemitteilungen abschreibt, weiß ich doch schon.«

»Ich auch, und trotzdem mache ich es jeden Tag.«

Sie biss sich auf die Lippen.

»Nicht traurig sein«, sagte ich. »Das nächste Mal nehme ich Sie mit. Aber jetzt muss ich zu einem Informanten. Übrigens, Sie brauchen meinen Schreibtisch nicht aufzubrechen. Dieser Informant steht nicht in meinen Karteien.«

Sie senkte den Kopf. Zwischen Blusenkragen und Haarspitzen flaumte ein delikates Stück Hals.

Der Ostwind trug vom Acker einen Hauch von Gülle bis zum Parkplatz am Pressehaus. Im blauen Dunst jenseits der Fildern – hochdeutsch: Felder – mauerte der Trauf der Schwäbischen Alb. Bei klarem Wetter konnte ich sogar mein Kaff unterhalb der Scharte der Achalm ausmachen. Deshalb war mir Nebel lieber.

Die Stadtautobahn sauste salzig zwischen Musical-Häusern und verschneitem Land nach Degerloch hinein und verkümmerte an Ampeln zwischen gläserner Geschäftshausarchitektur und Parkhäusern. Von der Weinsteige aus überblickte man das Gedränge im Kessel, das Streben die Hänge hinauf, das Entschwinden der

Stadt über den Neckar gen Nordosten. Da hinten lag Münster wie eine Strafkolonie am Neckar, bewacht von der Müllverbrennungsanlage, die einst für den Müllnotstand konzipiert worden war und jetzt bis nach Ulm um Müll bettelte. Die Rauchgasentschwefelung griff mit blau gepinseltem und begrüntem Beton und mit Verkleidungen aus Blech in Rosé und Mint über die Straße in den alten Steinbruch, in dem die vierzehn Nazisäulen standen wie bestellt und nicht abgeholt.

Bis zur Pause war es noch eine Zigarettenlänge. Ich fragte mich, ob ich mit vierzehn eine Zeitungsjournalistin angerufen hätte, die ich kaum kannte. Die Klingel schrillte über die platzartig begrünte Kreuzung zwischen Schule, Bäcker und öffentlichem Telefon. Eine halbe Minute später sprang Steffi mit langen Schlaghosenbeinen aus dem Tor. Dass sie darauf aus war, jedes Gespräch mit einem förmlichen Handschlag zu beginnen, amüsierte mich. Ich lud sie ins Auto ein.

»Porno! Ziemlich abgedeckt, eh? Ich meine alt. Fährt ja gerade mal hundertachtzig. Vierlagig! Ich schwör. Ich mag alte Sachen. Hast du 'ne Zigarette für mich? Ich hab's voll nötig. Es ist alles total peinlich.«

»Fang an. Du hast noch drei Minuten.«

Sie war eine von den Teeny-Schönheiten, die an der Discotür für achtzehn durchgingen, auch wenn sie das herzförmige Gesichtchen nicht sonderlich schminkte.

»Also«, seufzte sie, »ich hab kürzlich mit einer Kanakenfotze aus der neun total Stress gehabt. Die hat voll abgenervt. Ich hab ihr gesagt: Du kriegst gleich ein Brett und so. Und ich tu immer, was ich sage. Na ja, ich erwische sie voll, und sie schlägt sich einen Zahn aus, anner Laterne. Sie ist zu ihrer Mutter, und die hat mich angezeigt. Jetzt hab ich von der Stadt so einen Brief gekriegt. Ich schwör. Ich muss 150 Euro zahlen.«

»Wie bitte?«

»Schmerzensgeld oder so. Und zwar bis morgen.«

»Da gibt es immer Einspruchsfristen.«

»Aber ich hab schon mal so einen Brief gekriegt. Ich hab ihn weggeschmissen, damit meine Mutter nix merkt. Die kriegt die Krise. Ich schwör. Ich schulde ihr sowieso noch Geld.«

»Dann zeig mir mal den Brief.«

»Hab ich nicht dabei.«

»Was stand denn oben drauf? Strafbefehl vom Amtsgericht?«

»Genau. Und ich muss heute zahlen.«

»Ich dachte, morgen.«

»Ich muss es überweisen, damit es morgen da ist.«

Von Bankgeschäften hatte das Mädel offenbar keine Ahnung. Sie schwor, sie werde mir das Geld zurückzahlen, nächste Woche, denn ein paar Kumpels schuldeten ihr noch was. Der Brief liege daheim, aber einen Schlüssel habe sie nicht, den habe sie heute früh in der Hetze vergessen. Und die Mutter schaffe bis fünf. Sie hatte wirklich an alles gedacht. Ging es mich was an, dass sie log? Lügen sind Teil der täglichen Kommunikation, und auf 150 Euro kam es mir nicht an. Doch ich war Erwachsene genug, eine Ausrede, die ich bei einem Kollegen akzeptiert hätte, in Pädagogik umzumünzen.

»Minderjährige kriegen nicht einfach so Strafbefehle. Der Richter hätte deine Mutter einbestellt, das Jugendamt wäre bei euch aufgetaucht. Außerdem verurteilt man Schüler zu sozialen Tätigkeiten. Du kriegst das Geld, aber ich möchte eine andere Geschichte dafür.«

Steffi lief rot an. »Also gut. Ich bin einem Kumpel was schuldig. Ich schwör.« Er habe sie schon ein paarmal rausgehauen, wenn es gegen die Brutalos vom Hallschlag ging. Jetzt habe er voll Mist gebaut. Er habe einen andern in ein Schaufenster gestoßen. Der Ladenbesitzer wolle Geld sehen, und zwar bis heute Abend, sonst wolle er den Kumpel anzeigen. Ich bekäme das Geld bestimmt zurück. Der Kumpel war achtzehn und machte eine Lehre. »Ich schwör.«

»Wo arbeitet er, und wie heißt er?«

Steffi druckste. »Inner Druckerei, glaube ich. Er heißt … er heißt Heiner, Heiner Berg.«

»Und du bist sicher, dass du jetzt die richtige Geschichte erzählt hast?«

»Ich schwör.«

Am Schultor erschien ein Mann in Kordhosen und Allwetterjacke.

»Scheiße, der Zeller!« Steffi grabschte hastig nach meinen drei Scheinen, knüllte sie in die Gesäßtasche und flutschte – »Vielen Dank auch!« – aus dem Auto. Der Lehrer stoppte sie am Schultor, hielt sie sogar am Ellbogen fest, aber sie riss sich los und verschwand. Er straffte die Schultern und kam langen Schrittes auf mich zu. Ich unterdrückte den Impuls, Brontë zu starten und abzuhauen, sondern stieg aus.

»Darf ich mal fragen, was Sie hier suchen?«, sagte er in einem Ton, der dem servilen Klang der Frage widersprach.

»Was autorisiert Sie zu dieser Frage?«, fragte ich im Ton unvoreingenommener Wissbegierde.

Er hatte einen bulligen Schädel, eine blasse Stirn, einen spöttischen Mund und die dichten Haare des mit vierzig Ergrauten.

»Zeller ist mein Name. Ich bin der stellvertretende Schulleiter. Den Unter- und Mittelstufenschülern ist es verboten, das Schulgelände während der Kernunterrichtszeiten zu verlassen.«

»Angenehm, Nerz.«

Er ließ die Augen über meine hochzeitsweiße Brontë gleiten. »Was wollten Sie von der Schülerin?«

»Ich fürchte, Ihre Kompetenzen enden am Schulhoftor.«

Er lächelte hinterfotzig. »Sie sind sich offensichtlich nicht darüber im Klaren, in welche Lage Sie die Schülerin gebracht haben. Sie muss sich für die Verletzung der Schulordnung verantworten.«

Da war es wieder, das vertraute Gefühl, von einem Lehrer vor zwei gleichermaßen fatale Alternativen gestellt zu werden, nämlich die Sache durch verstocktes Schweigen zu verschlimmern oder die Schülerin zu verpetzen.

»Müssen Sie nicht in den Unterricht?«, fragte ich streng.

»Ich bin Ihnen keine Rechenschaft schuldig.«

»Dann haben wir schon eine Sache gemeinsam. Würde es was nützen, wenn ich versichere, dass ich kein Dealer oder Zuhälter bin? Ich bin mit der Familie der Schülerin bekannt. Ich bitte Sie, von einer Bestrafung abzusehen. Ich übernehme natürlich die volle Verantwortung.«

Zeller zutzelte an einem Grinsen. »Was bitte ist an der Verantwortung, die Sie so eilfertig übernehmen, natürlich?«

»Oh, ich dachte, wenn man Ihren Rektor so reden hört, am PHG schätzt man die Ausdrücke *natürlich* und *wie gesagt.*«

Zeller lachte laut heraus.

»Im Übrigen«, fuhr ich fort, »bin ich beeindruckt, wie ernst man an Ihrer Schule die Sorgfaltspflicht nimmt. Ich fürchte nur, nachmittags entziehen sich die Kinder ohnehin Ihrer Kontrolle. Die Jugend will ihre Erfahrungen selber machen. Wir wissen zwar immer schon, dass es böse ausgeht, aber Lebenserfahrung kann man nicht lehren.«

»Andererseits machen die Jugendlichen heute ganz andere Erfahrungen als wir, nicht nur, was Drogen anbelangt. Der erste Geschlechtsverkehr kann tödlich enden. Zum Geldausgeben gibt es keine Alternative. Miteinander reden ist uncool. Man schlägt gleich zu. Und die Horror-DVDs, die sie sich am Wochenende reinziehen, würden mir schlaflose Nächte bereiten.« Er zog die Schultern hoch und stopfte die Fäuste in die Taschen der Allwetterjacke.

»Glauben Sie, dass einer der Schüler Marquardt getötet hat?«

»Die haben doch nur über ihn gelacht. Er war so affig stolz auf sein Vertrauensverhältnis zu den Schülern. Eine Zeit lang lief er mit einer Schuhschachtel herum und behauptete, zum Unterrichtsbeginn legten die Schüler ihre Waffen darin ab, bis einer mal einen Hundehaufen reintat.«

»Dann war er gar nicht so beliebt bei den Schülern?«

»Ach Gott, man weiß nie, was Schüler wirklich denken. Aber eines ist sicher: Sie merken es sofort, wenn einer darauf aus ist, ihr Freund zu sein. Dann tischen sie Ihnen eine haarsträubende Geschichte auf, die darauf hinausläuft, dass Sie ihnen Geld geben, das sie dann für ein Paar Jeans raushauen.«

»Hm.«

»Ich würde sagen, Marquardt hat ein nicht ungefährliches Spiel gespielt. Es ist doch so: Wenn Sie sich mit den Kids auch noch in Ihrer Freizeit gemein machen, dann sind Sie irgendwann einer von ihnen, und dann kriegen Sie es auch ab, wenn es hart auf hart kommt. Natürlich versucht man, mit den Schülern auszukommen. Aber es ist ein Irrtum zu glauben, sie suchten im Lehrer einen Freund. Wir stellen die Staatsmacht dar, das Gesetz, nämlich das, was den Kids klar macht, dass es Regeln gibt. Das ist der Generationenvertrag. Sie hassen uns, aber am Ende haben sie begriffen, dass man ohne Abitur nicht an das große Geld rankommt, an das sie alle ranwollen. Wenn Sie als Lehrer die Autorität nicht aushalten, die Sie darstellen müssen, dann haben Sie Ihren Beruf verfehlt. Und wenn Sie sich dann auch noch vor dem Kollegium als großer Indianerfreund aufspielen, dann endet das damit, dass Sie den Schülern Geld geben, nur damit sie in die Theater-AG kommen.«

»Tatsächlich?«

»Als ich der 8b Nachhilfe in Mathe anbot, da sagte mir einer knallhart, er komme nur, wenn er fünf Euro pro Nachmittag kriegt. Schließlich sei ich der Pädagoge, und es liege in meinem Interesse, dass er die Schule schafft.«

Ich war ausnahmsweise sprachlos. Zeller nickte mit grimmiger Befriedigung. »Tja, die sind uns heutzutage nicht mehr so ausgeliefert wie früher. Marquardt hatte moderne Ideen, aber im Herzen war er von der alten Sorte. Er glaubte, die Schüler bräuchten ihn als Verbündeten gegen die böse Welt. Natürlich haben sie ihn nur ausgenutzt.« Bei dem Wort *natürlich* zuckten seine Mundwinkel.

»Wie eigentlich?«, erkundigte ich mich.

Zeller sah mich erschrocken an. Plötzlich kam ihm zu Bewusstsein, dass er, als er mich wegen des Verdachts der Verführung Minderjähriger zur Rede stellte, nicht vorgehabt hatte, mir seine und die Seelenlage der Schüler zu erklären.

»Wie gesagt –« Er unterbrach sich ärgerlich. »Ich meine, nichts für ungut. Schönen Tag noch. Und lassen Sie die Schülerinnen in Ruhe.«

5

Ich fuhr die Oderstraße hinab bis zur Austraße. Dort ergab sich ein Postamt. Die Sozialstruktur war nicht danach, dass die Hausfrauen Zweitwagen hatten, deshalb genoss man den Luxus freier Parkplätze. Das Postamt war im Erdgeschoss eines Wohnhauses untergebracht. Vier Leute und einer mit langwierigen Bankgeschäften reichten, dass es zum Stau an beiden Schaltern kam. Aber ich suchte nur ein Telefonbuch.

Der Titel ›Druckereien‹ umfasste im Branchenverzeichnis immerhin vier Seiten. Ich begab mich in eine abartig dunkle Telefonzelle und begann mit eigenem Handy bei Beratungsgesellschaft der Druckindustrie Baden-Württemberg GmbH auf den Ostfildern. Wenn man zweihundert Nummern durchzutelefonieren hat, dann darf man nicht gleich bei der ersten überlegen, ob es Sinn hat. »Ist bei Ihnen ein Heiner Berg beschäftigt, vermutlich als Lehrling? Nein? Vielen Dank.« Der nächste. »Wir setzen *accente* beim Drucken. Rufen Sie einfach an.« Bei Digiprint gierte ich nach einer Zigarette und erinnerte mich Isoldes. Wozu gibt es Volontäre? Ich tippte die Telefonnummer der Redaktion.

»Stuttgarter Anzeiger, Ringolf, guten Tag …«

»Ja, also, höret Se, was Sie da g'schriebe hend, des isch oin Scheiß, uff gut Deutsch g'sacht …«

»Auf welchen Artikel beziehen Sie sich denn genau?« Isolde war ganz Amtsdeutsch.

»Dued Se doch net so. Ihr schteckd doch älle onder oiner Deck.«

»Meinen Sie nicht, dass das etwas pauschal ist? Worum geht es denn? Vielleicht kann ich Ihnen helfen.«

»Wisset Sie, wie's uff dere Königsschtroß zugoht am Sonndich? Nur Ausländer. M'r glaubt, m'r wär in Ischtanbul. Darüber müssted Se amol schreibe.«

»Äh …«

»M'r traud sich gar net meh uffd Schtroß. Mir hen se drei Mol d'Handtasch g'schtohle, die Zigeiner. Aber darüber derfet Sie wohl net schreibe.«

»Wir können doch nicht über jeden Handtaschenraub berichten!« Das war sachlich falsch. Wir berichteten über jeden Handtaschenraub, von dem wir Kenntnis erlangten.

»Sähet Se«, schnaubte ich. »Des isch des, was i sag. Sie derfet net, wege dere Ausländer, über die wo Sie net die Wahrheit sage derfe. Weil des isch dene Obere net recht, die wo uns an die Dürkei verkaufe.«

»Nein, Sie haben mich falsch verstanden.«

»I will Ihne ebbes sage: Sie send doch älle Kommunischte. An die Wand schtelle müsst ma Sie, z'samme mit dene Dürke. Wenn die ind' EU kommed, na send mir älle Moslems!«

Ich hörte noch, wie Isolde nach Luft schnappte, und legte auf. Dann wählte ich die Nummer noch mal. Sie ließ es vier-, fünfmal klingeln. Dann ging sie doch wieder ran. »Ringolf?«

»Lisa Nerz«, sagte ich. »Könnten Sie mir einen Gefallen tun?«

Sie klang erleichtert. »Aber gern.«

»Rufen Sie für mich ab Digiprint alle Druckereien im Branchenfernsprechbuch durch und fragen Sie, ob ein gewisser Heiner Berg irgendwo beschäftigt ist, vermutlich als Lehrling. Haben Sie das?«

»Heiner Berg. Hab ich.«

»Sie sind ein Schatz. Ich rufe später noch mal an.«

»Alles klar.« Sie ahnte offenbar nicht, worauf sie sich da einließ.

Ich lenkte Brontë aus dem Ort. Die Müllverbrennung riegelte Münster wie ein Torhaus gegen die Stadt ab. Von dieser Seite sah man das Eisenbahnviadukt, das mit der Anlage zu einem Technikmonument verschmolz. Steile schwarze Staffeln winkelten hinter dem Vereinshaus eines Sportplatzes unters Viadukt hinauf. Oben hockten auf dem Grat des alten Steinbruchs die besseren Häuser. Links schwang die Reinhold-Mayer-Brücke über den Neckar. Dort hausten im Staub der Kohlehalden des Müllkraftwerks zuweilen Penner. Hier hatten der Schüler des PHG und sein Kumpel vom Hallschlag die Steinplatten hinabknallen lassen. Der Februar verschönerte selten irgendwelche Städte, aber diesem Ensemble hätte nicht mal der Frühling aufgeholfen.

Ich stellte Brontë im Parkverbot vor meiner Haustür ab. Seit fast zehn Jahren wohnte ich in der Neckarstraße dem Bunker der Staatsanwaltschaft genau gegenüber, aber ein Patentrezept, wie man dort hineinkam, hatte ich immer noch nicht. Die meisten Pförtner kannten mittlerweile mein Gesicht. Ich konnte nicht mehr einfach mit einem Trupp Staatsanwälte unter Abrufung von »Mahlzeit!« durch die Drehtür marschieren.

»Ach, Frau Nerz«, seufzte der Pförtner. »Ich kann ja mal oben anrufen.« Aber auch er landete zuerst bei Frau Kallweit, die bei meinem Namen augenblicklich ihren Chef verleugnete.

Ich bestieg Brontë wieder und schleuderte die Weinsteige hinauf. Isolde Ringolf und Chefredakteur Elsäßer waren beide in Mänteln im Aufbruch zur Mittagsrecherche.

»Da sind Sie ja endlich«, sagte Isolde. »Passen Sie auf: Ich bin noch nicht ganz durch mit den Druckereien, aber ich mache nachher gleich weiter.«

Elsäßer grinste auf seine väterliche Art.

»Na denn, guten Appetit«, stotterte ich.

Isolde setzte sich entschlossen in Bewegung. Elsäßer schmunzelte.

»Ach übrigens, Frau Ringolf.«

Beide drehten sich um.

»Sie wollten mich doch auf eine Recherche begleiten. Aber wenn Sie jetzt was anderes vorhaben …«

Isolde sah zum Chefredakteur auf, der plötzlich mehr als nur seine Position in Positur warf. Er war zwar über fünfzig, aber eine stattliche Erscheinung, ein Pfeifenraucher, Segler und Tennisspieler mit einem Paar samtig dunkelblauer Augen, die sich nie der Routine des Geschäfts ergeben hatten, sondern unruhig auf die geringsten Schwingungen reagierten. Berufsmäßig auf der Suche nach Neuem, liebte er es, mit Volontärinnen essen zu gehen. Ansonsten betrachtete er unsere journalistischen Emsigkeiten mit dem Lächeln des Großvaters über den Eifer des Enkels, dem Geheimnis des Brummkreisels auf die Spur zu kommen.

»Worum geht es denn?«, erkundigte sich Isolde.

»Ach«, sagte ich, »vielleicht ist das doch nichts für Sie. Gehen Sie nur, und gehen Sie mit Gott, mein Kind.«

Elsäßer runzelte die Stirn. Ich hörte im Rücken Isoldes hastiges »Entschuldigung«, und schon kam sie mir hinterher. »Da bin ich.«

»Ich fürchte, es liegt doch weit unter Ihrem Niveau.«

Sie holte Luft. »Was wollen Sie denn eigentlich? Okay, ich hätte die Druckereien erst fertig machen sollen, ehe ich essen gehe, aber Sie sagen mir ja nie, was Sache ist.«

»Ich erklär's Ihnen im Auto. Kommen Sie!« Wir rasten nach Degerloch zurück. Isolde schlug den Kragen hoch.

»Haben Sie eine Vorstellung«, sagte ich, »warum Schüler so viel Geld brauchen?«

»Man liest doch immer, dass sie Markenartikel kaufen müssen.«

»Ihr Mantel ist doch auch von Armani.«

»Den habe ich doch nicht wegen der Marke gekauft. Außerdem tragen Sie Bogner-Jeans.«

»Nur wegen der Marke. Trotzdem hält mich niemand für reich.«

Isolde schmunzelte. »Vielleicht sollten Sie den Frisör wechseln.«

»Ist Ihnen auch schon aufgefallen, dass vor allem die, die es nicht haben, teuer aussehen wollen? Ihr Volontärsgehalt ist doch auch nicht gerade üppig, und trotzdem laufen Sie herum wie eine Managerin.«

»Wenn Sie damit Problem haben, dann ist das Ihre Sache.«

Brontë schwuppte auf die Weinsteige und ich überlegte, ob ich Isolde sagen sollte, dass ich wegen eines Autounfalls Witwe und Millionärin war. Vielleicht flirtete sie dann mit mir.

»Na gut«, sagte ich. »Es geht darum, dass ich vermute, dass einige Schüler des PHG Schutzgelder zahlen.«

»Hat es mit diesem Heiner Berg zu tun?«

»Möglicherweise.«

»Und mit dem Mord?«

»Vielleicht.«

»Sie möchten es mir wohl nicht sagen.«

»Wenn Sie mir vertrauen könnten, wäre es mir lieber. Allerdings könnte es auch gefährlich werden, deshalb sollten Sie mir nicht vertrauen.«

»Ein Abenteuer!« Isolde kuschelte das Kinn in den Kragen. Ich schaute hinüber, und das Wort Abenteuer bekam eine blonde Färbung.

»Haben Sie sich mal Gedanken gemacht«, fragte ich, als wir in die Neckarstraße einschossen, »wie man in die Staatsanwaltschaft hineinkommt?«

»Ich nehme an, die haben einen Pförtner.«

Isolde stolperte vom Bordstein wie in eine Falle. Damit nicht noch was passierte, lotste ich sie über den Fußgängerüberweg auf die andere Seite. Die nahe Friedenskirche schlug ein Uhr. Sie ging drei Minuten vor.

»Zu wem wollen wir denn?«

»Zu Weber.«

Entschlossen trat sie durch die Außenpforte. Der Pförtner grinste. Isolde pochte auf persönliche Bekanntschaft mit Weber. Der Pförtner telefonierte und verlangte dann unsere Ausweise, um uns die Hauskärtchen auszustellen.

»Du meine Güte«, sagte Isolde, als wir an den Aktenkisten, Rollwagen und dem Baustellengerümpel entlang der Treppe zustrebten. Die Rechtspflege war eine kafkaeske Angelegenheit. Auf dem zweiten Treppenabsatz wollte sie wissen, wie weit es noch sei. Dritter Stock. Atemlos verlangte sie im Vorzimmer bei Frau Kallweit nach Dr. Weber.

Die Sekretärin vierteilte einen Apfel. Sie hantierte mit einem Messerchen auf einem Tellerchen und verbreitete in ihrem mit wuchernden Pflanzen gefüllten Büro die störrische Atmosphäre von arbeitsrechtlich garantierter Mittagspause. Ihr langes schwarzes Haar glänzte so chemisch wie eine Faschingsperücke. Die Schnute leuchtete karmesinrot wie die Blumen auf ihrer Bluse. Da ich die leibliche Begegnung mit ihr bislang immer hatte vermeiden können, konnte ich hinter Isolde her an ihr vorbeischleichen, ohne dass sie sich mit dem Obstmesserchen zwischen Richard und mich warf.

Isoldes Atem flog noch immer, als wir Richard in der Kammer aufstöberten, die er Büro nannte. Er war trotz seiner etwas über fünfzig Jahre sportlich genug, um in jeden dritten Stock hinaufzurennen, ohne außer Atem zu geraten. Aber er lächelte wohl weniger über Isoldes damenhaften Mangel an Fitness als vielmehr darüber, dass ich sie in meiner Boshaftigkeit am Fahrstuhl vorbeigeschmuggelt hatte. Vor seinem Schreibtisch, der nicht einmal mehr auf dem Sperrmüll das Interesse von Trödlern geweckt hätte, standen zwei Stühle desselben Kalibers. Ansonsten gab es nur Schränke, Aktenordner und Gesetzbücher.

»Bitte nehmen Sie Platz. Womit kann ich den Damen dienen?«

Diesmal musste Isolde mir den ersten Aufschlag lassen.

»Letztes Jahr«, sagte ich, »wurden zwei Jungs verurteilt, weil sie Steinplatten auf Penner geworfen hatten, darunter einer vom Paul-Häberlin-Gymnasium …« Ich hob den Daumen für den ersten Teil meines Anliegens und den Zeigefinger für den zweiten. »Ich bräuchte die Namen der beiden.«

»Es hat seinen guten Grund«, sagte Richard, »dass die Namen von jugendlichen Straftätern nicht an die Presse gegeben werden.«

»Ich hätte nur gern gewusst, ob einer der beiden Heiner Berg heißt.«

Richards asymmetrischer Blick sprang zu Isolde hinüber.

»Das fällt doch gar nicht in Ihren Bereich«, bemerkte sie. »Sie sind doch Wirtschaftsstaatsanwalt.«

»Sehr richtig«, sagte er. »Ich fürchte, Sie haben sich umsonst herbemüht.«

»Wir hätten ja auch vorher anrufen können«, sagte Isolde mit einem Seitenblick zu mir.

»Charmanter Besuch ist immer willkommen.«

Sie verstand und erhob sich, während Richard hinter seinem Tisch vorkam, um ihr die Hand zu reichen. Als sie sich mit wehendem Mantel zur Tür wandte, sah er mich an und hob den Daumen.

Kallweit hatte inzwischen ihren Apfel geachtelt und drei Scheite verspeist.

»Peinlich«, sagte Isolde draußen im Gang.

»Wieso? Hatten Sie gedacht, dass er Ihnen Auskunft gibt?«

»Aber was wollten wir dann bei ihm?«

»Mir hat er die Auskunft gegeben.«

»So?«

»Es gibt da so Spielregeln. Wenn ein hohes Tier nichts sagen darf, dann holen Sie sich die Bestätigung per Handzeichen.«

Isolde lachte humorlos. »Und woher sollte er die Namen der Schüler denn überhaupt wissen?«

»Weber hat ein ausgezeichnetes Gedächtnis. Hat er Sie nicht gestern Abend mit ein paar Zitaten aus der Weltliteratur erfreut? Sehen Sie. Wir wissen also jetzt, dass unser Heiner Berg nicht in einer Druckerei arbeitet, sondern im Gefängnis sitzt, und dass er vorher ins PHG ging. Also hat Steffi mich belogen.«

Isolde widersprach mir am Nachmittag kein einziges Mal mehr.

6

Die Tundra hinter der Leihbibliothek war dunkel und menschenleer. Keine Steffi, kein Marko, nur der Mond. Auf dem Grünstreifen, der Münster bis zu den Schrebergärten am Schnarrenberg durchschnitt, führte die berufstätige Bevölkerung ihre Dackel und verfetteten Vorstehhunde zum Pinkeln aus. Obgleich die Anlage immer wieder durch Bänke, Sandkästen, Tischtennisplatten und Sitzecken aufgemöbelt war, hielten sich dort keine Jugendlichen auf. Blieb nur der *Besen*. In der Eckkneipe saß ein einzelner Mann beim Viertele. Der Wirt trielte hinter dem Tresen.

»Na, wo sind denn die Kinder heute?«, fragte ich munter. »Waren sie heute schon hier?«

Der Wirt zuckte mit den Achseln. Wenn die Jugend sich unter solchen Kinderfresseraugen versammelte, musste es schlimm bestellt sein um Anlaufstellen.

»Kommen auch noch andere hierher, außer den Schwarzen? Zum Beispiel die Glatzen?«

»Hier derf jeder nei, der wo zahlt.«

Der einsame Vierteleschlotzer spitzte die Ohren.

»Haben sie viel Geld, ich meine, die Glatzen?«

»Woiß i net.«

»Müssen Sie öfter mal große Scheine wechseln, oder zahlen die mit Münzen?«

»Des scho eher.«

Wozu bläute man uns ein, dass der Journalist keine Oder-Fragen stellte? Eine vage Antwort auf eine nach allen Seiten offene Frage konnte so exakt ausfallen, dass die Logiker blass wurden. Das ist Kommunikation!

»Gibt es unter ihnen einen, der so richtig Geld hat?«

»Woher soll i des wisse?«

Ich stellte mich so, dass ich den Wirt gegen den Lauscherblick des Viertelesschlotzers abschirmte, und legte einen großen roten Schein auf die Theke. Der Wirt bekam einen feuchten Blick.

»Wissen Sie«, raunte ich, »ich bin von der Zeitung. Ich suche den Kerl unter den Schülern, der die großen Sprüche klopft und das dickste Mofa fährt, den mit der Rolex am Arm.«

Der Wirt nahm eine Flasche aus dem Regal, füllte ein Glas mit Cognac und nahm im Gegenzug den Fünfziger von der Theke. »Kommet Se nachher wieder, inner Schdund o'g'fähr.«

Ich kippte den Cognac. Draußen war es arschkalt. Wenn es wenigstens geschneit hätte, aber die schwarzen Wege mit den zusammengesunkenen Schneehäufchen zwischen den geparkten Autos, das war wie Leichenstarre.

Das Gefängnistor am vorderen Schulhof reizte. Dahinter war die Welt verlassen. Nur durch die Rollos zweier Fenster in Bodenhöhe knisterte Licht. Dort wohnte wohl Hausmeister Treiber. Ein eingeschossiger Flachbau versperrte den hinteren Schulhof. Hinter den Scheiben dunkelte eine Durchgangsaula. Genau über dem Flachdach war im Haupthaus ein kleines Fenster gekippt. Ein Regenrohr erleichterte den Aufstieg. Da ich mir wegen der Fenster des Hausmeisters Mühe geben musste, leise zu sein, dauerte es eine Weile, bis ich das Klappfenster aus den Angeln gehoben hatte. Das Pissoir gab einen guten Tritt für den Abstieg ins Klo.

Eine nächtliche Schule ist noch geiler als eine leere Tiefgarage um Mitternacht. Durch die Fenster an den Enden der Gänge fiel schräges Licht. Jeder Schritt knallte in heiliger Stille. Hinter jeder Ecke konnte das Gespenst des Hausmeisters lauern. Selbstverständlich waren Rektorat und Lehrerzimmer verschlossen. Die Türen widerstanden auch meiner Kreditkarte. Ich tappte weiter. Vom Fenster an der Treppe konnte man in den hinteren Schulhof blicken. Die Physikräume waren dunkel. Ich öffnete das Fenster und schaute zu den Lehrerzimmerfenstern hinüber. Lohnte es sich wirklich, den Hals zu riskieren, um an Simsen und Nuten zum Lehrerzimmer zu klettern? Andererseits war ich, wenn ich es recht bedachte, noch nie in einem Lehrerzimmer gewesen.

Die nächstgelegene Tür war unverschlossen. So perfekt war der Hausmeister dann doch nicht. Ich fand mich in einer Asservatenkammer wieder. Auf dem Tisch warteten die Schachteln mit Tafelkreide für den nächsten Morgen. Im Schrank lagerten Neonröhren, Schwämme und Diaprojektoren. Eine Taschenlampe erleichterte die Suche nach Schraubenzieher und Flachzange. Es war nicht schwierig, von der Lehrerzimmertür Knauf und Schild abzuschrauben. Das Ende der inneren Klinke ragte einen knappen Millimeter hervor, gerade genug, um die Flachzange anzusetzen. Ich hörte, wie sich die Falle bewegte, aber die Tür war verriegelt. Ich schraubte alles wieder an, zog die Lederhandschuhe an und ging die Brechstange holen. Natürlich war mir klar, dass die Kriminalität mit der Brechstange anfängt. Der Türrahmen splitterte.

Graue Tische waren in der Mitte zusammengeschoben, drum herum gut zwei Dutzend Stühle, auf den Tischen Bücher wie Platzhalter, ein Stapel Klassenarbeiten, Kugelschreiber, Kaffeebecher. Ein angrenzendes Zimmerchen roch nach abgestandenem Zigarettenrauch. An der Türwand standen Kaffeemaschine, Kopierer, Garderobenschrank, Schreibmaschinen, ein alter Computer, ein Telefon, Sektgläser. Auf den Büroschränken unterhalb der Fenster der Große Brockhaus, der Duden. Die Fächer für die rund fünfzig Lehrer nahmen eine weitere Wand ein. Sie waren offen und hatten die Höhe eines Kaffeebechers. Manche waren bis obenhin voll gestopft, andere peinlich leer, zum Beispiel Marquardts Fach; das hatte sicher die Polizei ausgeräumt.

In Zellers Fach stand eine Bürotasse mit einer mathematischen Formel darauf, eine Töpferarbeit seiner Schüler. Daneben wustete Papier, darunter jede Menge Broschüren von Banken über Kreditfinanzierung und Bausparen und – sieh an! – ein ausgeschnittener Zeitungsartikel von letzter Woche über einen Schwulenclub in der Wörrishofener Straße. Der Artikel kolportierte das aufgeregte Geschrei der Anwohner, die beim abendlichen Aufmarsch von Männern in der Wohngegend von Cannstatt um ihre Söhne bangten.

Frau Schneiders Fach war bis auf einen Kugelschreiber und eine interne Mitteilung des Rektors leer. Dasselbe Rundschreiben lag auch im Fach von Müller-Elsäßer und besagte, dass aus »gegebenem Anlass« darauf hingewiesen werden müsse, dass Beamte gehalten seien, Kontakte zur Presse und zu den Medien mit den Dienstvorgesetzten abzusprechen. Schwierig für die Gattin eines Chefredakteurs. Eine Trillerpfeife und ein Bildband Surrealismus zeugten von ihren Fächern Kunst und Sport. Außerdem hütete das Fach ein Buch über *Das Problem der Homosexualität* von Alfred Adler, in dem nicht nur Marquardts Name stand, sondern aus dem auch ein Zettel fiel. Es war ein verblasster Kassenbon, auf dessen Rückseite eine Telefonnummer notiert war. Die Anfangsziffern wiesen nach Cannstatt.

Da sich mein Einbruch nicht mehr verschleiern ließ, kam es nun darauf an, falsche Fährten zu legen. Ich schwankte zwischen Vandalismus – sehr geräuschintensiv – und Diebstahl. Aber was stehlen? Ich besichtigte den Stapel Klassenarbeiten auf dem Tisch, ein Mathematiktest der Klasse 8b. Zeller hatte alles zackig abgehakt. Steffi Bachs Arbeit sah fatal aus, alles rot: ungenügend. Aber auch insgesamt war der Test nicht gut ausgefallen. Warum sollte ich nicht den Schülern eine neue Chance geben? Zwar würden einige sich auch um ihre guten Noten betrogen sehen, aber der Verdacht konnte nicht auf einen Einzelnen fallen. Meine leisen Skrupel wurden jäh unterbrochen. Ein Knacken im Haus jagte mir den

Puls hoch. Ich packte den Stapel, riss das nächste Fenster auf und schleuderte die Blätter in den Schulhof. Und dann nichts wie weg.

Der Einsatz der Brechstange erübrigte jeden Versuch, das Fenster im Bubenklo wieder einzuhängen. Außerdem fehlten mir die Nerven dazu. Überall hätte ich mich kaltblütig erwischen lassen, nur nicht in einer Schule. Hier wirkte jede Dummheit doppelt dumm. Ich flüchtete wie eine Hase über den Schulhof zum Tor. Auf der Straße befragte ich mein Gewissen. Ich hatte ein Tabu gebrochen, war auf der anderen Seite der Tür mit dem Knauf gewesen. Das würde die Polizei erneut auf den Plan rufen. Ich sah Isolde spöttisch lächeln.

Eine Kirchturmuhr schlug acht. Ich erinnerte mich der Verabredung mit dem Besenwirt und marschierte die Nagoldstraße entlang. Schon von weitem sah ich die vier Faschos an der Ecke stehen und wechselte auf die andere Straßenseite. Es kam mir so vor, als seien drei von ihnen dieselben wie gestern Abend. Sie tarnten ihre Glatzen mit stirnlastigen Nackenrasurschnitten. Einer warf die Zigarette weg, alle wandten mir das Gesicht zu. Ich rannte los. Falsche Reaktion, falsche Richtung. Flucht löst den Jagdimpuls aus. Brontë stand oben, ich rannte runter. Weserstraße, Leihbücherei, Tundra. Jenseits überwältigte die Scham meine Panik. Münster war eine Schlafburg und lag im Koma. Ich stieg langsam wieder zur Bahnlinie hinauf. Das Sträßchen endete an einer Lagerhalle mit Fitnesscenter zwischen Zäunen und Gebüsch. Hier parkten nicht einmal Autos. Ich wandte mich um.

Die vier Buben nahmen die volle Straßenbreite ein. Niemals, nicht einmal in meiner Kindheit, hatte mich solche Angst angesprungen. Ich fürchtete nicht, dass sie mich umbringen würden. Sie würden mich nur zusammenschlagen und stiefeln. Ausgeschlagene Zähne, Schädeltrauma, Nierenriss. Die Stiefel knirschten. Vor den Mündern wolkte der Atem. Einer hatte eine lange Nase, der andere runde Backen, der dritte ein Mordskinn, der vierte war weißblond. Eine Drohung absoluter Mitleidlosigkeit. Wenn die Buben mit mir fertig waren, war mein Leben nicht mehr so wie vorher.

Ich fragte mich nicht mehr, welche Chance ich hatte. Ich musste sie nutzen. Und sie machten einen Fehler: Sie kamen im offenen Halbkreis, die Äußeren vorne, die Mittleren zwei Meter dahinter, der mit dem Kinn am weitesten hinten. Eine Formation, deren strategischer Mangel in den Machtverhältnissen der Gruppe begründet war. Der mit dem Kinn war der Maulheld, der Anführer, der seinen Mannen den ersten Schlag überließ. Den musste ich haben. Zwar sprang der Weißblonde von der Flanke herbei und knallte mir die Faust gegen den Backenknochen, aber er war zu langsam, mich festzuhalten. Ich duckte mich vorwärts und sprang das Kinn an, fegte ihm den Fuß weg, dass er rückwärts hinschlug, behielt seinen Arm, riss ihn auf den Bauch, trat ihm ins Schulterblatt und kugelte ihm den Arm aus. Er brüllte. Die Gestalten um mich herum froren fest.

Dann gab es einen Filmriss. Ich erlangte die Besinnung erst wieder, als ich die Entscheidung traf, am Straßenrand zu halten, weil Brontë Schlangenlinien fuhr. Das war dann schon hinter der Müllverbrennung. Was mich schockte, war der Erfolg. Ich war eine schlechte Judokämpferin, durch die Schwarzgurtprüfung war ich unlängst mit Schimpf und Schande durchgefallen, vier Schlägern war ich unterlegen. Ich erkannte mich selbst nicht wieder, auch nicht, als ich daheim im Spiegel die Prellung besichtigte. Was würde Isolde morgen zu der blau schillernden Backe sagen?

Es klingelte, während ich noch vor dem Spiegel stand. Ich hatte vergessen, wie gewöhnlich Ausschau zu halten, ob im dritten Stock der Staatsanwaltschaft gegenüber noch Licht brannte. Der Blick aus dem Küchenfenster bestätigte: Es brannte nicht. Richard stand bereits vor der Tür. Er legte den kuhdunggrünen Trenchcoat über eine Stuhllehne und schaute sich um, als habe er die Hoffnung noch nicht aufgegeben, dass sich meine beiden kahlen Zimmer mit den blanken Dielen, den harten Stühlen, dem Kneipentisch und dem Fernseher auf der Kiste in eine gemütlich möblierte Wohnung verwandelt haben könnte, aus der ihm eine strahlende Geliebte zum Begrüßungskuss entgegenschwebte.

»Oje«, sagte er, als sein Auge auf mein Gesicht fiel.

»Kaffee?«, frage ich.

»Hast du überhaupt schon was gegessen?«

Ich ging in die Küche, um die Kaffeemaschine zu füllen, er kam nach und öffnete den Kühlschrank. »Ich habe mal gehört«, sagte er bedächtig, »dass manche Leute den Kühlschrank zur Aufbewahrung von Lebensmitteln benutzen.«

»Tatsächlich?«

Er machte den Kühlschrank wieder zu und musterte die Schränke.

»Mir scheint es angeraten«, sagte ich, »die Leute von der Steuerfahndung mal zum Besenwirt nach Münster zu schicken.«

»Mit welcher Begründung?«

»Die Steuerfahndung braucht doch keinen begründeten Anfangsverdacht, um jemandem in die Kasse zu schauen. Außerdem schenkt der Wirt Alkohol an Minderjährige aus, Cola mit Bier. Diesel nennt sich das Gebräu.«

Richard förderte eine Tüte Lebkuchenherzen, die Weihnachten überlebt hatten, aus dem Schrank und verzog angewidert die Lippen. »Aber es geht dir nicht um Alkohol, nehme ich an.«

»Nicht direkt.«

Die Kaffeemaschine begann zu rülpsen. Ich nahm Richard die Tüte Lebkuchenherzen weg und riss sie auf. »Der Besenwirt hat mir eine Warnung zukommen lassen, auf die ich gerne antworten würde.«

»Mit Hilfe der Steuerfahndung?«, fragte Richard trocken. »Du musst ja über einen beachtlichen Apparat verfügen.« Er holte Tassen und Löffel aus den Schränken.

»Ich kann den Wirt auch anonym beim Finanzamt denunzieren«, sagte ich. »Von den paar Münzen, die die Kinder bei ihm lassen, kann er niemals leben. Trotzdem verfügt er über einen Schlägertrupp. Wer solche Ausgaben hat, muss auch Einnahmen haben. Wahrscheinlich verkauft er Kinderpornos. Der kann ruhig mal ein bisschen Angst kriegen.«

Meine eigene Angst zitterte beim Einschenken im Kaffee nach. Richard beobachtete mit gerunzelter Stirn, wie die Pfützen zu

Füßen der Becher größer wurden. Dann nahm er den Lappen vom Wasserhahn und wischte erst die Becher und dann die Platte ab.

»Angst führt selten zu etwas Gutem«, bemerkte er.

»Dein ganzes Rechtssystem lebt von der Angst.«

»Was nur beweist, dass die Angst vor Strafe zu ungeahnten Leistungen anspornt. Im schlimmsten Fall führt sie dazu, dass jemand jemandem etwas antut, damit er ihn nicht verpfeift.«

»Wie Marquardt?«

Richard nahm den Kaffeebecher und spitzte blasend die Lippen. »Dazu sage ich nichts.«

»Warum bist du dann hier?«

Er ließ den Becher sinken. »Ich muss schon sagen, es ist immer wieder beeindruckend, mit welcher Gefühllosigkeit du deine persönlichen Beziehungen dem Job unterordnest.«

»Ja, nicht!«

Ich hatte wieder mal den Eindruck, dass ich es hätte anders anfangen müssen, um ihm den Boden zu bereiten für das, was er mir eigentlich hatte sagen wollen, als er in seinem Büro gegenüber lauerte, bis bei mir die Lichter angingen. Ich habe nie rausgekriegt, ob er nur egozentrisch war oder ob er die Vernunft anderer so hoch einschätzte, dass er glaubte, er werde verstanden, auch wenn er seinen Standpunkt nur einmal sagte oder gar nicht Er repräsentierte die Unwandelbarkeit fester Prinzipien, während ich in der Gegend herumflackerte. Sein Kopf war ein fehlerfrei programmierter Gigaspeicher, während mein Hirn nur mit spontanen Eingebungen funktionierte, die oft genug alles zum Absturz brachten. Allerdings brauchte er ein Genie wie mich, das die Passwörter in seinem Speicher knackte.

»Na gut«, sagte ich, da er schwieg, »soll ich nun den Pizzaservice rufen, oder wolltest du mich zum Essen einladen?«

»Oh!« Er verschluckte sich fast. »Leider habe ich schon gegessen.«

Seit vier Jahren kämpfte er darum, mich zum Essen auszuführen. Dass ich Millionärin war, hielt er für einen albernen Witz. Ich hätte ihm schon meine Kontoauszüge vorlegen müssen, aber ich fürchtete, er werde den Beweis so zwingend widerlegen, dass ich am Ende doch noch auf meinen Job beim *Anzeiger* angewiesen war.

»Tja«, sagte ich, »mit Isolde Ringolf hättest du es leichter.«

»Aber, Lisa!«

»Freilich könnte sie es dir übel nehmen, dass du ihren Freund bei TVCinema verhaftest. Es kostet schließlich auch sie die Karriere in der Presseabteilung. Doch wenn sie es klug anstellt, hat sie dich vorher eingewickelt, und du lässt Holzer in Ruhe, oder du verschaffst ihr zur Entschädigung eine Aufgabe im Pressereferat bei DaimlerChrysler oder im Justizministerium.«

Richard stellte den Kaffeebecher mit einer etwas unbeherrschten Bewegung ab.

»Ich hoffe nur«, fuhr ich fort, »du weißt, worauf du dich einlässt.«

»Lass den Unsinn!«, sagte er. »Frau Ringolf interessiert mich nicht. Die Firmendurchsuchung findet morgen statt. Und wenn sich der Verdacht bestätigt, nehmen wir Holzer gleich mit.«

In meinem Hirn funkte es. Kurt Holzer von TVCinema und Isolde, die sich über Elsäßer in die Zeitungsredaktion schleimt, dessen Frau im PHG unterrichtet, wo Marquardt ermordet wird, weil er TVCinema beim Finanzamt angeschwärzt hat, damit ein Staatsanwalt aktiv wird, der mit Isolde flirtet.

»Darf ich das veröffentlichen?«

»Natürlich nicht!«

»Und warum erzählst du mir das? Soll ich Isolde warnen?«

»Das ist schön bei uns Deutschen«, rezitierte er, »keiner ist so verrückt, dass er nicht einen noch Verrückteren fände, der ihn versteht. Heinrich Heine.«

Ich grübelte. Während ich das Verrückte mit dem Verrückteren verglich und schlussfolgerte, dass mir der Komparativ zukam, goss Richard den Kaffee in die Spüle, ging ins Wohnzimmer, nahm seinen Mantel und wandte sich zur Tür.

Dort drehte er sich noch mal um. »Übrigens, was diesen Heiner Berg betrifft, sein Kumpel von der Carl-Benz-Schule bekam als Haupttäter die höhere Strafe. Berg wurde wegen Tatbeteiligung am versuchten Totschlag zu dreieinhalb Jahren Jugendstrafe verurteilt. Er hat seit drei Monaten Freigang und macht eine Druckerlehre. Heiner Berg war ein Schüler von Marquardt. Er vertraute sich wohl Marquardt an, und der überredete ihn, sich der Polizei zu stellen und seinen Kumpel zu verraten. Aber Berg hat Marquardt nicht ermordet. Er befand sich zur Tatzeit in seiner Zelle in der Justizvollzugsanstalt Asperg. Der andere sitzt sowieso.« Richard machte die Tür auf. »Und noch was, falls es dich interessiert. Marquardts Schwester kommt morgen aus München.«

Ich baute mir die Schokoladenherzen ein und wählte die Nummer, die auf dem Zettel aus Marquardts Buch in Müller-Elsäßers Fach stand. Niemand hob ab. Isolde Ringolf stand nicht im Telefonbuch, dafür aber Kurt Holzer. Wenn Isolde in der Panoramastraße auf der teuren Halbhöhe wohnte, dann vermutlich in der Wohnung ihres Freundes. Ein Anrufbeantworter setzte sich in Marsch. Der Mann nannte auch den Namen seiner Lebensgefährtin, und ich hinterließ die Nachricht, dass Isolde sich morgen um acht statt in der Redaktion bei mir in der Neckarstraße einfinden sollte. Beim Blättern in meinem Adressbuch stieß ich auf Krk. Mal sehen, ob er noch immer in seinem Zahnarzthaus in Degerloch wohnte. Die Telefonnummer war zumindest noch in Funktion. Während es klingelte, popelte ich mir die Schokoladenreste aus den Zähnen.

Es hustete: »Kraus.«

»Nerz.«

»Hi, Bruder.« Krk rotzte.

»Störe ich?«

»Was verschafft mir die Ehre?«

»Gewisse Vorgänge im Paul-Häberlin-Gymnasium. Du hast vor sechs Jahren über den Wechsel im Rektorat berichtet.«

Krk röchelte. »Der Schulhofmord. Ich hab's in der Zeitung gelesen. Aber diesen Marquardt kenne ich nicht. Moment mal ...«

Ich hörte schabende Liebesgeräusche und ein geschmatztes »Bis gleich«. Es war nicht Krks Flüsterstimme, sondern die eines anderen, und zwar nicht die einer Frau.

»Entschuldigung«, hustete Krk. »Wo waren wir? Ach ja, Marquardt. Wie gesagt …«

»Ich wollte eigentlich was über Otter hören. Du hast erwähnt, er sei der Schwager des Kultusministers, als ob es da nicht mit rechten Dingen zugegangen wäre.«

Krk räusperte sich. »Wilhelm Otter, verheiratet mit der späten Tochter der Familie Bollach, einer wackeren kleinen Frau, die ihm vor fünf Jahren einen Sohn schenkte. Otter ist eindeutig der Schwager, gell? Fischaugen, breiter Arsch, steht auf Boys.«

»Das darf doch nicht wahr sein!«

»Bist du geschockt?«

Es dauerte einen Moment, bis ich begriff, dass Krks Frage nicht Otter galt, sondern seinem eigenen Coming-out.

»Natürlich nicht.«

Was war schon natürlich an Krks Existenz? Er war als Lehrer einst wegen sexueller Belästigung im Zusammenhang mit Aktfotos im Kunstunterricht angeklagt und freigesprochen worden, von seiner Frau geschieden, die ihn geprügelt hatte, dann von mir vergewaltigt und nun endlich frei, sich seine Sexualpartner selbst zu suchen.

Ich beglückwünschte ihn. »Und wo geht man heutzutage so hin? Zum Beispiel in den Club in der Wörrishofener Straße?«

»Da war ich noch nie. Aber mein Chef führt gern interessierte Gäste hin. Wenn du willst, dann schauen wir uns das mal an.«

Ich schluckte.

»Na, Bruder, hat's dir die Sprache verschlagen?«, höhnte er.

»Okay. Morgen Abend um neun. Aber wir treffen uns vor der Tür.«

Krk lachte. Eine blicklose Stille blieb zurück, als ich auflegte, wie wenn man den Teddy in die Kinderkiste auf dem Speicher zurücklegt, ohne dessen tröstende Knopfaugen man einst nicht hatte einschlafen können.

7

Feiner eisiger Nieselregen ging nieder. Ein Polizeiwagen fuhr am Schultor vor. Zwei junge Schutzpolizisten stiegen aus, stülpten sich die Mützen über und stakten zum Tor. Isolde, die schon die Hand am Türgriff hatte, sank wieder in den Autositz zurück und rieb sich die behandschuhten Hände.

»Was die wohl wollen?«, murmelte ich. Ich wusste es ja, aber Isolde hätte sich ruhig ein wenig darüber wundern können. Wir saßen zwar erst seit einer halben Stunde in meinem Auto, halb versteckt an der Ecke neben dem Bäcker, aber die feuchte Kälte verdoppelte jede Sekunde des Wartens. Ich wunderte mich immer noch, dass Isolde sich auf das Spiel eingelassen hatte, das zu den blödesten des Journalismus gehörte. Meist wartete man in zugigen Foyers darauf, dass die Gewerkschaftler endlich vor die Presse traten, aber da wusste man immer, wo sich die Zielpersonen befanden. Ob unsere Zielperson auftauchen würde, war alles andere als gewiss. Außerdem hatte ich Isolde nicht verschwiegen, dass Elsäßer solche Art des Boulevard-Journalismus im Allgemeinen und Nachforschungen im Schulhofmord im Besonderen ablehnte.

Weil Isolde heute früh die bläulich-rötliche Stelle auf meinem Backenknochen nicht kommentiert hatte, verzichtete ich darauf, im Auto zu rauchen, auch wenn mein Hirn deshalb in einem gefriergetrockneten Zustand verharrte und der Smalltalk mit meiner schönen Begleiterin nicht recht in Gang kam. Ich hätte ihr sagen können, dass in diesem Moment die Staatsanwaltschaft TVCinema durchsuchte und ihren Freund festnahm. Unserem Wirtschaftsredakteur hatte ich heute früh den Tipp gegeben, damit er einen Fotografen zum Südmilchgelände schicken konnte, ehe die Aktion vorbei war. Während ich darüber grübelte, ob es die Mitmenschlichkeit gebot, meine Kollegin auf Zeit über die Katastrophe zu informieren, die sie Freund und Zukunft kostete, und die Frage als zu kompliziert verwarf, erscholl die Pausenklingel. Hinter den Gattern und Zäunen des Schulbereichs blitzte jackenbuntes Leben. Oberstufenschüler strömten zum Bäcker.

Zwischen ihnen huschte Steffi zur öffentlichen Telefonkonsole. Ich bedeutete Isolde, sitzen zu bleiben, und stieg aus dem Auto. Steffi zählte die Münzen in der Hand und fuhr zusammen, als sie mich erblickte.

»Porno! Kannst du Gedanken lesen? Gerade wollte ich dich anrufen. Ich kann nichts dafür. Ich schwör!«

»Hast du kein Handy?«

»Doch, aber die Karte ist leer.«

»Wie viel ist es diesmal?«

»Du kriegst dein Geld, ich schwör. Aber jetzt hab ich Stress wegen was anderem. Ich fliege von der Schule, und meine Mutter kriegt fett die Krise. Jemand hat die Mathetests aus dem Fenster geworfen, und jetzt sagen die, ich war's. Weil mein Test fehlt als Einziger.«

»Scheiße!«

Steffi zappelte. »Aber ich war's nicht, ich schwör. Ich bin doch nicht behindert. Zeller sagt, ich hätte eine sechs, aber er lügt, weil ich hatte voll ein gutes Gefühl nach dem Test.« Sie schaute mich mit dem klarsten meerblauen Blick an, den ein vierzehnjähriges Mädchen draufhat. »Aber wer glaubt mir schon? Ich bin ja bloß so ein Fickfehler von meiner Mutter, die wo in einem Kaufhaus schafft. Und da hab ich mir gedacht: wenn du zum Direx gehen würdest und ihm sagst, dass ich bei dir übernachtet habe …«

»Ich fürchte, die glauben dann ganz was anderes.«

»Aber das ist doch voll normal, dass man bei einer Freundin übernachtet. Du bist doch nicht lesbisch oder so.«

»Wäre nicht deine Mutter viel besser geeignet, dir ein Alibi zu geben?«

Steffi klimperte mit den Münzen. »Also, die war … die war nicht da. Und sowieso, wenn die Bullen bei meiner Mutter aufkreuzen, dann hab ich vierlagig den Stress und so.«

Ich bedachte, dass ich an Steffis misslicher Lage schuld war, auch wenn ich mir nicht erklären konnte, warum ausgerechnet ihr Test abhanden gekommen war, machte Isolde versteckte Zeichen zu bleiben, wo sie war, und begab mich mit Steffi in die Schule.

Das Lehrerzimmer stand offen. Ein kurzbeiniger Mann in grauem Kittel fegte die Holzsplitter zusammen. Was Hausmeister Treiber an den Beinen fehlte, hatte er in den Armen. Dem hätte ich gestern nicht im Dunkeln begegnen wollen.

Steffi platzte ins Vorzimmer des Rektors und herrschte die Sekretärin an: »Ich muss zum Direx, sofort.«

Frau Bluthaupt hob nicht mal die Augen von ihrer Zettelwirtschaft auf dem Tisch. Ihre mentale Abwesenheit änderte sich schlagartig, als ich auf Otters Bürotür zusteuerte und die Hand an die Klinke legte.

»Da könnet Se jetz fei net nei!«

Ich klinkte die Tür auf. Die beiden Jungbullen drehten sich auf ihren Stühlen um. Otter fuhr hinter seinem Tisch hoch. »Was soll denn das!?«

»Ich muss was sagen«, stolperte Steffi hinterdrein. »Das heißt, die Frau Nerz muss Ihnen was sagen. Ich war es nämlich nicht, die wo ins Lehrerzimmer eingebrochen ist, ich schwör. Der Zeller will mir nur eins auswischen.«

Die beiden Polizisten machten neutrale Gesichter. Otter quetschte sich hinter seinem Tisch hervor und drängelte uns ins Vorzimmer zurück. »Nachher … Wie heißt du?«

»Steffi Bach!«

»Nachher, äh Steffi, nachher, in der großen Pause.«

»Aber …«

Da öffnete sich die Tür, und Isolde trat ein, zusammen mit einer Frau Mitte vierzig, die aussah wie den wilden Siebzigern entstiegen: Schlaghosen, taillierte Wildlederjacke mit Fransen, schwarze Augen, das lange Haar in der Mitte gescheitelt. Isolde stellte sie souverän als Mechthild Ungerer vor, die Schwester von Jürgen Marquardt, extra aus München angereist. Otter drückte sein Beileid aus und rieb sich die Hände. Steffi verschluckte ihren Protest. Frau Bluthaupt glotzte.

»Frau Ungerer«, erklärte Isolde, »will die Sachen von ihrem Bruder abholen.«

»Ach so, ja«, sagte Otter. »Frau Bluthaupt, würden Sie bitte …«

Frau Bluthaupt sah aus, als sei das eine Zumutung. Frau Ungerer schien den Tränen nahe. Isolde mutmaßte, dass Marquardts Sachen im Lehrerzimmer seien, und nahm die Schwester am Ellbogen. »Kommen Sie.«

Ich folgte. »Die Polizei hat wahrscheinlich das meiste in Verwahrung. Der Rektor ist momentan leider überfordert, denn gestern Nacht wurde im Lehrerzimmer eingebrochen.«

»Aber ich war's nicht!«, sagte Steffi anhänglich wie Kaugummi.

»Meine Kollegin Lisa Nerz«, sagte Isolde zu Mechthild Ungerer an der Schwelle zum Lehrerzimmer.

Ich schüttelte eine krampfige Hand. »Und das ist Steffi Bach, eine Schülerin Ihres Bruders.«

Steffi gab artig die Hand. »Das mit Jürgen tut mir voll leid. Der war okay. Ich hab immer gesagt, ihr müsst ihm nur richtig zuhören, der hat fett was drauf, ich schwör. Der wusste vierlagig Bescheid über den Satan und so. Ich finde den Satan tierst interessant.«

Mechthild Ungerer nickte unglücklich.

Isolde betrat das Lehrerzimmer ohne jede Skrupel. Eine Lehrerin saß über eine Kladde gebeugt, den mageren Arm mit unzähligen goldenen Kreolen unters künstlich rote Haar gestützt. Sie blickte nicht auf, als Isolde ihr ein ausdrückliches »Guten Morgen« zukommen ließ, das für meinen Geschmack zu vertraulich war.

Zeller stand an seinem Platz, vor sich den Stapel feuchter Klassenarbeiten. Während er noch damit zu tun hatte, die Invasion fremder Gesichter ins Allerheiligste mit Fassung zu ertragen, stürzte sich Steffi in wortreiche Beteuerungen ihrer Unschuld. Er unterbrach sie mit einem strikten: »Wir alle kennen doch dein unterentwickeltes Unrechtsbewusstsein.«

Isolde übernahm erneut die Honneurs. »Frau Ungerer möchte die Sachen von ihrem Bruder abholen.«

Zeller kratzte sich den Schädel und schaute zu Marquardts leerem Fach hinüber.

»Gibt es keine Schließfächer?«, erkundigte ich mich.

Zellers Auge fiel auf den Schrank neben dem Kopierer. »Ich

weiß nicht, ob Marquardt eines belegt hatte. Da müssen Sie Frau Bluthaupt fragen.«

Ungerer sah aus, als hätten sie beim Eintritt ins Lehrerzimmer kindliche Traumata paralysiert. Isolde nahm sie erneut am Ellbogen und schleppte sie Richtung Sekretariat ab. Unterdessen warf ich einen Blick in die durchweichten Mathearbeiten. »Viel haben sie ja nicht abgekriegt.«

»Kugelschreiber übersteht Regen«, antwortete Zeller grinsend. »Mit Tinte schreibt ja heute niemand mehr. Darf ich fragen, was Sie schon wieder hier machen?«

»Sie kann bezeugen«, platzte Steffi heraus, »dass ich es nicht war, die wo die Tests rausgeschmissen hat. Ich habe nämlich bei ihr übernachtet!«

»Bei ihr?!« Auf Zellers abgekämpftem Gesicht entstand peinliche Verblüffung. Gestern hatte er mich als Mann abgespeichert. »Entschuldigen Sie.«

»Schon gut«, sagte ich. »Das geht vielen so.«

Steffi durchforstete unterdessen den Stapel der Tests. »Ich versteh nicht, warum meiner fehlt. Der wo das getan hat, gehört zurückgefickt und abgetrieben.«

»Steffi, nicht in diesem Ton!«, bellte Zeller. »Und Finger weg!«

»Selber Finger weg!«, schrie Steffi zurück. »Nur weil Sie zufällig Lehrer sind, haben Sie mir noch lange nichts zu befehlen. Es geht um meine Ehre. Aber das verstehen Sie ja nicht. Für Sie haben wir überhaupt keine Ehre.«

»Mach dich doch nicht lächerlich«, sagte Zeller. »Als ob dir überhaupt was an der Schule liegen würde. Deine Versetzung ist so gut wie ausgeschlossen mit einer glatten Sechs in Mathematik.«

»Ha, das sagen Sie! Aber vielleicht habe ich ja einen Dreier geschrieben, und Sie haben den Test verschwinden lassen, weil Sie nicht wollen, dass ich versetzt werde. Sie wollen mich aus der Klasse haben, weil ich mir nicht alles gefallen lasse, so wie die andern. Aber das können Sie mit mir nicht machen. Lisa ist nämlich von der Zeitung, und wenn ich ihr gewisse Dinge erzähle, dann sehen Sie nämlich ganz schön alt aus.«

Ich staunte nur noch über den Ton, der hier herrschte.

»Sei nicht albern«, sagte Zeller schwach.

»Wer ist denn hier albern?«, keifte Steffi. »Sie und der Direx nämlich. Sie haben doch die Esoterik-AG verboten. Sie sind ja nur neidisch, weil der Marquardt so gut mit uns klarkam.«

»Steffi, du weißt genau, dass wir die AG nicht verboten haben. Wir wollten nur, dass sie nachmittags stattfindet statt am Abend. Der Hausmeister will auch irgendwann mal Schluss haben, außerdem geht es nicht an, dass die Schüler erst um halb neun oder neun aus der Schule rauskommen.«

»Und wie soll das gehen bei dem vielen Nachmittagsunterricht? Hä? Dienstagabend war der einzige Termin, wo alle konnten. Aber jetzt haben Sie ja, was Sie wollten.«

Der Lehrer sah aus, als würde er gerne ohrfeigen. Steffis Augen blitzten. Beide waren nahezu gleich groß.

»Steffi«, sagte ich. »Halt mal die Klappe.«

Die Lehrerin, die bislang mit von rotem Haar verhängten Ohren über ihrer Kladde gebrütet hatte, schaute hoch.

Steffi schluckte.

»So«, sagte ich, »und aus welchem Fenster sind die Klassenarbeiten nun geflogen?«

Zeller deutete auf das mittlere Fenster. Unter dem Fensterbrett liefen Schränkchen entlang. Man musste sich ganz schön weit vorbeugen, um auf den Schulhof blicken zu können. Das war mir gestern gar nicht aufgefallen.

»Fassen Sie mal mit an.«

Zeller und ich rückten das Schrankelement unter dem Mittelfenster hervor. Ein Griff, und ich konnte Zeller Steffis Test überreichen.

Er lächelte verzwickt. »Schwein gehabt.«

Steffi stürzte vor, riss ihm die Blätter weg, sah den Sechser, fluchte, schmiss die Arbeit auf den Tisch, dass sie darüber hinwegschoss, und rannte hinaus. Die rothaarige Lehrerin wandte sich wieder ihrer Kladde zu. Zeller ging um den Tischblock herum und bückte sich nach der Arbeit. Isolde kam, die Hand voller Schlüssel, mit Mechthild zurück.

Hinter den Schranktüren befanden sich zwanzig Schließfächer. Sie waren zum Teil beschriftet, aber keines trug den Namen Marquardts. Eines unten rechts war unbeschriftet, aber verschlossen. Isolde zauderte. Ich nickte ihr zu. Sie ging in die Hocke und fing an, die Schlüsselchen eines nach dem anderen auszuprobieren.

Zeller erinnerte sich der Umgangsformen und bot Ungerer einen Kaffee an. Sie holte ihren schwarzen Blick aus der Verlorenheit, fokussierte den Lehrer und nickte mäuschenhaft.

»Mein aufrichtiges Beileid«, sagte Zeller. »Wir können die feige Tat immer noch nicht fassen.«

»Ich habe«, wisperte Mechthild, »meinen Bruder seit acht Jahren nicht mehr gesehen. Ich lebe mit meinem Mann und meinem Sohn in München. Jürgen ist nicht mal zur Beerdigung unseres Vaters gekommen.«

Zeller schaute hilflos.

Inzwischen hatte Isolde alle Schlüssel durchprobiert und stand mit knacksenden Knien auf. Zeller reichte Mechthild eine Tasse Kaffee. Sie rührte mit leerem Blick. Ich übernahm die Schlüssel von Isolde und ging in die Hocke. Das Schloss hätte nicht mal für eine Büroklammer eine ernsthafte Herausforderung dargestellt, nur konnte ich unter den Augen der Anwesenden nicht mit Draht darin herumstochern. Also spielte ich mit den vorhandenen Schlüsseln, bis einer von ihnen griff. Das Türchen schwang auf.

»Leer«, sagte Isolde enttäuscht.

»Nein.«

Ganz hinten irisierte eine kleine Plastikscheibe. Eine CD. Man musste schon auf die Knie gehen und sich, den Arsch nach oben, ins Fach beugen, um sie zu sehen. Isolde kam herunter. Der Duft ihres Parfüms streifte mich. Sie streckte die Hand aus, aber ich fiel ihr in den Arm. »Besser wir holen die Polizisten, falls sie noch bei Otter sind.«

Isolde sah plötzlich aus wie die blonde Agentin aus dem Streifen *Der Spion, der aus dem Lehrerzimmer kam,* und ging den Rektor holen. Die Bullen kamen mit. Einer ging in die Knie, steckte den Kopf ins Fach, langte hinein und grabschte die CD mit seinen Fettfingern heraus. Sie hatte weder Hülle noch Beschriftung.

Otter sagte: »Wahrscheinlich Unterrichtsmaterial. Ich werde das überprüfen.«

Der Polizist übergab die Scheibe an Otter.

»Hier wurde ein Mensch ermordet«, sagte ich so sachte wie möglich. »Vielleicht sollte man die CD zunächst der zuständigen Soko überstellen. Nur für alle Fälle.«

Der Polizist besann sich und übernahm die CD wieder. Zeller sah nicht so harmlos aus, wie er tat. Otter kehrte den gehetzten Schulleiter raus und verabschiedete sich mit den Worten, damit sei ja so weit alles besprochen.

Kaum waren auch die Polizisten raus, stand die rothaarige Lehrerin hinter uns auf und sagte mit reifer tiefer Stimme: »Ich bin doch einigermaßen erstaunt, Herr Zeller, dass Sie dem Treiben dieser fragwürdigen Zeitungsjournalistin zuschauen wie ein Schuljunge. Ich darf Sie daran erinnern, dass wir erst gestern einstimmig den Beschluss gefasst haben, der Presse keine Auskünfte zu geben.«

Zeller sah aus wie ein Frauenhasser.

Die Augen der Lehrerin bohrten sich nun in meinen Backenknochen. »Und Sie … Sie sind Frau Nerz, nicht wahr? Hoffentlich sind Sie sich im Klaren darüber, dass diese Art von Sensationsjournalismus nicht die Billigung meines Mannes findet. Was Sie hier tun, tun Sie auf eigene Verantwortung und ohne dazu in irgendeiner Form autorisiert zu sein.«

Isolde lief rot an.

Das war dann also Frau Müller-Elsäßer. Sie hielt ihren Schwertblick allerdings nicht lange durch, wandte sich drahtig ab, schnappte die Trillerpfeife und ging aus dem Zimmer, etwas steif wie jemand, der endlich mal gesagt hat, was Sache ist, und nun den Blick der Abgekanzelten auf seinem Hintern spürt.

Zellers Lippen kräuselten sich auf eine Art zu einem Lächeln, die ich schon bei meinem Geschichtslehrer gehasst hatte. Von dem Panzer zynischer Vernunft prallte alle Aufgeregtheit als Torheit auf den Angreifer zurück. Wenn es ihn ärgerte, dass ihn eine halbe Lehrkraft abgeseift hatte, so wuchs er daran nur. Schwungvoll sammelte er Geodreieck und Zirkel zusammen und fischte ein Mathematikbuch aus dem Aktenkoffer auf seinem Stuhl.

Isolde fummelte sich das Haar hinters Ohr und schaute notgepeinigt auf den Teppich. Es war Zeit zum Rückzug. Ich nahm Frau Ungerer die Kaffeetasse ab und stellte sie zum übrigen Geschirr neben das Waschbecken. Während Zeller ihr die Hand gab, ließ ich meine Visitenkarte in seine offene Aktentasche fallen. An der Ecke des Tischblocks stießen wir fast zusammen, als er sich umdrehte. Während Isolde und Mechthild das Lehrerzimmer verließen, raunte er mir zu: »Nicht einmal nach Fingerabdrücken hat die Polizei hier nach dem Einbruch gesucht. Und dass Steffi bei Ihnen übernachtet hat, war natürlich eine Lüge.«

8

Einem Zettel, den Mechthild Ungerer uns zeigte, entnahmen wir, dass Marquardt in der Thomas-Mann-Straße gewohnt hatte. Ich erinnerte mich, dass es in Fellbach östlich hinter Cannstatt nicht nur eine Sammlung von Musikerstraßen, sondern auch eine Hand voll Dichterstraßen gab, und zog meinen Stadtplan zu Rate. Der kürzeste Weg war über die Reinhold-Mayer-Brücke nach Cannstatt. Während ich fuhr, frage Isolde – auf dem Notsitz hinten zusammengefaltet – die technischen Daten ab. Mechthild war Anfang dreißig, acht Jahre jünger als Jürgen, seit fünf Jahren mit einem Lehrer verheiratet, hatte einen Sohn und arbeitete als technische Zeichnerin in einem Architekturbüro in München. Isolde konnte es nicht lassen, sich als Wahlmünchnerin zu outen, und hätte fast Mechthilds zaghaften Versuch abgewürgt, von den Problemen zu erzählen, die sie in der Pubertät gehabt und die sie in psychotherapeutische Behandlung geführt hatten.

»Mein Bruder ist mich achtzehn aus dem Haus«, flüsterte Mechthild. »Danach hat sich die Liebe meiner Eltern ganz auf mich konzentriert. So was kann einen ersticken.«

»Das stimmt«, sagte Isolde leidenschaftlich.

Oh diese armen geliebten Kinder! Mich hatte nie jemand versucht mit Liebe zu ersticken. Mein Vater war ständig auf seinem Gebrauchtwagenhof und starb am Herzinfarkt, als ich sechzehn war. Meine Mutter setzte meine Erziehung in seinem Sinne fort, erbarmungslos mein Wohl verfolgend, das da lautete: Du heiratest ja sowieso, aber lass die Finger von den Männern. Ich erhielt eine Ausbildung zur Fremdsprachensekretärin und Dauerwellen. Aus unerfindlichen Gründen erwählte mich der örtliche Junior-Saftfabrikant Todt Gallion, dessen Reichtum die Unkenrufe meiner Mutter über voreheliche Schweinereien zum Schweigen brachte. Doch war sie zufrieden, als Todt seinem Leben und meiner Ehe nach zwei Jahren mit seinem Auto an einem Birnbaum ein Ende setzte und mir die Narben und ein beachtliches Vermögen hinterließ. Meine Mutter ließ Messen lesen, und ich setzte mich nach Stuttgart ab.

Marquardts Wohnung lag in einem B-Haus, das heißt, im Hinterhof eines Bauern, der sofort erschien, kaum hatten wir den Hof betreten, dessen Hauptfunktion darin bestand, einem weißen Mercedes Obdach zu gewähren. Der Bauer hatte sich vor nicht allzu langer Zeit entschieden, sein Grundstück mit Mietshäusern voll zu knallen. Er betrachtete uns, als hätten wir persönlich das Verbrechen begangen, das ihn zur Suche nach einem neuen Mieter zwang, die Polizei ins Haus gebracht und Kosten verursacht hatte. Mechthild hatte von der Polizei einen Schlüssel für die Wohnung bekommen, er nützte ihr aber nichts, denn der Vermieter hatte aus Furcht vor Kriminalität sofort das Schloss auswechseln lassen. Er ließ uns fünf Minuten im Nieselregen auf dem Hof stehen und verschwand im Vorhaus. Dann kam er mit dem Schlüssel, den er nicht aus der Hand geben wollte, und einer Handwerkerrechnung über tausend Euro für den Einbau der hochmodernen Schlösser, die er Mechthild Ungerer überreichte. Sie starrte begriffsstutzig auf die Zahlen. Isolde riss ihr die Rechnung aus der Hand und gab sie dem Vermieter zurück. Im Fenster des Vorhauses wackelte eine Gardine. Dahinter stand eine böse Alte.

»Wenn Sie net zahle wolle«, sagte der Vermieter, »dann kann i Sie au net neilasse.«

Isolde schnaubte. »Die Dame hier hat ihren Bruder verloren. Was sind Sie nur für ein Mensch?«

Philosophische Überlegungen erschütterten den Mann nicht. »'s schtoht im Mietvertrag. Bei Verluschd des Schlüssels isch der Mieder verpflichtet, für die Koschde uffz'komme.«

»In Ordnung«, sagte ich, »dann holen wir jetzt die Polizei. Die soll uns öffnen.«

Über das festgebackene Gesicht des Alten huschten ein paar Basisüberlegungen. Dann setzte er sich endlich in Richtung Hinterhaus in Bewegung. »Aber so kommed Sie mir net davo.«

Das Treppenhaus war ganz aus hellbeigefarbenem Stein und blitzsauber. Normalerweise baten einen die Schwaben erst an der Wohnungstür, die Schuhe auszuziehen, aber schon dieses Treppenhaus hätten wir nie mit nassen Schuhen betreten dürfen. Das Kehrwochenschild hing an einer Tür im zweiten Stock. Wer auch immer dahinter in Angst und Schrecken lebte er würde, kaum waren wir raus, die Treppe hinabwischen müssen.

Marquardts Wohnung befand sich unterm Dach im vierten Stock. Der Vermieter bruddelte noch einmal, ehe er aufschloss, und drohte damit, uns zu verklagen, wenn wir nicht zahlten. Isolde zog Mechthild in die Wohnung, ich stoppte den Vermieter. »Laut Mietvertrag dürfen Sie die Wohnung eines Mieters nicht ohne Voranmeldung betreten.«

»I kenn Sie doch gar net.«

»Dann werden Sie uns kennen lernen.«

Mechthild brach in Tränen aus. Ich schob dem Vermieter die Tür auf die Nase.

»Das kriegen wir schon hin«, sage Isolde und legte den Arm um das Siebzigerjahregeschöpf. »Wozu sind wir denn von der Presse.«

Ich fürchtete, dass Isolde den Eindruck überschätzte, den der Presseausweis auf das solide Rechtsempfinden des Vermieters machen würde. So einer mochte vielleicht wegen der Nachbarn die Polizei nicht auf seinem Grundstück, aber er wusste die Hälfte unserer Leser auf seiner Seite, wenn es ums gute Recht von Vermietern ging.

Marquardts Wohnung hatte etwas von Resteverwertung. Ins Dach unter schräge Wände gepresst, ließ sie gerade mal Raum für einen sinnlosen Flur, ein integriertes Arbeits- und Schlafzimmer, eine Küche mit millimetergenau eingepassten Schränken und ein Klo mit Dusche. Die Möbel waren von kleinbürgerlicher Charakterlosigkeit – furniert, hellbeigegrau – und beschränkten sich auf essen, arbeiten und schlafen. Erschüttert stellte ich fest, dass Jürgen Marquardt mir ähnlich gewesen sein musste in seiner Heimatlosigkeit. In der Küche gab es kaum Lebensmittel, Töpfe und Geschirr waren höchst unvollständig. Im Kleiderschrank herrschte pulloverreiches Gestopfe. Marquardt hatte eine Vorliebe für feines Schuhwerk gehabt. Über dem Bett hing ein rötlich indisches Seidengewebe. Unter dem Kopfkissen lag das Handtuch des gewohnheitsmäßigen Masturbierers. Rasierzeug besaß Marquardt nicht. Mechthild erklärte, ihr Bruder habe an einer Allergie gelitten – Pickel – und deshalb Bart getragen.

Für mein Gefühl hätte ein Deutschlehrer entschieden mehr Bücher besitzen müssen, vor allem Literatur, die über Reclam-Bändchen des Lehrplans der letzten fünf Jahre hinausging. Aber wo hätte er sie an den schrägen Wänden unterbringen sollen? Das weite Feld der Ethik beschränkte sich auf Lehrbücher, Philosophielehren, psychologische Abrisse und Esoterik in Form von Lebenshilfetaschenbüchern. Ein Mann der großen Themen auf Bastelstundenniveau.

Die Wohnungsauflösung würde seiner Schwester nicht allzu viel Mühe machen. Die Möbel konnte man dem Nachmieter aufdrängen oder dem Sperrmüll überlassen. Für Fernseher, Videoanlage und DVD-Player reichte der Kofferraum eines Kleinwagens. Videobänder und DVDs waren keine da. Die hatte wohl die Polizei mitgenommen.

Auf dem Tisch unterm Fenster stand ein Computer mit potentem CD-ROM- und DVD-Brenner, Tintenstrahlfarbdrucker und Telefon. Ich warf den Computer an, während Isolde sich zu Mechthild auf den Boden setzte und Aktenordner nach Verträgen, Versicherungen, Kontonummern und Bankauszügen durchsuchte. Nach dem Tod Todt Gallions hatte sein alter Herr den Papierkram erledigt, während ich im Krankenhaus lag. Er hatte mich mit einer Entschädigung auf mein Erbteil an der Safterei um das meiste mir Zustehende betrogen, aber die Lebensversicherung, die Todt zu meinen Gunsten abgeschlossen hatte, hatte mir die damals mehr als ausreichend erscheinende und den Verlust in keiner Wiese aufwiegende Summe von knapp einer Million Mark, heute eine halbe Million Euro, beschert.

Eine Windows-XP-Maske baute sich auf. Die Textdateien waren spärlich, die Arbeitsblätter zum Islam, Judentum und Christentum hätte man genauso gut auf einer Schreibmaschine fabrizieren können. Auch die E-Mail-Korrespondenz hatte Marquardt nicht gelegen. Entweder er hatte niemanden gekannt oder alles gelöscht. Nicht gelöscht hatte er allerdings die Spam-Mails variabler Absender mit der Mitteilung: »Ich habe gerade die Sex-Show entdeckt«.

CDs waren keine vorhanden. Auch die lagen vermutlich bei der Polizei. Der Internetcache war leer. Er war auf täglich löschen eingestellt. Seine Favoritenliste beschränkte sich auf Lexika, Wörterbücher, die freie Enzyklopädie Wikipedia und eine Seite eines Arbeitskreises für Ethikunterricht in Bayern. »Normen und Wertvorstellungen, und somit auch Erziehungsideale, unterliegen dem Wandel des Zeitgeistes: So propagierte das Erziehungsideal des Nationalsozialismus neben der Forderung nach absolutem Gehorsam auch die Verweigerung menschlicher Wärme, um einer Verweichlichung des Kindes entgegenzuwirken. In jedem Fall übt der Erziehende Macht über das Objekt seiner Bemühungen aus.«

»Frau Ringolf«, sagte ich, »ich fürchte, wir müssen gehen.«

Isolde hob überrascht den Kopf. »Aber …«

»Die Pflicht ruft.«

Mechthild schaute mich an wie eine Frau, die es gewohnt ist, dass andere über sie bestimmen, resigniert, ergeben, schwarzäugig. Sie schien sich nicht einmal Gedanken darüber zu machen, dass nicht die solide Isolde, sondern ich das Sagen hatte.

»Aber«, widersprach Isolde, »wie soll Frau Ungerer denn das alles alleine bewältigen, allein in einer fremden Stadt? Sie hat ja nicht einmal einen Wohnungsschlüssel.«

Ich ließ mich von zwei Paar vorwurfsvoller Augen dazu überreden, den Vermieter, der auf dem Hof lauerte, so lange zu bedrohen, bis er Mechthild einen Schlüssel aushändigte, nicht ohne darauf hinzuweisen, dass noch Miete für drei Monate zu bezahlen sei, da der Mietvertrag eine Kündigungsfrist von einem Vierteljahr enthalte. Dann ließen wir die Schwester mit auf den Knien gefalteten Händen und ratlosem Blick in einem Plüschsessel unterm Dach im B-Haus zurück.

Ich wertete es als Fortschritt in unserer Beziehung, dass Isolde mir die Vorwürfe nicht machte, die sie hinter gerunzelter Stirn bewegte, als wir durch die Stadt fuhren. Andererseits schade, denn so konnte ich ihr nicht unter die Nase reiben, dass der Journalist den Opfern der Ereignisse nicht half, sondern lediglich über sie berichtete.

Als wir über die Neckarbrücke auf den Schwanentunnel zufuhren, der das ehemalige Bundesgartenschaugelände zwischen Cannstatt und Stuttgart unterquerte, öffnete sie den Mund. »Seltsam, dieser Mensch hat keine einzige Versicherung abgeschlossen, keinen Bausparvertrag.«

Der Typ war mir unangenehm ähnlich; einer, der sich nicht für Weltliches interessierte.

»Er hatte auch kein Sparbuch«, sagte Isolde, »jedenfalls haben wir keines entdeckt. Aber auf seinem Girokonto liegen fast vierzigtausend Euro. Das ist doch Wahnsinn.«

»Und seine Telefonrechnung?«

»Nur ein paar Euro, zusätzlich zur Flatrate.«

»Ein einsamer Mann«, bemerkte ich. »Übrigens war er nicht einmal schwul, jedenfalls nicht praktizierend. Im Bad fehlt die Vaseline. Ich frage mich, wie er seine Pädophilie ausgelebt hat.«

»Für Sie sind wohl alle Lehrer pervers«, sagte Isolde streng.

»Nicht nur die Lehrer.« Ich lächelte sie an. »Erziehung ist pervers. Meine Mutter, zum Beispiel, versohlte mir gern den blanken Hintern. Die Spielregeln werden immer von Erwachsenen gemacht, nie von Kindern. Darum ist Sex auch nur legitim unter Erwachsenen. Wenn Elsäßer mit Ihnen flirtet, dann wissen Sie, wie Sie ihn in die Schranken weisen können. Aber welche Chance hat ein Kind? Wo sind Sie zur Schule gegangen? Im Agnes bei den Nonnen? Gab es da nicht eine Schwester Theresa, die es so gut mit Ihnen meinte, dass Ihnen angst und bange wurde?«

»Sie haben eine pubertäre Phantasie!«

Wir fuhren in den Tunnel. »Im Gegenteil. Sagt nicht Arno Schmidt: Der im-Po-tente Mann über sechzig wird zum Genie, weil er in jedem Schaltknüppel einen Phallus erkennt. Welchen Genuss hätte es ihm bereitet, jeden Morgen die CD in den Schlitz des Laufwerks zu schieben. Jürgen Marquardt befand sich in höchster sexueller Not, und trotzdem hat er kein persönliches Wort geschrieben. Ich kann mir keinen Deutschlehrer vorstellen, der nicht schreibt, wenn er nicht irgendwo anders Hand anlegen kann. Sie haben doch die Schwester gesehen. In dieser Familie ist etwas schief gelaufen. Ich frage mich nur: War Jürgen Marquardt Täter oder Opfer?«

»Da bin ich wohl einfach zu naiv«, sagte Isolde tadelnd.

»Vielleicht sollten Sie sich Ihren nächsten Freund weniger nach der Krawatte und mehr nach der Nase aussuchen.«

Isolde lachte los, hart und hämisch.

9

Ein gigantischer Wolkenhimmel zog über die Fildern hinweg. Für Brontë gab es am Pressehaus nur noch die Feuergasse. Elsäßer stand stirnrunzelnd an der Kaffeemaschine, als Isolde und ich hechelnd einliefen, und häkelte mich mit gekrümmtem Zeigefinger zu sich.

»Frau Nerz, Sie sollen den Schulhofmord nicht aufklären, sondern nur darüber berichten.«

»Ich müsste mal mit Ihrer Frau reden«, antwortete ich. »Es gibt da ein paar Punkte –«

»Unterstehen Sie sich!«

»Was hat er denn?«, wollte Isolde wissen, als ich zu ihr stieß.

»Er muss kommentieren. In Berlin tagt der Vermittlungsausschuss, und das kann spät werden. Wahrscheinlich musste er ein Tennismatch absagen.«

Ich überließ Isolde die Unfallberichte und meinen Schreibtisch und begab mich ins Wirtschaftsressort. Die Herren von der Wirtschaft hatten stets einen Anzug am Leib oder im Schrank, trugen Uhren mit Firmenlogos und verfügten über lederne Schreibmappen und jede Menge Kugelschreiber. Matthias Hirsch sackte unbestechlich alle Präsente ein, die der Journaille auf den Pressekonferenzen von DaimlerChrysler, IBM und Porsche angedient wurden. Er betrachtete sie als Schmerzensgeld für Gähnkrämpfe. Sein Schreibtisch stand am Fenster mit Blick auf Parkplatz, Fildern, Flughafen und die blaue Silhouette der Schwäbischen Alb. Er war erst kürzlich Abteilungsleiter geworden, nachdem der alte Geldschläger unerwartet den Löffel abgegeben hatte, und mit der Metamorphose vom Studenten zum Nadelstreifenträger noch nicht ganz fertig.

»Stör mich nicht«, sagte er von einem Reuters-Bericht aufblickend. »Recherchier selber.«

»Du schreibst doch auch wieder nur Reuters ab. Außerdem habe ich dir heute früh den Tipp mit TVCinema gegeben.«

Matthias legte den Kugelschreiber hin. »Das war nun wirklich nicht die große Aktion mit zwanzig Fahndern und dem kistenweisen Abtransport von Akten und Computern, sondern eher ein Informationsbesuch. Frag Weber. Der leitet die Ermittlungen und hasst die Presse.«

»Weiß ich. Gab es Festnahmen?«

»Augenscheinlich nicht.«

»Kennst du einen Kurt Holzer bei TVCinema?«

Matthias grinste. »Ist das nicht der Bettgenosse unserer Volontärin? Übrigens nimm dich in Acht. Sie hat sich bei Elsäßer beschwert. Du würdest unprofessionell arbeiten.«

»Holzer«, sagte ich, »ist der Hauptverdächtige der Staatsanwaltschaft in Sachen Umsatzsteuerhinterziehung.«

»Ohne offizielle Bestätigung nützt mir das nichts. Aber es würde mich nicht wundern. Dieser Fatzke hat alles, was man zu einer halbkriminellen Blitzkarriere braucht: einen knackigen Arsch, eine Ausbildung in den USA und die nötige Dummheit. Sein Vater war Studienkollege von Elsäßer, Holzer-Verlag, Schulbücher. Neuerdings investiert er in CD-ROMs, vermutlich auf Anraten seines Sohnes. Ich habe Senior und Junior Holzer samt Isolde im Sommer bei einer dieser Gartenpartys im Hause Elsäßer getroffen.«

»Ach du meine Scheiße!«

Matthias feixte. »Du lernst es auch nie, gell?«

Stimmt. Mir hätte auffallen müssen, dass Isolde heute früh im Lehrerzimmer Frau Müller-Elsäßer erkannt und darum so impertinent gegrüßt hatte. Ich ging ins Feuilleton und ließ mir vom alten Wesel einen Schluck aus seiner Flasche Wodka Gorbatschow geben. Leider brauchte Isolde meinen Trost nicht, denn die Drohung des Morgens gegen sie und ihren Freund hatte sich offenbar zerschlagen.

Maier unterbrach unser Lauern im Kabuff mit der Mitteilung, dass die Punks über Internet die Chaostage für dieses Wochenende in Stuttgart ausgerufen hatten. Ob ich nicht morgen zum Lokaltermin gehen könnte. »Sie auch, Frau Ringolf, wenn Sie Lust haben.«

Kaum hatte ich mich am Abend hinter dem Rücken von Oma Scheible die Treppen hochgeschlichen und meine Wohnungstür aufgeschlossen, klingelte das Telefon.

»Zeller hier.«

»Das ging aber schnell.«

Es gab eine längere Pause. Ich warf einen Blick zum Küchenfenster hinaus. Richards Fenster im Bunker gegenüber leuchtete vorwurfsvoll. »Nun, was gibt's denn, Herr Zeller?«

»Also ... Sie hatten mir ja Ihre Karte zukommen lassen.«

Das falsche Tempus, aber er war ja auch Mathematiklehrer.

»Räumen Sie jeden Tag Ihre Schultasche auf?«, fragte ich.

Zeller lachte gezwungen. »Frau Nerz, kann ich mich mit Ihnen treffen?«

»Wann?«

»Ja, also, ich könnte ... Sagen wir, um acht? Bei Ihnen?« Ich hörte Kinderstreiten im Hintergrund. »Vorausgesetzt, es ist Ihnen recht.«

»Doch, doch.«

»Also dann, bis nachher.«

Es klang, als hätte er allen Mut zusammengenommen, sich zu seinem Traum-Date zu verabreden. Aber welche ausgewachsene Frau steht schon auf Lehrer?! Deren verkniffene Männlichkeit gehört zu den in der Erinnerung eher beschämenden Schlüsselerlebnissen heranwachsender Mädchen mit der erotischen Begierde. Ich gebe zu, ich war damals in den mir verhassten Geschichtslehrer verknallt. Er tigerte wortgewaltig, spöttisch und gemein vor der Tafel hin und her, und ich malte mir aus, wie ich ihm, obgleich er mir Unrecht getan hatte, das Leben rettete, woraufhin er sich in Dankbarkeit demütigst in mich verliebte. Das hatte schon damals nicht funktioniert. Aber vielleicht gehe ich deshalb immer noch ganz gern Männern an den Schwanz, die sich autoritär gebärden.

Ich hatte noch eine gute Stunde, um mich vor den Kleiderschrank zu stellen und mir zu überlegen, mit welchen textilen Signalen ich den Pädagogen aus der Reserve lockte. Als ich in

Unterhemd und Schlüpfer die Jacketts sichtete, wäre an sich der günstigste Moment für Richard gewesen herüberzukommen. Ich ließ mir Zeit mit Hemd, Krawatte und Weste. Richard hätte wirklich jede Menge Chancen gehabt, mich bei der Aufrüstung zu stören, aber als er dann kam, war es fünf vor acht und der denkbar ungünstigste Augenblick.

Richards Mimik war außerdem versteinert. Seine Augen wichen mir mit einer Feigheit aus, welche die unmittelbare Gefahr verriet, dass er mich andernfalls sofort ermordet hätte. Er blieb am Tisch stehen, fuhr mit den Fingerspitzen über das Furnier und die Kaffeeringe, die unauslöschlich darin eingebrannt waren, und schärfte schließlich den bösen asymmetrischen Blick.

»Ich habe dir gestern Abend im Vertrauen erzählt, dass wir heute die Zentrale von TVCinema durchsuchen würden. Als wir heute früh um acht dort ankamen, hatte Kurt Holzer sich bereits abgesetzt, Beweismaterial war nicht mehr vorhanden, und die Presse kam auch schon.«

»Ich habe Hirsch den Tipp erst heute Morgen gegeben«, stammelte ich und ermaß langsam die Tragweite.

»Und wann hast du Isolde den Tipp gegeben?«

Ich starrte ihn an.

Er wandte den Blick ab. »Ich dachte immer, ich dürfte davon ausgehen, dass es auch zwischen uns ein paar fundamentale Spielregeln gibt. Ich bin es mittlerweile gewöhnt, dass du gegen mich arbeitest, aber diesmal bist du zu weit gegangen. Kleine und im Übrigen völlig unbegründete Eifersüchteleien können doch nicht dazu führen, dass man das Vertrauen eines anderen derartig missbraucht.«

»Ha! Vertrauen!«, sagte ich.

Da klingelte es.

Musste der Lehrer so pünktlich sein? Noch nie hatte ich gesehen, wie bei einem Menschen so schlagartig der Laden runterging wie bei Richard in dem Moment, da Zeller in Kordhosen, Wetterjacke und Pullover zur Tür hereinmarschierte. Es dauerte nur drei Sekunden, in denen meine Welt zusammenkrachte, da hatte

Zeller das Klassenzimmer erobert, und Richard resignierte mit eisiger Höflichkeit und löste sich in Luft auf.

Zeller stand verlegen herum, war es aber nicht. Beim Rundblick schichtete er hinter seiner breiten Stirn die Vorurteile. Er kam aus dem überheizten Chaos seiner ehelichen Wohnung und heftete mich unter Szene ab. Dann suchte er sich einen Stuhl aus, setzte sich, ohne die Wetterjacke auszuziehen, und bemerkte: »Sie haben mich ja ganz schön an der Nase herumgeführt. Aber ich vermute, Sie tun auch nur Ihren Job.«

»Und welchen Job tun Sie?«, fragte ich automatisch, ohne den Inhalt seiner Bemerkung überhaupt zu realisieren.

Er streckte die Kordbeine aus. »Was ein stellvertretender Schulleiter so tut: Stundenpläne machen, Fehlstunden organisieren ...«

»Dann können Sie mir sicherlich sagen, wer einen Schlüssel zum Tor im Zaun des hinteren Schulhofs hat, außer Frau Schneider, Otter, dem Hausmeister und Ihnen.«

»Ich habe zum Beispiel keinen, aber die drei Sportlehrer, denn schließlich kommt man durch das Tor zum Bolzplatz. Und nun sagen Sie mir mal, was Sie letzte Nacht im Lehrerzimmer gesucht haben.«

»Wie bitte?«

»Stellen Sie sich doch nicht blöder als Sie sind. Ich weiß, dass Sie es waren. Sie haben Steffis Test auffällig schnell gefunden. Sie wussten, wo Sie suchen mussten, denn Sie haben die Tests aus dem Fenster geworfen. Und nun will ich wissen, warum.«

»Mich hat man im Kindergarten noch mit einem Kreidestrich auf der Nase für Neugierde bestraft«, sagte ich. »Haben Sie nicht etwas Kreide dabei?«

»Ich kann auch anders!«

»Nein, mein Lieber, Sie können nicht anders.«

Zeller stand auf. Das Zimmer wurde auf einmal ziemlich eng. »Ich bestehe auf einer Erklärung«, sagte er mit gerecktem Kinn.

Ich ließ mich auf einen Stuhl fallen, um die physische Konfrontation zu mildern. »Zeigen Sie mich doch an. Aber Beweise sollten Sie schon haben.«

Zeller ballte die Hände in den Jackentaschen und starrte auf mich herab. Doch statt aus dem Vollen seiner pädagogischen Gemeinheiten zu schöpfen, sagte er müde: »Ich dachte, Sie seien ebenso wie ich ernsthaft an der Aufklärung des Mordes interessiert. Sie hätten ja etwas suchen können im Lehrerzimmer.«

»Zum Beispiel eine CD. Was ist denn da drauf?«

»Weiß ich nicht.« Zeller setzte sich wieder und musterte die Kaffeeringe auf dem Tisch. »Haben Sie einen konkreten Verdacht?«

»Und Sie?«

»Wie stellen Sie sich das vor? Bei fünfhundert Schülern und zweiundsechzig Lehrern!«

»Der Mörder ist immer der Hausmeister«, schlug ich vor.

Zeller lächelte gequält. »In diesem Fall nicht. Er hat ein Alibi. Nach Aussagen seiner Frau hing er Dienstagabend mit Magenkrämpfen vor dem Fernseher, als die Schüler der Esoterik-AG das Haus verließen. Eine Viertelstunde später ist Frau Treiber gegangen, um zu schließen. Da gab es im Film eine Werbepause. Ich fürchte, für die Tat kommt nur einer der Schüler der AG in Frage.«

»Sie fürchten?«

»Mein Gott, wie denn nicht?! Es sind Vierzehn-, Fünfzehnjährige. Sie sind keine Engel, aber Mörder? Wenn einer von ihnen auf Marquardt losgegangen ist, dann muss er einen Grund gehabt haben, einen schwerwiegenden, hoffe ich. Im Grunde sind wir es, die aus Kindern Verbrecher machen. Aber wir kommen ungeschoren davon, und sie trifft die ganze Härte des Gesetzes.«

Ich blickte in den Abgrund von Menschlichkeit, den Zeller da kurz öffnete. »Haben Sie Steffi im Verdacht?«

Sein Blick fluppte hoch und weg. »Wie kommen Sie auf Steffi? Da gibt es doch auch noch diese Birte Gerber. Sie kommt mir immer vor wie ein Vampir, vermutlich, weil sie die Lippen so blutrot anmalt und immer an irgendetwas lutscht und kaut. Ihre Eltern betreiben eine Reifenhandlung in Münster.«

»Wer noch? Marko Vasiljevic?«

»Marko geht überallhin, wo Steffi hingeht. Dabei sind sie kein

Paar, soweit ich weiß. Jöran Fischer ist der Vierte im Bunde. Früher nannten wir so was ein Kleeblatt.«

Jöran war der Skater mit den Pickeln, ich erinnerte mich.

»Aber Mörder sind die nicht«, sagte Zeller. »Kleinkriminelle vielleicht. Jöran hat vor zwei Jahren noch in Kaufhäusern geklaut wie ein Rabe, bis er mal erwischt wurde. Seitdem ist mir nichts Derartiges mehr zu Ohren gekommen. Mittlerweile ist er strafmündig, und da er der Intelligenteste von den vieren ist, hat er wohl kapiert, worauf es ankommt. Marko ist Kroate, ohne dass ich damit irgendetwas sagen will. Er ist durchaus gewaltbereit und vermutlich bewaffnet, aber im Grunde ein anständiger Kerl. Zuweilen bemüht er sich, in der Schule mitzuhalten, vermutlich immer dann, wenn sein Vater ihm wieder mal den Kopf gewaschen hat. Der Vater betreibt eine Schuhflickerei in Münster.«

»Und wer ging noch in Marquardts AG?«

»Aus seiner Klasse niemand weiter. Die drei anderen gehen in die 10a. Petra Fuhr ist eine echte Hochbegabte. Sie hat die Neun übersprungen. Wenn sie nicht so begabt wäre, wäre sie vermutlich längst abgedriftet. Sie hängt mit den Grufties herum.«

Ich überlegte, ob ich sie bei den Goten im *Besen* gesehen hatte.

»Dann sind da noch Mark Frech, ein Punk, den sie Fickfehler nennen, und sein Freund, ein Glatzkopf, aber nicht das, was sie Faschos nennen, sondern ein Oiskin. Er heißt Karl Schuster. Sein Kriegsname ist Zampano. Mark Frech ist absolut zu. Er ist intelligent, aber er verweigert sich total. Er stammt aus einer ganz ordentlichen Beamtenfamilie. Sein Protest richtet sich vor allem gegen seinen Vater, aber er hatte auch was gegen Marquardt.«

»Warum ging er dann zu ihm in die AG?«

Zeller zuckte mit den Achseln. »Ich halte Mark für den Typ, der sich in seine Gegner verbeißt. Seinen Sprüchen nach wäre für Mark Mord eine gute Tat, aber ich traue es ihm nicht zu. Petra Fuhr hat mir berichtet, dass sie erst nach Weihnachten zusammen in die AG gegangen sind. Ich wollte ihre Aufschriebe sehen, aber sie sagte, es habe bislang nichts zum Mitschreiben gegeben.«

»Zu meiner Zeit«, sagte ich, »gab es eine evangelische Religionslehrerin, die uns solche Fragen beantwortete wie, ob man vom Küssen ein Kind bekommen kann.«

»Darüber dürfte die heutige Jugend hinlänglich informiert sein.«

»Wenn Sie sich da mal nicht täuschen. Steffi ist offensichtlich in Marko verknallt. Aber Marko fühlte sich fatal zu Marquardt hingezogen. Weder Steffi noch Marko können darüber reden.«

Zeller zog die Brauen zusammen.

Ich schlug ihm vor, irgendwo was trinken zu gehen, falls er nicht heim zur Ehefrau musste. Er schaute auf die Uhr und stand auf. Bei so viel Größe, Standfestigkeit und Schlagfertigkeit konnte ich mir leicht vorstellen, dass er in Mittelstufenklassen keinerlei Disziplinschwierigkeiten hatte. Wahrscheinlich hätte eigentlich er der Rektor des Gymnasiums werden müssen. Dass ich ihn kompromittieren könnte, fürchtete er nicht. Von seinen Schülern war er noch ganz anderen Mummenschanz gewohnt. Ich stellte ihm Brontë vor.

»Charlotte oder Emily?«, erkundigte er sich. »Wie hieß doch gleich die dritte?«

»Anne.«

Bad Cannstatt liegt im Osten Stuttgarts im Neckarknie, besteht auf ideeller Unabhängigkeit und versammelt auf verhältnismäßig kleinem Raum Kurpark, Altstadt, Verkehrsadern, unzählige Bahnlinien, Stadion, Schleyer-Halle, Friedhof, städtische Münze, Industrie und Volksfestplatz.

Ich kurvte südlich des Uff-Friedhofs zwischen Bahnlinie und Landeskriminalamt eine Weile durch hochgeschlossene Häuserzeilen, bis ich die Wörrishofener Straße fand. Sie endete an der Bahntrasse. Die Parkplatzsituation war Freitagabend alles andere als optimistisch zu bewerten, aber Brontë hatte einen Blick für Lücken. An den Ecken standen allerlei Männer.

Einer rauchte am Eisentor zu einem Hinterhofeingang. Ich erkannte ihn sogleich, er mich erst, als ich »Hallo« sagte. Krk hatte sich kaum verändert. Immer noch trug er erdfarbene Jacketts und Hemden. Sein Haar war etwas struppiger, grauer und spärlicher geworden, die Tränensäcke unter den scheinwerfergroßen Augen waren etwas markanter. Er leuchtete meinen stattlichen Begleiter ab.

»Na, dann wollen wir mal.« Krk wandte sich dem Hinterhof mit den B- und C-Eingängen zu.

Zeller zögerte.

»Was ist?«, erkundigte ich mich munter. »Sie haben sich doch den Artikel über den Club in der Wörrishofener Straße extra aufgehoben.«

Krk grinste nachsichtig.

Zeller straffte die Schultern. »Was fällt Ihnen ein! Ich habe Frau und Kinder! Wie kommen Sie eigentlich dazu ...« Er zutzelte plötzlich an einem bösen Lächeln. »Jetzt haben Sie sich verraten. Von dem Artikel in meinem Fach können Sie nur wissen, wenn Sie gestern Nacht im Lehrerzimmer waren! Künstlerpech, Frau Nerz, oder ist Ihnen Herr Nerz lieber? Außerdem habe ich diesen Artikel weder ausgeschnitten noch in mein Fach gelegt. Guten Abend, meine Herren!«

Krk pfiff und blickte der Allwetterjacke versonnen hinterher. »Gewisse Dinge ändern sich nie«, stellte er fest, »deine Ermittlungsmethoden und das Erscheinungsbild von Lehrern. Dieser entrüstete Herr stinkt hundert Meter gegen den Wind nach Pädagoge. Aber der Schulhofmörder ist er nicht. Der trieft von Aufrichtigkeit, hart, aber gerecht. Ich kenne diesen Typ. Die Familie ermüdet ihn, die Schule kotzt ihn an, und das Geld langt nie richtig fürs Eigenheim und den Urlaub, aber hinter dem Panzer von Zynismus hütet er Prinzipien. Er würde nie in der Schule privat kopieren, aus demselben Grund, warum er nicht mit dir ins Bett geht, aus stinkbürgerlicher Angst vor dem, was er sonst noch tun könnte, wenn der Damm gebrochen ist.«

»Dann ist er der ideale Mörder.«

Krk lachte. »Übrigens, gut siehst du aus. Was ist nun? Müssen wir da noch hinein, oder hat sich das erledigt?«

Ich wusste im Moment die Antwort nicht.

Krk lächelte. »Na gut, wenn wir nun schon mal hier sind. Nur Mut, Bruder.«

Wie hatte ich nur vergessen können, wie vertraut mir Krks Nachsicht war. Mir war wieder, als könnten solch duldsame Wärme nur Menschen ohne Selbstachtung ausstrahlen, kaputte Typen wie Krk, die schon alles Menschliche hinter sich hatten und außer der Fähigkeit, jederzeit mit jedermann eine riskante Beziehung einzugehen, nichts besaßen, was ihre Persönlichkeit fassbar machte. Ich dachte an den braven, zielstrebigen Richard, der schwindelfrei über all seine Abgründe balancierte, und mein Magen krampfte.

Krk ging mit leicht eingezogenem Kopf voran durch einen von Klinkerwänden und verglasten Küchenbalkonen sechs Stockwerk hoch eingeschachtelten Hinterhof, der den Zugang zu drei Haustüren mit langen Latten von Klingeln schaffte, und steuerte eine vierte Tür hinter einem nachträglich angebauten Fahrstuhlschacht an. Er klingelte. Die Gegensprechanlage quäkte. Krk nuschelte codewortmäßig einen Namen und Grüße. Daraufhin machte ein Lederknecht vom Typ glatzköpfiger Frisör Tür und Mund auf. An sich war nichts dagegen einzuwenden, dass auch Männer sich bei der Artikulation Mühe gaben, aber, so fragte ich mich, misshandelten Frauen ihre Stimmbänder in ihrem kommunikativen Übereifer tatsächlich auf solche Weise, mit diesem plattgaumigen Timbre aus emphatisch enger Brust? Wer konnte schon so viel ungelebte Herzlichkeit ernst nehmen?

Der Glatzenfrisör komplimentierte uns durch eine Diele in eine Gaststube und linste dabei auf unsere Hosenställe. Ich ermahnte mich: Hier kam es nicht darauf an, dass ich den Mann spielte.

Die Stube hatte etwas von einer Grotte, in deren Winkeln und Durchblicken ein halbes Dutzend intime Tischchen standen. Die gerundeten, dicken, rau verputzten Zwischenwände verbreiteten zusammen mit Lämpchen eine vergilbte Hauspartyatmosphäre, nur dass zur Party bislang noch niemand gekommen war, niemand außer einem Paar und uns.

Ein sehr schlanker Jüngling brachte uns das gewünschte Bier. Er hatte eine Bistroschürze um die schmale Hüfte gewickelt, die einen für meinen Geschmack zu mageren Jeanshintern freihielt. Krk flirtete mit den Augen. In einem anderen Grottenteil saßen ein nicht mehr ganz junger Staatsschauspieler mit weißem Schal und geschwellter Brust und ein gefönter blonder Jüngling, der mit reichlich selbstvergafftem Finger- und Mienenspiel versuchte, den Mimen aus dem Panzer zu kitzeln.

»Ist das alles?«, flüsterte ich.

Krk grinste. »Du erwartest doch nicht, dass die uns gleich ins Hinterzimmer führen, vor allem, solange du so verschreckt aussiehst.« Er griff über die Tischdecke nach meiner Hand und beugte sich über die Ecke. Ich kam ihm entgegen. Seine Lippen waren trocken, aber seine Zunge war leicht salzig auf ein kleines Abenteuer aus.

»Bist du in einer festen Beziehung?«, erkundigte ich mich.

»Er ist Testfahrer.«

Ich bedachte amüsiert, welche Angst Krk gehabt hatte, wenn ich ihn mit Emma, Gott hab sie selig, kutschierte, während er mir jetzt von gemeinsamen Testfahrten auf dem Hockenheimring erzählte, zweihundert auf der Geraden und dann kurz vor der Kurve auf sechzig runtergebremst, da hing man wie ein Dummy in den Gurten, und der Helm gongte an den Autorahmen.

»Und du?«, erkundigte er sich.

Das wusste ich im Moment nicht so genau.

»Au«, sagte er, »frisch verkracht. Du musst halt den anderen auch mal die Chance lassen, ihre Beziehung zu dir zu gestalten. Der kommt schon wieder, wenn ihm was an dir liegt.«

»Der nicht.«

»So schlimm? Was ist denn das für einer, der …«

Das Klingeln an der Haustür war in der Grotte gut zu hören.

»… der deinem Nuttenblick widersteht?«

Leider konnte ich Krks Seelenmassage nicht recht würdigen. Draußen gab es Gemurmel, aber die Partygäste erschienen nicht in der Grotte.

»Ich glaube«, sagte ich, »ich muss mich jetzt mal auf dem Weg zur Toilette verirren.«

»Du benimmst dich! Mein Chef ist hier Stammgast.«

Ich stand auf und ruckte am Gürtel. »Man wird doch noch sein Wasser abschlagen dürfen.«

Krk stand eilig senkrecht. Der Schauspieler und sein Dämchen glotzten.

»Er spritzt halt gern mit 'nem fremden Schlauch«, bemerkte ich im Vorbeigehen zu dem Pärchen, »hat er als Kind nie gedurft, mit dem Schlauch spritzen, meine ich.«

Krk kniff mich fies in die Hinterbacke und ich sprang kicksend zur Tür. Draußen erwischte ich ihn am Kragen. Er wehrte sich so zuverlässig wie immer. Mit dem Rücken zur Wand ließ er mich bubeln, um ihm seine Intimität abzuknöpfen. Er wehrte sich noch energischer als früher. Ich schubste ihn zur nächsten Tür. Logisch, dass es hier nur ein Herrenklo gab. Glänzende Pissoirs in rötlichem Licht. Krk sperrte sich im Türrahmen. »Bitte nicht hier!«

Da wuchs auch schon der Glatzenfrisör aus dem Boden, ganz lächelnde Sanftheit. Wir blickten ihn an wie Kinder, die man beim Doktorspielen erwischt hatte.

Er gurrte: »Aber, meine Lieben. Muss das sein?«

»Tschuldigung«, sagte ich, »ich vergaß, sein Chef ist ja hier Stammgast.«

Krk verdrehte seine Scheinwerfer verlegen zum Frisör. »Jaja, die Jugend von heute.«

Der Frisör drehte am Diamant in seinem fleischigen Ohrläppchen. Krk deutete den Griff nach dem Geldbeutel in der Gesäßtasche an, aber eigentlich verständigten sie sich mit Blicken. Der Frisör besiegte die Bedenken, die ihm sein Instinkt einräucherte, und öffnete eine weitere Tür. Wir warteten artig in einem kleinen Vorraum mit Stühlen und Blumen, während der Lederknecht an einer Tür, die nur einen Knauf hatte, einen stummen Klingelknopf drückte. Von innen, von unten, nämlich eine Kellertreppe hinauf, öffnete ein bulliger Typ, an dem wir uns Bauch an Bauch vorbeidrängelten. Die Treppe sauste in die Tiefe. Unten winkelte musikgeschwängertes Licht um die Ecke. Ich erwartete Kartoffelgeruch, aber es dünstete der Fischgeruch puren Spermas. Die Katakomben des Wohnsilos waren vorkriegsalt und verwinkelt. Die Kartoffelkellerholzverschläge hatte man lila lackiert und mit Vorhängen versehen. Ein Fuß stiefelte in den Gang. Videotöne schepperten. In einem Verschlag lag einer bei offenem Vorgang auf einer Matratze und teilte wichsend seine Aufmerksamkeit zwischen einem widerscheinenden Porno und den Passanten im Gang.

Ein Jüngelchen in Hosen auf halber Arschbacke schlabberte uns mit umgedrehter Baseballmütze entgegen. Im roten Licht sahen seine Pickel grau aus, die entzündeten schwarz. Als er an uns vorbeihuschte, wusste ich wieder, woher ich ihn kannte. Auch er hatte mich erkannt.

Der bullige Typ entließ uns in ein blau und rot wummerndes Gewölbe. Auf einer zusammengebretterten Minibühne aalte ein lendengeschürzter Jüngling seinen trainierten Body. Gegenüber der Tür hantierte ein Schwarzer hinter einer kleinen Bar. In dem Bums hatten fünf Tische Platz, an denen Herren in Plüschsesseln bei Champagner saßen, meist der Bühne zugewandt oder den Jungs, die zwischen ihnen hockten. Die Buben rauchten mit knochigen Fingern, die Handgelenke mit Lederriemen und geflochtenen Bändchen geschmückt, die Haare in den Augen, in denen das Weiße blitzte. Das war kultig: ein rauer Kartoffelkeller für Herren mit Krawatte.

Ich spürte, wie Krk an meiner Seite erstarrte. Er wandte sich mir zu, schirmte mich mit seinem Körper gegen den Raum ab und stützte auch noch den Arm vor meinen Augen gegen die Wand.

»Schau nicht hin! Da vorn sitzt Otter und neben ihm der Kultusminister.«

»Hilfe, Otter kennt mich!«

»Flucht oder Tod?«, fragte Krk. »Was ist dir lieber?«

Ich bedachte den verwinkelten, von einem bulligen Typen bewachten Fluchtweg die Treppen hinauf. Krk dachte dasselbe. Ich linste auf mein Handy, aber das war auf Sendersuche. Keine

Chance, die Polizei zu rufen. Dass Krk eine Waffe bei sich trug, war wenig wahrscheinlich. Ein Fotograf vom *Motor-Magazin* brauchte so etwas normalerweise nicht.

»Außerdem«, flüsterte ich, »war der Junge da draußen im Gang ein Schüler vom PHG, Jöran heißt er.«

»Dann sollten wir den Pfarrer für die letzte Ölung bestellen.«

»Hast du eine Kamera dabei?«

»Ich werde doch jetzt nicht ... du hast sie wohl nicht alle!« Krk drängelte mich nachdrücklich zur Tür. Während ich noch überlegte, was weniger auffällig war, unser Eintritt und sofortiger Rückzug oder ein schweinisches Übereinanderherfallen in einer feuchten Ecke des Gewölbes, öffnete Krk die Tür einen Spalt breit und ließ sie wieder zufallen. »Zu spät. Sie kommen.«

Ich machte mich von ihm los und strebte zur Bar. Wenn schon Kloppe, dann mit einem Martini in der Hand. Der lange Neger nahm meine Bestellung mit einem ach so schönen Lächeln entgegen. Ich schob meinen Hintern auf den Hocker, im Rücken die Herren von der Kultusbehörde. Krk blieb stehen.

Zwei Männer – der bullige Typ hatte sich zwillingshaft verdoppelt – schoben sich zur Tür herein und sondierten.

»Nicht umdrehen«, flüsterte ich Krk zu, »die Killer sind da.«

Krks Lippen waren kalt. Seine Hand fingerte ohne sinnliches Interesse in meiner Leistengegend herum. Mit der anderen angelte er im Innenjackett nach den Zigaretten. Seine Scheinwerfer wanderten zu der Sitzgruppe hinter mir und fixierten etwas, das in meinem Rücken näher kam.

Im nächsten Moment stand ein Mann in Hemdsärmeln mit Bauch neben mir, die Krawatte gelockert, die Gesichtszüge wie um einen Zentimeter am Schädel herabgerutscht, die wasserblauen Augen interessiert in mein Gesicht geheftet. Kultusminister Bollach stand schon nicht mehr ganz sicher auf den Beinen.

»Das geht auf meine Rechnung«, herrschte er den Barkeeper an, der uns die Gläser hinstellte, »wenn du erlaubst?«

Krk nickte gnädig und zündete sich die Zigarette an.

»Ich wollte doch nur mal sehen«, sagte Bollach zu mir, »was für ein Gesicht sich hinter diesem knackigen Figürchen verbirgt. Ich muss schon sagen …« Er sagte es nicht, blies mir aber seinen Bierhauch ins Gesicht und hielt sich an meinem Arm fest. Die Zwillingskiller an der Tür berieten sich.

»Darf ich fragen, wie du heißt?«

»Li… Lie.«

»Lie?« Der Kultusminister zog das abschüssige Gesicht zu einem Lächeln über die Knochen hoch. »Wollt ihr euch nicht zu uns setzen? Ich bin hier mit ein paar Freunden, die euch sicher gern kennen lernen wollen.«

Krks ausdruckslose Miene gab keine Handlungsanweisungen. Ich war jetzt sicher, dass Jöran den Killern nicht gesagt hatte, dass ich von der Zeitung war. Sonst hätten sie nicht zugeschaut, wie der Minister Krk den Boy abspenstig machte.

Bollach zog mich halb wankend und despotisch vom Hocker.

»Nicht so stürmisch, junger Mann«, sagte ich.

Er lachte mit wackelndem Hemdbauch.

Krk hatte seine Scheinwerfer wachsam aufgeblendet, aber er rauchte, und ein Mann mit Zigarette in der Hand ist nicht dazu aufgelegt, sich zu schlagen. Otter war im Moment abgelenkt von einem Buben, der ihm rittlings auf den Knien hockte. Ein weiterer Herr, blass wie ein Referent, schien sich dagegen mit seinem Jüngling eher zu langweilen.

»Schaut mal, was ich da habe«, sagte Bollach und schob mich vor. Krk rückte nach. Otter hob die blassen Augen. Sein Hamstergesicht war rot, sein blondes Haarhütchen verstrubbelt. In den Achseln seines grauen Jacketts hatten sich Schweißflecken gebildet. Aber der Trottel schaute mir nur auf den Hosenstall, nicht ins Gesicht. Dort, wo der Kultusminister eine tiefe, warme Kuhle im Sessel hinterlassen hatte, hockte ein verhungertes Mulattenjüngelchen und saugte an einer Zigarette. Ich wusste auf einmal, dass ich mich da niemals hinsetzen würde. Lieber sterben.

»Ach, Herr Otter«, sagte ich, »Sie hier?!«

Bollachs Mimik rutschte jäh ab, sodass ihm die Augenlöcher auf den Backenknochen und die Lippen auf dem Kinn hingen.

»Ja wie?«, polterte er mit einem Anflug von Politikerwachsamkeit.

Otters Blick wuchs an mir, wurde klarer, kräftiger, erwachsener, autoritärer, beamtisch. Das Bübchen auf seinem Schoß merkte, dass etwas kippte, und tauchte ab.

»Wie war doch gleich Ihr Name?«, sagte Otter. »Frau äh …«

Der Referent sprang auf und stellte sich schützend vor den Minister. Bollach puffte ihn in den Sessel zurück. Der Junge des Referenten verdünnisierte sich zusammen mit dem Mulatten.

»Presse!« Otter rutschte die Stimme nun doch aus. »Die sind von der Presse!«

Bollach nahm geschwind Ähnlichkeit mit seinem Fernsehbild an. Die beiden Zwillingskiller bahnten sich den Weg. Krk stellte sich zwischen sie und mich und bekam das erste kurze Gerangel ab.

»He!«, schrie ich. »Wir sind privat hier. Wir konnten doch nicht ahnen …«

Der Schwager blickte schwitzend zum Kultusminister auf. Schon die Eitelkeit hinderte Bollach anzunehmen, dass wir ihn nicht kannten. Ich nahm am Rande wahr, dass im Rest des Gewölbes ein stilles Huschen und Fliehen einsetzte, Tür auf, Tür zu, Tür auf. Bollach stemmte die Hände in die Seiten und musterte uns von oben bis unten. Ein Wink mit den Augen, und die Zwillingskiller ließen von Krk ab und zogen sich zurück.

»Man kann doch über alles reden«, drohte Bollach gemütlich. »Wir sind doch alle nur Menschen. Wir haben unsere Schwächen und Fehler, unsere kleinen Bedürfnisse und Wünsche. Das Leben ist verdammt kurz. Setzt euch, meine Herren. Champagner!«

Bollach zog mich neben sich auf den Sessel. Krk durfte alleine sitzen. Otter zerrte an seinem Krawattenknoten. Der Referent sah aus, als müsse er Protokoll führen und dürfe darum nichts trinken.

»Also Kinder«, polterte Bollach, »wie machen wir das nun? Habt ihr irgendwelche speziellen Wünsche?« Sein Knie drängelte sich an meines, seine Schulter runkste gegen meine, seine Hand lag schwer auf meinem Knie. Dabei grinste er Krk an. »Eine schöne Reise, ein schnelles Auto? Das Leben kann so schön sein, gell?«

Krk beugte sich vor. »Es wäre noch schöner, wenn Sie meinen Jungen in Ruhe lassen würden.«

Bollach lachte. »Das klingt doch gleich viel besser als das hässliche Wort Presse. Nur, ist es überhaupt ein Junge? Das ist doch hier die Frage.«

»Ich verbürge mich dafür«, knurrte Krk.

Bollach blinzelte, zurrte seine Visage in die Höhe, grinste. Krk hielt dem Blick stand. Ich bewunderte ihn wieder einmal für das, was er mit seinen Augen zustande brachte. Er bot dem Minister etwas an, was ich niemals hätte formulieren können, und wenn, dann nur als Eröffnung einer rhetorischen Schlacht mit handgreiflichem Ausgang. Bollach zog die Hand von meinem Knie. Er nahm Krk die Garantie, die er gab, ab. Im Tausch gegen mein Geschlecht bot Krk ihm stillschweigend Stillschweigen an.

»Prost!«, rief Bollach. Die Sektgläser klirrten traulich im geleerten Gewölbe. Otter schwitzte. Der Referent blieb ernst. Der Schwarze lächelte. Der Champagner schäumte mir die Kehle hinauf statt hinunter. Bollach schwadronierte die minderjährigen Buben zu Greisen und philosophierte über moralischen Liberalismus. Als ich so weit war, uns vor die Füße zu kotzen, schlug Krk uns endlich einen Weg durch das Gestrüpp unausgesprochener Bestechlichkeit hinaus aus dem Gewölbe. Man ließ uns tatsächlich gehen. Wir stolperten durch den Kartoffelkeller die endlose Treppe hinauf.

Doch mein innerer Triumphübermut erwies sich als voreilig. Im Raum hinter der Treppentür nahmen uns die Zwillingskiller in Empfang und drehten uns die Arme auf den Rücken. Die Blumenvase auf dem Tischchen schwankte champagnerschaumig. Der glatzköpfige Frisör lächelte nicht mehr und fasste mir zwischen die Beine.

»Das ist aber gar nicht schön«, bemerkte er. »Und was ist das?«

Einer der bulligen Zwillinge hatte in Krks Jackett eine kleine elektronische Kamera gefunden.

»Das ist eine Lomo«, sagte Krk.

Der Frisör warf sie gegen die Wand. »Das war eine Lomo. Was glaubst du eigentlich, wer du bist? Und du …« Er wandte sich an mich. »Für welches Revolverblatt schreibst du? Du findest das wohl besonders amüsant? Aber das Lachen wird dir schon noch vergehen.«

»Ich bin hier mit Wissen und Billigung meines Chefredakteurs.«

»So? Das wird deinem Chefredakteur eine Lehre sein.«

Ich fragte mich, ob ich schon lange genug beim *Anzeiger* war, dass sie mir einen Nachruf schrieben.

»Was regst du dich auf?«, sagte Krk mit gepresster Ruhe wegen des armdrehenden Bullen in seinem Rücken. »Mein Chef schafft alle seine Gäste hierher. Ich werde doch nicht meinen Job aufs Spiel setzen.«

Der Frisör überlegte. »Und diese junge Dame hier wollte auch nur mal richtige Männer kennen lernen? Nun, wenn ich es mir recht überlege, das kann sie haben.«

Mit einer Kinnbewegung setzte er unsere beiden Wächter und damit uns in Bewegung.

Draußen herrschte klirrende Dunkelheit eingekastelt zwischen turmhohen Hinterhauswänden. Die Kälte ernüchterte schlagartig. Der Kerl in meinem Rücken zog den Polizeigriff an. Mir schäumte erneut der Champagner die Gurgel hinauf. Wenn ich stolperte, konnte der Killer gar nicht anders, als mir die Schulter auskugeln. Freilich, warum sollte ich stolpern?

»Feuer!«, schrie ich. Es hallte mächtig die Rückfassaden hinauf.

»Feuer!«, brüllte auch Krk.

Plötzlich waren wir unsere Bullen los, taumelten gegeneinander und rissen uns gegenseitig an den Jacken Richtung Ausgang auf die Straße. Dort strebte ich nach rechts und Krk nach links. Diesmal war er stärker. Er zog mich durch einen Dreierpack herumstehender Männer zur Wendeplatte der Wörrishofener Straße, die von der Straße am Bahndamm, auf der heller Verkehr flutete, nur durch einen Fußweg getrennt war.

»Wir müssen«, keuchte ich, »sofort die Polizei rufen.«

»Sinnlos«, hustete Krk und zerrte mich zu einem roten Geschoss der Marke Schnellstart mit Cockpit-Armaturen und Freisprechanlage, das am Straßenrand parkte. Er musste erst einmal den Teer seines verpfuschten Lebens aus den Bronchien husten, ehe er starten konnte. »Bis die Bullen da sind, ist der Laden geräumt. Ich denke, jetzt ist eine kleine Dienstreise dringend angesagt.«

10

Ich überließ Krk das Kaffeemachen in meiner Küche und nahm das Telefon aufs Knie. Zuerst Elsäßer. Er hatte Gäste im Hintergrund und klang nach Dunhillpfeife und Cognac. Er schien schon ernüchtert, bevor ich alles ausgeplaudert hatte.

»Wir reden am Montag darüber«, sagte er ungehalten.

»Aber …«

»Kein Aber. Gute Nacht.«

Krk stellte mir den Kaffeebecher hin und fläzte sich breitbeinig auf den Stuhl mir gegenüber. »Also doch verreisen.«

Ich wählte Richards Privatnummer. Es meldete sich der Anrufbeantworter. Wahrscheinlich wollte sich das Original nur wieder mal nicht beim Hören des Wohltemperierten Klaviers stören lassen.

»… sprechen Sie bitte nach dem Pfeifton.«

Ich hatte wie üblich schon vor dem Pfeifton angefangen. Krk grinste.

»Hallo, Richard … äh, ich habe heute Abend, also Freitagabend, den dritten Februar, Kultusminister Bollach, einen unbekannten mutmaßlichen Beamten und Otter, den Rektor des PHG, in einem Schwulenclub in der Wörrishofener Straße mit Minderjährigen gesehen. Es gibt einen weiteren Augenzeugen … äh, das nur zu deiner Information.«

Krk feixte.

»Er ist Staatsanwalt«, sagte ich.

»Soso, auch das noch?«

Christoph Weininger stöberte ich telefonisch in der Landespolizeidirektion auf. Er klang nach Überstunden, viel Kaffee und noch mehr Zigaretten.

»Die Sitte war meines Wissens schon zwei Mal im Club«, erklärte er, »aber sie haben nie Minderjährige angetroffen. Der Club muss ein exzellentes Frühwarnsystem haben. Vielleicht bewilligt man der Sitte jetzt endlich einen V-Mann. Mehr kann ich dazu nicht sagen. Den Bollach wird man dort bestimmt nicht noch einmal erwischen.«

»Vergiss den Kultusminister. Wir haben ein Motiv im Schulhofmord. Otter fickt im Club seine eigenen Schüler. Knöpft euch mal Jöran Fischer vor. Wenn Marquardt seinem Rektor draufgekommen ist, dann ist das nicht mehr nur ein Fall für die Sitte.«

»Erzähl du mir nichts«, sagte Christoph. »Es gibt keinen Grund, an der Aussage Otters zu zweifeln, dass er den Dienstagabend daheim bei Frau und Kind verbracht hat. Seine Frau hat's bestätigt.«

»Na!«

»Außerdem haben wir eine viel heißere Spur. Dabei spielt der Schlüssel zum hinteren Schulhof eine Rolle.«

»Das spricht doch gerade für Otter.«

»Oder einen Schüler. Seit drei Jahren verfügt die Schule über den Sportplatz hinter der Turnhalle. In den Hohlstunden dürfen sich die Schüler im Rektorat den Schlüssel gegen Unterschrift bei Frau Bluthaupt abholen, wenn sie dort kicken wollen. Doch unlängst hat man dort die Buben mal kicken sehen, obgleich Frau Bluthaupt erkrankt war. Ein aufstrebender junger Kollege von mir hat sich die Mühe gemacht, Turnlehrer, Hausmeister und Schüler so lange im Kreis herum zu befragen, bis sich herausstellte, dass einer der Schüler sich einen Nachschlüssel angefertigt hat. Aber nichts darüber in deiner Zeitung. Es ist noch nicht offiziell. Der Schüler heißt Marko Vasiljevic. Sein Vater betreibt in Münster eine Schusterei mit Schlüsseldienst. In seiner Werkstatt befinden sich außerdem jede Menge langer spitzer Nadeln, Schusterahlen.«

»Habt ihr ihn schon festgenommen?«

»Wir sind hart dran. Aber Freitagnacht, da sind die Kids alle ausgeflogen.«

»Meinst du nicht, ihr solltet euch mehr um die Faschos kümmern, die vor dem *Besen* rumlungern? Die sind wirklich gewaltbereit.«

»Danke für den Tipp, aber die sind uns bekannt. Zweie gehen aufs PHG, die andern beiden auf die Realschule am Hallschlag. Zwei weitere verbüßen derzeit eine Haftstrafe.«

»Wegen der Sache an der Reinhold-Mayer-Brücke, nicht wahr?«

»Hm.«

»Auch da hatte Marquardt seine Finger drin«, sagte ich. »Er hat Heiner Berg zu einem Geständnis und Verrat am Kumpel überredet. Außerdem galt Marquardt als Türkenfreund und war schwul.«

»Politische Taten sehen anders aus.«

»Ha!«, sagte ich. »Anschläge auf Obdachlose und Schwule sind nicht politisch!«

Krk nickte heftig.

»Hier handelt es sich um simple Rache«, legte ich nach.

»Und warum erst jetzt?«, fragte Christoph. »Der Prozess liegt ein Jahr zurück. Heiner Berg kommt bei guter Führung noch dieses Jahr raus.«

»Wer hat euch denn da wieder ausgeredet, im rechten Milieu zu ermitteln?«

»Staatsanwältin Meisner ist nun wirklich nicht blind auf dem rechten Auge«, antwortete Christoph mit angelegtem Kinn. »Du kannst sicher sein, dass wir in alle Richtungen ermitteln. Ich zumindest.«

»Und die EKHK Beckstein?«

»Da musst du sie schon selber fragen.«

Krk verabschiedete sich mit einem kitzligen Bruderküsschen. »Ein reizender Abend.«

Ich fiel halb tot ins Bett. Die Batterie hatte nicht mal genug Energie, mich mit Schreckensbildern vom Kartoffelkeller am Einschlafen zu hindern. Aber schon um halb drei saß ich wieder senkrecht im Bett. Das Telefon jaulte. Am andern Ende herrschte Bürogeklapper. Ich musste mich – das Herz schon in den Kniekehlen – vergewissern, dass es draußen tatsächlich noch stockfinster war. Nein, ich hatte keinen Dienst verschnarcht.

»Ich bin's. Hast du schon geschlafen? Du, hör mal ...«

»Woher hast du meine Privatnummer?«

»Aus dem Telefonbuch.«

Gelogen. Da stand ich nicht drin.

»Du, hör mal«, zappelte die Stimme, »ich steck voll in der Kacke. Du hast doch nicht wirklich schon geschlafen?«

»Komm zur Sache, Steffi.«

»Ich kann nichts dafür. Der, wo mit dem ich in die *Müllstation* wollte – die Disko, kennst du doch? –, der hat das Auto nicht gekriegt, und dann sind wir mit dem Bus. Und jetzt sitz ich hier ... Also kannst du mich abholen? Das wäre voll porno. Wenn ich um sieben nicht daheim bin, kriegt meine Mutter die Krise.«

»Du hast wohl 'nen Schuss!«

»Ich würd's dir nie vergessen, mein Leben lang nicht, ich schwör.«

»Nein!«

»Aber die sperren mich ein!« Die Stimme schwankte reichlich uncool. »Die machen hier total Stress.«

Mir schwante Schlimmes. »Wo bist du denn?«

»Also pass auf: Ich bin hier in Bietigheim. Weißt du, wo das ist? Also auf der Polizei.«

»Und weshalb?«

»Ich hab wirklich nicht gewusst, dass er den Schlitten geklaut hat. Ich schwör, ich dachte, der wär von seinem Vater. Und dann hat er ihn geschrottet und sich verpisst. Der gehört zurückgefickt und abgetrieben, aber voll mit Vergewaltigung.«

»Wer?«

»Ich weiß nicht, wie der heißt. Ich hab ihn in der Disko getroffen. Er wollte mich heimfahren.«

»Hast du eigentlich nur Gelatine im Hirn?«

»Also gut.« Sie senkte die Stimme fast bis ins Unhörbare. »Es war Marko. Aber ich kann ihn doch nicht verpfeifen. Du musst mir helfen. Die sperren mich hier ein.«

»Die wollen deine Mutter sehen, nicht mich.«

»Bitte, bitte, bitte!«

Ich fluchte aus dem Vollen. Das Telefon machte einen Hupser. Steffi jubelte. Ich kam mir verarscht vor und bestellte ein Rauchertaxi. Bis es kam, hatte ich mir das dritte Sweatshirt übergezogen und die alte Lederjacke. Aber es half alles nichts gegen den Schüttelfrost, den ein schlafsüchtiges Hirn produzierte. Das Taxi stank nach kaltem Rauch. Bis zur Wörrishofener Straße, in der Brontë stand, hatte ich zwei Zigaretten kurz gemacht. Das Nikotin strangulierte zwar den Blutfluss in den Händen, weckte aber nach einer Phase von Sehstörungen und Schwindel den Funkverkehr zwischen den kleinen grauen Zellen. Als ich Brontë startete, wusste ich wenigstens, dass ich Richtung Norden auf die Autobahn musste. Die Diskoflitzer sah ich alle von hinten.

Zu meiner Zeit hatten die Eltern gelitten, weil die Teenager am Wochenende in die Diskotheken in der Stadt fuhren. Aber heutzutage nützte es nichts, wenn man mit den Halbwüchsigen in die Stadt zog. Die angesagten Diskos befanden sich jetzt neben dem ländlichen Einkaufszentrum auf der grünen Wiese.

Bietigheim lag still unter schwarzer Nacht. Ich eichte meinen Blick auf die kleinen blauen Schildchen mit der weißen Schrift »Polizei«. Nach einer Viertelstunde Kurverei durch Ring- und Einbahnstraßen mit blinkenden Ampeln entdeckte ich das Revier. Drei Stufen, eine Glastür, eine Klingel, eine Schleuse mit kugelsicherem Glas. Der Polizeimeister dahinter nahm meinen Ausweis wortlos entgegen. Ein Polizeihauptmeister öffnete die nächste Tür. Dahinter döste Steffi auf einer Bank, die Hände in den Ärmeln, und schoss hoch, als sie mich sah. »Dann kann ich ja jetzt wohl gehen.«

Der Polizeihauptmeister zwirbelte seinen Schnauzer und musterte meinen Ausweis. Er hatte acht Dienststunden überstanden und noch zwei vor sich. Von der Nachtration aus dem Rucksack auf dem Tisch im angrenzenden Büro war noch eine Banane übrig, die neben der Schachtel Zigaretten lag.

»In welchem Verhältnis stehen Sie zu der jungen Dame?«

»Ich bin eine Freundin der Familie.«

Sein Gesicht grünte im Neonlicht. Am Unterlid seines linken Auges hing eine Warze in störender Position.

»Dann können Sie mir vielleicht sagen, wo sich die Mutter dieser jungen Dame aufhält.«

»Sie ist bei ihrem Freund«, fuhr Steffi dazwischen. »Das habe ich Ihnen doch schon gesagt. Die Telefonnummer weiß ich nicht.«

»Steffi«, sagte ich, »du hältst die Klappe. Verstanden?«

Der Polizist nickte anerkennend. »Die junge Dame weiß offenbar auch nicht, wie dieser Freund ihrer Frau Mutter heißt. Wir haben die junge Dame bei einem verunfallten Wagen auf der Rastanlage Freiberg aufgegriffen. Nach unseren Erkenntnissen ist der Fahrzeuglenker mit überhöhter Geschwindigkeit in die Rastanlage eingefahren, hat die Kontrolle über den Pkw verloren und ist in der Folge gegen das Toilettenhäuschen geprallt. Der Sachschaden ist erheblich. Die junge Dame gibt an, der Fahrzeuglenker habe Unfallflucht begangen.«

Ich konnte mir schwer vorstellen, dass Steffi das so ausgedrückt hatte.

»Des Weiteren gibt sie an, sie kenne die Identität des Fahrzeuglenkers nicht. Der verunfallte Pkw ist im Übrigen als gestohlen gemeldet.«

»Er wollte mir an die Wäsche, dieser Tittenfisch!«, keifte Steffi.

»Steffi!«

Sie duckte sich.

»Wie ist in so einem Fall das übliche Verfahren, Herr Hauptmeister?«, erkundigte ich mich.

Ein winziges Lächeln stahl sich unter dem Schnauzer hervor. »Kommen Sie mal mit, Frau Nerz«, nuschelte er und begab sich, das Zentnergewicht der vierfachen Gravitation der vierten Morgenstunde auf den Schultern und Knitterfalten im Hemd, in einen um die Ecke liegenden Aufenthaltsraum, in dem ein Fernseher stumm einen Nachtporno ausstrahlte. An der Wand ein Plakat mit den Ecstasy-Marken.

»Kaffee?«, fragte er und füllte zwei Tassen. »Sie haben heute Nacht sicher auch was Besseres vorgehabt.« Sein Grinsen enthielt Rudimente deftiger Männerwitze. Auf dem Tisch lag ein Prospekt für Polizeiausrüstung: Pistolentaschen, kugelsichere Westen, Handschellen, Taschenlampen, Lederjacken. »Aber Scherz beiseite. Die junge Dame sollte zunächst mal das Protokoll unterschreiben.«

»Der Kerl«, sagte ich ohne Umschweife, »der vermutlich den Wagen gefahren hat, heißt Marko Vasiljevic, fünfzehn Jahre. Seine Adresse kriegen Sie in der LPD II in Stuttgart von KOK Weininger.«

Wieder das ironische Minilächeln. Die Schutzpolizei fühlte sich nicht ganz zu Unrecht gern geringschätzig behandelt, nicht nur von der Kriminalpolizei, sondern auch von uns, dem Bürger. Der Polizeihauptmeister lehnte sich zurück, hakte den Daumen in den Gürtel und dehnte den Bauch.

Jedes Wochenende dasselbe Spiel: Unfall auf der Landstraße. Sieben Jugendliche von der Straße abgekommen. Manchmal Tote, immer Schwerverletzte. Oder die Verkehrsüberwachung beobachtet einen BMW mit breiten Felgen und glänzenden Auspuffrohren, der mit zweihundert durch eine Autobahnbaustelle brettert. Bei der Verfolgungsjagd bringt der jugendliche Fahrer sich selbst und zahlreiche Bürger in Lebensgefahr. Die Disko in Asperg belegt die Gegend mit einem Fluch. Wenn man nach 22 Uhr jedes minderjährige Mädchen aufgreifen wollte, wäre das Revier ein Kindergarten. Manche sind erst zwölf, aber geschminkt wie Nutten. Ab vier Uhr morgens schlottern sie an den Bus- und Bahnhaltestellen. »Manchmal haben wir einen Jugendlichen das ganze Wochenende auf dem Revier in der Zelle, bis die Eltern Sonntagabend endlich auftauchen.«

Ich leerte die Tasse lauwarmen Kaffees mit vier Schlucken.

»Was wir den Erziehungsberechtigten dann über ihren Sohn oder ihre Tochter mitteilen müssen«, fuhr der Polizist fort, »hören sie zum ersten Mal. Selbst wenn wir ihnen den Schnee zeigen, bestreiten sie noch, dass ihr Kind Drogen nimmt. Erst schimpfen sie auf den Polizeistaat, dann auf ihren Jungen. Er horcht nicht, sie hätten keinen Einfluss. Am liebsten wäre es ihnen, wir behielten den Sohn da, damit es ihm eine Lehre ist. Sie scheinen zu glauben, sie hätten genug getan, wenn sie dem Kind die HiFi-Anlage, einen Videorekorder und einen Computer kaufen. Der Bürger beklagt die steigende Kriminalität. Aber wenn ich ihm sage: Das ist Ihr Sohn, der im Kaufhaus klaut und sich einen Wagen für eine Spritztour ausleiht, dann fällt er aus allen Wolken. Der Sohn hat doch alles, der trägt Kleider im Wert von tausend Euro und zieht trotzdem anderen auf dem Bahnhof die Jacke ab. Manchmal denke ich, die sind von einem Virus befallen. Nokia, Nike, Levi's, Esprit. Und von den Eltern kriegen sie nichts zur Stärkung des Immunsystems. Die sind selber infiziert.«

Der Hauptmeister gehörte zu jenen Nachtschichtphilosophen, die einen Gedanken dadurch ermüdeten, dass sie ihn dreimal in jeweils detailreicherer Ausführung wiederholten, sobald sie merkten, dass das Gegenüber die Grundidee begriffen hatte. Im Laufe der folgenden halben Stunde nahm das Virus epidemischen Charakter an, vernichtete ganze Generationen und verwandelte einst idealistische Jugendliche in Roboter der Konsumindustrie. In amerikanischen Labors ausgeheckt und über McDonald's und Coca-Cola verbreitet, diente das Virus adidas und Nike dazu, ihre Produkte in jede noch so kreuzbrave Familie einzuschleusen, wo sie sich Geld fressend vermehrten.

»In Gottes Namen«, seufzte der Polizist endlich, »springen Sie und nehmen Sie die junge Dame mit.«

Ich zwang Steffi, das Protokoll zu unterschreiben. »Wurde aber auch langsam Zeit«, sagte sie, als die Glastüren hinter uns ins

Schloss fielen. Ich gab ihr einen Stoß, dass sie drei Schritte stolperte.

»He!«, schrie sie. »Bist du jetzt sauer, oder was?! Was hab ich denn gemacht? Glaubst du, ich geh da hin und sage: Verhaftet mich, oder so?«

»Ich habe denen gesagt«, erwiderte ich kühl, »dass Marko den Wagen gefahren hat.«

Steffi schluckte. Eine Weile kam nichts, dann jaulte sie: »Scheiße!«, drehte sich einmal um die eigene Achse und hieb mit der Faust auf Brontës Faltdach. »Warum hast du das gemacht?«

»Oder wolltest du«, fragte ich, »dass deine Mutter den Wagen bezahlt und das Scheißhäuschen dazu? Ja?«

»Scheiße! Scheiße! Scheiße!«

»Sehr richtig. So ist das, wenn man jeden Scheiß mitmacht.«

Unversehens rutschte Steffi die Hand aus. Verkehrte Welt. Früher hatte meine Mutter mit lockerer Hand auf meine schnippischen Bemerkungen geantwortet. Jetzt blockte ich die Ohrfeige einer Vierzehnjährigen ab, drehte meine Schulter unter ihre Achsel und warf sie in einem Salto vor mich auf den Asphalt. Allerdings hielt ich ihre Schlaghand fest, damit Steffi nicht auf dem Rücken aufschlug. Gemessen an der Überraschung kam sie schnell wieder auf die Füße. Ihr Atem wolkte heftig vor dem hübschen Mund. »Du kannst ja Karate.«

»Das war Judo.«

»Porno!«

»Gibt's eigentlich keinen anderen Ausdruck für super?«

Steffi blickte mich verständnislos an. Wir bestiegen Brontë. Sie knabberte an den Fingernägeln, bis wir auf der Autobahn waren.

»Glaubst du, dass meine Mutter davon erfährt?«

»Was ist eigentlich mit deiner Mutter? Du hintergehst sie, du belügst sie, du verkaufst sie für blöd.«

»Meine Mutter ist voll in Ordnung. Ich schwör. Sie hat jemanden wie mich echt nicht verdient. Ich mag meine Mutter. Das würden nicht viele sagen. Aber so bin ich eben.«

Ich wünschte, ich wäre Gott und könnte im Hirn des Mädels

den Schalter umlegen, damit sie anfing, normal zu denken. Vierzehn Jahre und schon keine Zukunft mehr. Die Mutter rackerte sich als Verkäuferin ab, während die Tochter alles daransetzte, von der Schule zu fliegen. Ich war zu katholisch erzogen worden, um zu verstehen, warum jemand, ohne nachzudenken, mit einem Freund ohne Führerschein im geklauten Auto spazieren fuhr.

»Ich will jetzt leben«, erklärte Steffi.

»Fun haben ist nicht leben«, behauptete ich.

»Dann will ich eben Fun haben.«

»Und warum bist du dann zu Marquardt in Esoterik gegangen? Ist das Fun?«

»In China können sie mit Meditation fliegen.«

»Wenn, dann in Indien.«

»Der Jürgen hat so einen Film gezeigt. Du kannst die Materie besiegen. Du kannst alles erreichen, was du willst. Du hast voll die Macht über andere. Du kannst sie sogar töten mit einer Puppe.«

»Du meinst wohl Voodoo.«

»Jedenfalls, der Jürgen hatte das voll drauf. Der kannte sich aus. Er hat das von den Außerirdischen gelernt, die er in Indien getroffen hat oder so.«

»In Peru.«

»Ich mein ja nur, der Jürgen kannte sich vierlagig aus in der schwarzen Magie.«

»Warum habt ihr ihn dann umgebracht?«

Steffi lutschte am Jackenkragen und linste herüber. »Ich könnte nie jemanden töten, mit dem ganzen Blut und so. Das ist voll eklig.«

»Und Marko?«

Sie schwieg. Ich düste über den Zubringer Zuffenhausen in die Stadt hinein. Die Landespolizeidirektion am Pragsattel lag kasernenfriedlich als Lichtorgie in den Weinhängen. Unterhalb führte die lange einsame Löwentorstraße in den Hallschlag. Die Gegend wurde von amerikanischen Reihensilos, dem Römerkastell, der

Gewerbeschule und – aus Sicht der Schüler – von der Carl-Benz-Schule beherrscht.

»Wo wohnst du?«, erkundigte ich mich, als wir unter der Bahnlinie hindurch von oben in Münster einfuhren. Steffi nuschelte was und meinte dann, ich könne sie hier rauslassen, sie wolle noch bei einem Kumpel vorbei.

»Jetzt um halb fünf?«

»Ich habe keinen Hausschlüssel.«

»Schluss mit den Geschichten«, sagte ich. »Sonst liefere ich dich auf dem Revier in Cannstatt ab.«

»Mainstraße«, sagte sie. »Gegenüber der Apotheke.«

Zur Apotheke wies ein Schild. Die Straße war schmal und zentimeterdicht zugeparkt. Leer waren nur die Kundenparkplätze vor der Apotheke. Steffi reichte mir über den Schaltknüppel die kalte Hand und bedankte sich artig. Aber ich stieg mit aus. Sie inszenierte einen zweiten Abschied. Sie war nicht blöd. Sie war sogar ziemlich helle. Schade, dass sie damit nichts Besseres anfing. Als ihr klar wurde, dass sie mich nicht mit Geld und guten Worten loswurde, bevor sie hinter einer Haustür verschwunden war, kreuzte sie ergeben die Straße. Das Häuschen erweckte den Eindruck, in einem Gärtchen zu stehen, tatsächlich aber war es nur eine Hecke, die den Plattenweg ums Haus bedrängte. Steffi gedachte nicht, einen Schlüssel zu benutzen. Sie schlug sich durch die Hecke zur rückwärtigen Hausecke, tippte gegen ein angelehntes Fenster in Überkopfhöhe und erklärte, dies sei ihr Zimmer.

»Auf geht's«, sagte ich. Das blanke Entsetzen stand ihr ihm Gesicht. Ich griff in den Fensterrahmen und zog mich hoch. Für den Fuß bot das Haus den Sims eines umlaufenden bräunlichen Sockels. Steffi krallte sich plötzlich in meine Jacke. Ich deutete den Schlag mit dem Unterarm gegen ihre Gurgel an. Sie sank schluchzend am Haussockel zusammen. Ich sprang hinab und hockte mich neben sie. Im Gebüsch raschelte Getier. In der Ferne röhrte ein Auto. Sie schluchzte demonstrativ.

»Ich weiß«, sagte ich, »es ist unfair. Für dich ist alles das erste

Mal, aber ich weiß immer schon alles. Hast du schon mal daran gedacht, dass man die Erfahrungen der Erwachsenen auch nutzen kann?«

»Wie denn? Sie schreien immer nur und schimpfen.«

»Ich nicht.«

»Haha.«

Sie hatte ja Recht: Das Tun und Lassen der Teenies ist eine ununterbrochene Kette von Strafbarkeit.

»Komm, bringen wir es hinter uns«, sagte ich. Sie schniefte ein bisschen, schwang sich dann aber behände zum Fenster hinauf und hinein. Ich krallte mich hinterher. Drinnen war es schläfrig dunkel. Steffi stellte sich vors Bett. Das Wesen unter der Decke schnurchelte auf dem Bauch, den schwarzen Schopf im Kissen. Steffis Überraschung war schlecht gespielt. Ich ließ mich auf der Bettkante nieder und rammte dem Schlafenden den Unterarm quer über den Nacken. Das Wesen schnarchte auf, röchelte und spannte sich. Aber wer den Kopf unter Kontrolle hat, hat den ganzen Körper unter Kontrolle. »Licht an!«

Steffi rührte sich nicht. Ich kam selbst ans Nachttischlämpchen. Micky-Mäuse leuchteten auf der Bettwäsche auf. Rundum reckten sich gebräunte Boys auf Pop-Plakaten. In den Ecken erwachten hellblaue, rosafarbene und hellgrüne Plüschbären. Das Wesen im Bett war Marko. »Keine Panik!«, flüsterte ich ihm ins Ohr und ließ los. Er war zu benommen, um auszuschlagen.

»Was issen los?«

Ich hatte noch nie ein Zimmer gesehen, in dem kein einziges Buch stand, nicht einmal Schulbücher oder Comic-Hefte. Steffi plakatierte Boy-Groups mit entblößten Armen und Waschbrettbäuchen. Marko im Unterhemd war weiß und mager und kratzte sich den Kopf. Auf dem Oberarm eine Tätowierung.

»Ich habe deine Freundin in Bietigheim bei der Polizei abgeholt«, sagte ich.

»Ich bin nicht seine Freundin«, keifte Steffi leise.

»Was macht er dann in deinem Bett?«

»Er hat Stress daheim.«

»Und was sagt deine Mutter dazu, dass du einem polizeilich gesuchten Verbrecher Unterschlupf gewährst?«

In Marko kam schlagartig Bewegung. Er angelte nach seinen Hosen.

»Er hat nichts getan«, behauptete Steffi.

»Und wie war das heute Nacht mit dem Auto?«

Marko sah auf. »Hä?«

»Steffi!«, bellte ich.

»Scht, leise, verdammt noch mal«, zischelte Steffi.

»Wieso? Ich denke, deine Mutter ist bei ihrem Freund.«

Steffi zappelte. »Also, ich glaube, ich habe den Bullen aus Versehen die falsche Nummer gesagt. Ich kann mir unsere Nummer nie merken.«

»Wenn du jetzt nicht sofort die Wahrheit sagst«, flüsterte ich, »dann schreie ich.«

»Ich habe doch gesagt, dass der Kerl in dem Auto mich vergewaltigen wollte. Ich hab ihn in der *Müllstation* kennen gelernt. Er wollte mich heimfahren. Aber als er auf den Parkplatz rausfuhr, hab ich sofort gewusst, der ist nicht sauber. Ich hab ihm ein Brett verpasst, da ist er gegen das Klohäuschen gefahren. Ich bin raus und weg. Aber es war so dunkel auf dem Parkplatz, voll gruselig. Ich bin wieder zurück zum Auto, und dann waren die Bullen auf einmal da.«

»Und warum sagst du mir am Telefon, es war Marko?«

Marko unterbrach den Kampf mit dem Holzfällerhemd.

»Hab ich das gesagt?«, haspelte Steffi. »Ich weiß nicht mehr, was ich gesagt habe. Ich hatte voll überhaupt keine Peilung mehr. Die wollten mich einsperren! Du hast doch selber gesagt, ich hätte Gelatine im Hirn. Ich konnte nicht ahnen, dass du Marko sofort bei den Bullen verpfeifst.«

»Was?«, fragte Marko.

»Scht, seid doch leise!«

Ich war auf einmal fürchterlich müde. Marko stand auf, zog sich die Hosen an und zurrte den Gürtel um die knochigen Hüften. Dann setzte er sich wieder, um die Nikes zu schnüren.

»Bist du jetzt böse?«, erkundigte sich Steffi.
»Probier's doch künftig mal gleich mit der Wahrheit«, sagte ich. »Die hat auch viel mehr Erotik als das ewige Gewinsel.«
In der Wohnung klappte eine Tür.
»Raus hier, schnell!«, flüsterte Steffi, warf Markos Jacke aus dem Fenster, sprang mit den Stiefeln ins Bett und zog die Micky-Mäuse bis zum Kinn, während Marko und ich uns aus dem Fenster stürzten. Das Gebüsch, das er mit dem Arm beiseite walkte, schlug mir ins Gesicht. Er sprang übers Törchen. Dazu war ich zu alt und zu müde. »Soll ich dich im Auto irgendwohin mitnehmen?«
Marko schüttelte den Kopf, rammte die Fäuste in die Taschen und zog die Schultern hoch.
»Aber eines hätte ich gern noch gewusst: Warum hast du damals die Theateraufführung geschmissen? Ich sage nicht, dass du Marquardt abgestochen hast. Und ich erzähle auch niemandem, dass du schwul bist.«
»Ich bin keine Schwuchtel.«
»Aber Marquardt war eine, und du mochtest ihn. Er hat dir zugehört. Dann haben dich die andern damit aufgezogen, dass er andersherum ist. Darum hast du dich aus dem Theaterstück zurückgezogen.«
»Außerdem hatte ich 'ne Erkältung.«
»Und warum bist du dann wieder zu ihm in Esoterik?«
»So halt. Außerdem konnte man da mal reden und so.«
»Worüber?«
»Über alles Mögliche, was man so denkt und was man später mal machen will oder so. Halt reden.«
Na gut, reden war nicht Markos Ding. »Seit wann weißt du das mit Jöran?«
Marko schlitzte die Augen.
»Hat Jöran dir vom Club erzählt, oder war es Marquardt?«
»Nee, Jöran hat gesagt, da kann man Kohle verdienen und so. Der Otter soll da auch hingehen.«
»Weiß Steffi davon?«
Marko schüttelte heftig den Kopf.

»Wusste es Marquardt?«

»Glaub ich nicht.«

»Warum habt ihr nicht versucht, den Otter zu erpressen?«

»Die hätten den Jöran doch einfach kaltgemacht und mich auch. Vor zwei Jahren ist schon mal einer verschwunden.«

»Selim Ögalan?«

»Hm.«

»Und wer sind *die?*«

Marko hob die Schultern. »Die stecken alle unter einer Decke, die vom Club, der Otter und die Bullen und so. Die haben den Jürgen umgebracht. Jetzt suchen sie nach einem Sündenbock, und deshalb soll ich es gewesen sein, weil ich sowieso Kroate bin. Den Selim hängen sie mir dann auch noch an. Aber sag mir mal: Warum soll ich denn den Jürgen kaltgemacht haben? Wieso sagen die das? Sogar mein Vater glaubt mir nicht. Und im Knast, da machen sie doch einen wie mich gleich fertig. Ich hau ab. Ich geh nach Kroatien.«

Es gongte fünf Uhr. Marko lehnte das Angebot ab, bei mir zu pennen, und verschwand schiefschultrig zwischen den geparkten Autos.

Ich nahm seine düstere Zukunft mit. Ich hatte das Gefühl, mein Bett liege unerreichbar auf einer Insel im Schwarzen Meer, umgeben von Eisschollen. Als ich an der Staatsanwaltschaft entlangfuhr, um weiter vorn den U-Turn zu machen, sah ich drüben, keine zehn Meter von meinem Hauseingang entfernt, einen schwarzen Cherokee mit zwei Kerlen drin. So schnell konnten sie meine Adresse eigentlich nur von der Polizei haben. Ich fuhr vorbei, bog zur Friedenskirche hoch, überließ es Brontë, eine Parklücke zu finden, und stieg die Urbanstraße hinauf. Bei Sally konnte man zu jeder Zeit klingeln.

11

Eine kalte Schnauze stupste. Senta hechelte mir ins Gesicht. Der schwarze Kater blinzelte vom Nachttisch herab, die gelbe Katze ratzte auf meinen Beinen, und der alte Kater schnarchte an meinem Ohr auf dem Kopfkissen. Sally stellte mir einen Becher Kaffee hin.

»Wie spät?«

»Drei durch. Du warst klinisch tot.«

Die alte Schäferhündin äußerte schweifwedelnd die Hoffnung, wir würden jetzt zu einem Nachmittagsspaziergang aufbrechen. Ich schaufelte die Katzen von mir. »Welchen Wochentag haben wir?«

»Samstag.«

Ich war mit Isolde zu den Chaostagen verabredet.

»Dein Staatsanwalt hat angerufen«, sagte Sally. »So um zehn rum. Aber wie gesagt, du warst klinisch tot.«

Der Rigor mortis hatte auch schon eingesetzt: Ich war steif wie ein Brett. Sally bereitete mir ein Bad mit Rosmarin, das mich fast das Leben kostete, weil ich erneut in Schlaf sackte. Ich spuckte Schaum und schluckte grünes Rosmarinwasser. Das machte wach. Sally überließ mir einen Schlüpfer mit Spitzen, der nach Waschmittel roch, servierte mir ein Aspirin, besprengte meine drei Sweatshirts mit One von Calvin Klein und entließ mich Rosmarin rülpsend aus ihrem Tierasyl unterm Dach.

Isolde wohnte schlicht und nobel in der Panoramastraße. Sie war gelinde überrascht, mich auf ihrer Türschwelle zu sehen. Erstens hatten wir uns auf dem Schlossplatz verabredet, zweitens war ich eine Stunde zu früh. Das Parkett knisterte. Sie führte mich in ein nachmittagssonnenerhelltes Erkerzimmer mit Weitblick über Bahnhof und Stadtkessel bis hinüber zur Weinsteige unterm Fernsehturm.

Und aus dem kantigen Ledersessel am Glastisch erhob sich Richard Weber.

Ihm war nichts peinlich, aber Isolde knetete die Hände vor

dem schlanken Leib. Sie trug auch an einem Samstagnachmittag daheim gebügelte fließende Stoffe. Richard behauptete, er sei ohnehin im Aufbruch. Isolde sah erleichtert aus. Da er mir keinen Blick gönnte, stoppte ich ihn mit der Schulter, als er an mir vorbei zur Tür wollte. Außerdem häkelte ich ihm schnell den italienisch besohlten Fuß weg. Er stolperte elegant, aber immerhin wackelte eine Designervitrine mit einer Flotte silberner Pokale. Sein Blick vernetzte sich mit dem blauen Gift Isoldes zu einem indignierten »Was soll man dazu sagen?«

Ich betrachtete die Pokale in der Vitrine, während Isolde den Herrn an der Wohnungstür verabschiedete, machte die Ohren lang, um eventuelle Intimgeräusche zu erhaschen, und stellte fest, dass Kurt Holzer Sportschütze war. Isolde kam wieder, verlegen wie eine Hausfrau, die vom Partyservice versetzt worden war.

»Hat er Sie gefragt«, erkundigte ich mich, »ob ich Sie und Ihren Freund vor der Aktion bei TVCinema gewarnt habe?«

»Nein.«

»Was wollte er dann?«

»Ich glaube nicht, dass Sie das was angeht.«

»Oh!«

Isolde nestelte sich das Haar hinters Ohr.

»Tja«, sagte ich. »Dann ziehen Sie sich mal um. Oder haben Sie unsere Verabredung mit den Punks vergessen? Ich würde Jeans empfehlen und ein Paar Schuhe, in denen sie notfalls rennen können.«

Sie sank plötzlich in einen der Ledersessel. Da hockte sie dünn, schmal und erschrocken.

»Es geht mich ja wirklich nichts an«, sagte ich, »aber ich vermute, Weber hat Ihnen eröffnet, dass Ihr Freund per Haftbefehl gesucht wird und dass Sie sich der Beihilfe schuldig machen, wenn Sie seinen Aufenthaltsort kennen und verschweigen. Ich fürchte, wenn Weber einen Haftbefehl beantragt hat, dann hat er erdrückende Beweise. Er hat, abgesehen von einem einzigen Mal, noch nie einen Prozess verloren.«

Isoldes Blick befeuchtete sich mit süßem Vertrauen. »Sie kennen ihn doch schon länger. Ich meine, kann man ihm trauen? Er hat … nun, er hat gesagt, dass sie ihn … nun, dass Kurt möglicherweise in Gefahr schwebt, wenn er sich nicht schnellstmöglich mit ihm in Verbindung setzt.«

Ich bedachte das Dreieck des Bösen: Kindersex, Videohandel und korrupte Polizei. Richard hatte also den Kampf gegen Christoph Weininger immer noch nicht aufgegeben. Das hatte was von einem Bullterrier, der sich in ein Kind verbeißt und nicht loslässt, auch wenn man ihm in die Eier tritt. Ich konnte Isolde nicht gut sagen, dass der Oberstaatsanwalt einen Dachschaden hatte. Wie weit war er gegangen, um Isolde die Antwort auf die Frage abzuringen: »Wer hat denn nun tatsächlich Ihren Freund vor der Hausdurchsuchung gewarnt?«

Isolde sah mich an, so lange, bis ich mir in meinen drei Sweatshirts schäbig vorkam und ans Fenster trat, um einen Blick auf die Stadt zu werfen.

»Elsäßer«, sagte Isolde leise, »Elsäßer hat so etwas angedeutet, als wir beim Mittagessen waren. Wir hatten über meine künftige Tätigkeit gesprochen, und er sagte: Da läuft was gegen TVCinema. Die Steuerfahndung sei dran. Ich wusste natürlich, dass Elsäßer und Weber zusammen Tennis spielen. Ich dachte, er hat es von Weber.«

»Oje.«

»Aber Kurt hat ganz klar gesagt, er hat nichts mit irgendwelchen krummen Geschäften zu tun. Außerdem wollte er sowieso weg von dieser Firma. Sein Vater will mit dem Verlag aufhören, und Kurt soll ihn übernehmen.«

»Wissen Sie, wo er sich jetzt aufhält? Sie brauchen es mir nicht zu sagen. Und sollte er sich bei Ihnen melden, dann fragen Sie ihn auch nicht, wo er ist. Das Telefon könnte abgehört werden. Aber raten Sie ihm dringend, sich bei Weber zu melden, ohne Umweg über die Polizei. Wenn er unschuldig ist, umso besser. Wenn nicht, wird Weber ihn wenigstens korrekt hinrichten lassen. Das Wichtigste dabei: Weber lehnt die Todesstrafe ab.«

Isolde drehte an ihrem Brillantring. Ich deutete auf die Vitrine mit den Pokalen. »Schießt er gut?«

»Jedenfalls«, sagte Isolde schnippisch und stand auf, »würde er nie auf Menschen schießen, nicht mal auf Tiere.«

Ich folgte ihr etwas blöde ins Schlafzimmer. Es war mit Schrank, Stühlen, Schminktisch, Nachttischen und diskretem Doppelbett modern biedermeierlich ausgestattet. Ein sahnefarbener Teppich flauschte auf dem Boden. Isolde legte ein Paar Jenas und einen beigefarbenen Pullover aufs Bett. Dann wandte sie sich entschlossen mir zu. »Ich habe zwar während meiner Zeit im Internat mein Zimmer mit andern teilen müssen, und es macht mir nichts aus, mich vor anderen auszuziehen, aber würden Sie vielleicht trotzdem im Wohnzimmer warten.«

Ich lehnte mich gegen den Türrahmen. »Ich hatte keine Schwester, und meine Mutter hat nicht mal sich selbst nackt gesehen. Im Umkleideraum beim Turnunterricht auf dem Dorf ging es so schrill zu, dass ich erst zwanzig werden musste, ehe ich mir sicher war, dass ich eine Frau bin.«

»Sehr überzeugend scheint das ja nicht gewesen zu sein.«

Ich lachte. »Lesben sind nicht notwendig kastrierte Männer. Im Gegenteil. Wer sich selbst nicht mag, kann auch keine andere Frau lieben.«

Isolde knöpfte nun doch die Seidenbluse auf. Das Unterhemd war erstaunlich baumwollen, die Brüste darunter klein und störrisch, der Leib von kindlicher Biegsamkeit.

»Wie sollte«, fuhr ich fort, »eine Frau die Frauen auch nicht lieben, da sie doch das Wunder der Weiblichkeit zuerst an sich selbst erfährt? Es runden sich die Brüste, die Hüften, die Schenkel. Eine Entpuppung, die dem Mann vorenthalten ist. Und dann geht das erblühte Mädchen mit dem ersten Freund ins Kino. Auf der Leinwand Busen und Po und an ihrer Seite der schnaufende Grabscher. Dann weiß du, dass sich die Anziehungskraft aller Frauen in dir wiederholt und dass du kraft deines biologischen Wunders die Macht hast, jeden Mann in ein keuchendes Stück Besinnungslosigkeit zu verwandeln. Was hat dagegen der Mann?«

Isolde schlüpfte schnell in den beigefarbenen Pullover. Ehe sie an die Hosen ging, kramte sie ein Paar Stiefeletten aus dem Schrank, ganz Modeboxerschnürer von Bally.

»Der Mann«, fuhr ich fort, »hat nur ein bisschen Körperkraft, um die Macht, die wir Frauen über seinen Schwanz haben, umzudeuten in Dominanz. Und oft hat er nicht mal das.«

Isolde ließ, nunmehr zu allem entschlossen, die schwarze Hose von der Hüfte gleiten. Die meisten Menschen ziehen sich ihr Leben lang so aus, wie sie es als Kinder gemacht haben. Isolde ließ einfach das Beinkleid auf den Teppich welken, stieg aus der Stoffacht heraus, bückte sich und hob sie auf. Auch ihr Slip entsprach nicht dem, was man an Stringtangas derzeit in den Kaufhäusern sah. Er war eher ein Schlüpfer.

Ich stieß mich vom Türrahmen ab. »Die männliche Herrschaft hat aus dem Geschlechtsakt eine Demütigung der Frau gemacht und ihre Eigenliebe vernichtet. Du schwankst zwischen Subjekt und Objekt. Du liebst ihn, aber er sucht nur den Eingang für seinen Knüppel. Du hast ihn, solange du Busen und Po bereitstellst. Du überprüfst dich im Spiegel. Was bist du nun?«

Isolde zog die Jeans schützend vor den Unterleib.

»Frau oder Mann?«

Sie wich zurück.

»Du bist ein Mann«, schloss ich. »Genau wie ich. Du siehst dich mit kritischen Augen, seinen Augen. Nie würdest du zerstören, was dich sexy macht. Du ziehst dir diese Jeans an, die du gekauft hast, weil sie deinen Hintern knackig machen. Und für wen? Etwa für den Mann? Nein, Frauen machen sich immer für sich selbst schön. Also sind sie Männer.«

Isolde lachte auf. Sie konnte nicht weiter zurückweichen. Sie war am Schminktischchen angekommen. Ich strich mit dem Handrücken über die kleinen festen Knospen unter dem Kaschmirpullover. Sie gab mir eine saftige Ohrfeige. Ich hatte nämlich nicht damit gerechnet, dass sie Linkshänderin war, und bekam ihr Handgelenk erst nach dem Schlag zu fassen.

»Au, lass los!«

Ich zügelte meine Gelüste. »Keine Sorge, ich vergewaltige keine Kinder. Sag mir Bescheid, wenn du erwachsen genug bist für Liebe.«

»Du perverses Schwein du!«

Das Du kitzelte wie eine Feder. »Es gibt eine Grundregel im Journalismus«, dozierte ich und wandte mich zur Tür, »niemals Adjektive verwenden, schon gar keine tautologischen. Schweinereien sind immer pervers, sonst nennt man es Sex.«

Im selben Moment krachte es hinten in meinem Schädel, und ich fand mich der Länge nach auf dem Parkett im Flur wieder. Vor meiner Nase eierte noch das Fläschchen Venezia. Ich streckte alle viere von mir. Sollte Isolde zusehen, wohin mit der Leiche.

Bestrumpfte Füße patschten auf dem Parkett herbei. Sie keuchte ein »O Gott, das wollte ich nicht«, kam in die Hocke und fasste mich an der Schulter. Im Augenwinkel sah ich über mir das mechanische Wunder eines nackten Knies, leicht bläulich über der Scheibe, gratig glatt das Schienbein.

»Ich treffe sonst nie«, sagte sie.

»Man trifft immer das, wovon man die Augen nicht losbekommt.« Ich verwehrte mir weder Blick noch Griff in Richtung des baumwollenen Dreiecks. Sie verlor die Balance und gongte mit den Knien aufs Parkett. Nun war meine Hand zwischen ihren Schenkeln eingeklemmt. Ich zog mich ran, quetschte die Nase in den samtigen Spalt der Schenkel. Irgendwie musste das Fläschchen Venezia eine Fraktur erlitten haben. Die Pheromone provozierten ein archaisches Gewitter im Stammhirn. Das Borkenkäferweibchen sendet spezielle Duftstoffe aus, und das Käfermännchen taumelt in die Falle, die der Förster aufhängt. Artspezifische Duftsubstanzen, einem Parfüm beigemischt, lösen Instinkthandlungen aus und kontrollieren innerhalb der Spezies die sozialen Funktionen.

Von Kontrolle konnte allerdings keine Rede mehr sein. Isolde fiel wie ein Käfer auf den Rücken. Mein Fünffingertierchen schlüpfte zum Beinloch hinein unter den Schlüpfer ins lippenbärtige Nass. Isolde stieß ein Tönchen aus und wollte hoch. Ich brauchte nur einen Arm unter ihren Nacken zu schlingen und den anderen an der heißen Feuchte entlang unter die Hinterbacken zu schieben und konnte sie zum Bett tragen. Sie knuckste. Ich hatte sie. Vermutlich würde Isolde nie wieder das Wort *natürlich* missbrauchen. Das lernt man einmal fürs ganze Leben.

12

Es dämmerte, als wir das entblößte Bett verließen. Auf dem Schlossplatz wandelte das übliche Volk, jene mutmaßlich achtzig Prozent Ausländer, die der Anrufer bei der Zeitung immer herausschrie, wenn er uns deutschfeindliche Berichterstattung vorhielt.

»Ja wo sind sie denn, die Chaostage?«

Isolde kicherte. Das Neue Schloss, barocker Sitz des Ministeriums für Kultus und Sport, stand still und schwieg. Die Anlage mit den Springbrunnen und der Siegessäule eiste trocken vor sich hin. Immerhin stand an der Planie zwischen Neuem und Altem Schloss ein Polizeizug, bestehend aus drei grünen Transportern. Isolde schlug den Stadtpark vor. Wir zielten in den Durchgang zwischen Neuem Schloss und Kunstverein. Im Eckensee stand schwarz im Eisloch das Wasser, Enten dümpelten. Dahinter säulte die Oper. Der Ort war mir unangenehm, denn hier hatte ich mal jemanden umgebracht.

»Dämmrung senkte sich von oben,/ Schon ist alle Nähe fern;/ Doch zuerst emporgehoben/ Holden Lichts der Abendstern!/ Alles schwankt ins Ungewisse,/ Nebel schleichen in die Höh;/ Schwarzvertiefte Finsternisse/ Widerspiegelnd ruht der See.«

»Das ist schön!«, sagte Isolde.

»Ja, im Krieg hatten wir immer ein Bändchen Goethe im Tornister. Die Schwaben natürlich Mörike. Aber der ist mir zu hoch.«

Isolde kicherte wieder und deutete auf die Betonschachtel des Staatstheaters neben der Oper jenseits des Eckensees. »Da sind welche.«

Es handelte sich um sechs Gestalten mit Bierflaschen, den Irokesen Fickfehler im knöchellangen Schottenrock, einen Punk mit Ketten und Karohosen, der rittlings in den Schenkeln der abstrakten Plastik hing, zwei schwarze Ladys, von denen eine klein und in Rock, die andere hochgeschossen und in Hosen und Schnürstiefeln war, um einen schmächtigen Mann in schwarzem Samt und weißer Rüschchenbluse mit gotischem Knebelbart und schließlich um einen Glatzkopf mit Springerstiefeln und von silbernen Ringen gerahmten Ohrmuscheln. Sie fröstelten wie ein Strauß Feldblumen in einer Marmorhalle. Ich spürte, wie Isolde zögerte.

»Hallo«, schrie uns Fickfehler entgegen. »Da kommt die Presse.«

»Seid ihr die Chaostage?«

Der Haufen prustete.

»Und die Bullen bringt ihr gleich mit«, bemerkte Fickfehler. »Das nennt man wohl Arbeitsökonomie.«

In der Tat. Die Uniformierten kamen zu sechst, drei um die eine, drei um die andere Teichseite herum, ganz schlaksige Staatsgewalt. Einer hielt sich mit seinem Handfunkgerät etwas abseits, während die andern in die direkte Konfrontation gingen und uns aufforderten, zur Feststellung der Personalien mitzukommen. Der Knebelbärtige schmuste sich an die lange Gruft-Lady mit den Schnürstiefeln heran. Der Kettenpunk fiel aus der Skulptur. Der Oiskin suchte sich eine Bierflasche zur Wegzehrung aus. Das ginge nicht, fand einer der Polizisten. Überhaupt sollten wir erst mal die Flaschen ordnungsgemäß in die Papierkörbe entsorgen. Fickfehler protestierte: Glas gehöre in den Glascontainer. Die Omas und Opas an der Oper benickten die Säuberungsaktion. Die Polizei kesselte uns ein und formierte die Eskorte in Richtung Schlösser, hinaus aus dem Park.

»Seid ihr alle vom PHG?«, erkundigte ich mich bei der Gruft-Lady, an deren anderer Seite der Knebelbart hing.

Sie schüttelte den Kopf. »Nur wir drei, Fickfehler, Zampano und ich. Ich bin Persil ...« Der Knebelbart an ihrer Seite tat mit seinen Händen irgendetwas, das sie zum Kichern brachte.

»... eigentlich heiße ich Persephone, aber das haben die nicht verstanden.«

Ich erinnerte mich an die Namen aus der 10a, die Zeller mir genannt hatte: Mark Frech, Karl Schuster und Petra Fuhr, die Hochbegabte. Es waren doch immer dieselben, die dem Schüleralltag in AGs und Aktionen entflohen. Petra, alias Persephone, hatte eine Klasse übersprungen. Sie konnte höchstens vierzehn sein. Der äußerst anschmiegsame Mann an ihrer Seite hieß Gunter, hatte kleine blaue Augen hinter Brillengläsern, studierte Informatik und war sechsundzwanzig.

»Es gibt da natürlich ein Problem«, erläuterte Persephone. »Verführung Minderjähriger.« In ihrem kurz geschorenen Kopf mit der geflochtenen Strähne in der Stirn war sei bereits mindestens achtzehn. Sie war diesen Kopf größer als ich und schritt kräftig und kantig aus. Ich fragte sie nach Marquardt.

»Ein IQ wie Toastbrot«, sagte sie, »nett wie Radiergummi und engagiert wie ein gelber Sack.«

»Aber in seine Esoterik-AG seid ihr drei trotzdem gegangen.«

Sie zollte den Ansprüchen des mit ihr verschlungenen Begleiters Tribut in Form eines längeren Kusses und sagte dann: »Nur um abzulachen.«

»Was gab es denn da zu lachen?«

»Alles Humbug!« Sie ließ sich von den Tintenfischarmen des Programmierers vorübergehend in dessen Mundöffnung schlingen.

»Was war letzten Dienstag?«, fragte ich unverdrossen weiter.

»Weiß ich nicht.« Da ihr Tintenfisch ihr etwas Luft gab, erläuterte sie mir, dass die von der 8b ohnehin alle Intelligenzallergiker waren. Sie trafen sich immer im *Besen*. Das fand sie ätzend. Letzten Dienstag war sie zu Gunter nach Hause gefahren. Schließlich – aber das sagte sie nicht – dienten abendliche Schulveranstaltungen nur dazu, die Eltern über den Aufenthaltsort der Kinder für einige Stunden im Unklaren zu lassen. Außerdem würde sie das PHG ohnehin im Sommer verlassen, um auf einem anderen Gymnasium Hebräisch und Griechisch zu lernen. Gunter quittierte die Mitteilung mit einer neuen Umschlingung.

Dunkelheit hatte sich mittlerweile über den Schlossplatz gesenkt. Wir kamen bei den Wannen an. Die drei mal neun Polizisten des Zuges waren entschlossen, sich die Zeit mit uns totzuschlagen. Isolde protestierte zwar mit dem Zauberwort Presse, als sie auch von ihr und mir die Ausweise kassierten, fand aber kein Gehör. Ein Beamter verschwand mit unseren Ausweisen im Bus, um die Datenstation nach Vorstrafen abzufragen, die anderen hießen uns Jacken und Schuhe ausziehen. Zum Glück gab es Bänke. Persephone hatte die Schnürsenkel durch zwanzig Ösen zu ziehen und erklärte auf unsere dumme Frage, wozu die Schuhe ausziehen: »BtM.«

Das juristische Kürzel für Betäubungsmittel brachte mich plötzlich darauf, wer sie war, während bei ihr Snoopy-Socken zum Vorschein kamen, über die sich Fickfehler schier nicht mehr einkriegte. Seine Socken waren von verschiedener Farbe. Der Kies piekte unter den Fußsohlen. Isolde krümmte die Zehen in hauchdünnen Nylonsöckchen. Der Polizist, der in ihre Stiefel schnüffelte, erwies Bally keinen Respekt. Eine Polizistin leerte Persephones Rucksack. »Was ist das?«

»Acetylsalicylsäure … äh, Aspirin.«

Die Beamtin bezweifelte dies wegen des unbekannten Namens, den der Streifen Schmerzmittel trug, doch lenkte ein weißes Pulver, das ein Polizist im Schminkbeutel der anderen Gruft-Lady gefunden hatte, ab. Fickfehler tanzte in Socken auf Kies durch die Grünen und johlte »Stasi« und »Polizeistaat« und faltete die Hände im Nacken. Nachdem das weiße Pulver als Schminkpuder identifiziert war, führten die beiden Qigong-Kugeln aus Persephones Rucksack erneut zu ernsten Gesichtern. »Wozu brauchen Sie das?«

Persephone bibberte neben mir auf der Bank, und Gunter durfte nicht ran, solange die Bullen die Pässe mit den Altersangaben hatten. Sich warm anziehen lernte man offenbar erst in höherem Alter.

»Die Polizei glaubt, dass Marko Marquardt umgebracht hat«, nahm ich das alte Thema wieder auf. »Aber ich glaube, es war Otter. Er geht nämlich in einen schwulen Kinderpuff.«

Persephone schüttelte ein Schüttelfost. Vielleicht hatte ich die Reife ihrer Seele doch überschätzt. Das passierte schnell bei Hochbegabten. Ihre Intelligenz machte sie empfindlich, der Mangel an Erfahrung ungeduldig. Deshalb waren sie unnahbar für ihre Eltern.

»Dann muss man ihn anzeigen«, sagte Gunter mit einer sehr sanften Stimme.

»Wie denn?«, erwiderte Persephone. »Wenn die Jungs ihn nicht anzeigen. Außerdem kommt man mit so einer Anzeige fast nie durch.«

Sie war doch nicht so unerfahren. Und nicht nur das: Das Otter-Problem war ihr nicht einmal neu.

»War es nicht dein Vater«, bemerkte ich, »der damals die Anklage im Fall der Kinderschänder von Stammheim vertrat?« Man hatte vor ein paar Jahren das Personal eines ganzen Kinderhorts angeklagt. Einer Gruppe von Eltern war aufgefallen, dass ihre Kinder plötzlich Penisse malten. Doch dann hatten die Gutachter dem Gericht vorgeführt, dass man Kinder so suggestiv befragen konnte, dass sie den Erwachsenen jede Aussage für eine Missbrauchsanklage lieferten. Der Prozess endete mit Freisprüchen aus Mangel an Beweisen.

»Ich kenne Staatsanwalt Weber ganz gut«, ergänzte ich.

Persephone äugte und prustete plötzlich los. »Dann bis du …?« Sie hielt sich die Kicherfresse zu.

»Ich hab grad keine Peilung«, mäkelte Gunter.

»Ich hab dir doch erzählt von der …«, gluckste sie, »von der … na, Freundin von Weber.«

Gunter lachte laut heraus. »Die Entgleisung. Hallo, Entgleisung.«

»Entschuldigung«, kicherte Persephone. »Mein Vater kann Weber nicht ausstehen. Verheiratete Männer sind immer neidisch auf Junggesellen. Meine Mutti macht ihm eine Szene wegen jeder jungen Referendarin. Er hat schon wegen nichts so eine Hölle, dass er immer wegschaut, wenn eine hübsche Frau auftaucht. Dabei hätte er gern mal ein Abenteuer. Meine Mutter ist eine Giftspritze und mein Vater ein Gallensack.«

»Gratuliere«, sagte ich. So nüchtern hatte ich in dem Alter meine Eltern nicht analysiert.

Wir durften unsere Schuhe wieder anziehen. Mit der Rückgabe der Ausweise wurde jedem Einzelnen von uns ein feierlicher Platzverweis ausgesprochen. Bis Montag früh durften wir uns im Stadtzentrum nicht wieder blicken lassen. Gunter, der außerhalb in Hofen wohnte, durfte die gesamte Landeshauptstadt nicht betreten.

Isolde protestierte vergeblich.

Ich fuhr sie hoch in die Panoramastraße. Oben in der Wohnung rief ich in der Redaktion an, um mitzuteilen, dass aus dem Bericht über die Chaostage nichts werden würde. Bei Richard meldete sich wieder nur der Anrufbeantworter. Ich gierte nach einer Zigarette und überlegte missmutig, wie ich Isolde, die erwartungsvoll auf der Couch saß, alleine ließ, ohne sie zu beleidigen.

»Jede Wette«, sagte ich unterdessen, »Elsäßer hatte den Tipp über TVCinema von Persephones Vater.«

»Warum verdächtigt Weber dann dich?«

Der Satz war blond und schmerzlich. »Aus alter Gewohnheit. Wenn du ihm helfen willst, dann frag Elsäßer, von wem er den Tipp hatte.«

»Warum sollte ich Weber helfen? Er ist hinter Kurt her.«

»Gott ja, um Kurt geht es doch nur am Rande.«

»Er ist immerhin mein Freund!«

»Na, dafür ist es dir aber leicht gefallen, deinen Kurt zu betrügen.«

»Ich glaube, du gehst jetzt besser.«

»Heute Nachmittag hättest du mich rausschmeißen müssen. Nachkarten gilt nicht. Aber ich wollte sowieso gehen.«

»Ich werde Weber alles erzählen.«

»Mach dir keine Mühe. Ich werde ihn höchstpersönlich mit

allen schlüpfrigen Details erfreuen. Dann braucht er bei dir nicht mehr selbst Hand anzulegen.«

»Zu spät!« schrie Isolde plötzlich los. »Dass du's nur weißt: Er war es nämlich selber, der mir den Tipp gegeben hat. Wahrscheinlich wollte er endlich mal mit einer richtigen Frau ins Bett. Gegen Kurt hat er überhaupt nichts in der Hand. Mit dem Umsatzsteuerbetrug hat Kurt nichts zu tun. Außerdem haben sie sowieso die Ausgangsrechnungen nicht gefunden und können den Gegenbeweis nicht antreten ...«

Das klang verdammt nach Richards Juristenkauderwelsch.

»... Und du gehst ihm sowieso schon lange auf den Keks, so wie du dich an ihn ranschmeißt.«

13

Zahnärzte, Richter und Professoren wohnten auf dem Haigst. Der Rest schloss ein Haus in Halbhöhenlage an der Weinsteige in seine Gebete um Geld und Karriere ein. Brontë in ihrem hochzeitsweißen Lack schnurrte eitel zwischen all den Mercedes SLK, Hausfrauen-Smarts und Zweit- oder Drittgolfs am Straßenrand. Endlich parkte sie mal nicht unter ihrem Niveau.

Eine Dame, die aus dem Haus an der Ecke Kauzenhecke kam, gab mir die Jugendstiltür in die Hand. Mein lautes »Grüß Gott« zerstreute den Verdacht, ich wolle in räuberischer Absicht hineinhuschen. Ein Kachelfries über Marmorplatten mit Messingknöpfen begleitete mich treppauf. Der Jugendstil war komplett bis hin zum Aluminiumgeländer, dessen Pfosten trompetenartig ausschwangen. Tiffany-Gläser zierten die Holztüren mit geschnitzten Perlenschnüren im Rahmen. Die Klingelknöpfe glänzten wie eine Klitoris in Messingschalen. Man hatte sogar darauf geachtet, dass die Namensschildchen sich geschwungen und genietet anpassten. Ich hatte noch nie meinen Finger nach der Klitoris unter dem Namen Weber ausgestreckt. Fussel, Krümel und Schnipsel aus der Jackentasche klebten an meinem Finger. Konnte man über die Schwelle einer Tiffany-Tür treten, wenn man drei Sweatshirts übereinander trug und einen Platzverweis in der Tasche? Schon hoffte ich, ich klingelte vergeblich, denn die Glasintarsien blieben lange dunkel. Doch dann leuchteten sie grün, gelb und blau auf. Ich wischte mir die schweißigen Hände am Gesäß ab, nur um sie wieder in die Jackentaschen zu stauchen.

Wer so eine Tür aufmachte, der musste auch am Samstagabend Weste und Schlips tragen, der zog indigniert die Brauen hoch und ließ den Blick abwärts gleiten, bis hinab auf ein Paar Stiefel, die von der Polizei auf Drogen untersucht worden waren. Aber eine Kleinigkeit stimmte nicht: Richard stand auf Socken.

»An dein Telefon«, sagte ich, »geht immer nur der Anrufbeantworter.«

Er konnte besser schweigen als ich. Nichts, was Männer ausschweigen können, war ihm zu billig, es mit eisiger Miene im Gefrierschrank zu verschließen. Und seine Tür öffnete er nicht mit der Leichtigkeit, mit der er meine öffnete, um bei mir einzudringen. Er hatte mich noch nie zu sich gebeten. Vermutlich harmonierte die Entgleisung nicht mit seinem Bechsteinflügel. Wenn ich Takt besessen hätte, wäre ich hier niemals aufgetaucht.

»Störe ich?«

Endlich gab er den Eingang frei. Das Linoleum im Flur war in originalhistorische Streifen und Romben gelegt. Perlenschnüre an den Türrahmen, Lilienlinien im Stuck der Decke. So eine Wohnung war nicht zu möblieren, es sei denn von einem Gutbetuchten, der zumindest ins Entree die Jugendstilkommode setzen konnte. Im Wohnzimmer – oder nannte man das mit einem dunkel gebeizten Kirschholzschreibtisch mit umlaufendem Ovarienfries ausgestattete Zimmer bei einem allein stehenden Herrn besser Herrenzimmer? – reichten die Bücherregale vom Parkett bis zur Stuckdecke. Im schweren roten Teppich standen knöcheltief zwei Clubsessel und ein Schiefertischchen, auf dem im Kelch die Neige Rotwein glühte. Der Aschenbecher hatte sein Fassungsvermögen erreicht.

Schweigend stellte Richard mir ein Glas hin, das er mit einem '88er Chivite füllte. Nichts verführte ihn dazu, sich wieder zu setzen, bevor ich Platz nahm. Er stand, steckte die Hände in die Hosentaschen und bewachte mein Herumstehen, als ob ein falscher Blick die Intimsphäre seiner Wohnung verletzen könnte.

Ich entledigte mich der Lederjacke. Auch waren drei Sweatshirts auf der Straße recht, aber hier zu viel. Der Versuch, nur eines auszuziehen, führte zu einem schmählichen Kampf mit drei Lagen Baumwolle, der damit endete, dass ich mir alles über den Kopf riss.

»Lass das!«, sagte Richard.

Dabei war mein Unterhemd blau und ohne Löcher. Ich streifte mir das rosa Sweatshirt wieder über und stopfte den Rest hinter den Sessel, von dem ich wegen der Position der Weingläser annahm, dass es nicht der war, aus dem er gerade aufgestanden war. Richards Auge entlarvte die bräunlichen Verfärbungen am Ärmelbündchen meines Shirts. Aber es hatte ohnehin keinen Sinn, wenn ich so tat, als wäre ich nicht die, die ich war. Ich fragte mich, ob er strümpfig ging, um den Teppich zu schonen oder das historische Linoleum im Flur. Immerhin entstammte er einer pietistischen Fabrikantenfamilie aus Balingen, und zu Geld kommt nicht, wer es verdient, sondern wer es nicht ausgibt.

»Ich war gerade bei Isolde.«

»Ich werde mit dir nicht über Isolde diskutieren.«

»Au.«

Um an seine Zigaretten zu kommen, musste er sich dem Schiefertischchen nähern. Ich behielt meine Hände züchtig bei mir. Nachdem diese Klippe umschifft war, zündete er sich den Stängel mit einem gewissen Schwung an.

»Jedenfalls«, nahm ich meinen Faden wieder auf, »hat diese Frau, über die wir nicht reden, zugegeben, dass sie den Tipp von Elsäßer hatte. Später behauptete sie allerdings, sie hätte ihn von dir.«

»Gib dir keine Mühe. Ich werde am Montag den Generalstaatsanwalt um ein disziplinarisches Ermittlungsverfahren gegen mich bitten.«

»So dramatisch? Es ist doch nicht das erste Mal, dass ihr bei einer Firmendurchsuchung nichts findet. Außerdem hatte Elsäßer den Tipp in Wahrheit von deinem Kollegen Fuhr. Seine Tochter hat mir heute mitgeteilt, dass er mich deine Entgleisung nennt und dich beneidet.«

»Hör bitte auf, dich in Dinge einzumischen, die dich nichts angehen.«

»Übrigens gut der Wein. Hast du einen Kaffee?«

»Nein.«

»Na!«

»Lisa, hör auf mit den Spielchen. Es ist Schluss!«

Immer wollte er alles alleine entscheiden, und das traf. Diesmal sah er so aus, als sei er entschlossen, jeden Übergriff meinerseits mit einem Faustschlag abzuwehren. Ich wandte mich zur Tür. Er sprach die Urteile, und meine Aufgabe war es, für die Überraschungen zu sorgen, aber nicht ohne Kaffee. Doch was für ein Chaos in der Küche! Geschirr von mehreren Tagen in der Spüle, die Flächen klebrig, der Mülleimer voll. Richard stand in der Tür und sah zu Tode erschöpft aus. Ich fand Kaffee und Filter, lud die Maschine und begann, die Spülmaschine auszuräumen. Die Küche war von spartanisch stilechter Funktionalität und nach einem für alle Küchen geltenden Prinzip geordnet: Töpfe unten, Teller in Sichthöhe, Tassen daneben, Besteck in der Schublade.

»Meinst du nicht«, plauderte ich, »dass du dir, bevor du dich mit sündhaft teurem Wein betrinkst, bei einem Kaffee überlegen könntest, ob es nicht noch einen anderen Weg gibt?«

»Ich kann mich ohnehin nicht betrinken«, sagte er. »Ich würde es gern, aber ich kann es nicht mehr.« Zielsicher warf er die Zigarettenkippe in die Spüle. Es zischte. Ich klaubte sie aus dem Wasserglas, entsorgte sie im Mülleimer und stellte das Glas in die Spülmaschine. »Je mehr man versucht, die Kontrolle zu behalten«, erklärte er, »desto klarer wird einem, dass man sie verloren hat. Übrigens, die Teller kommen nach oben.«

Beflissen stapelte ich die Teller in der oberen Lade der Maschine.

»Es ist doch nicht die erste Intrige, gegen die du dich wehren musst. Bei deiner Begabung, dir Feinde zu machen.«

Er sah mich mit seinen asymmetrischen Augen an. »Intrige? Das sind nur Schachzüge. Nein, davon rede ich nicht.«

Ein Teller entglitt mir und zersprang auf dem Kachelboden. Die Scherben schossen in alle Richtungen über die Ornamentik und klackten gegen die aluminiumbeschlagenen Schranksockel. Richard machte im Reflex einen Schritt nach vorn.

»Vorsicht! Du hast keine Schuhe an.«

Er blickte auf die bordeauxroten Socken, hob hilflos die Hand, drehte sich um und war weg.

Ich fand Besen und Schaufel und fischte die Scherben zusammen. Mit der Vollendung der Küche ließ ich mir noch fünf Minuten Zeit. Doch im Salon war kein Richard, im Schlafzimmer – schön wie eine Mönchszelle – auch nicht. Das Gästezimmer hatte eine grässliche Tapete. Das nächste Zimmer war dunkel; darin ein Drache, der sich auf den zweiten Blick als Konzertflügel entpuppte, und am Fenster Richards Silhouette, das Geglitzer im Stadtkessel zu Füßen. Aber das sah er nicht, konnte er nicht sehen, denn er hatte die Hände vors Gesicht geschlagen, die Schultern hochgezogen.

Ich erschrak bis in die Achillessehnen und schepperte gegen einen Stuhl im Wege.

Er streckte abwehrend den Arm aus. In meiner Jacke hätte ich vielleicht ein Taschentuch gehabt, aber die war im Herrenzimmer. Ich bot ihm den Ärmel meines Sweatshirts an. Er lachte verzweifelt. Mir stellten sich sämtliche Härchen auf. Aber er schob mich weg und wich hinter den Bechsteinflügel aus. Um diese kulturelle Klippe kam ich nicht herum.

»Was ist denn nur?«

»Entschuldige …«

»Quatsch.«

»Lisa, es hat keinen Sinn. Ich … Was verlangst du noch? Was muss ich tun, damit du das begreifst? Es ist doch nicht so schwierig.«

»Nicht? Aha.«

»Sei doch mal ehrlich. Ich bin für dich doch nur ein … ein eleganter Narr. Wie sagtest du vorhin? Eine Entgleisung. Nein! Lass mich einmal ausreden!«

»–«

»Ich will sagen: Du lebst dein Leben, und ich kann einfach nicht mitansehen, wie du … ich kann es nicht ertragen, wenn du … ich … ich kann es nicht.«

»Kann es sein, dass du … ich meine, dass du … sagen wir mal … hm?«

»Lisa, mach dich nicht über mich lustig!«

»Aber …« Ich verschluckte mich an meiner eigenen Spucke. Ich hustete, schluckte Luft, atmete Spucke, röchelte und erstickte. Die vorübergehende Verwechslung von Luft- und Speiseröhre war das Einzige, was ich von meinem Vater geerbt hatte. Ich verfluchte ihn jedes Mal für die Existenzangst, die er mir bescherte, aber immer erst hinterher, denn währenddessen hatte ich mehr als genug damit zu tun, den Schaltfehler im Hirn zu überbrücken. Machen Sie das mal im Bereich der vegetativen Reflexe. Luftanhalten, auch wenn das Zwerchfell krampft, und Gedanken ordnen. Wohin muss die Spucke?

»Bleib am Leben!«, sagte Richard plötzlich nahe. Die Luft tastete sich vorsichtig in die Bronchien vor. Allmählich sah ich die Lichter der Stadt wieder, wenn auch verschwommen. Richard klopfte mir den Rücken.

»Ich schwöre«, röchelte ich, »das war kein Trick.«

»Nicht sprechen, atmen!«

Nun lief mir die Nase. Richard zeigte mir das Bad. Weiße Kacheln ernüchterten, wenn sie auch ein paar grüne Schnörkel hatten. Als ich noch immer hüstelnd in die Küche wankte, hatte Richard lederne Hausschlappen an den Füßen und sein übliches Gesicht aufgesetzt, wenn auch um die Augen herum etwas aufgeweicht. Er füllte die Kaffeetassen. Die grünen Punkte in seiner Iris eierten.

»Fassen wir zusammen«, hüstelte ich. »Du fühlst dich verraten. Du bist eifersüchtig, auch wenn es keinen Grund gibt. Mein Gott, ein Lehrer in Kordhosen und Allwetterjacke. Lächerlich!«

»Du kannst sagen, was du willst«, sagte er. »Ich kann es nicht kontrollieren. Es beherrscht mich. Ich kann nicht ausweichen. Ich halte es nicht aus. So erbarmungslos hatte ich mir das nicht vorgestellt.«

»Soll ich dir meinen Rücktritt anbieten?«

»Ich nähme ihn an.«

Arschloch! Ich stellte den Kaffee ab und ging meine Kleidungsstücke im Salon aufsammeln. Er stand im Flur an der Jugendstilkommode, die Arme vor der Brust verschränkt.

»Übrigens, Isolde hat …«, sagte ich.

Er schnalzte missbilligend mit der Zunge.

»Du eitler Bock! Merkst du denn nicht, dass sie dich diesmal drankriegen, wenn du dich auf deine ehrenhaften Schachzüge beschränkst? Hörst du nicht, wie dein Freund Fuhr sich die Hände reibt? Egal, ob Isolde sich auf deine Ehrenrettung besinnt, es läuft darauf hinaus, dass du Kurt Holzer hast warnen lassen, damit er die Unterlagen vernichten konnte. Wollen wir hoffen, dass Holzer überlebt, denn Isolde erinnert sich, dass du von ihr verlangt hast, er solle sich dir und nur dir stellen. Plötzlich erscheint auch Marquardts Tod in einem anderen Licht. Der Mann, der TVCinema bei den Steuerbehörden angezeigt hat, kann seine Anschuldigungen nicht mehr wiederholen. Überdies behauptet Isolde, du hättest mit ihr geschlafen. Es sähe so aus, als habe der immer korrekte Oberstaatsanwalt einer jungen Frau einen Liebesdienst erwiesen und dann einen Mord aus Eifersucht begangen.«

»Unsinn!«

»Du bist schachmatt. Auch dein Tennisbruder Elsäßer hilft dir nicht. Er verbietet mir, über den Kultusminister im Schwulenclub zu schreiben.«

»Davon verstehst du nichts.«

»Wenn ein altgedienter Chefredakteur keine Lust hat, den Kultusminister zu stürzen, dann muss er verteufelt Angst haben, am Ende gar vor dir.«

»Nun mach aber mal einen Punkt.«

»Vor meinem Haus warten auch schon zwei Killer.«

»Du hattest schon immer eine blühende Phantasie.«

»Richtig, ich verstehe nicht, was hier läuft. Die Polizei wird, sobald sie ihn kriegt, den Schüler Marko festnehmen und ihm den Mord an Marquardt anhängen. Dank deiner TVCinema-Pleite wird niemand erfahren, dass es im Mordfall Marquardt eigentlich um Kinderschändung und Pornohandel ging, der vom Kultusminister gefördert wurde. Ist es das, was ihr wollt? Und ich Trottel rede noch mit dir, statt meine Informationen an die Bildzeitung weiterzugeben, ehe man meine Leiche aus dem Neckar zieht.«

»Quark«, rezitierte er, »der getreten wird, wird breit, nicht stark.«

Ich raffte meine Klamotten. Es hatte keinen Sinn. Ich schlitterte die Treppen hinab. Unten merkte ich, dass ich eines meiner Sweatshirts verloren hatte. Also wieder hinauf. Man hängt doch an den albernsten Dingen. Auf dem zweiten Treppenabsatz stand Richard, die Nase in meinem Kleidungsstück vergraben. Ich riss es ihm weg. Er schnappte mich am Ärmel. »Langsam, mein Kind, die Killer will ich sehen, die vor deinem Haus warten.«

Es warteten natürlich keinerlei Killer vor meinem Haus. Ich bot Richard an, ihn wieder hinaufzufahren.

»Danke. Ich nehme ein Taxi.«

Er überquerte die Straßenbahnschienen. Ich verlor ihn hinter dem Hochbahnsteig vor der Staatsanwaltschaft aus den Augen, fuhr Brontë einmal um den Block und brachte sie auf dem Fußweg vor dem Zeppelingymnasium in Wartestellung, das gleich neben der Staatsanwaltschaft hinter Bäumen stand. Scheinwerfer beleuchteten die Fassade des Bunkers von zwei Ecken her.

Nach wenigen Minuten fuhr ein Taxi vor. Richard trat aus dem Schatten der Hinterhofeinfahrt, warf die Zigarette weg und stieg ein. Das Taxi fuhr Richtung Neckartor. Am Bahnhof preschte es die Busspur entlang, während Brontë die Trödler auf drei Spuren umhäkeln musste. Aber das Ampelgrün war uns gnädig. Katharinenhospital, Herdweg, die nächste rechts: Panoramastraße. Sieh an. Und so was zelebrierte die Eifersucht als Weltuntergang.

Das Taxi hielt.

Ich setzte Brontë an die hundert Meter dahinter in eine Parklücke. Sie war ein allzu auffälliges Stück. Das Taxi fuhr nicht weg, und die Fenster von Isoldes Wohnung blieben dunkel. Richard kam zurück. Das Taxi rollte flott an, während ich Brontë aus der Parklücke kurbelte. Als ich die Straßenmündung erreichte, waren die Rücklichter des Taxis im Verkehrsfluss untergegangen.

Brontë orientierte sich automatisch in Richtung Bahnhof. Auf der linken Spur entdeckte ich dann das Taxi wieder und riss Brontë rüber. Aber die nächste Ampel wurde gelb, und der Idiot vor mir bremste. Die Rücklichter des Taxis verschwanden ums Theater herum auf die Zufahrt zur Konrad-Adenauer-Straße, die der alte Wesel aus dem Feuilleton immer nur die Stalin-Allee nannte. Es war weniger Intuition als vielmehr Alltagslogik, dass ich beim Charlottenplatz vom Stadtautobähnchen fuhr und das Taxi auf der Weinsteige wieder einholte. Richard fuhr heim auf den Haigst. Wie uninteressant. Ich überlegte schon, wo ich umdrehen konnte – frühestens am Haigst –, da ordnete sich das Taxi links ein statt rechts. Die Grünphase für die Linksabbieger hinauf in Degerlochs Kern war nur ein Augenzwinkern. Meine Nerven! Das Taxi orgelte schwungvoll die Karl-Pfaff-Straße hinauf. Plötzlich saß ich ihm fast im Heck. Eine Ampel war unvermutet rot geworden.

Wenn der Taxifahrer jetzt eine Bemerkung über den ungestümen hochzeitsweißen Porsche hinter sich machte, dann war ich geliefert.

Wir landeten in der noblen Wohngegend an den Sportplätzen unterm Fernsehturm, deren Straßen nach Bäumen benannt sind. Hier steht das, was der Schwabe Villen nennt: klobige alte Häuser in Gärten mit Trauerweiden und Rotbuchen. Das Taxi kam im Rotdornweg zum Stehen. Ich wartete an der Ecke, bis Richard ausgestiegen, an einem Törchen geklingelt hatte und im Garten verschwand. Erst als auch die Hausbeleuchtung erlosch, suchte ich Brontë einen Parkplatz.

Das glimmende Klingelschildchen im Torpfosten trug den Namen Elsäßer. Ich überstieg das Törchen. Ein Bewegungsmelder ließ die Außenbeleuchtung aufflammen. Im Licht der Laternchen schwärzte Moos die Platten, die zum überdachten Portal führten. Der Garten roch irgendwie nach Kater. Ich schlich am Haus entlang und gelangte unter teurem Gebäum wie Zeder, Eiche und Nuss hindurch auf eine Terrasse hinterm Haus, die von einem abschüssigen Steingarten gefasst wurde. Die Elsäßers hatten Vorhänge nicht nötig. Das Nachbarhaus stand weit entfernt hinter Bäumen.

Das Wohnzimmer lag so hell vor mir, dass ich meinte, sie müssten auch mir ein Glas hinstellen. Richard saß schon. Elsäßer präsentierte das Etikett einer Weinflasche zur nickenden Begutachtung. Frau Müller-Elsäßer brachte ein Schälchen grüner Oliven und wunderte sich schnippisch, dass ihr Gatte mit dem Uraltkorkenzieher hantierte. Wo denn der neue sei? Ich vernahm sogar das Klirren ihrer Armreifen. Eines der drei Fenster war gekippt. Da unterdrückte ich besser ein Räuspern.

Elsäßer entzündete qualmend seine Pfeife. Seine Frau ordnete ihre langen Beine in einem Sessel und wandte ihr von roten Haaren gerahmtes Gesicht plötzlich dem Fenster zu. Ich erstarrte. Hoffentlich sah sie in der schwarzen Scheibe wirklich nur ihr eigenes Gesicht. Als sie sich wieder den Herren zuwandte, ging ich in die Hocke und kroch in den Schatten der Fenstersimse. Dort standen Topfbäumchen, darunter eine Weihnachtstanne, in der ein Faden Lametta blinkte. Über mir erscholl Herrengelächter. Ich fasste in etwas Weiches. Es kreischte, schlug mir Krallen in die Hand und zischte an meiner Nase vorbei in die Weite der Nacht. Ich ließ mich auf den Boden fallen und hielt die Luft an. Die Platten waren so kalt, dass es ins Gedärm schnitt. Die Dame des Hauses ließ sich einige eisige Sekunden Zeit, doch dann knirschte der Hebel der Terrassentür und Stöckelschuhe klackten auf der Schwelle.

»Moritz?«

Rockfutter raschelte, Sohlen knisterten auf Stein. Ich wünschte mich zur Maus. Sie trat vor und bohrte mir den Pfennigabsatz in meine ungünstig herumliegende Hand. Ich schrie nicht, aber sie.

»Da liegt einer!«

Ich hatte kaum damit begonnen, mich aufzurichten und mein Inkognito aufzuheben, da stürzte Richard schon auf die Terrasse, packte mich am Kragen und riss mich auf die Füße. So mordlustig hatte ich ihn noch nie gesehen. Er schüttelte mich, unfähig ein Wort zu sagen, und gab mir einen Stoß, dass ich, begleitet von einem neuen Aufschrei Müller-Elsäßers, rückwärts in den Steingarten fiel.

»Aber, Frau Nerz«, sagte Elsäßer. »Was machen Sie denn hier?«

Ich befreite mich aus Stein und Erde und matschte den oberflächlich gefrorenen Hang hinauf. Mit den Stiefeln schleppte ich Wurzelwerk und Erdbollen auf die Terrasse. Müller-Elsäßer schlug die Hände ans Kinn.

»Tut mir leid«, sagte ich. »Ich bezahle Ihnen den Schaden.«

»Den bezahle ich!«, fauchte Richard. Er sah aus, als würde er mir nie verzeihen, dass er die Beherrschung verloren hatte.

Elsäßer räusperte sich. »Haben Sie sich wehgetan? Sie bluten ja. Kommen Sie erst mal rein. Margot!«

Margot Müller-Elsäßer hatte meine von ihrem Absatz gemarterte Hand schon ergriffen und besichtigte die Quetschung. Ich arbeitete mir an der Schwelle zum Haus linkshändig die Sparks von den Hacken. Margot führte mich durchs Wohnzimmer, durch einen Flur und treppauf in ein lindgrün gekacheltes Bad. Das Licht gab ihrem roten Haar einen kunstseidenen Glanz und dem scharfen Gesicht eine chemische Bräune. Die Lippen hatten einen Zug ins Pfeffrige.

»Das sieht bös aus.« Sie löste die grauen Augen von den erdverschmierten Wunden und wandte sich dem Apothekenschränkchen neben dem Spiegel zu. Während sie kramte, zuckte ihr Blick in den Spiegel, und sie schob sich mit klirrenden Armreifen eine Strähne aus der Stirn. Ich konnte die Finger noch bewegen, also nichts gebrochen. Die Frau roch nach 1881 von Cerruti. Sie befeuchtete ein Abschminktüchlein unter dem Wasserhahn, wandte sich mir zu und betupfte meine Hand, während ich mich auf dem Badewannenrand niederließ.

»Was haben Sie eigentlich da draußen gesucht?«

»Meinen Hamster. Aber ich fürchte, den hat Moritz gefressen.«

Sie lächelte bindfadendünn. »Tut's weh?«

»Ich bin Kummer gewöhnt.«

»Solche Sprüche kenne ich von meinen Schülern. Aber haben Sie das nötig?«

»Ehrlich gesagt, ja. Mein Freund hat eben mit mir Schluss gemacht, einfach so, nein, nicht einfach so, zugegeben, sondern weil er die Eifersucht nicht aushält.«

»Eifersucht ist schlimm«, murmelte sie, die Augen auf meine Wunden gesenkt, die Lider grün geschminkt. »Das steckt im Wort Sucht ja schon drin. Sie beherrscht einen bis zur Selbstzerstörung. Hatte er denn einen Grund?«

»Eigentlich nicht.«

»Verstehe. Sie probieren aus, wie weit Sie gehen können. Sie reizen ihn ein bisschen. Finden Sie das fair?«

»Ist es fair, dass er mir keine Chance gibt?«

»Sie sind jung. Sie haben noch hundert Chancen.« Sie warf das Tüchlein in einen Eimer und kramte eine Tube aus dem Schrank. Das Gel kühlte. »Buchen Sie es unter Erfahrung ab. Er passt ohnehin nicht zu Ihnen.«

»Wer?«

Sie lächelte ihre fünfundvierzig Jahre Lebenserfahrung an mich hin. »Ich kenne ihn schon ein bisschen länger als Sie. Er ist ein hochsensibler Mann, und Sie sind – nehmen Sie es mir nicht übel – zu direkt und forsch strukturiert. Außerdem dürften Sie gut zwanzig Jahre jünger sein. Sie überfordern ihn. Ihnen fehlte wohl der Vater.«

»Das ist Küchentischpsychologie.«

»Ich habe Psychologie studiert, bevor ich ins Lehramt wechselte. Ihre Reaktion zeigt mir nur, dass ich wohl nicht ganz Unrecht habe. Haben Sie sich nie gefragt, warum Richard nicht verheiratet ist?« Sie knibbelte eine Mullbinde aus der Plastikhülle. Der Apothekenschrank war wirklich gut ausgestattet.

»Sie glauben«, fuhr sie fort, »er finde Sie ganz entzückend, weil Sie jung und ungebärdig sind. Aber Sie täuschen sich. Er ist Ihnen nicht gewachsen. Sie brechen alle Regeln, das macht ihn hilflos. Dafür hat er keine Reaktionsmuster parat. Er hätte ein halbes Dutzend Frauen haben können, wenn er gewollt hätte, schöne, junge, intelligente. Aber er fürchtet genau diese Lebendigkeit. Er fürchtet das Chaos. Er zieht es vor, Akten zu studieren. Sie glauben, Sie täten ihm was Gutes, wenn Sie sein Leben aufmischen, aber Sie quälen ihn nur … Halten Sie still!« Sie verband meine Hand routiniert. »Morgen wird's erst richtig wehtun. Tut mir ja leid, aber Sie sind wirklich selber schuld. Wenn ich Sie mir so ansehe, habe ich den Eindruck, dass Sie die Neigung zur Selbstzerstörung haben. Sind Sie als Kind missbraucht worden?«

»Oh!«

»Nun. Sie haben es wahrscheinlich verdrängt. Das ist meistens so. Aber Sie leben zu riskant. Kindliche Gewalterfahrung ist meist der Grund, warum bestimmte Menschen ständig Unfälle haben. Erst brechen sie sich den Arm, dann kommen sie bei einem Unfall ums Leben oder werden ermordet.«

»Ah, tatsächlich?«

»Marquardt, zum Beispiel, ist bei seinen Reisen durch Indien und Südamerika mehrmals überfallen und ausgeraubt worden. Einmal haben sie ihn fast totgeschlagen. Aber wenn man ihn reden hörte, dann hatte man den Eindruck, als sei der Körper, dem das zugestoßen ist, nicht sein eigener gewesen. Meines Erachtens hatte er schizoide Züge. Er behauptete, er habe in Peru eine Begegnung mit Außerirdischen gehabt. Er glaubte, er sei beauftragt, für Unterlegene Partei zu ergreifen. Aber was hat er damit für Unheil angerichtet! Einmal behauptete er, er habe einen Fixer in der Klasse, dem man helfen müsse. Otter hatte kaum eine andere Wahl, als die Eltern einzubestellen. Währenddessen schnitt sich der Junge die Pulsadern auf. Es stellte sich heraus, dass der vermeintliche Fixer lediglich Dialysepatient war, daher die Nadeleinstiche. Aber Marquardt behauptete, er habe sich den goldenen Schuss gesetzt. Er gründete jedes Jahr eine neue AG, aber die Schüler liefen ihm weg. Ich habe nie einen Menschen gesehen, der so eifrig Kontakt suchte und dabei so unfähig war, Anschluss zu finden. Im Sommer habe ich mich zweimal die Woche mit ihm zum Joggen getroffen, bis er sich den Fuß verknackste.«

Müller-Elsäßer knotete die Enden der Mullbinde über meinem Handgelenk.

»Halten Sie mich nicht für eitel«, sagte sie, »wenn ich Ihnen sage, dass er sich eigentlich hätte in mich verlieben müssen. Es lag nicht daran, dass er schwul gewesen wäre, wie alle behaupteten. Ich glaube nicht, dass er wirklich schwul war. Er konnte nur einfach keine intime Beziehung zu anderen aufbauen. Er redete zu viel. Er konnte jedes Gefühl benennen, aber er empfand es nicht.«

»Oder«, sagte ich, »es lag daran, dass sein Penis verkrümmt war und er die Liebe für aussichtslos hielt.«

»So?« Margot ließ meine Hand abrupt fallen und begann, die medizinischen Utensilien in das Schränkchen zurückzustopfen.

Ich begutachtete den Verband. »Danke. Das können Sie wirklich gut.«

»Übung«, sagte sie schroff, aber nicht uneitel. »Ich verletze mich selbst immer mal wieder beim Bildhauern, wenn ein Meißel abrutscht. Ich arbeite mit Marmor.«

»Interessant.«

Sie musterte mein Gesicht, als plane sie dessen Neugestaltung. »Verstehen Sie denn was davon?«

»Nein.«

»Aber Giacometti, den Namen haben Sie schon gehört?«

»Der mit den Hosentaschen-Skulpturen?«

»Dann wissen Sie ungefähr, was ich mache.« Sie schloss den Apothekenschrank. »Reiner Eklektizismus, aber man braucht wenigstens kein großes Atelier.«

Erst jetzt, auf dem Rückweg hinab ins Wohnzimmer, nahm ich ein paar Ehrfurcht gebietende Details des Hauses wahr: schwere Teppiche, antike Möbelstücke, zeitgenössische Ölbilder und Graphiken. Eine unübersichtliche Menge von Türen gestattete den Einblick in pastellfarbene Zimmer mit Spinett und Trockenblumen in Vasen. So viel verdiente auch ein Chefredakteur nicht. Frau Müller musste das Vermögen in die Ehe gebracht haben.

Die Herren erhoben sich, als wir den Salon betraten.

»Ah, sie lacht ja schon wieder«, rief Elsäßer. »Setzen Sie sich. Wir haben sicher noch einen Tropfen für Sie übrig.«

»Vielen Dank«, sagte ich artig, »aber ich glaube, ich gehe besser. Mein Auftritt war nicht sonderlich durchdacht.«

»Können Sie denn überhaupt fahren mit der Hand?«

Elsäßer gab sich alle Mühe. Je klarer ihm wurde, dass er mit mir nichts anfangen konnte, desto mehr legte er sich ins Zeug. Ich sei doch sonst nicht so schüchtern, man müsse doch die Gelegenheit nutzen, sich etwas besser kennen zu lernen, und so weiter. Seine Frau beobachtete es mit gelinder Ungeduld, Richard mit Widerwillen.

»Dann melden Sie sich wenigstens krank am Montag«, sagte Elsäßer endlich.

»Und was ist mit der Story über den Schwulenclub?«

Elsäßer knitterte die Stirn. »Nun machen Sie doch auch mal Feierabend. Schnaps ist Schnaps und Geschäft ist Geschäft. Nicht wahr, Richard?«

14

Ich stellte Brontë ans Eck der Rotdornstraße. So konnte ich die Straße überblicken, ohne gleich gesehen zu werden. Wenn einem kalt ist, soll man nicht rauchen, aber Drogen aller Art helfen gegen Schmerzen. Dann kotzte mich der kalte Rauch im Wagen an, und ich kurbelte das Seitenfenster runter. So würde ich es keine Viertelstunde aushalten. Brontës Uhr am spartanischen Armaturenbrett zeigte zehn vor elf.

Ich betrachtete den Verband und stellte mir Margots Knochenhand vor, wie sie den Stichel an ein Stückchen Marmor setzte und mit dem Klöppel tiefe Furchen, Löcher und Grübchen schlug. Splitter spratzten, sandkornklein, herausgeschlagen aus dem Stein mit stählernen Nadeln, getrieben von schaffenswütiger Hand.

Außerdem besaß sie als Turnlehrerin einen Schlüssel zum hinteren Schulhof. Ich stellte mir die Physiksammlung vor mit der kleinen windschiefen Frau Schneider und ihren Schubladen voller metallenem Zeug, spitz, lang, nadelartig. Die Strommarke auf meiner Fingerkuppe war zwar nicht mehr zu sehen, aber noch zu ertasten. Auch Schneider hatte einen Schlüssel. An meinem Hinterkopf schwelte außerdem die Stelle, an der mich Isoldes Parfümfläschchen getroffen hatte. Alles Beweise, dass ich in meiner Kindheit von meinem Vater, oder besser, von meiner Mutter missbraucht worden war.

Eine kaum merkliche Veränderung der Lichtverhältnisse in der Rotdornstraße lenkte mich von meiner Bewusstseinsdämmerung ab. Brontës Uhr war eine halbe Stunde weiter gesprungen. Licht fiel auf den Fußweg drei Häuser weiter unten. Ein Mann in Trenchcoat mit Schulterklappen blickte kurz links und rechts und wandte sich dann abwärts. Ich wartete, bis er um die Ecke gebogen war, und startete Brontë. Richard schritt auf dem linken Gehsteig das Königssträßle entlang, rechter Hand die Sportplätze unterm Fernsehturm. Wenn er mit dem Königssträßle die Jahnstraße erreicht und überquert hatte, lag der direkte Weg zum Haigst hinab vor ihm, eine gruseldunkle, steile Waldstraße. Ich fuhr Brontë an den Randstein, stellte die Scheinwerfer aus und zählte langsam auf hundert: hundert Schritte, hundert Meter, Jahnstraße, Wald. Es ist nicht wahr, dass Männer keine Angst haben, wenn sie nachts allein durch den Wald müssen. Als ich vorgefahren kam, stand Richard wartend an der Ecke. Ich trat auf die Bremse. Er kam über die Straße und langte nach dem Türgriff.

»Rutsch rüber, ich fahre.«

Ich hatte meine Beine kaum über den Schaltknüppel auf die Beifahrerseite gewürgt, da saß er schon und griff Brontë ins Lenkrad. Die Gänge knirschten. Brontë muckte. Männer in fremden Autos! Meines hatte weder Servolenkung noch ABS. Bäume sprangen in die Scheinwerfer. Richard bekam Brontë nur knapp um die Kurve in die Jahnstraße.

»Ein bisschen bockig, die Dame.«

»Dein Schicksal«, sagte ich.

Er lachte leise und häkelte sich durch die Gänge. »Weißt du, warum Elsäßer auf deine Schwulenclub-Story nicht anspringt? Er glaubt, du hast sie aus zweiter Hand. Er hält es für ausgeschlossen, dass sie dich in so einen Club reinlassen. Außerdem hat Margot ein deutliches Urteil über dich gesprochen: infantile Emotionalität mit querulatorischen Zügen, reduzierter Rationalität und ungenügender Ausformung der Persönlichkeit, deren Folge Hilflosigkeit ist, die sich hinter Trotz und Arroganz versteckt, begleitet von starker Anlehnungsbedürftigkeit und einer verantwortungslosen Einstellung zum Beruf …« Er holte Luft. »… der Neigung zum Tagtraum, abenteuerlichem Verhalten und Sich-Hineinreden in selbstüberhöhende Rollen.« Er feixte zu mir herüber. »Kurz: Unreife.«

»Der du nicht gewachsen bist, sagt Frau Müller-Elsäßer, denn das grob strukturierte Chaos meiner Weiblichkeit überfordert einen feinnervigen Bürohengst wie dich.«

»Diese magersüchtige Krampfhenne«, knurrte Richard erfrischend selbstgerecht.

»Und was wolltest du bei Elsäßer?«

»Was du da wolltest, brauche ich wohl nicht zu fragen«, antwortete er und zog Brontë mit knapper Not an den parkenden Autos entlang auf den Haigst. »Die Wahrheit ist, ich wollte dich endlich mal in einen Steingarten prügeln.« Brontë stand mit einem Ruck.

»War's schlimm?«, erkundigte ich mich.

»Ich werde dir per richterlicher Anordnung untersagen lassen, dich mir auf mehr als achthundert Meter zu nähern. Bis es so weit ist, schlage ich vor, dass wir den Wagen wechseln. Deine Brontë ist mir zu störrisch.«

»Wohin fahren wir?«

»Zu Frau Ringolf. Hermann hat mir versichert, dass er ihr gegenüber nichts von irgendeiner geplanten Aktion gegen TVCinema erwähnt hat. Ihm hat auch kein Staatsanwalt Fuhr etwas gesteckt.«

Auf dem Weg durch die Stadt, den wir in seinem perlgrauen Daimler zurücklegten, erläuterte er mir die Grundlinien des Falls.

Es hatte vor Weihnachten mit einer anonymen Anzeige angefangen, die bei Fuhr landete. Der Verfasser des Briefes schrieb, dass er im Internet das Angebot von Kinderpornos gefunden habe, die – wie er meinte herausgefunden zu haben – von einem Laden in der Wagenburgstraße im Stuttgarter Osten angeboten wurden. Er sei in den Laden gegangen und habe dort außerdem Raubkopien gefunden, die in Korea und Polen gefertigt wurden. Polizei und Steuerfahndung rückten zur Durchsuchung an und beschlagnahmten hunderte von Videobändern und DVDs. Der Betreiber hatte seine Rechnungen an eine Briefkastenfirma in Luxemburg überwiesen. Außerdem schwärzte er ein Ehepaar an, das die Kinderpornos in der Ukraine gedreht haben sollte. Das Ehepaar war nicht aufzutreiben. Ende Januar meldete sich der anonyme Antragsteller erneut, diesmal telefonisch. Weil er von einem ISDN-Anschluss aus telefonierte und weil der Sachbearbeiter von der Steuerfahndung, an den man ihn durchstellte, mit dem Handy unterwegs war, erschien seine Nummer auf dem Display. So kam Marquardt ins Spiel. Er wollte seine Anzeige ergänzen. Er gab an, in den Weihnachtsferien in Warschau vergeblich einen Videoladen gesucht zu haben, an den TVCinema angeblich exportierte. Bevor der Fahnder sich mit Marquardt treffen konnte, um in Erfahrung zu bringen, woher er die Erkenntnisse über TVCinema hatte, war der Lehrer tot. Der Steuerfahndung war bereits bekannt, dass TVCinema monatlich hohe Ausfuhrumsätze erklärte. So wurde der Verdacht habhaft, und die Ermittler rückten zur Durchsuchung der Firmenräume an. Kurt Holzer, der den Video- und DVD-Handel leitet, war abwesend. DVDs und Bänder waren nicht einsehbar, da nach Angaben der Mitarbeiter alle ins Ausland exportiert. Allerdings fehlten auch die Ordner mit den Ausfuhrnachweisen. So blieb der Verdacht zwar bestehen, aber ohne Belege war der Beweis des Umsatzsteuerbetrugs nicht zu führen. Ein neuer Ermittlungsansatz musste her.

»Was war denn auf den Videobändern, CDs und DVDs drauf, die die Polizei in Marquardts Wohnung beschlagnahmt hat?«, erkundigte ich mich.

Richard sah mich an. »Die Polizei hat nichts dergleichen beschlagnahmt, soweit ich weiß.«

Ich kramte aus meinen Jackentaschen den Kassenbon mit der Telefonnummer hervor. »Kennst du die Nummer? Es meldet sich nie jemand.«

Richard schüttelte den Kopf. »Wo hast du das her?«

»Aus einem Buch, das Marquardt und Müller-Elsäßer beide in der Hand hatten.«

»Dann warst du das, die ins Lehrerzimmer eingebrochen ist.«

»Ich war Donnerstagvormittag ganz offiziell dort. Übrigens, dort hat die Polizei nun wirklich eine CD mitgenommen. Was war da drauf?«

»Keine Ahnung.«

Ich fragte mich, worum es Marquardt gegangen war: um das Internet, TVCinema oder Otter. Und wenn er Ermittlungen gegen Kinderpornos im Internet lostrat, warum dann nicht auch gegen Otter. Der war doch viel näher. Die Antwort sei ganz einfach, meinte Richard. Auf eine anonyme Anzeige gegen Otter hätte die Polizei – im Gegensatz zu Steuerfahndern – nicht reagiert. Marquardt habe außerdem die begründete Sorge gehabt, selber als Pädophiler dazustehen, zumal, wenn er im Internet nach solchen Angeboten suchte. Die Polizei hatte ihn schon einmal im Verdacht, als vor zwei Jahren der zwölfjährige Selim Ögalan verschwand, nachdem er beim damaligen Vertrauenslehrer Marquardt in der Sprechstunde gewesen war. Der Verdacht hatte sich nicht aufrechterhalten lassen und war deshalb nicht öffentlich geworden. Aber Otter hatte Marquardt dazu gezwungen, nicht wieder als Vertrauenslehrer zu kandidieren.

Ich sah die Geschichte mit dem vermeintlich drogensüchtigen Knaben plötzlich in neuem Licht. Marquardt behauptete, der Junge habe sich den goldenen Schuss gesetzt, obgleich er sich nach Müller-Elsäßers Darstellung die Pulsadern aufgeschnitten hatte. Vielleicht war Marquardt weniger ein schizoider Trottel gewesen, als vielmehr ein raffinierter Zurechtlüger, der von Zeit zu Zeit Schüler beseitigte, die ihm hätten gefährlich werden können.

Hatte mir nicht Fickfehler beim allerersten Gespräch angeboten, mir Marquardts Folterkeller zu zeigen? Außerdem hatte sein Mörder ihm die Hosen runtergezogen, damit die Schüler ihren Lehrer entblößt und entlarvt fanden.

»Du glaubst doch nicht«, erkundigte ich mich, »dass Holzer Marquardt umgebracht hat, oder?«

»Ich glaube gar nichts.«

Er lenkte seine Limousine an den Bordstein. Die Fenster von Isoldes Wohnung waren immer noch dunkel. Es soll ja Leute geben, die fünf vor zwölf im Bett liegen und schlafen. Richard zögerte nicht und klingelte. Als er eben eine Zigarette aus der Schachtel gefischt hatte, ging oben das Licht an. Richard stauchte die Zigarette wieder zurück, ein Fenster ging auf, und Isolde schaute herab. Richard entschuldigte sich für die späte Störung. Die Diskrepanz zwischen Ton und Worten bewog Isolde, uns ohne Widerspruch heraufzulassen. Sie empfing uns in einem hellbeigefarbenen Morgenmantel, nackten Beinen, Socken an den Füßen, roter Nase und Entschuldigungen. Sie habe sich früh zu Bett gelegt, da sie eine Erkältung im Anmarsch fühle. Die Wohnung roch anders, unordentlicher, körperwarm, bewohnt.

»Ich wäre Ihnen dankbar«, sagte Isolde, »wenn Sie es kurz machen würden.«

»Ein bisschen Zeit müssen Sie schon erübrigen«, erwiderte Richard.

Sie schob die Strähne hinters Ohr, während er ins Wohnzimmer durchmarschierte. Ich distanzierte mich grimassierend von dem Affen im Anzug und folgte dem Tross. Richard hatte schon Licht gemacht, stand am Glastisch und musterte Isolde mit einem Männerblick, der immer dann, wenn es ihm passte, leichthin das Urteil »Krampfhenne« sprach. Sie faltete sich in einem Sessel zusammen und zog den Bademantel über die nackten Knie.

»Frau Ringolf ...« Richard nahm auf dem Sofa Platz und löste den Knopf seines Jacketts. Ich genoss wieder einmal die Unverfrorenheit, mit der Männer ihren Körper ins Spiel bringen, wenn sie sich zu harten Verhandlungen niederlassen. »... ich muss Sie zunächst darauf aufmerksam machen, dass Sie nicht verpflichtet sind, Auskunft zu geben, wenn Sie befürchten, sich selbst oder eine Ihnen nahe stehende Person zu belasten.«

Isolde sah mich mit aufgerissenen Augen an. Sie trug ihre Brille nicht. Das gab ihrem Gesicht einen kindlich schlaftrunkenen Zug.

»Er meint«, erklärte ich, »dass kein Weg daran vorbeiführt, dass du ihm sagst, wer dir den Tipp mit der Firmendurchsuchung gegeben hat. Elsäßer war es jedenfalls nicht.«

Richard hob bei dem Du den Blick.

Isolde fummelte an der Haarsträhne hinterm Ohr herum. »Ich verstehe nicht.« Sie ließ die Augen zwischen uns hin und her springen. Ein kleines Lächeln kräuselte ihre blassen Lippen. »Er … er war es doch selbst.«

Richard lehnte sich zurück. Es gehörte schon was dazu, einen solchen Vorwurf, den sie mir im Streit serviert hatte, ins Gesicht des Staatsanwalts hinein zu wiederholen. Das hatte Stil. Entweder war Isolde um ein paar Grad härter, als ich gedacht hatte, oder sie sagte die Wahrheit.

»Was bezwecken Sie mit dieser Behauptung, Frau Ringolf?«, fragte Richard.

»So? Sind wir auf einmal wieder per Sie? Na schön. Ihre Einschüchterungstaktik zielt doch bloß darauf ab, Ihren Fehltritt zu vertuschen. Mein Gott, Männer! Ich habe es langsam satt, als Frau für alles verantwortlich gemacht zu werden, was ihr euch herausnehmt.« Zuletzt sah sie mich an. Auch Richards Augen wandten sich mir zu.

Ich hielt ihren Blick fest. »Willst du eigentlich mich eifersüchtig machen oder ihn?«

Mich irritierte allerdings momentan weniger Isoldes Versuch, Richard und mich gegeneinander auszuspielen, um sich für meine Verführung zu rächen, als vielmehr das Klima der Wohnung, dieser Brodem intensiver menschlicher Gegenwart.

»Wer schläft hier eigentlich noch?«, fragte ich und sprang auf.

Richard war augenblicklich an der Tür.

»Was fällt Ihnen ein?«, schrie Isolde.

Zu dritt fielen wir ins Schlafzimmer ein. Der Mann im Bett zog sich die Decke ans Kinn und langte nach einer eckigen Brille. Selbst mit wirren Strohstoppeln auf dem Schädel nahm er sofort das Aussehen eines Yuppies an.

»Herr Holzer«, sagte Richard. »Sie sind –«

»Das ist Hausfriedensbruch!«, schleuderte der Mann ihm entgegen. »Oder haben Sie einen Durchsuchungsbefehl? Isolde, hast du die freiwillig reingelassen?«

Sie schüttelte den Kopf.

»Dann verlassen Sie sofort meine Wohnung!« Kurt schwang die langen Beine aus dem Bett. Eine Armee gelber Härchen zog von seiner roten Unterhose zu den Fesseln hinab. Er knöpfte sich ein hellblaues Hemd über die nackte Brust. »Oder haben Sie einen Haftbefehl? Sonst ist das Freiheitsberaubung.«

Isolde besichtigte ihren Bettgenossen mit deutlicher Bewunderung.

»Herr Holzer«, sagte Richard, »ich kann Ihnen nur davon abraten, sich den Ermittlungsbehörden erneut zu entziehen.«

»Ich habe mich nicht entzogen. Ich war auf Dienstreise. Das haben Ihnen meine Mitarbeiter schon mitgeteilt. Bei meiner Rückkehr musste ich dann von dieser sinnlosen und lächerlichen Aktion erfahren. Sie haben nichts gefunden. Damit dürfte auch der Verdacht gegen mich hinfällig sein. Also, was wollen Sie noch?« Entschlossen stieg er in seine Jeans und knöpfte sie über dem prallen Geschlecht zu. »Und jetzt raus. Oder Sie fangen sich eine Anzeige ein.«

So wie Isolde hinschaute, offenbarte sie, dass sie die konvexe Männlichkeit mehr interessierte als das schleimige Spiel praktizierter Liebe. Es gibt Frauen, die nehmen den Schwengel in Kauf, weil sie einen Mann bewundern wollen. Genauso hatte Isolde vermutlich Richard ins Gedankenspiel eingebaut, hatte sich dann aber von mir auf verwirrende Weise darüber belehren lassen müssen, dass ihr eigener Körper ganz anderer Lüste Quelle war. Nun schämte sie sich. Während Richard mit leerer Miene seine juristische Ohmacht in rechtsstaatliche Grundsätze umdeutete, legte ich den Arm um Isolde und sagte: »Es war schön mit uns heute Nachmittag.«

Sie wurde rot und schüttelte mich ab. Aber zu spät: Kurt sah aus, als hätte ihm sein Stammtisch johlend eröffnet, dass er sich die ganze Zeit von einer verkleideten Schwuchtel im Bett hätte hinters Licht führen lassen. Aber auch Richard wandte sich abrupt ab. Ich überließ Isolde und Kurt ihrem fälligen Beziehungskrach und eilte meiner eigenen Beziehung hinterher. Er saß schon im Auto, als ich hineinflackte, und legte eben das Handy in die Halterung zurück.

»Musste das sein? Musste das wirklich sein, Lisa?«

»Vieles muss nicht sein und passiert doch. Zum Beispiel wird Kurt abhauen, ehe die Polizei mit dem Haftbefehl eintrifft.«

»Das kann ich nicht ändern. Ich bin nichts weiter als ein Staatsbürger, der einen Verbrecher nur dann festhalten darf, wenn er ihn in flagranti erwischt.«

»Wie sicher bist du dir, dass Kurt ein Verbrecher ist? Wie sicher? Die Steuerhinterziehung kannst du ihm doch gar nicht nachweisen.«

Er lockerte die Krawatte.

»Sag mir, was los ist«, bat ich. Doch da sprang bereits die Treppenhausbeleuchtung an. Ich flutschte aus dem Auto.

»Nein! Nicht, Lisa!«

Schon trat Kurt Holzer zur Haustür heraus, einen Autoschlüssel in der Hand und eine Reisetasche geschultert. Ich trat ihm in den Weg. Sein Schritt stockte. »Was soll denn das werden?« Er versuchte, erst links, dann rechts vorbeizukommen. Sein Fauststoß fiel reichlich ruppig aus. Ich packte den Ärmel mit der linken Hand, da ich rechts nicht zufassen konnte, und riss ihn über meine ausgestellte Wade nach vorn.

»He!«, schrie Richard.

Die Reisetasche beutelte Kurt um die Ohren, das schnittige Brillengestell flog. Ehe er die Orientierung wiederhatte, kniete ich auf ihm und drehte ihm den Arm auf den Rücken. Er brüllte. Isolde stürzte mit wehendem Bademantel aus dem Haus.

»Lass sofort los!«, fuhr mich Richard an. »Das kannst du nicht machen.« Er musste so reden, das erforderte unsere Arbeitsteilung. Aber offenbar hatte ich da was falsch verstanden. Für einen, der Handgemenge ängstlich mied, hatte Richard einen fiesen Sinn für Schwachstellen. Er drehte mir die verletzte Hand auf den Rücken. Er besaß erhebliche Kräfte, die nur den überraschten, der nicht wusste, dass er seit Jahrzehnten in Sportstudios trainierte. Er ließ mich auch nicht los, als ich von Kurt abließ.

Kurt rappelte sich hoch und nahm die Gelegenheit wahr, mir im Zorn der Gedemütigten aus der Hüfte heraus die Faust in die Magengrube zu rammen. »So!« Erhobenen Hauptes wandte er sich ab und bückte sich nach Reisetasche und Brille.

Richard, der in den überraschendsten Momenten hinter mir stand, gab mich plötzlich frei. Ich stürzte vorwärts. Kurt schreckte herum. Wieder hielt er es nicht für nötig, die Reisetasche fallen zu lassen. Nur dass ich diesmal wirklich wütend in ihn hineinging. Noch nie war mir ein Fußhebel so durchschlagend gelungen. Ippon. Kurt lag platt auf dem Rücken und stand auch vorerst nicht wieder auf.

Die eintreffende Polizei nahm uns beide mit.

15

Sonntagnachmittag war es ruhig in der Redaktion; ohne Volontärin. Von der LPD II kam die Mitteilung, dass es im Schulhofmord eine Verhaftung gegeben habe. Marko V. habe ein Teilgeständnis abgelegt. Ich rief Christoph an, um mich zu erkundigen, was denn Teilgeständnis bedeute. Er sagte, er habe die Formulierung nicht zu verantworten. Marko sei gestern in München verhaftet und dort dem Ermittlungsrichter vorgeführt worden. EKHK Beckstein sei nach München gereist, um die erste Vernehmung zu führen. Bei ihrer Rückkehr habe sie mitgeteilt, Marko habe eingeräumt, am Dienstagabend einen Streit mit Marquardt gehabt zu haben.

Marquardt habe von ihm verlangt, er solle sich in Ethik als Schwuler outen und seinen Mitschülern von seinen Nöten, Wünschen und Erfahrungen berichten. Dies habe Marko vehement zurückgewiesen. Der Streit habe nach Markos Angaben vor dem Schultor stattgefunden. Wie zum Beweis habe er einen dunklen BMW angeführt, der an der Telefonzelle gestanden habe und in dem ein Mann saß, der ausstieg, als er, Marko, ging. »Wenn du mich fragst«, sagte Christoph, »Marko war's. Warum ist er sonst abgehauen.«

»Es vertrauen nicht alle so wie ich der deutschen Justiz«, sagte ich.

Marko wurde nun verschubt, das heißt, man transportierte ihn im Rahmen eines Fahrplans für Gefangenentransporte über diverse Anstalten allmählich nach Stuttgart. Das konnte Tage oder Wochen dauern.

Am Montag meldete sich Isolde krank. Die Staatsanwaltschaft teilte auf Anfrage mit, dass die Ermittlungen gegen TVCinema eingestellt würden. Es müssten nur noch einige Detailfragen geklärt werden. Der Haftbefehl gegen Kurt Holzer sei aufgehoben worden.

Steffi Bach rief an. Es sei eine Sauerei, dass man Marko verhaftet habe. Sie habe es in der Schule erfahren. Ich solle was dagegen unternehmen. Ich trug ihr auf, alle zusammenzutrommeln, die in die Esoterik-AG gegangen waren, und mich dann wieder anzurufen.

Elsäßer bestellte mich ein und erkundigte sich nach dem Stand im Schulhofmord, nahm befriedigt zur Kenntnis, dass die Polizei den mutmaßlichen Täter verhaftet hatte, und äußerte die Hoffnung, dass ich mich nun wieder mit voller Kraft meinen eigentlichen Aufgaben zuwenden könne. Außerdem habe Frau Ringolf ihn gebeten, einem anderen Redakteur zugeteilt zu werden.

Elsäßers Sekretärin unterbrach uns. Sie hatte das Kultusministerium am Apparat, doch es wollte nicht mit Elsäßer, sondern mit mir verbunden werden. Ich ließ den Anruf in mein Kabäuschen durchstellen. Eine Dame informierte mich, dass Minister Bollach meiner Bitte um einen Interviewtermin heute Abend um zwanzig Uhr nachkommen könne. Ich bedankte mich höflich und rief im *Motor-Magazin* an. Man sagte mir, dass Krk seit Samstag auf Dienstreise sei, wo, könne man mir leider nicht sagen. Frau Kallweit erklärte wie üblich, Dr. Weber sei im Gericht, und Christoph hatte sich im Amt nach dem Ermittlungserfolg einen freien Tag genommen. Er hätte mich für das Gespräch mit Bollach ohnehin nicht mit Abhörelektronik ausgerüstet. Ich erkundigte mich bei Sally, die in einer Redaktion des SWR arbeitete, ob jemand im Sender bereit und fähig sei, mich mit einem Miniaufnahmegerät auszustatten, aber sie bezweifelte das. Ich insistierte nicht. Gegen fünf ließ ich fünf gerade sein und verabschiedete mich in der Redaktion, obgleich die Kollegen dies für unsittlich hielten, um daheim in aller Ruhe meinem sportlichen Outfit einen weiblich farbigen Touch zu geben. Vor allem schminkte ich mich, bis meine Narbe unsichtbar wurde. Beim Nagellack fiel mir plötzlich die Physiklehrerin ein.

Die Asservatenkammer war erleuchtet. Ich schrie und rief so lange am Schulhofzaun, bis Frau Schneider klein und schief über den Hof kam und das Törchen aufschloss. Sie beäugte mich wie eine Mutter, die sich über die Verschönerungen, die sich Töchter auf dem Weg zum Frausein angedeihen lassen, jede Bemerkung verkneifen will.

»Eigentlich darf ich Sie nicht reinlassen«, sagte sie mit dem leisen Kichern, das die Äußerungen ihres subversiven Eigenwillens stets zu begleiten schien. Sie eierte vor mir her. Auch für die Glastür im Seitentrakt hatte sie einen Schlüssel, aber die Tür blieb offen, solange sie im Gebäude war. Das hieß, dass alle Türen zum Hinterhof verschlossen gewesen waren, als die Esoterik-AG endete. Es entbehrte nicht ganz der Logik, dass die Polizei ihren Verdacht gegen Marko auf den Besitz des Schlüssels zum Zauntor gründete. Täter und Opfer hatten nur durch dieses Tor in den Hof gelangen können, es sei denn, Frau Schneider war Zeugin des Mordes gewesen.

Im Neonlicht der physikalischen Sammlung waren Ja/Nein- und Und/Oder-Schaltungen aufgebaut. Da es sich hier wiederum um Elektrizität handelte, hielt ich Abstand.

»Und Sie«, kicherte Schneider, »wollen wohl nachher Ihren Schatz treffen.«

»Schlimmer, den Kultusminister.«

Die Alte duckte sich mit einem Schwabenstreich-Lächeln und wischte nicht vorhandene Stäubchen vom Versuchstisch.

»Und Sie müssen mir helfen. Ich möchte das Gespräch aufnehmen, aber so, dass er es nicht merkt.«

»Da gibt es heutzutage nette, kleine Geräte. Aber damit kann ich leider nicht aufwarten. Ich müsste was baschteln. Wie viel Zeit haben wir?«

»Eine Stunde.«

Schneider wischte über den Tisch und ging dann an die Schubladen. Kabel, Krokodilklemmen, Isolierband, ein altes Diktafon, ein Minimikro, Schraubenzieher, Draht, Lötkolben, Lötzinn.

»Die Buben aus meinen Physikklassen, die könnten Ihnen sofort was bauen. Aber mir fehlt die Übung. Das Diktafon hat zwar ein Mikrofon, aber Sie wollen dem Minischter das Gerät natürlich nicht unter die Nase halten, gell. Wir brauchen eine Niere. Die meisten Leute sagen dazu Richtmikrofon, aber wir sagen gerichtetes Mikrofon. Die Empfangsreichweite ist nicht kugelförmig, sondern vorne am weitesten und an den Seiten begrenzt, eben wie eine Niere. Seitengeräusche werden ausgeblendet.«

Ich hatte schon immer Schwierigkeiten gehabt, mir diese unsichtbaren Felder und Wirkungsbereiche vorzustellen.

»Das ist jetzt ein bissle das Problem«, fuhr Schneider fort. »Da müssen wir uns was einfallen lassen, wo wir das Mikrofon verstecken, sonst haben Sie am Ende nur Ihren eigenen Raucherhusten auf Band statt der hehren Worte des Minischters.« Sie blickte mir in den Blusenausschnitt. »Darf ich mal.« Sie ließ Zange und Messerchen fallen und griff mir in den Damenblazer. »Das Mäntelchen müssen Sie wahrscheinlich ablegen. Aber das Jäckchen ist nicht schlecht. Eine Innentasche hat es natürlich nicht, wo wir das

Diktafon reinstecken könnten. Hätten Sie nicht ein Herrensakko nehmen können?«

»Tja.«

»Oder wollen Sie das Ding auf der Haut tragen? Nur ob die Pflaster auf die Dauer halten, wenn Sie ins Schwitzen kommen …« Sie kicherte. Ihr Händchen krauchte unversehens unter meine Achsel in den Ärmel. »Und das Mikro stecken wir Ihnen in die Manschette. Dann halten Sie die Hand immer in Richtung des Minischters.«

Ich war voller Vertrauen. Schneider schloss den Lötkolben an und hieß mich nach einem langen Kabel suchen. Ich zog die Schubladen auf: Rädchen, Schrauben, Dioden, Batterien, Federwaagen …

»Ich nehme an, Sie kennen sich im Presserecht besser aus als ich. Obacht! Da sind lauter spitzige Dinger drin.«

Es waren Federmesser, Gravournadeln, Spritzkanülen, Stricknadeln, Laubsägeblätter und unidentifizierbare Bestecke aus Arzttaschen oder Versuchslabors früherer Jahrhunderte. Schneider erzählte, sie kaufe den Trödel auf Flohmärkten zusammen. Manchmal brächten ihr auch die Schüler was mit aus dem Hobbykeller ihres Vaters oder dem Physikkasten des Großvaters. Ein schönes, griffiges Gerät schmeichelte sich in meine Hand. Es hatte einen zigarrenförmigen Griff, von dem eine ungefähr sieben Zentimeter lange Hohlnadel ausging, schräg angefeilt.

»Und was ist das?«

Schneider kicherte. »Ein Korkenzieher. Der Griff ist eine Luftpumpe. Man sticht in den Korken, zieht den Griff auf und nieder und pumpt so Luft in die Flasche. So kann man den Schülern ganz gut die Verdrängungskräfte von Luft veranschaulichen.«

Im Übrigen lief uns die Zeit davon. Schneider beraubte den Rollwagen mit der logischen Schaltung wichtiger Kabelverbindungen und amüsierte sich, dass sie damit eine Versuchsanordnung des Kollegen Zeller schrottete. Sie lötete das Mikrokabel ins Diktafon, klebte Isolierband drüber, bekam dann den Deckel nicht mehr zu, knackte mit der Zange Zacken ins Plastik und kicherte. Währenddessen stellte ich nach Augenmaß ein Plastiktütchen her, welches das Diktafon aufnehmen sollte, und versuchte, es in die linke Innenseite meiner Jacke zu heften. Als wir das Kabel durch den Ärmel gezogen hatten und das Mikro unter der Blusenmanschette endlich hielt, tat das Diktafon nicht. Alles wieder raus. Kassette rumgedreht, Batterien gewechselt, Tonkopf gereinigt, durchgemessen. Zweiter Test nach neuerlichem Anlegen. Jetzt tat's.

»Wiedersehen macht Freude!«, rief Schneider mir hinterher. Ich rannte den Pfad hinab zu Brontë. Die elektronische Installation baumelte, drückte und ziepte. Ich war versucht, sie mir sogleich wieder aus den Kleidern zu reißen. Dabei stellte ich fest, dass ich den Luftdruckkorkenzieher in meiner Jackentasche hatte. Auf dem Weg durch die Grünanlage des Schlossplatzes zum Portal des Neuen Schlosses konnte ich mir das Mikro auch nicht mehr abfummeln. Das musste jetzt so bleiben, denn wohin mit dem Gerät? Der Sicherheitsmann am Eingang war nicht zur Leibesvisitation bestellt. Er begutachtete nur den Presseausweis und telefonierte eine junge Dame die Barocktreppe herab, die mich hinaufführte. Ich kommentierte den Umstand, dass das Ministerium für Kultus und Sport in einem kulturellen Erbe untergebracht war, und sie lachte wie jemand, der solchen Kommentar schon dutzende Male gehört hatte. Im Vorzimmer nahm mir eine ältere Dame den Mantel ab. »Gehen Sie gleich durch, er erwartet Sie schon.«

Ich zippelte mein links beschwertes Jäckchen aus der Schieflage. Bollach kam hinter einem fernen Schreibtisch hervor, zurrte seine Gesichtszüge hoch, streckte die Hand aus, winkte der Sekretärin, die Tür zu schließen, und sagte: »Frau Nerz, ich freue mich. Aber ich muss schon sagen, ich hätte Sie bald nicht wiedererkannt. Alle Achtung, ein gelungenes Bubenstück, im wahrsten Sinne des Wortes.« Er lachte kurz. »Nehmen Sie Platz.«

Wir waren bei der Sitzgruppe angelangt, die aus einem polierten Holztisch mit Chrombeinen und rundherum Ledersesseln bestand, die keine Armlehnen hatten. Die modernistisch kantigen

Lederpolster waren über die verchromten Sitzgestelle gebrochen wie Futonmatten.

»Machen Sie es sich bequem. Was darf ich Ihnen anbieten? Kaffee? Cognac?«

Die Sekretärin musste noch mal kommen.

Ich suchte nach einer machbaren Position auf dem Sessel und befürchtete, dass es seltsam wirken würde, wenn meine linke Hand gleich einem Colt stets auf Bollach zielte. Ich schlug zwar die Beine übereinander, um den Unterarm auflegen zu können, aber das wirkte weder elegant noch souverän.

Die Sekretärin brachte Cognac. Bollach knöpfte das Jackett auf, hakte die Daumen in den Bund und dehnte den Bauch. »Wirklich, ein echter Schwabenstreich, den Sie sich da geleistet haben. Sie haben es faustdick hinter den Ohren. Ich schätze das. Außerdem gehören Sie, wie ich sehe, nicht zu den Journalisten, die womöglich falsch verstandene Informationen vorschnell an die Öffentlichkeit blasen.« Sein Gesicht rutschte dem sich nahenden Cognacschwenker am Schädel herab entgegen. »Abgesehen davon, dass es niemandem was bringt, nicht mal Ihrer Karriere, wenn Sie Vorwürfe erheben, die völlig aus der Luft gegriffen sind. Sie haben da etwas gesehen, das Ihnen zu denken gibt. Aber, was haben Sie eigentlich gesehen?« Seine wasserblauen Augen fixierten mich kurz, während seine Nase sich in den Schwenker senkte. »Glauben Sie mir, ich war selber aufs höchste überrascht, als mir ein Licht aufging, wohin mein Schwager mich da geschleppt hatte. Ich hatte ja keine Ahnung.« Er zog die Lippen vom Kinn hoch zu den Zähnen, stülpte sie über den Glasrand und kippte den Cognac. Dann stellte er das Glas rasch ab und heftete den Blick an mein Revers. »Dem habe ich vielleicht was erzählt. Das können Sie mir glauben. Immerhin hat er Frau und Kind, und er ist Schulrektor. Aber nun stellen Sie sich vor, Wilhelms Frau, die ja nun, ob ich will oder nicht, meine Schwester ist, liest morgen in der Zeitung, dass ihr Mann … Sie geht ganz in der Ehe auf. Sie ist von konservativem Zuschnitt, wenn Sie verstehen, was ich meine. Sie werden sagen, bei uns herrscht Pressefreiheit. Richtig. Ich sage immer, hört auf, die Schülerzeitungen zu zensieren, ein bisschen Gelassenheit ist schon vonnöten. Die Lehrer sollen sich nicht so haben, wenn mal ein kritisches Wort fällt, das faule Gesocks …« Er hustete sich wieder zum Thema zurück. »Aber hier geht es ja nicht um eine Geschmacklosigkeit in einer Schülerzeitung. Sie wollen einen Artikel schreiben. Leider ist auch unsereiner nicht nur Minister, sondern auch Mensch und Bruder. Und sagen Sie nicht, wir Männer würden nur wieder mal alle zusammenhalten. Mir geht es lediglich um meine kleine Schwester. Ich habe bereits eine schonungslose Aufklärung der Vorgänge in diesem Etablissement in die Wege geleitet. Und was meinen unglückseligen Schwager betrifft, Sie haben mein Wort, dass er nach den Sommerferien nicht mehr Schulleiter ist. Und nun lassen Sie mich nicht die ganze Zeit schwätzen.«

»Nun ja … Es handelt sich hier doch immerhin um –«

»Frauen, das sage ich immer, sind letztendlich das klügere Geschlecht. Sie sind pragmatischer. Ich will ganz offen sein. Sie könnten einen mordsmäßigen öffentlichen Wirbel machen. Aber wem ist damit gedient? Hier geht's doch nicht nur um mich oder um ein politisches Amt, sondern um das Vertrauen der Bürger in unsere schulischen Einrichtungen. Schwarze Schafe gibt's überall. Aber wollen Sie ein Kesseltreiben gegen all die kreuzbraven Lehrer anzetteln? Sie wissen doch, die Medien sind wie die Geier. Gleich vermuten sie sonst was, wenn ein Lehrer einem Schüler nur mal die Hand auf die Schulter legt. Turnunterricht, Schullandheime, Ausflüge, das können wir dann künftig alles knicken.«

»Schon, aber …«

»Nun passen Sie mal auf, Frau Nerz. Nicht dass wir uns falsch verstehen. Sie tun, was Sie nicht lassen können. Über die Folgen sind Sie sich im Klaren. Ich kann nur hoffen, dass es für Sie keine bösen Überraschungen gibt.«

»Das ist ein Argument.«

»Sehen Sie.« Er raffte seine Mimik erneut in die Höhe. Sein Blick wurde schärfer.

»Aber so ganz bin ich noch nicht überzeugt«, sagte ich.

»Da machen Sie mich etwas ratlos. Wir wissen doch beide, dass Vorsicht geboten ist, wenn es mich drängen sollte, Ihre Klugheit angemessen zu würdigen. Sonst heißt es am Ende noch, ich hätte versucht, Sie zu bestechen.« Er beugte sich vor. »Aber warten Sie. Vielleicht fällt mir da noch etwas Besseres ein.« Er gab sich einen Ruck, stand auf, ging zum Schreibtisch und bellte in die Gegensprechanlage, Pflüger solle kommen. »Ich bin zuversichtlich«, sagte er vom Schreibtisch aus, »dass wir zu einer einvernehmlichen Lösung kommen werden.«

Ich war bereits misstrauisch. Schweißfäden rannen mir aus dem Haar in den Kragen. Ich dachte an ein Taschentuch, stieß aber in meiner Tasche wieder nur auf den Korkenzieher, fand plötzlich, dass eine solche Mordwaffe, wenn sie durch einen unglücklichen Umstand bei mir gefunden würde, mich allerschnellstens ins Terroristengefängnis von Stammheim bringen würde, und stopfte das Gerät eilig und heimlich in die Falte zwischen Lehnen- und Sitzpolster des Sessels unter meinem Hintern. Keinen Moment zu früh, denn Herr Pflüger war nicht der Referent mit dem Scheck, sondern ein Sicherheitsmann in schwarzer Kluft mit Funkgerät und Pistole.

»Herr Pflüger«, sagte Bollach aus sicherer Entfernung, »würden Sie bitte eine weibliche Kollegin zur Leibesvisitation herbeirufen. Ich habe leider den Verdacht, dass die junge Dame sich mit unzulässigen elektronischen Mitteln ausgestattet hat.«

Wir kamen überein, dass man ausnahmsweise davon absehen werde, die Polizei hinzuzuziehen. Nachdem ich eine Erklärung unterzeichnet hatte, die meine Entgleisung und mein Bedauern dokumentierte sowie die Überlassung der Abhörelektronik an den Sicherheitsschutz zur Verwahrung, stakte ich über die Kieswege des Schlossplatzes und war bis in die Unterhose erleichtert, ungeschoren davongekommen zu sein. Das durfte ich wirklich niemandem erzählen.

16

»Der Zweck heiligt die Mittel«, hatte einst mein Geschichtslehrer an die Tafel geschrieben, versehen mit einem dicken Fragezeichen. Das war gegen mich gegangen. Ich hatte einem Eintrag widersprochen, den er einer Mitschülerin verpassen wollte, und den Vorfall dem Rektor gemeldet. Mein Geschichtslehrer fühlte sich verpetzt und stellte eine große Frage. Ich schrie: »Aber im Fall Hitler wäre Mord gerechtfertigt gewesen!«, und war fortan verloren für die historische Bildung. Schon damals hatte es mir ein Lehrer nicht verziehen, dass ich mich in meinen Mitteln vergriff. Doch damals war ich fünfzehn gewesen. Um wie viel weniger durfte man es mir, der Erwachsenen, verzeihen, dass ich eine Volontärin rund machte, einen Freund betrog und die Entlarvung eines Kinderschänders versiebte. Wie hatte Müller-Elsäßer diagnostiziert? Neigung zu selbstüberhöhenden Rollen, Tagtraum, Unreife.

Haben Sie schon mal Journalisten am Stammtisch erzählen hören und sich gefragt, warum sie das, was sie wissen, nicht schreiben? Da hat der Wirtschaftsminister auf Dienstreise in Polen im trunkenen Kreis die *Wacht am Rhein* gegrölt, aber der Journalist weiß, er wird niemals wieder zum Reisetross gehören, wenn er das veröffentlicht. Für eine nicht absolut wasserdichte Story bezahlen Sie mit Lebenslänglich einschließlich Querulantenzuschlag in der Lokalredaktion von Bonndorf und führen das Hintergrundgespräch mit dem Karnickelzüchterverein.

Ich pflegte meinen Durchhänger mit Tequila. Sally stöberte mich um Mitternacht auf und brachte mich ins Bett. Ich zog mir die Decke über die Ohren und verharrte so auch den folgenden Tag, egal wie verzweifelt das Telefon jaulte.

Am Nachmittag bimmelte es erst, dann klapperte der Schlüssel in meiner Tür. Oma Scheible wuselte herein. »So, send Sie krank?« Ihre Äuglein schillerten wie Aalsuppe. Sie eilte treppab, treppauf und brachte Kamillentee, dampfende Brühe und brodelnde Geschichten von harmlosen Unpässlichkeiten, die mit Darmverschlingung und Tod endeten. Ich duschte eine halbe

Stunde, schnitt mir die Fußnägel und fuhr zum Auslüften an die winterstarren Bärenseen.

Bei meiner Rückkunft brannte Licht im dritten Stock des Bunkers der Staatsanwaltschaft. Ich schob Richards Akten beiseite und baute ein Reiseschach auf seinem Schreibtisch auf. »Ich will das jetzt lernen.« Ich wählte eine Eröffnung, die den Gegner in drei Zügen matt setzen sollte. Richard ließ meine Dame im Abseits zappeln und beendete das Spiel nach einer Dreiviertelstunde.

»Und wenn ich jetzt gewonnen hätte?«, fragte ich. »Wenn ich dich jedes Mal beim Schach schlagen würde?«

»Dann hätte ich mich nie mit dir eingelassen.«

»Das wollte ich nur hören.«

»Ich weiß. Sally hat mich schon gewarnt.«

»Aber dir gelingt auch nicht alles«, sagte ich. »Das mit TVCinema war ein Rohrkrepierer, und ich habe ein Verfahren wegen Körperverletzung am Hals, wenn Holzer die Anzeige nicht zurückzieht.«

»Ich hatte dich nicht gebeten, dich einzumischen. Ein kleiner Feind, das lerne fein, will durch Geduld ermüdet sein.«

»Spar dir deinen Schiller.«

»Gellert. Übrigens, die Telefonnummer …«

Ich kramte das Zettelchen wieder aus den Tiefen meiner Taschen.

»Genau. Natürlich meldet sich da niemand, wenn du abends anrufst. Ich habe da gestern mal angerufen.«

Gegen so ein Gedächtnis hatte ich ohnehin nie eine Chance gehabt.

»Es handelt sich um einen Gärtnereibetrieb in Cannstatt. Sie liefern Büsche, Bäume, Hecken, Begrünungen.«

Ich stellte mir Marquardts Dachgeschosswohnung vor und Elsäßers Garten. Richard hielt das Zettelchen unter seine Schreibtischlampe und betrachtete die verwitterte Rechnung auf der Rückseite. Er kniff die Augen zusammen und setzte dann die Lesebrille auf. »Sieh an, ein Kassenbon, zwei Jahre alt, soweit ich das sehe. Und er stammt aus dem Videoladen in der Wagenburgstraße, den Steuerfahndung und Sitte kürzlich dichtgemacht haben.« Er blickte mich über die Brillenränder an. »Mir scheint, ein nicht unbedeutendes Beweismittel.«

»Niemand hat die Polizei daran gehindert, nach dem Mord an Marquardt in die Lehrerfächer zu schauen«, verteidigte ich mich. »Aber ohne mich gäbe es nicht einmal die CD aus dem namenlosen Schließfach. Ich wünschte, ich könnte sie mir anschauen.«

Richard sah durch mich hindurch, richtete den Blick in die Ferne jenseits der Aktenordner und Sammelbände, dorthin, wo übergeordnete Interessen den Kampf mit juristischen Grundsätzen ausfochten. Plötzlich zog er die Schreibtischschublade auf und hielt eine in den Regenbogenfarben irisierende Plastikscheibe in der Hand.

»Wie kommt es, dass du …!«

Er legte den Finger an die Lippen. Wir quietschten durch Linoleumgänge. Die Wirtschaftsabteilung verfügte über einen Medienraum zur Prüfung von Produktpiraterien, und Richard verfügte über einen Schlüssel. Der besenkammerkleine Raum war voll gestopft mit elektronischen Geräten. Am Videorekorder hing ein Zettel mit vielen Ausrufungszeichen: »Bitte keine Privatkopien drinlassen!!!« Richard schob die Scheibe in den Schlitz des DVD-Players und stellte den Fernseher an.

»Das hier ist eine Kopie. Das Original habe ich im DVD-Player gefunden. Ich schätze, Fuhr hat es vergessen. Die Sitte hat zwar auch einen Medienraum, aber dort haben sie Schlitze geklopft für neue Kabel, ohne die Geräte abzudecken. Jetzt ist alles verstaubt. Fuhr schaut sich berufsmäßig Schweinereien an. Er leitet die Abteilung für Gewaltkriminalität im Bereich Sittlichkeitsdelikte. Der Prozess gegen die Kinderschänder von Stammheim ist dir ein Begriff, ja?«

»Fuhr scheint nicht mit so viel Erfolg gesegnet zu sein wie du«, bemerkte ich, im Hinterkopf die Frage bewegend, was Richard bewog, Fuhrs Beweismittel zu kopieren.

Inzwischen hatte der Film mit einer Titelei angefangen, wie man sie mit einem Camcorder leicht herstellen konnte. Der Schriftzug »Allein im Bubenzimmer« geisterte über Boy-Group-Plakate und ein gemustertes Sofa. Michael Jackson kreischte: »Who's bad?« Ein Jeanshintern kam ins Bild. Eine mit bunten Bändchen geschmückte

Bubenhand straffte die Falten. Die Hüfte drehte sich, die Hand ging an den Sack. Jeansfalten sprangen, Knöpfe ploppten, die Hand flutschte, der Schniepel wuchs, die Pickel glühten.

Richard saß, die Ellbogen auf die Knie gestützt, die Hände zwischen den Beinen gefaltet, und schaute hin. Ich beobachtete mich selbst voller Unbehagen. Egal, wie ich mich setzte, irgendwie ging es darum zu ignorieren, dass die Menagerie reagierte.

»Das ist Jöran Fischer aus der 8b«, sagte ich, »derjenige, der auch im Club in der Wörrishofener Straße den Herrschaften zu Diensten ist.«

Richard nickte, stand auf, wandte sich ab, schob die Hände in die Hosentaschen. »Wie sagte man früher? Selbstbefriedigung führt zu Hirnerweichung.«

Ich versuchte, die Augen vom Geschehen im Bildzentrum wegzukriegen, und konzentrierte mich auf die Randelemente: Teppich, Schrank, Tischecke.

»Dem Buben«, sagte Richard mit langen Zähnen, »macht es anscheinend Spaß. Können wir etwas dagegen einwenden, dass die Kids ihren Spaß haben? Hat den Jungen jemand gezwungen, sich auf diese Weise ein paar Euro zu verdienen?«

Jöran zeigte inzwischen den blanken Hintern. In der Peripherie wackelte kurz ein neues Element hinein.

»Stopp!«

Richard betätigte die Fernbedienung. Das Laufwerk surrte hin und her, bis er endlich den Befehl fürs Standbild gefunden hatte.

»Da schau«, sagte ich, »diese indisch anmutende Decke. Die habe ich in Marquardts Wohnung gesehen. Wenn ich es mir recht überlege, sind die Möbel überhaupt seine. Die Pop-Plakate haben mich zunächst etwas abgelenkt.«

Richard schwieg.

»Die Polizei muss kistenweise CDs aus Marquardts Wohnung abtransportiert haben. Wo sind die? Was ich auch nicht verstehe: Warum trat Marquardt Ermittlungen gegen TVCinema los, wenn er selber solche Kunstprodukte drehte?«

»Ich vermute«, sagte Richard widerwillig, »Marquardt hatte tatsächlich was gegen das Geschäft mit Kindern. Aber er glaubte an die erwachende Sexualität. Wahrscheinlich hätte er uns erklärt, der Paragraph zur Verführung Minderjähriger gehöre abgeschafft, weil er die jugendliche Sexualität behindere. Machen wir uns nichts vor: Eine Vierzehnjährige wäre ja auch schlecht beraten, sich von einem Gleichaltrigen deflorieren zu lassen. Wenn der Bube es nicht von einer Hure gelernt hat, gibt es ein Fiasko. Da wendet sie sich besser an einen älteren Mann. Marquardt war ein Pädophiler, daran besteht kein Zweifel, aber er war wohl einer von den – sagen wir – sanften Pädophilen, denen es um das Wohl der Jugendlichen ging.«

»Der sanfte Missbrauch erhöht nur die Schuldgefühle bei den Opfern.«

»Ich glaube«, Richard blickte angewidert auf Jörans Banane, »der Junge hat Marquardt das Angebot gemacht, und Marquardt drehte, weil er sich der sexuellen Entwicklung seiner Schutzbefohlenen verpflichtet fühlte. Möglich, dass Jöran das Video an TVCinema verkaufen wollte. Das wäre eine Erklärung, warum Marquardt von den Aktivitäten dieser Firma Kenntnis erlangte. Er bekam jedoch den Moralischen, deponierte die CD in der Schule und begann seinen anonymen Feldzug gegen TVCinema.«

»Aber dann … verflucht, dann hängt die Polizei mit drin. Sie haben Marquardts Kunsterzeugnisse verschwinden lassen. Freitagabend habe ich Jörans Namen Christoph mitgeteilt. Doch statt in dieser Richtung zu ermitteln, haben sie lieber Marko verhaftet. Dabei hat der Junge eine Todesangst, dass sie ihn im Bau vergewaltigen.«

Richard schien sich unaussprechlich unwohl zu fühlen, nicht nur in seinem braunen Anzug, sondern auch in seiner Haut. Seine selbstgefällige Männlichkeit zeigte Risse, geriet in die Krise immer dann, wenn er die Existenz von Gewalt nicht mehr leugnen konnte. Er war in dem Bewusstsein Ankläger geworden, dass er als Mann zur grausameren Hälfte der Menschheit gehörte, und hatte daraus die Pflicht abgeleitet, die Schuld seines Geschlechts, wenn nötig, mit allen juristischen Mitteln einer Bestrafung zuzuführen. Aber in diesem Moment war er plötzlich an die Grenze des für ihn Erträglichen geraten, an den Punkt, wo er sich hasste und wo es ihn zerrissen hätte, hätte er nicht die Begabung besessen, sich jäh abzuschotten.

Er eilte einen halben Schritt vor mir her den Gang entlang zurück zu seinem Büro. Ich sah nur seine Schulter, wünschte, ihn ins Stolpern und zum Reden zu bringen, traute mich aber nicht. Er stoppte an seiner Bürotür und ich prallte gegen ihn. Er schüttelte meine Hand ab und fauchte: »Ein für alle Mal: Fass mich nicht an!«

»Na hör mal!«

»Ich werde nie begreifen«, sagte er und hielt mir die schillernde Scheibe unter die Nase, »wie du das ansehen und einfach so weiter herummachen kannst wie bisher.«

»Aber so schlimm ist der Film doch nicht. Niemand wird vergewaltigt.«

»Wo ist da der Unterschied? Du spielst doch auch mit jedem herum, Hauptsache, dir bringt es Fun. Aber was du bei deinen … deinen Opfern anrichtest, daran denkst du nicht.«

Ich dachte an Isoldes Parfüm und dann an Steffis aquamarinhelle Augen in ihrem Gesicht wie Milch und Zucker. »Meine Partner sind erwachsen!«, sagte ich.

»Aber du auch? Kinder martern Frösche und Regenwürmer und später Brillenschlangen.«

Beklommen dachte ich an meine Sandkastenfreundin, die ich nach verlorenem Wettkampf um feinen Sand, den sie mit dem gröberen Sieb bestreiten musste, den Spielregeln gemäß ohrfeigen durfte, bis sie weinte. Was hatte ich mit Isolde eigentlich anderes getan?

»Und wenn solche Kinder groß sind«, fuhr Richard aufgebracht fort, »vergehen sie sich auch wieder an Schwächeren. Die Schwachen können nicht Nein sagen, weil sie, wenn man es geschickt einfädelt, den Liebesdienst für unerlässlich halten.«

»Isolde ist kein Kind!«

»Meine liebe Lisa, was weißt du von Vergewaltigungen?«

»Tut mir ja echt leid. Vielleicht hätte ich da meinen Vater doch mal ranlassen –«

»Vorsicht, Lisa! Geh nicht zu weit! Ich stehe zwar jetzt auf der anderen Seite und könnte jederzeit zum Täter werden, aber ich habe nicht vergessen, dass es dem schwächeren Part niemals Spaß macht, hörst du: niemals! Du verzeihst es dir nie, vor allem dann nicht, wenn du dem Täter auch noch dankbar sein musst, dass er dich nicht geschlagen und nicht getötet hat. Du verzeihst dir nie, dass du dich nicht gewehrt hast, selbst um den Preis des Todes, weil du Angst hattest, deine sozialen oder beruflichen Zukunftsaussichten zu zerstören, wenn du einen Skandal machst.«

»Es tut mir leid, Richard.«

Er seufzte. »Ja, sicher.«

Ich folgte ihm in respektvollem Abstand in sein Büro. Er verschloss die CD wieder in seinem Schreibtisch, wusch sich die Hände am Waschbecken hinter der Schranktür und nahm den kuhdungbraunen Trenchcoat aus dem Garderobenschrank. »Noch Fragen?«

Ich schüttelte den Kopf. Ich wusste, dass er einst als Referendar von einem Gerichtsdiener in einer Besenkammer vergewaltigt worden war und anschließend in betrunkenem Zustand ein geliehenes Auto zu Schrott gefahren hatte. Aber dass er darüber nach rund zwanzig Jahren die Fassung verlor, weil ein pickliger Bubi vor dem Kameraauge seines Ethiklehrers masturbierte, überstieg meinen Horizont. Und warum hütete er dieses Filmkunstwerk auch noch in seinem Schreibtisch?

Wir trennten uns auf dem Parkplatz, wo Richards perlgrauer Mercedes im Flutlicht stand, das nachts die Staatsanwaltschaft bis in die Hinterhofwinkel der Ermittlungsrichter erhellte. Aus irgendeinem Grund, der meinen Gewohnheiten widersprach, ging ich, statt direkt über die Schienen, zu den Fußgängerüberwegen an der Kreuzung vor dem Zeppelingymnasium. Von den Schienen aus hätte ich den schwarzen Cherokee gesehen, da ich aber den Fußweg entlang meinem Haus zustrebte, fiel mir das Gefährt an der Mündung zur Seitenstraße weiter hinten nicht auf.

Als ich den Hausschlüssel zückte, knallte mich jemand gegen die Hauswand, drehte mir den Arm auf den Rücken und riss mich rückwärts. Es waren wenigstens zwei, die nach Leder rochen und nach Fahrenheit. Ich hörte ein fürchterliches Reifenquietschen. Richards silbergrauer Mercedes sprang die Bordsteinkante hinauf. Im Augenwinkel sah ich eine Pistole. Richard stürzte genau in die Mündung hinein. Ich zerrte. Das Mündungsfeuer blitzte. Ich hörte den Schuss nicht, aber wiederum gellende Reifen. Ein Golf krachte dem Mercedes ins Rücklicht. Plötzlich hatte ich die Pistole in der Hand. Diesmal hörte ich den Schuss. Dann stürzten Männer von der Straße auf mich zu, warfen mich zu Boden und entwaffneten mich.

17

Die Polizei sperrte die Neckarstraße, was trotz später Stunde, wie anderntags in der Zeitung zu lesen war, zu einem beachtlichen Verkehrschaos führte. Passanten, so stand ebenfalls zu lesen, hatten eine unbekannte Person nach Schüssen auf einen Staatsanwalt überwältigt, der wie durch ein Wunder unverletzt blieb.

Der Golffahrer schwor Stein und Bein, dass ich geschossen hatte. Zwei Männer hätten schon versucht, mich daran zu hindern, als er hinzukam. Die Polizei bemühte sich, diese beiden Männer unter den Schaulustigen aufzutreiben, doch vergeblich. Weitere selbst ernannte Zeugen schlossen sich den Beobachtungen des Golffahrers an. Ich hätte zwei Mal auf den Mann aus dem Mercedes gefeuert. Man habe mir die Waffe gewaltsam entringen müssen. Die Schmauchspuren an meinen Fingern, sagte ein ganz Schlauer, würden ja beweisen, dass ich geschossen hätte.

Richard stand mit dem Einsatzleiter abseits. Man schloss mir die Hände auf dem Rücken und brachte mich in einem Einsatzwagen auf dem Rücksitz unter.

»So, hot's Streit gebbe?«, erkundigte sich der junge Streifenpolizist im Wagen, offensichtlich mit der Absicht, die Verdächtige durch vertrauensbildende Maßnahmen zum Plappern zu bringen. Er hatte zwei grüne Sterne und einen blonden Schnauzer, ein eckiges Kinn und blaue Augen. »Oder hat Ihne der Mann ebbes do welle?« Mir wäre im Moment ein türkischer Akzent lieber gewesen. »Wo hend Sie überhaupt die Waffe her?«

»Gehört der Schnauzer eigentlich zu Ihrem Dienstgrad?«

Das Schöne an einer Festnahme: Man braucht sich um nichts zu kümmern. Man brachte mich zunächst aufs neunte Revier in der Ostendstraße. Den Kampf mit dem Computerprogramm, das zahlreiche Codes abfragte, ehe der Beamte sich bei der Schilderung des Sachverhalts an den Kampf mit der deutschen Sprache machen konnte, brauchte ich nicht zu führen. Als das Programm zum Schluss abstürzte, ließ man mich ein Stündchen in der Zelle im Keller ausruhen. Stehklo, Betonpritsche und Krakeleien an den Wänden. Unerforschliche Beschlüsse im höheren Dienst führten zu vorgerückter Stunde dazu, dass man mich erneut schloss und in einem Bus hinauf zum Pragsattel fuhr. Ich begutachtete derweil die Handschellen. Sie sind so gebaut, dass es schnell geht. Man braucht sie nicht zu öffnen, um jemanden zu schließen. Man drückt den beweglichen Halbring aufs Handgelenk. Er fährt nach innen, saust durch den feststehenden Halbring hindurch, schwingt herum und schnappt wie eine Kralle um die Knochen. Interne Häkchen sorgen dafür, dass das Eisen sich immer nur in Richtung Schließen bewegt, niemals in Öffnungsrichtung. Zum Öffnen braucht man den Schlüssel. Damit bei zufälligen Bewegungen die Zange nicht immer enger einrastet und das Handgelenk quetscht, drückt man einen kleinen Feststellknopf.

In einem Vernehmungsraum der LPD II nahm man mir die Eisen wieder ab. Die Schutzpolizisten machten sich davon. Ein Kriminaler klärte mich über meine Rechte auf. Da ich überzeugt war, dass Richard sich an die Wahrheit halten würde, blieb auch mir nichts anderes übrig.

»Ist das üblich, dass Sie nachts Herrn Weber in der Staatsanwaltschaft besuchen? In was für einem Verhältnis stehen Sie denn zu ihm?«

»In einem … einem freundschaftlich kollegialen.«

Der Beamte stand auf und ging raus. Nach einer Weile kam er mit EKHK Beckstein wieder.

»So«, sagte sie, »du arbeitest also mit Herrn Weber zusammen. In welcher Funktion denn, wenn ich fragen darf.«

Mir sackte das Blut in den Bauch. Ich Idiot!

Beckstein konnte lächeln. Es sah aus, als lutsche sie salzige Sahnebonbons. Sie setzte sich auf die Stuhlkante übers Eck, das Tischbein zwischen den Beinen, die eine Hand auf der Platte, die andere aufs Knie gestemmt. »Was ist?«, fragte sie gemütlich wie ein Röhrchen Schwarzpulver. »Du bist doch sonst nicht aufs Maul gefallen, mein Junge.«

Der dabeistehende Beamte blickte irritiert auf und versuchte, sich bemerkbar zu machen. Aber Beckstein zeigte Führungsqualitäten.

»Aktionsorientierter Lokaltermin«, lachte sie erdbebentief. »So einen Unsinn habe ich mein Lebtag noch nicht gehört. Hast du wirklich geglaubt, ich würde auf diesen Intellektuellen-Scheiß reinfallen? Also jetzt mal Klartext: Für wen arbeitest du? Warum spionierst du hier herum?«

»Ich arbeite beim SA.«

Beckstein hieb die Faust auf den Tisch. »Schluss mit den Faxen! Wer oder was ist der SA?«

»Entschuldigen Sie«, hüstelte der andere Beamte, »*Frau* Nerz arbeitet für den *Stuttgarter Anzeiger.*«

»So?« Beckstein war vorübergehend etwas aus dem Konzept gebracht, ließ sich aber nicht grundlegend beirren. »Der Herr Nerz arbeitet also für die Presse! Sauber! Dann muss ich dir in aller Form die Frage stellen: Herr Nerz, haben Sie heute oder zu einem anderen Zeitpunkt von Herrn Oberstaatsanwalt Dr. Weber Informationen betreffend den Fall Marquardt oder andere Fälle erhalten?«

»Nein.«

»Und was sucht ein Bürschchen wie du dann nachts in der Staatsanwaltschaft?«

»Ohne meinen Anwalt beantworte ich keine Fragen mehr.«

»Mein lieber Junge, du bist hier nicht als Beschuldigter, sondern als Zeuge. Du musst antworten. Denn ich wüsste nicht, wie du dich durch eine Auskunft über dein Verhältnis zu Herrn Weber selbst belasten könntest.«

»Aber ich habe doch auf ihn geschossen«, gab ich verblüfft zu bedenken.

Beckstein lutschte ihr Salzbonbon. »Willst du ein Geständnis ablegen?«

Ich verneinte.

Beckstein drehte sich nach dem anderen Beamten um. »Ist eigentlich noch irgendwo Kaffee aufzutreiben?«

Sie stand auf, kaum war der Beamte draußen, stützte die eine Hand auf die Tischecke und die andere auf meine Stuhllehne, näherte ihr Quellpflaumengesicht dem meinen, graste mit den grauen Augen meine Narben ab und sagte: »Unter uns: Herr Weber ist schwul, was? Ist ja nicht verboten, gell. Weißt du, ich erkenne immer, was eine Schwuchtel ist. Ich hab ja nichts dagegen. Jedem das Seine. Keine Angst, mein Junge, ich werde mich schon nicht an dir vergreifen, ich weiß ja, was für eine Angst ihr Jungs vor uns Weibern habt.« Sie lachte auf mich herunter. Ihr Blick rutschte in meinen Schritt. »Aber ein bisschen Entgegenkommen könntest du schon zeigen, findest du nicht? Sonst zieht dir Mama den Schniepel lang.«

Ich kniff die Beine zusammen.

Das Weib gluckste. »Dein Weber steht auf junges Fleisch, was? Noch jüngeres als du. Räuchert einen Schwulenclub aus, damit man ihm nicht auf die Schliche kommt. Das sind die Schlimmsten, die es sich nicht eingestehen wollen.«

»Quatsch!«, entfuhr es mir.

»Dann mal raus mit der Sprache! Du treibst es mit ihm da oben in seinem Büro, dafür kriegst du Informationen von ihm.«

»Nein.«

»Wir sind ein wenig verstockt, was? Wollen den reichen Gönner nicht verpfeifen. Versteh ich. Aber du wirst pfeifen wie eine Nachtigall …«

Unversehens griff sie mir zwischen die Beine. Ich fiel vom Stuhl. Im selben Moment ging die Tür auf. Beckstein sprang wie ein Gummiball hinter den Tisch. Hinter dem Zivilbeamten bückte sich ein ewig langer, dünner Mann unter dem Türsturz hindurch, in dessen hochempfindlicher Intellektuellen-Mimik sich blankes Erstaunen spiegelte.

»Fällt einfach vom Stuhl«, behauptete Beckstein. »Wohl total breit, der Junge. Und was verschafft uns die Ehre Ihres Besuchs?«

Ich rappelte mich vom Boden hoch.

»Guten Abend, Frau Nerz«, sagte der lange Dünne.

»'n Abend.«

»Was machen Sie nur wieder für Geschichten«, tadelte er mich unverzüglich. »Ich habe Ihnen schon hundertmal gesagt, Sie sollen Ihren Dienstausweis bei sich tragen.«

»Ja wie?!«, machte Beckstein.

»Entschuldigen Sie, Frau Beckstein«, sagte er. »Ich dachte eigentlich, es habe sich auch in Ihrer Abteilung inzwischen herumgesprochen, dass Frau Nerz bei uns arbeitet. Haben Sie denn die Mitteilung vom Polizeipräsidenten nicht bekommen? Aktionsorientierter Lokaltermin …«

Beckstein verschluckte das Salzbonbon, drehte sich um und ging wortlos aus dem Raum.

Ich wagte erst draußen auf dem Parkplatz, meinen Retter zu fragen, wer er denn sei.

»Jakob Weißenfels. Polizeipsychologe.«

Er fuhr einen Volvo und setzte mich in beruhigender Tonlage davon in Kenntnis, dass Weber ihn angerufen habe, um ihm die Sache mit der Abteilung DALT zu erklären und ihn in die LPD II zu beordern.

»Was für eine Pointe!«, sagte ich.

Weißenfels lächelte hakennasig. »Weber und ich, wir kennen uns schon lange.«

»Aber Sie wollen mir jetzt nicht auch seine Seelenlage erläutern?«

Weißenfels' Mundwinkel näherte sich dem Ohr. »Auch ein

Polizeipsychologe kann von seiner Schweigepflicht nur durch den Klienten entbunden werden.«

Deutlicher hätte er mir kaum sagen können, dass Richard sein Patient gewesen war. Weißenfels musste ein guter Psychologe sein, wenn es ihm gelungen war, aus Richards Existenz als vergewaltigter Gerichtsreferendar voller Selbsthass eine neutrale Beziehung herüberzuretten. Anders als Christoph Weininger, der damals Zeuge der Alkoholfahrt und Unfallflucht samt verminderter Schuldfähigkeit gewesen war und den, so vermutete ich, Richard dafür immer noch hasste.

Der Psychologe navigierte den Volvo wie ein Schiff über die Pragkreuzung.

»Dann können Sie mir vielleicht erklären«, sagte ich, »warum der Prozess gegen die Kinderschänder von Stammheim mit einem Freispruch enden musste.«

»Vielleicht, weil die Angeklagten unschuldig waren.« Weißenfels blickte zu mir herüber. »Nein? Gut. Ich habe damals mit einem Teil der Kinder gesprochen. Eines von ihnen ist noch heute in psychologischer Behandlung. Ich habe damals im Sinne der Anklage gegutachtet. Aber das Gutachten der Verteidigung war … nun, es war eben überzeugender, nicht? Damals war gerade eine Studie erschienen, die besagte, dass man Kinder, die nachweislich nicht missbraucht wurden – aber was heißt schon nachweislich in solchen Fällen –, durch entsprechende Fragen und Puppenspiele zu denselben Antworten veranlassen kann, wie sie Kinder geben, die mutmaßlich missbraucht wurden. Sie malen ähnliche Bilder, spielen mit den Puppen dieselben Doktorspiele. Kinder sind Spezialisten, wenn es darum geht, die Erwartungen von Erwachsenen zu erfüllen. Für mich gehört die Studie allerdings zu einer besonders perfiden Form des Missbrauchs. Es kann niemals Sache der Erwachsenen sein, die sexuelle Phantasie von Kindern anzuregen und sie zu sexuellem Verhalten zu provozieren, und sei es nur in Zeichnungen zu wissenschaftlichen Zwecken. Doch die Studie schlug ein. Der damalige Staatsanwalt …«

»Fuhr.«

»... war von dem Gutachten völlig überrascht. Er schränkte die Anklage von acht auf einen Fall ein. Nach meiner Einschätzung waren es auch die offensichtlichen Zweifel der Anklage, die das Gericht letztlich zu einem Freispruch zweiter Klasse bewogen.«

»Aber wenn es doch ein Kind gibt, das offenbar Schäden davongetragen hat.«

Weißenfels schüttelte den Kopf. »Das heißt aber nicht, dass die Angeklagten tatsächlich schuldig waren. Das betreffende Kind könnte ja auch von anderen nahe stehenden Personen misshandelt worden sein. Kinder zeigen nicht auf einen Erwachsenen und sagen: Der hat das und das mit mir gemacht. Sie haben Todesangst.«

»Und Teenager, zeigen die?«

»Meistens nicht. Sie fühlen sich, wenn nicht schuldig, so doch mitschuldig. Sie glauben, sie hätten den Täter provoziert. Sehen Sie: Das Gebiet der Sexualität ist für ein junges Mädchen ein Minenfeld. Im Grunde rechnet es damit, dass es irgendwo explodiert. Viele Mädchen suchen die Gefahr, sie wollen sich aus heiterem Himmel verlieben, sie wollen, dass der Frosch nach dem Kuss plötzlich ein Prinz ist. Und nun kommt so ein Onkel oder Lehrer, reagiert auf die Anmache, und bums, kommen falsche Ursache und fatale Wirkung zusammen. Der Mann straft die Lolita ab, und die Lolita hat ein tierisch schlechtes Gewissen. Vor Gericht kann sie kaum überzeugen, weil sie insgeheim weiß, wie viele schmachtende Blicke sie dem Kerl zugeworfen hat. Natürlich war es nie ihre Absicht – und das vergessen diese Männer immer –, aus der wildromantischen, mit ein paar sexuellen Ideen gewürzten Schwärmerei, die dem Mann arg zusetzen kann, eine reale Bettgeschichte zu machen. Bis siebzehn, achtzehn sind Mädchen in der Regel in die Liebe verliebt, nicht in Männer.«

»Und die Jungs, ich meine, die schwulen?«

»Oh, da sprechen Sie etwas an, das ...« Er räusperte sich. »Für Jungs gilt im Prinzip dasselbe.«

Hab ich dich, dachte ich. Weißenfels wusste genau, worum es hier ging. Ich ließ ihn erst mal schwätzen. Es dauerte eine Weile, bis er klar hatte, dass Jungs sich nicht als Verführer erlebten, sondern vielmehr schreckstarr in Scham darüber verharrten, nun zu dieser verspotteten erbärmlichen Truppe der Tunten zu gehören. Sie erlebten den sexuellen Überfall als Todesurteil für ihre sich gerade ausbildende Männlichkeit. Sie saßen vor den Scherben ihrer Identität.

»Okay«, sagte ich, als wir vom Bahnhof übers Neckartor in die Neckarstraße einfuhren. »Wie kriegen wir nun Otter dran, wenn wir den Fall nicht von unten, von den Opfern her, aufrollen können?«

Weißenfels lächelte. »Weber hat mich ja schon vor Ihnen gewarnt.«

»Herr Weber«, sagte ich, »ist heute Abend nur knapp einem Mordanschlag entgangen.«

»Oh. Das hat er mir gar nicht gesagt.«

»Er hat es nicht gemerkt. Ich sollte als seine Mörderin dastehen. Es sollte nach Beziehungstat aussehen. Hinterher hätte man ihm alle Ermittlungspannen der letzten Zeit angelastet. Die beiden, die mich überfallen haben, kenne ich. Es waren die Türsteher vom Club in der Wörrishofener Straße.«

»Haben Sie das der Polizei erzählt?«

»Ich bin doch nicht lebensmüde.«

Weißenfels bremste am Randstein vor meinem Haus. Die Unfallstelle war geräumt. Es knisterten nur noch Scherben von Richards Rücklicht und Seitenscheibe. Seltsam, dass er statt heimzufahren den U-Turn gemacht hatte, um hier vorzufahren.

»Die EKHK Beckstein«, sagte ich, »die ist doch nicht ganz sauber.«

»Das«, sagte Weißenfels bei laufendem Motor, »kann ich mit Ihnen wirklich nicht erörtern.«

Auf einmal sah ich mein beschämendes Interview mit dem Kultusminister in einem rosigen Licht.

18

Elsäßer zitierte mich sofort in sein Büro. Dort stand schon Maier mit seinem schönsten Duckergesicht. Er hatte gestern Nacht den Zwölfzeiler über die Schießerei verfasst, ohne die Person näher zu definieren, die vorübergehend festgenommen worden war.

»Erstens«, polterte Elsäßer, »wo waren Sie gestern?«

»Krank«, antwortete ich.

»Hätten Sie nicht anrufen können?«

»Ich war sozusagen in hilfloser Lage.«

»Dann bringen Sie mir ein ärztliches Attest Ihrer hilflosen Lage.«

Kein Problem. Sally würde der Kinderärztin, bei der sie Sprechstundenhilfe machte, ein Attest abnötigen oder eines fälschen.

»Zweitens«, knurrte Elsäßer, »was in drei Gottes Namen haben Sie verdammt noch mal beim Kultusminister gewollt? Sind Sie eigentlich von allen guten Geistern verlassen. Rückt dem Minister mit vorsintflutlichem Abhörgerät zu Leibe. Allein schon deshalb gehörten Sie hochkant … aber darüber reden wir noch. Und drittens …«, er klopfte mit den Fingerknöcheln seiner Tennishand auf die Lokalseite, »… was muss ich da lesen? Redakteurin des *Stuttgarter Anzeigers* schießt auf einen Oberstaatsanwalt …«

»Mit Verlaub«, meldete sich Maier bescheiden, »so habe ich das aber nicht geschrieben.«

»Ja und warum nicht?!«, brüllte Elsäßer. »Wenn es Ihnen an Mut und Entschlusskraft fehlte, warum, verdammt noch mal, haben Sie mich dann gestern Nacht nicht angerufen? Wo bleibt denn unsere Glaubwürdigkeit? Diese junge Dame da macht sich auf, den Kultusminister an den Pranger zu stellen. Ja glaubt ihr denn, wir können uns so was leisten, wenn wir andererseits unsere eigenen kriminellen Kollegen mit Glaceehandschuhen anfassen?!«

»Aber entschuldigen Sie mal«, muckte Maier auf.

»Nein«, brüllte Elsäßer, »ich entschuldige nicht. Wenn Sie nicht informiert sind, haben Sie Ihren Beruf verfehlt.«

Maier warf mir einen Blick zu, der töten sollte.

»Ich habe doch gar nicht geschossen«, sagte ich, um den Duckmäuser aus der Schusslinie zu bekommen. »Aber das muss nicht unbedingt in der Zeitung stehen.«

Elsäßer belichtete die Tabakkrume seiner Pfeife, stopfte nach, zündelte erneut und paffte. »Wie soll ich das verstehen?«

»Nun, Kollege Maier hat, denke ich, mit der gebotenen journalistischen Umsicht gehandelt, als er meinen Namen, falls er zu diesem Zeitpunkt schon bekannt war, nicht erwähnte. Dennoch gebe ich Ihnen Recht – ohne meinem Kollegen in den Rücken fallen zu wollen –, dass man einen Namen nennen sollte, schon um die wahren Täter in Sicherheit zu wiegen und den Behörden die Ermittlungen zu erleichtern.«

Elsäßer dirigierte Maier mit dem Pfeifenstiel aus dem Büro. »Und jetzt Klartext.«

Ich erzählte ihm irgendwas vom Elch. Sollte noch mal jemand behaupten, ich könnte nicht Schach spielen. Schließlich leuchtete es Elsäßer ein, dass es darum ging, Otter des Mordes an Marquardt zu überführen, nachdem er Killer aus dem Schwulenmilieu für einen Anschlag auf mich angeheuert hatte. Vielleicht erwärmte Elsäßer auch die Hoffnung, die Killer würden mich beim nächsten Mal erwischen. Jedenfalls sah er vorerst davon ab, mich rauszuschmeißen. »Aber sagen Sie mir Bescheid, bevor Sie das nächste Mal bis an die Zähne mit Elektronik bewaffnet zu einem Minister gehen.«

Die Mitteilung von Staatsanwalt und Polizei war bemerkenswert. Die spielten auch Schach. Es habe eine Auseinandersetzung zwischen vermutlich zwei Personen gegeben, die aller Wahrscheinlichkeit nach dem Obdachlosen- oder Drogenmilieu zuzuordnen seien, in dessen Verlauf zwei Schüsse gefallen seien. Eine Passantin und ein zufällig anwesender Staatsanwalt seien trotz ihres beherzten Eingreifens unverletzt geblieben. Die Täter seien flüchtig.

Maier, ein altgedienter Redakteur, war stinksauer. Isolde, die jetzt bei ihm im Kabuff saß, tat so, als könne sie sich gar nicht erklären, warum.

Er lasse sich nicht verarschen, schnarrte Maier und schnappte das Polizeifax. »Soll Elsäßer den Scheiß doch selber schreiben.« Ich blinzelte Isolde zu. Sie wandte den Kopf ab.

In meinem Kabuff klingelte das Telefon. Es war Steffi, die gehetzt etwas von 13 Uhr 15 im *Besen* haspelte, und warum ich denn gestern nicht ans Telefon gegangen sei. Sie kühlte deutlich ab, als ihr klar wurde, dass ich den Termin mit den Schülern der Esoterik-AG vergessen hatte. Außerdem rief Krk an. Er sei wieder im Lande, aber nicht daheim, sondern bei einem Freund. Ob ich in den Schusswechsel in der Neckarstraße verwickelt gewesen sei? Ein Staatsanwalt, der gegen seine eigene Behörde ermittle, lebe halt gefährlich.

Über den Parkplatz am Pressehaus fegte ein garstiger Ostwind. Ein Taxi schoss um die Ecke vors Portal und hätte mir fast die Beine abgefahren. Rüpel! Ich ging weiter, hörte Schritte hinter mir und fuhr herum. Richard langte bei mir an, nahm meine Hand und lächelte. Immer schlecht, wenn man einem schmusewilligen Kater mit einem »Ich hab jetzt gar keine Zeit, ich muss los« auf die Schnurrhaare treten musste. »Oder noch besser, komm doch mit.«

Er zögerte nicht, obgleich sein Taxi wegfuhr und uns nur Brontë blieb.

»Solltest du nicht unter Polizeischutz stehen?«, erkundigte ich mich.

»Der wackre Schwob forcht sich nit«, sagte Richard heiter. »Außerdem sind Staatsanwälte grundsätzlich ersetzbar.«

»Du nicht«, sagte ich in jenem Ton vieldeutiger Inbrunst, der ihn spöttisch aufblicken ließ. »Übrigens, ich fahre«, sagte er.

»Aha, er fürchtet sich doch.«

Nein, er war bloß ein Mann, der das Steuer ungern anderen überließ. Brontë knirschte, er stöhnte.

»Übrigens«, fragte ich. »Wie kam es, dass du gestern zur Stelle warst, als ich auf dich schießen sollte?«

»Ich bekam einen Anruf. Ein Mann sagte, du seist in Gefahr.«

»Oh Gott, dann galt der Anschlag tatsächlich dir.« Ich schluckte den plötzlichen Schock runter. »Wer hat denn alles deine Handynummer? Ich zum Beispiel nicht.«

»Das Führungs- und Lagezentrum und x Kollegen. Es ist keine Geheimnummer.« Richard versuchte, die alte Brontë in Turbomanier an einem Lastzug vorbeizuheizen. Ich bangte um das Getriebe.

»Du erinnerst dich doch«, sagte er, als wir endlich vorbei waren, »an die Telefonnummer der Gartenbauhandlung? Mit dem Kassenbon als Zeitkorridor war es relativ leicht herauszufinden, dass Marquardt vor zwei Jahren drei Schlehenbüsche bestellt hat. Sie wurden auch geliefert. Er hat sie selber gesetzt.«

»Aber wo denn?«

»In seinem Schrebergarten.« Richard konnte sich ein zufriedenes Lächeln nicht verkneifen. »Marquardt hatte in Münster einen Schrebergarten gepachtet. Wohl eine alte Neigung zum Biodynamischen. Dann wurde die Ortsumfahrung Münster gebaut. Bei der Neuzuteilung der Parzellen war Marquardt nicht mehr dabei.«

»Und was sagt uns das?«

Richard hob die Schultern. Ich blickte übers Städtchen, das sich im Kessel unter der Weinsteige bis an die gegenüberliegenden Waldhänge schmiegte. Richard war ein Linksfahrer. Wir schrappten knapp an den Baken entlang, die man in den Mittelstreifen gepflanzt hatte, damit die Raser nicht immer auf die Gegenspur schlingerten.

»Hat Beckstein eigentlich …«, begann ich.

»Kein Kommentar.«

»Hat sie damals im Kinderschänderfall von Stammheim ermittelt?«

Er versuchte, Brontë von links in die Warteschlange an der Ampel am Bobser zu drängeln. Aber ein hochzeitsweißer Porsche löste zuverlässig schwäbischen Platzgeiz aus.

»Es kann doch nicht so schwierig sein«, sagte ich erbittert, »sich einen aus der Bande rauszugreifen und ordentlich zu verhören. Beckstein hat sich bei den Stammheimermittlungen mit den Tätern gemein gemacht. Fuhr versiebt den Prozess. Er geilt sich im Medienraum an Pornofilmen auf. Er hat TVCinema vor der anstehenden Firmendurchsuchung gewarnt. Schließlich musstest du vorher ein Wort mit ihm reden. Um Umsatzsteuerbetrug geht es doch nur am Rande. Du ermittelst gegen deine Kollegen von der Sitte.«

»Ich darf dich darauf hinweisen, dass das lediglich Spekulationen sind.«

»Ach was. Beckstein weiß es. Sie hat versucht, dir aus unserer Verbindung einen Strick zu drehen. Ständig redet sie von Spionage, wenn sie mich sieht. Bollach hat mir überdeutlich gedroht. Und dann drücken mir zwei Killer eine Pistole in die Hand, damit ich auf dich schieße. Wie lange willst du noch warten, bevor du die ganze Scheiße auffliegen lässt? Oder hat inzwischen der Justizminister interveniert?«

»Die Justiz ist unabhängig.«

»Aber verflucht langsam. Inzwischen ficken die Knastbrüder Marko in den Arsch, und wenn er in Stuttgart ankommt, erleidet er im Polizeigewahrsam den Suizid-Tod.«

Brontë verschluckte sich auf der linken Spur am Neckartor und verstummte. Richard wurde kurz mal hektisch. Hinter uns hupten starke Limousinen, vor uns sprang höhnisch die Ampel wieder auf Rot, als Brontë anhustete.

»Komm mir nicht so«, warnte Richard. »Ich kann nicht wie der Zorn Gottes in die Abteilungen fahren und alle Ermittlungen an mich reißen, nur weil du eine Auseinandersetzung mit der EKHK Beckstein provoziert hast. Außerdem dürfte Marquardts Tod in keinerlei Zusammenhang mit … mit …«

»Ja, womit denn nun? Sag es endlich mal!«

»Hör auf, Lisa. Eines ist klar: Auftragskiller schießen. Wenn sie eine Stichwaffe benutzen, dann ein Messer, nicht etwas so Originelles wie das, woran Marquardt starb. Jede ungewöhnliche Waffe erleichtert die Rückverfolgung und Identifizierung.«

»Verdammt!«, fiel es mir urplötzlich ein. »Ich kenne die Tatwaffe. Ich habe sie in der Hand gehabt. Eine Art Korkenzieher. Er liegt bei Bollach im Büro.«

»Wie bitte?«

Richard würgte Brontë zum zweiten Mal ab. Hinter uns hupte es leidenschaftlich. Richard hatte alle Hände voll zu tun, Brontë wieder in Schuss zu bringen und auf die Cannstatter Straße zu zwingen. Mit beeindruckender Unbelehrbarkeit blieb er auf der linken Spur. Die Rechtsüberholer zeigten Vögel.

»Woher weißt du …«, er räusperte sich, »woher weißt du, dass es sich um die Mordwaffe handelt?«

Ich hatte Richard selten so erregt gesehen

»Ich kann mir nicht erklären«, sagte ich temperiert, »was ein Korkenzieher sonst in der Falte eines Sitzmöbels verloren hätte. Übrigens, willst du warten, bis es wieder rot wird?«

Richard latschte aufs Gas. Wir brausten in den Schwanentunnel ein. Allgemeiner hektischer Spurenwechsel. Brontës Dach flatterte und knatterte, und hinterm Steuer atmete Richard heftig. Es war der Moment, da ihm Brontë gefügig wurde und anfing zu schnurren. »Könnte es nicht auch sein«, sagte er, »dass der Korkenzieher einfach nur in die Falte gerollt ist?«

»Er steckt jedenfalls tief drinnen.«

»Bollach könnte sich rausreden, jemand habe ihm das Ding untergeschoben. Als Beweis reicht das nicht hin. Aber wenn das wahr wäre … Übrigens, ich nehme an, es handelt sich um einen dieser Korkenstecher, die mit Luftdruck arbeiten. Das würde auch die explosionsartigen Zerstörungen an Marquardts Herzspitze erklären. Von welcher Marke ist das Ding?«

»Keine Ahnung.«

Richard verfiel ins Grübeln. Als wir in Münster am *Besen* ausstiegen, war ihm von seinen Gefühlswallungen nichts mehr anzumerken. Unbefangen wie kaum ein Erwachsener erklomm er die drei Stufen zum Rendezvous mit einem halben Dutzend Kinder.

Der Wirt duckte sich hinter der Theke, als er mich sah.

»Sie schulden mir noch fünfzig Euro«, raunte ich ihm zu. »Oder eine Information.«

Die Kinder, die selber viel Hirnschmalz an die jeweils angesagte Aufmachung verwendeten, wussten es durchaus zu schätzen, dass ein Staatsanwalt in maßgeschneidertem braunem Dreiteiler mit Binder und goldenen Manschettenknöpfen an ihrem Tisch Platz nahm. Steffis Aquamarinaugen glitzerten verschärft. Birte drehte offenen Vampirmündchens an den Fingerringen. Fickfehler rollte eine Zigarette und stierte Richard beim Anlecken unverfroren ins Gesicht. Sein Haarkamm war steif und blau. Der Oiskin Zampano fummelte versonnen an den Ohrringen. Jöran Fischer vergewisserte sich, dass seine Hose weit genug unten saß, und äugte seitlich. Nur Persephone, alias Petra Fuhr, ganz in Schwarz, aber ohne schwarzen Lippenstift, setzte eine überlegene Miene auf. Sie hatte selber so ein Arschloch im Anzug daheim.

Richard fand sofort den richtigen Ton, denn er dachte gar nicht daran, seinen Ton zu ändern. »Wie ich höre, wollt ihr für euren Freund Marko eine Lanze brechen.«

Die Lanze verursachte eine kurze Ratlosigkeit, dann haspelte Steffi los. »Ja, wir meinen nämlich, dass er den Marquardt nicht umgebracht hat. Das ist ein Justizirrtum.«

Persephone schnaubte verächtlich.

»Noch nicht«, sagte Richard. »Marko befindet sich lediglich in Untersuchungshaft. Zwar erfordert das einen dringenden Tatverdacht, doch dürfte bei Marko auch Fluchtgefahr eine nicht unerhebliche Rolle gespielt haben. Die Ermittlungen sind noch nicht abgeschlossen. Außerdem muss der Richter bei der Verhandlung der Einschätzung der Staatsanwaltschaft nicht unbedingt folgen. Vielleicht reichen die Beweise nicht.«

»Welche Beweise haben Sie denn überhaupt?«, griff Fickfehler an. »Wenn Sie was gegen ihn in der Hand hätten, würden Sie sich doch nicht an uns ranmachen.«

»Ein Staatsanwalt«, klärte Persephone auf, »muss immer auch zu Gunsten des Angeklagten ermitteln.«

»Sehr richtig, Petra«, sagte Richard.

Das Mädchen lächelte stachelig. »Aber Sie ermitteln in diesem Fall doch gar nicht. Das macht die Meisner.«

»Auch richtig. Ich ermittle in einem anderen Fall, der mit diesem am Rande zu tun hat.«

Persephone erwiderte seinen Blick mit einem fast kollegialen Lächeln. »Was ist das für ein Fall?«

Mich haute es fast vom Stuhl, als Richard freundlich antwortete: »Es geht um illegalen Handel mit Pornographie. Es steht zu vermuten, dass euer Lehrer Marquardt sich einschlägiges Material übers Internet besorgt hat. Außerdem verkehrte er in einem entsprechenden Videoladen, der inzwischen geschlossen wurde.«

»Prost Wichszeit«, sagte Fickfehler.

Persephone wurde kantig. Ich fand, Richard ging zu weit. Sollte das Mädchen denn ihren Vater anschwärzen? Durfte man den zwiespältigen Ekel einer Vierzehnjährigen vor dem eigenen Vater so missbrauchen?

»Marquardt hat aber wohl nicht selbst mit Pornos gehandelt«, fuhr Richard fort. »Er hat sogar Anzeige erstattet.«

»Die haben ihn kaltgemacht«, platzte Steffi raus. »Logisch. Der Otter ist doch auch so ein Kinderficker. Aber uns glaubt ja keiner. Und jetzt soll es Marko gewesen sein. Wenn er sagt, wer es wirklich war, dann hängen die ihn in der Zelle auf und sagen einfach, es war Selbstmord.«

»So einfach ist das nicht.«

»Aber er hat Marquardts Mörder doch gesehen. Natürlich hat er mir nicht gesagt, wer es war, damit ich nicht in Gefahr gerate.«

»Das hast du gerade aus dem Stegreif erfunden«, bemerkte Richard.

»Aber es wäre doch möglich!«

»Stopp mal«, sagte ich. »Marko hat bei seiner Verhaftung etwas von einem Wagen gesagt, der zur Tatzeit vor der Schule stand.«

»Der BMW!«, fiel es Zampano plötzlich ein. »Da stand ein BMW, als die Ethik-AG zu Ende war, grau oder blau. Ich weiß noch, es saß nämlich einer drin, und ich dachte, auf wen wartet der da?«

»Der BMW war grün«, gab Birte zum Besten.

»Selber grün!«, schimpfte Steffi. »Wo gibt's denn so was, ein grüner BMW? Musst du dich immer so in den Mittelpunkt drängeln?«

»Er war aber grün. Ich schwör«, nörgelte Birte mit einem hoffnungsvollen Augenaufschlag zu Richard.

»Wahrscheinlich«, sagte Fickfehler mit seiner brüchigen Stimme, »saß da dein Zuhälter drin. Du kannst es doch gar nicht abwarten, bis er dich endlich entführt und zur Prostitution zwingt.«

»Gar nicht wahr!«

Fickfehler lachte böse.

»Birte«, sagte ich, »sag die Wahrheit. Kanntest du den Wagen und seinen Insassen?«

Sie schüttelte den Strubbelschnitt.

Fickfehler hingegen bekam sein Totengräbergelächter nicht mehr in den Griff. Er lachte sich fast vom Stuhl, bis Persephone ihn an den Schultern schüttelte.

»Na porno!«, japste er. »Was seid ihr denn so geil drauf, den Mann im roten BMW zu fangen? Einen Orden sollte der kriegen, dass er den Marquardt abgestochen hat. Ein Mann sollte in seinem Leben einen Baum pflanzen, ein Kind zeugen und einen Mann töten.«

»Dann fang am besten mit dem Baum an«, sagte Richard.

»Er hat mich angefummelt«, sagte Birte, »ich meine Marquardt.«

»Das hatten wir schon«, sagte ich.

»Ja, aber er hat mir an den Busen gefasst. Ich schwör.«

Fickfehler fing wieder an zu glucksen.

»Sonst noch jemand«, fragte Richard in die Runde, »dem Marquardt zu nahe getreten ist?« Er ließ die Augen auf Jöran ruhen, der den Blick erwiderte und dann in ein intimes Lächeln senkte. Mir wurde es langsam zu viel des Spiels.

»Ich frage mich«, sagte Richard gemächlich, »was ihr eigentlich alle bei ihm im Esoterik-Kurs wolltet.«

Jöran hüstelte. »Er hat zehn Euro die Stunde gezahlt.«

»Also mir nicht!«, sagte Persephone reichlich entsetzt.

»Was musstet ihr dafür tun?«, erkundigte sich Richard.

»Kommen«, antwortete Jöran.

»Was noch?«

Sie starrten auf die Tischplatte, spielten mit den Bierdeckeln.

»Hat er Filme gedreht?«, fragte ich.

»Nee«, sagte Zampano. »Aber welche gezeigt hat er. Aufklärungsfilme und so.«

»Und die zehn Euro waren dafür, dass ihr es nicht herumerzählt.«

Zampano beugte sich über den Tisch. »Wir haben schon gewusst, dass der Jürgen sich dabei scharf gemacht hat oder so. Aber ich bin da nicht nur hin, weil er mir Geld gegeben hat. Man denkt halt, man sollte schon Bescheid wissen, wie das klargeht mit den Mädchen und so, damit die Freundin nicht sauer ist.«

Die Kinder kicherten. Schlagartig fiel mir meine Klassenkameradin Siggi ein. Wir hatten uns nachmittags in den Hohlstunden im Werkraum getroffen, vier oder fünf Mädchen, und Siggi hatte uns erklärt, wie es aussah, zuerst mit Kreide an der Tafel, dann im Mädchenklo zwischen Schüssel und Bürste: Kitzler, Pipi, Möse, Arschloch. Auch hatte sie gewusst, wie so ein Schwanz in die Möse reinkam, der bei ihrem Bruder lasch herumbaumelte, bei dessen Kumpel aber hart wurde beim gemeinsamen Duschen.

»Den Aufklärungsunterricht in Bio«, erklärte Steffi, »den kannst du doch voll vergessen. Die Ruf trägt immer durchsichtige Blusen ohne BH und fönt uns zu mit Aids und sexueller Versklavung.«

Heute schien es mir ohnehin besser, wenn die Pädagogen die Klappe hielten. Meine Erdkundelehrerin hatte die Schilderung des Familienlebens von Naturvölkern in ein Horrorszenario weiblichen Martyriums verwandelt. Hockstellung bei der Geburt, Vielweiberei, Ficken in den Anus. So hatte ich mir die Liebe nicht vorgestellt. Immer war sie hochschwanger gewesen, hatte sich den Muttermund zunähen lassen, weil ihr erstes Kind als Fehlgeburt ins Klo gerutscht war, hatte Vulkane, Lava, Gesteinsbrocken, Verpfropfungen an die Tafel gezeichnet. Der nachfolgende Lehrer ahnte nie, worum es eigentlich gegangen war. Wir hatten uns der Faszination der Geisterbahn nicht entziehen können. Mit siebzehn, so erzählte sie uns, war sie vergewaltigt worden. Den Schlüpfer hatte sie danach noch an, es war auch so gegangen. Der Mutter hatte sie nichts erzählt. Erzkatholisch. Wir, ihre Schülerinnen, waren die Ersten, bei denen sie sich entlastete. Als ich Isolde sagte, ich hätte bis zwanzig nicht gewusst, dass ich eine Frau bin, hatte ich gelogen, aber ich hatte es verdrängt gehabt.

Ich bemerkte, dass Richard mich anblickte. Das Gespräch war schon zehn Meter weiter und verlangte einen Abschluss.

Ich sagte: »Weiß eigentlich jemand, wo Marquardt seinen Schrebergarten hatte?«

»Wir waren doch mal da, Pflaumen pflücken«, sagte Steffi. »Vor drei Jahren oder so.«

»Ich nicht«, sagte Jöran.

»Doch, du auch!«

»Steffi«, sagte ich, »du nervst. Kannst du mir den Garten zeigen?«

»Ich muss dann los«, teilte Jöran mit.

Richard warf ihm einen Blick zu, bei dem mir heiß und eifersüchtig wurde. Er zog seine Brieftasche, angeblich um die Getränke der Schüler zu zahlen, eigentlich aber, um Jöran einen Blick auf die fünf roten Scheine zu gewähren.

»Aber ein Stück kann ich noch mitkommen«, konzedierte Jöran lässig.

Richard lächelte ihm zu.

Ich mochte es nicht mitansehen, stand auf und folgte dem Wirt zur Kasse. Er wischte sich das Kinn.

»Fünfzig Euro bitte«, sagte ich.

»Was isch los?«

»Ich habe den Cognac mit einem Fünfziger bezahlt, erinnern Sie sich? Sie haben mir Informationen versprochen, mir aber Schläger auf den Hals gehetzt. Eigentlich müsste ich Zinsen verlangen.«

»Des isch g'loge.«

Ich langte einfach in die noch offene Kassenlade. Er grabschte mein Handgelenk. Ich stieß ihn gegen die Theke. Aus seinen wässrigen Augen spratzte die alltägliche Mordlust, der nur die abgesägte Schrotflinte fehlte. »He, Sie!«, schrie er. »Ja, Sie! Sie sind doch von der Polizei. Die da klaut mir Geld aus der Kass.«

»Ich bin nicht von der Polizei«, erwiderte Richard kühl. »Ich kann Ihnen nur empfehlen, erstatten Sie Anzeige gegen Unbekannt.«

Die Schüler lachten.

In lockerer Formation machten wir uns auf den Weg die Nagoldstraße entlang zu den Schrebergärten am Schnarrenberg. Im Augenwinkel sah ich, wie Richard in trautem Gespräch mit Jöran allmählich den Anschluss verlor.

»Was kriege ich«, fragte Steffi, »wenn ich dir den Schrebergarten zeige?«

»Das hätte dir eher einfallen müssen«, sagte ich. »Aber okay, jeder, der was Interessantes erzählt, bekommt zehn Euro.«

Steffi machte einen Hüpfer. »Ich weiß was.«

Persephone schnaubte verächtlich.

Zampano sagte: »Marquardt hat mich mal zu sich nach Hause eingeladen. Er hätte eine Kamera, wir könnten ein bisschen was probieren.«

Mit Dampfwolken vor den Mündern blickten die Kinder vor sich hin. Da war er wieder, der Ausdruck von Introvertiertheit. Den ganzen Tag warfen sie sich Ausdrücke wie Fickfehler, Porno und Kanakenfotze an den Kopf, aber Marquardts hinterfotzige Anmache überstieg ihr Begriffsvermögen.

»Ich bin aber nicht hin«, fuhr Zampano fort. »Ich hab gesagt, ich würd's mir überlegen. Er hat nicht noch mal gefragt.«

»Hat er noch jemanden von euch gefragt?«

Steffi hätte gern mit Ja nachgekartet, aber ein Anflug von Einsicht in die Bedeutung solcher Vorwürfe hielt sie davon ab. Ihr fiel jedoch was anderes ein: »Zwanzig Euro, wenn ich dir sage, von wem der Jürgen die Kamera hatte.«

»Von Zeller«, sagte ich, einer spontanen Eingebung gehorchend.

Steffi biss sich auf die Lippen. »Woher … wieso?«

»Ganz einfach, Steffi. Du hast kürzlich nachts bei mir daheim angerufen, obwohl ich dir nie meine Privatnummer gegeben habe. Aber Zeller hat meine Karte.«

»Scheiße!« Steffi stampfte mit dem Fuß auf. »Er hat geschworen, dass er niemandem was von uns sagt. Es war ja auch gar nichts. Ich geh doch nicht mit einem Lehrer, ich bin doch nicht behindert. Auch wenn er mir jetzt einen Sechser gibt.«

»Porno!«, rief Birte. »Du hast was mit dem Zeller.«

»Nein, du Brotgehirn. Der wollte was von mir, aber ich hab gesagt, das läuft nicht.«

»Steffi!«

»Na gut. Erst fand ich ihn schon voll süß, aber das hat doch keine Zukunft. Er wollte sich scheiden lassen, wenn ich volljährig bin. Aber das sagen die immer. Nachher sitz ich da wie meine Mutter: mit Kind und ohne Mann. Und wer nimmt mich dann noch? Ich will eine ordentliche Familie haben mit Hund und so. Das versteht er, hat er gesagt, aber jetzt läuft er immer mit Hundeblick hinter mir her. Und total eifersüchtig war er auf den Jürgen. Wozu der den Camcorder braucht und was wir in der AG machen. Dann ist er zum Direx, damit der dem Jürgen die Esoterik-AG verbietet.«

Am liebsten wäre ich sofort zur Schule marschiert und hätte mir die Herren vorgeknöpft, aber erst mal musste ich die Kinder entlöhnen. Außerdem waren wir an der Eisenbahnbrücke angelangt. Die Bahnlinie umrundete am Hang des Schnarrenbergs die Schrebergartenanlage am Neckar zu unseren Füßen. Zampano nahm den Zehner ohne Zögern. Persephone lehnte ab. Birte griff zu. Fickfehler war uns unterwegs abhanden gekommen.

»Und ich?«, zappelte Steffi.

»Wir verrechnen es mit deinen Schulden«, sagte ich.

Sie war völlig geschockt. Dann schnappte sie Birte kurzerhand den Schein aus den trägen Fingern. »Du schuldest mir auch noch was.«

Birte ging mit Fäusten auf Steffi los. »Das ist meine Kohle.«

Steffi bretterte zurück. »Du hast doch gar keine Information dafür gegeben.«

Birte trat. »Du bist nicht mehr meine Freundin!«

»Darauf kann ich sowieso verzichten«, kreischte Steffi.

»Intelligenzallergiker!«, kommentierte Persephone und verabschiedete sich. Zampano griff Birte am Arm und zog sie mit sich.

»Haut nur ab!«, brüllte Steffi. »Geht nur alle. Ich scheiß auf euch!«

»Musst du es mit allen verderben?«, erkundigte ich mich. »Nur wegen der Scheißkohle?«

Sie hielt mir mit funkelnden Augen den Zehner unter die Nase, den sie Birte abgenommen hatte. »Und wovon soll ich essen? Hä? Kannst du mir das mal sagen? Du hast so viel Geld, dass du nicht mehr weißt, wohin damit. Dir ist das egal, aber ich …« Sie brach plötzlich in Tränen aus und schluchzte die ganze Misere heraus. Vor einem Jahr hatte die Mutter Fernseher und DVD-Rekorder auf Pump gekauft. Dann ging die Waschmaschine kaputt. Das Verkäuferinnengehalt reichte nicht. Die Versandhäuser schickten ihre Eintreiber. Der Gerichtsvollzieher kam. Die Mutter gab die Kohle für Zigaretten und Alkoholika aus. Der Kühlschrank war immer leer, die Mutter sowieso kaum zu Hause, weil entweder schaffen oder bei ihrem Freund, der auch nichts hatte, aber soff, weil arbeitslos. »Und ich kann sehen, wo ich mittags 'ne Pizza herkriege und wovon ich sie bezahle.«

Eine Zeit lang war Steffi putzen gegangen, aber dann hatte sie eine Flasche Parfüm mitgehen lassen, sie wusste auch nicht genau warum, denn eigentlich klaue sie nie. Die hundertfünfzig von mir hatte sie dazu gebraucht, eine Jacke zu bezahlen, die sie vor Weihnachten beim Versandhandel bestellt hatte. Die Jacke war von Diesel, und sie hatten sie ihr auf dem Bahnhof von Zuffenhausen abgezogen. Nun bibberte sie im dünnen Nike-Jäckchen.

»Okay«, sagte ich. »Ich gehe mit dir Klamotten kaufen. Aber dafür zeigst du mir jetzt, wo Marquardt seinen Schrebergarten hatte.«

»Versprochen?«

»Versprochen.«

Sie trocknete die Tränen und streckte den blau gefrorenen Finger aus. »Da unten. Da, wo sie die Straße gebaut haben.«

Die Ortsumgehung von Münster durchschnitt die Schrebergärten vom Neckar herauf zur Eisenbahnbrücke. Zwischen Ortsrand und Straße saßen die Gartenhäuschen wie gestanzt in einer neuen Anlage. Jenseits der Straße, zum Schnarrenberg zu, krauteten die alten Gärten mit den alten Schuppen.

Richard holte uns auf der Treppe ein, die in die Anlage hinabführte. Er sah unverschämt selbstzufrieden aus. Wir unterquerten die Ortsumgehung und kamen bei den Taubenschlägen des Kleintierzüchtervereins heraus. In den Gärten an der neuen Straße hatte einer damit angefangen, jetzt flatterten an Fahnenstangen überall die deutschen Farben, Piratenflaggen und Damenstrümpfe. Ein Kiesweg führte hinab zur Austraße am Neckar. Ich merkte bald, dass Steffi nur noch eine vage Vorstellung hatte, wo Marquardts Garten gelegen hatte. Die neue Straße war draufgehauen worden, die alten Bezugspunkte wie Hütten und Büsche verschwunden.

»Hier«, sagte Steffi schließlich entschlossen und zeigte auf eine Gruppe älterer Bäume. Der Garten war frisch umzäunt. Aber die Hütte war alt. Richard blickte desinteressiert auf den allgemeinen Kahlschlag, und Steffi beschwor die Erinnerung.

»Siehst du Schlehenbüsche?«, fragte ich sie.

»Was für Büsche?«

Man konnte von ihrer Generation nicht erwarten, dass sie wusste, was Schlehen sind. Auch ich hätte vielleicht noch Stachelbeeren erkannt, aber Schlehdorn? Meine Hoffnungen richteten sich auf Richard, der immerhin ein Nachkriegskind war.

»Da drüben«, sagte er, »das könnten Schlehen sein.«

Der Zaun war hoch und mit Stacheldraht umwickelt. Das Tor ebenfalls. Man musste verhindern, dass spazieren gehende Rentner, die noch wussten, dass man die glasig blauroten Schlehenbeeren nach dem ersten Frost pflückte, Mundraub begingen. Richards italienisches Schuhwerk war für den schweren Boden nicht gemacht. Außerdem teilte er meine Vorliebe für Ortstermine nicht. Steffi schlotterte auch. Ich war schon bereit abzubrechen. »Aber wir müssen den jetzigen Besitzer ausfindig machen und mit der Polizei herkommen.«

»Wozu?«, fragte Richard.

»Ich wüsste gerne, warum Marquardt Schlehen gepflanzt hat.«

»Meine Mutter hat aus den Beeren Gelee gemacht und aus den weißen Blüten Tee. Er soll zur Blutreinigung gut sein. Grässlich.«

»Ein Naturheilmittel gegen Triebtäter«, bemerkte ich.

Richard kniff die Augen zusammen. Das Tor war von der Art, wie es der Nachbar auch hatte. Der Abstand zwischen Schloss und Pfosten wurde von einem Blech überbrückt. Ein kräftiger Ruck, und der Pfosten wankte, das Tor schwang auf.

»Was mached Sie denn do?« Ein Mann brach mit tatkräftigem Bauch aus dem Gebüsch des gegenüberliegenden Gartens. »Das geht fei net. Wer sind Sie überhaupt?«

»Staatsanwalt«, sagte Richard frostig, und unversehens stapften wir zur viert über das Grundstück. Die Schlehenbüsche fristeten ihr Dasein im Lattenmüll hinter der Hütte am Zaun zum Nachbarn. Sie waren mit den Wurzelknollen im Lauf der zwei Jahre deutlich unter das Niveau der Grasnarbe gesackt. Der Kleingärtner nahm mit Blick auf Steffi die Gelegenheit wahr, sich bei der Staatsmacht zu beschweren, dass die Polizei nichts tat, um die Raudis zu stellen, die ihm die Karnickel mit dem Luftgewehr abknallten. »Wenn sie's wenigschtens esse däded, aber die lassed den Kadaver einfach liege. Aus reiner Freud am Töde.«

»Haben Sie mal einen Spaten?«, fragte ich.

»Derfet Sie des überhaupt?«

»Gefahr im Verzuge«, murmelte Richard, dem schon jetzt schlecht wurde. Der Kleingärtner nahm mir seinen Spaten gleich nach dem Anstich mit der Bemerkung wieder ab, die Jugend könne heutzutage nicht mal mit einem Spaten umgehen, und hob selbst den Busch an und stach tiefer, bis er auf Widerstand stieß. Er legte den Teil einer blauen Mülltüte frei. Richard wandte sich leichenblass ab, als ich sie mit dem Taschenmesser aufschnitt und bräunliche Knochen und verweste Textilien zum Vorschein kamen.

Steffi entflutschte ein »Porno!«, dann wurde auch sie blass. Richard lehnte an der anderen Seite der Hütte und rauchte am ganzen Körper zitternd.

»Wie hieß der Junge, der vor zwei Jahren verschwand?«, fragte ich ihn.

»Selim Ögalan.«

19

Steffi erwartete mich auf den Stufen neben dem Panzerglaswürfel der neuen Städtischen Galerie am Schlossplatz. Es dämmerte schon. Wir begannen den Rundkauf mit Jeans bei L'Orsay und, weil Steffi so nett bettelte, einem Zebrafelltop. Bei Karstadt die Nikes, bei H&M die Jacke von L.O.G.G., nicht besonders markennobel, aber weniger gefährdet, und bei McDonald's Pommes, Apfeltasche und Cola. Steffi berichtete, dass die Grufties auf dem Friedhof von Münster schwarze Messen feierten. Das eine oder andere Huhn vom Kleintierzüchterverein hatte wohl sein Blut auf einem Grabstein lassen müssen. Steffi wusste es von Persephone, die es im Esoterik-Kurs erzählt hatte, aber selber nie dabei gewesen war. Sie habe auch mal daran gedacht, Gruft zu werden, aber da müsse man schwarz fühlen, und die Musik sei voll depressiv. Steffi zählte sich zu den Stinos, den Stinknormalen.

Ich fuhr sie nach Münster. Sie zeigte mir Fickfehlers Haus, und ich entließ ein für heute überglückliches Mädel.

Frau Frech war auch abends auf unangemeldeten Besuch vorbereitet. Der Vater schaute die *Tagesschau*, stellte die Kiste aber ab, als Besuch eintrat, und verbeugte sich beim Handgeben. Die Mischung aus *Frankfurter Allgemeine*, Chips und Fernsehsessel ließ auf eine untergeordnet leitende Funktion schließen. Die Mutter holte den Sohn, der im knöchellangen Schottenrock linkisch zwischen Eichenwand und Couchkissen die Hand gab. Und sie schwänzelte uns ins Kinderzimmer nach, um Tee und Kaffee anzubieten. Fickfehler lächelte, zerrissen zwischen Nachsicht und Ungeduld. Dann war die Tür endlich zu.

Der Junge flegelte sich aufs Bett und überließ mir den blau lackierten Drehstuhl am Tisch, der über und über mit Aluminium beschlagen war. Die Dielen seines Zimmers hatte er schwarz gestrichen und mit einem Muster aus kleinen Rosen versehen, deren Blüten und Blätter rot und grün durch eine Schablone gespritzt worden waren. Die Farbspritze stand in der Ecke unter einer durchsichtigen Plane, die wie ein Moskitonetz von der Decke hing. An der Wand lehnten Bilder. Das vorderste zeigte einen Bullterrier, der vor dem Hintergrund brennender Hochhäuser, die das Wort LOVE darstellten, auf einer regennassen Straße eine Katze zerbiss.

»Wir haben heute Mittag die Leiche von Selim gefunden.«

Fickfehler langte den Tabak vom Tisch und belegte ein Blättchen. Er rollte knisternd den Tabak und leckte das Blättchen an. Ich merkte, dass eines nicht klappte: den Jugendlichen durch Schweigen nervös zu machen. Erwachsene fürchteten sich vor den Engeln, die durchs Zimmer gingen, aber die Kinder brauchten nicht zu reden, wenn sie zusammen Musik hörten. Er blies einige Rauchringe.

»In Marquardts ehemaligem Schrebergarten«, legte ich nach.

»Dem hätte man als Baby den Hauptgenerator abschneiden müssen.«

»Er hatte gar keinen«, sagte ich.

»Ach was?« Fickfehler lachte böse.

»Jedenfalls keinen richtigen.«

Der Junge war Mann genug, beklommen in die eigene Hose zu lauschen, was da wohl schief gehen konnte. »Wie das?«

»Wenn du das nicht weißt«, sagte ich, »dann hast du ihn auch nicht umgebracht.«

»Ich hätte sowieso eine Knarre benutzt.« Fickfehler bestritt zwar, dass er eine Schusswaffe in seinem Schreibtisch aufbewahrte, aber er erklärte mir, er sei schon zwei Mal von VfB-Fans zusammengeschlagen worden. »Ich zieh die Gewalt an wie Scheiße die Fliegen.«

Ohne Zweifel provozierte sein langer Schottenrock. Aber als Punk wurde man eben geboren. Mit der Schule war im Sommer eh Schluss, auch wenn seine Eltern ihm das nie verzeihen würden. Sie wollten, dass er wenigstens die Kunstakademie besuchte, wenn er schon Maler werden musste, aber das sei ein spießbürgerlicher Affenzirkus. Er habe ohnehin nicht vor, seine Bilder an reiche Arschlöcher zu verkaufen.

»Und was machst du«, erkundigte ich mich, »wenn du mit fünfundzwanzig in eine Schaffenskrise kommst?«

»Dann geh ich als Fallensteller nach Kanada. Ich bin alt genug, um zu wissen, was ich will.«

»Ich bin zu alt, um das zu wissen«, sagte ich.

Fickfehler warf seine Anlage an und ließ die Internationale erschallen – »Völker, hört die Signale ...« –, danach Brecht-Märsche. Ich ließ mir erklären, wo Zeller wohnte, und stieg eine halbe Stunde später die Enzstraße hoch. »Auf zum letzten Gefecht. Die Internationale erkämpft das Menschenrecht ...«

Zellers Haus stand an vorderster Front über dem Steinbruch an der Müllverbrennungsanlage, wo das Viadukt nach Münster übergriff. Schön, wenn man Industriearchitektur schätzte. Dennoch war das Haus eine Nummer zu groß für einen Oberstudienrat.

Zeller öffnete und war nicht erfreut. Eine Frau segelte die Treppe herab, sehr blond und knallig geschminkt, dabei aber, wenn auch in rosa Hausmantel, schlampig. Der Mund neigte zum Greinen, die Augen stachen, kurz: eine geballte Ladung häuslicher Probleme, in die mich der Vizedirektor verständlicherweise nicht hatte einweihen wollen. Sie startete eine Anbieterei von Getränken, griff selbst zum Whiskey und bedachte die beiden Rabauken oben im Kinderzimmer mit ein paar unfeinen Worten. Zeller killte sie hinterrücks mit Blicken und entschwand nach oben, während sie mir Fragen stellte, die sie mit einem Abriss ihres Lebens – dem Kunststudium, der Referendariatszeit und der Geistlosigkeit des Hausfrauendaseins – selbst beantwortete. Ihr Mann halte sie wie eine Sklavin, wolle Kinder, die Pille nehme sie jetzt heimlich, es sei die Hölle. Sie kicherte.

Zeller erschien unhörbar wie ein Dämon, erklärte, die Kinder schliefen jetzt, und luchste mich seiner Frau ab mit den knarrenden Worten, wir hätten ein Fachgespräch zu führen, das sie bloß langweile. Wir schlichen an der halb offenen Kinderzimmertür im ersten Stock vorbei hinauf in ein Arbeitszimmer unterm Dach, randvoll mit Büchern und Computern. Zeller räumte mir einen Hocker frei und setzte sich in seine Computerecke. »Allerdings weiß ich nicht, warum ich mich überhaupt noch mit Ihnen unterhalte.«

»Die Polizei hat heute die Leiche von Selim Ögalan ausgegraben. Sie erinnern sich? Der Junge, der vor zwei Jahren verschwand.«

»Natürlich erinnere ich mich.«

Ich erklärte Zeller, wo die Leiche aufgetaucht war. »Die Polizei hat Marquardt doch damals schon verdächtigt.«

»Gott ja«, seufzte Zeller, »aber es war kein konkreter Verdacht. Nur weil Marquardt den Jungen als Letzter gesehen hatte … Wer traut schon wirklich einem Kollegen so was zu? Natürlich haben wir trotzdem ein paar Vorsichtsmaßnahmen ergriffen, aber mehr zu seinem Schutz. Er durfte sich nicht mehr als Vertrauenslehrer aufstellen lassen; keine Sprechstunden mit Schülern. Mag sein, dass er immer das Beste wollte, aber er hatte eine entschieden unglückliche Hand.«

»Sie untertreiben. Ein Schüler nahm sich das Leben, nachdem Marquardt ihn als Drogensüchtigen bloßgestellt hatte. Eine Schülerin zeigte ihn wegen sexueller Belästigung an. Seine Theater-AG endete in einer Pleite, weil der Hauptdarsteller absprang aus Angst, sich lächerlich zu machen. Aus Fickfehlers Klasse mussten Sie ihn rausnehmen, weil der Junge ihn fortwährend als Kinderkiller beschimpfte. Aus den AGs liefen ihm die Schüler davon, bis er anfing, sie zu bezahlen und ihnen zweifelhafte Aufklärungsfilme zu zeigen. Ihnen selbst ist es doch suspekt vorgekommen, dass die Schüler sich auffällig bedeckt hielten, wenn Sie sich nach den Inhalten erkundigten. Wann haben Sie angefangen, ihm zu misstrauen? Als er sich Ihren CCD Camkorder auslieh?«

»Er plante eine Video-AG und wollte sich mit der Technik vertraut machen. Ich konnte doch nicht ahnen …« Zeller verstummte.

»Was denn?«

Er schüttelte den Kopf.

»Na gut. Und wann war bei Ihnen wirklich der Ofen aus? Als Marquardt Ihnen Ihr Verhältnis mit Steffi Bach vorhielt?«

»Das entspricht nicht den Tatsachen!«

»Was? Das Verhältnis oder dass Marquardt Sie bedrohte, er werde es Otter melden oder der Mutter sagen?«

»Ich habe nie ein Verhältnis mit Steffi gehabt. Wenn sie das behauptet, dann lügt sie. Mag sein, dass sie in mir den Vater gesucht hat, den sie nicht hatte. So was ist immer heikel, besonders heutzutage, nicht wahr, wo jeder sofort eine Unsittlichkeit wittert, wenn ein Lehrer mit einer Schülerin mal fünf Minuten allein in einem Klassenzimmer ist, um ein persönliches Gespräch zu führen.«

»Aber Steffi hat andere Signale empfangen, und sie hat aus ihrem Herzen keine Mördergrube gemacht. Nach dem Esoterik-Kurs, der eigentlich eine Aufklärungsstunde war, hat sie Marquardt im Vertrauen von ihrer Schwärmerei erzählt. Vielleicht hat sie ein paar Details zu sehr ausgepinselt, weil Kinder in dem Alter ungern zugeben, dass sie keine sexuellen Erfahrungen haben. Und Marquardt kam umgehend zu Ihnen.«

Zeller sah mich an, als überlegte er, ob es sich lohnte, mir die Büroschere zwischen die Rippen zu rammen.

»Sie wussten«, fuhr ich fort, »wozu Ihr Kollege in seiner grenzenlosen Begierde, sich überall mit großem moralischem Schwung einzumischen, fähig war. Sie sahen schon die Schlagzeilen: ›Stellvertretender Schulleiter hat Verhältnis mit minderjähriger Schülerin‹. Wenn man einen Blick in die Hölle wirft, die Sie hier in Ihrem Heim züchten, verstünde das jeder. Dieses Verständnis für Ihre bedrängte Lage und die schnellfertige Phantasie Ihrer missgünstigen Kollegen hätten Sie alles gekostet, was Sie aufgebaut haben. Und Sie müssen das Haus noch abbezahlen.«

Zeller kniff die Augen zusammen.

»Marquardt ist tot«, sagte ich. »Er kann Sie nicht mehr bedrohen. Dafür stehe ich auf der Matte.«

»Das ist Erpressung!«

»Eher ein guter Rat. Inzwischen pfeifen es nämlich die Spatzen von den Dächern, dass Otter was mit Jungs hat. Ich weiß aus berufenem Munde, dass Otter nach den Sommerferien nicht mehr Schulleiter sein wird. Sie haben eine zweite Chance.«

»Sie glauben doch nicht im Ernst, dass ich Schulleiter werde, wenn ich Otter ans Messer liefere, und das auch noch in der Presse.«

»Dann kippen Sie doch auch noch den Kultusminister.«

»Dann kann ich mich gleich nach Helgoland versetzen lassen.«

»Angesichts des Missbrauchs Ihrer Schutzbefohlenen sollten Sie Ihren Ehrgeiz vielleicht einmal vergessen.«

»Was heißt hier Missbrauch! Das mit Selim wusste ich wirklich nicht, und ansonsten geht es nur um Jöran Fischer, der, wie Marquardt mir glaubhaft versichert hat, aus freien Stücken –«

»Dann hat Ihnen Marquardt also den Film gezeigt.«

»Ich denke, Sie gehen jetzt besser!«

»Sie also haben ihm die CD mit dem Film abgenommen und in dem Schließfach zwischengelagert. Um was damit zu machen? Kommen Sie! Marquardt war für die Schule nicht mehr tragbar. Aber Sie konnten auch nicht zu Otter gehen, denn Marquardt hat Ihnen den Artikel über den Club in der Wörrishofener Straße ins Fach gelegt und Ihnen eröffnet, dass auch Ihr Rektor dorthin geht. Otter wäre versteinert, wenn Sie ihm den kleinen Nebenverdienst Jörans vorgehalten hätten. Er konnte weder Jöran noch Marquardt rauswerfen, denn beide hätten aus der Schule geplaudert. Andererseits hatte Marquardt Sie voll im Griff mit seinem Vorwurf der Verführung Minderjähriger.«

Zeller hob das Kinn. »Was wollen Sie eigentlich von mir?«

»Dasselbe wie Marquardt. Liefern Sie Otter ans Messer. Ich will den Kultusminister.«

»Was Sie da vorhaben, hat meines Erachtens nichts mehr mit sauberem Journalismus zu tun.«

»Ist hier noch irgendetwas sauber?«

Zeller seufzte.

20

Die Physiklehrerin Ursula Schneider wohnte in einem Häuschen direkt an der Bahnlinie, nur wenige hundert Meter von Zeller entfernt. »Wiedersehen macht Freude«, verkündete ich, als sie die Tür öffnete. »Allerdings sind Ihr Diktafon und das Mikro verloren. Ich besorge Ihnen neue.«

Sie winkte ab. »Komm rein. Der Tee ist fertig.«

Rechts vom Eingang lag die Wohnküche mit Eckbank und Wachstuch auf dem Küchentisch. Auf dem Gasherd stand ein Kessel. Der Küchenschrank war weiß lackiert. Obgleich es kühl war, lief Schneider in einem kurzärmeligen grauen Kleid herum, das ihr vertrocknetes Figürchen etwas sperrig umschloss. Sie stellte mir einen Becher Tee und einen Aschenbecher hin, wischte nicht vorhandene Krümel vom Wachstuch und rutschte hinter den Tisch auf die Bank.

»Mein Mann ist an Lungenkrebs gestorben. Er war Kunschterzieher.« Sie kicherte. »Rauch nur, ich weiß, du glaubst auch, dass du davonkommst. Und nun erzähl mal: Wie war's bei Bollach?«

Als ich sechzehn war, hatte ich das einseitige Du für ein Zeichen von Geringschätzung gehalten, jetzt kam es mir zärtlich vor. Ich gestand wahrheitsgetreu die ganze Pleite, restlos alles.

Sie wischte übers Tischtuch und sagte: »Du kannst den Minischter nicht mit einem untergeschobenen Korkenzieher überführen. Wenn er der Täter wäre, müsste er das Ding verschwinden lassen, bevor die Polizei anrückt. Wenn sie es findet, ist es nur ein Beweis, dass er es nicht war, gell? Und dann bist du dran.«

»Das kommt darauf an, was Sie der Polizei erzählen.«

»Ich?!« Die Alte lachte. »Was soll ich denn erzählen? Die wollen doch gar nichts wissen. Wenn sie mich gefragt hätten, wäre ich vielleicht sogar selbst darauf gekommen, dass der Korkenzieher etwas mit dem Mord zu tun haben könnte. Ich habe ihn nämlich am Morgen danach auf dem Weg am hinteren Schulhof gefunden, aber bevor ich in die Schule kam. Ziemlich unvorsichtig, die Waffe einfach so wegzuwerfen, so nah am Tatort, find'sch net?«

»Es menschelt immer, wenn einer mordet.«

»Was du nicht sagst. Mir scheint, es menschelt im Moment ganz woanders. Du hoffst wohl, dass Marko aus der U-Haft entlassen wird, wenn du in der Zeitung schreibst, dass der Minischter und sein Schwager, der wo unser Rektor ist, was für minderjährige Knaben übrig haben. Aber wird das funktionieren? Außerdem, mal angenommen, der Korkenzieher könnte tatsächlich zum Täter führen, wie willst du ihn denn wieder aus dem Sessel des Minischters herausbekommen?«

»Marquardts Mörder ist mir egal. Er hat einen Kinderkiller ermordet. Heute wurde die Leiche von Selim Ögalan auf dem Gelände von Marquardts einstigem Schrebergarten gefunden.«

Die Physiklehrerin sah plötzlich anders aus: alt, eingefallen, grau.

»Außerdem hat Marquardt Zeller erpresst. Er drohte zu verbreiten, dass Zeller ein Verhältnis mit einer minderjährigen Schülerin habe. Seine Schüler drängte Marquardt zu sexuellen Offenbarungen. Seine AGs dienten der Rekrutierung von jugendlichem Fleisch, während die Schüler glaubten, es ginge um Aufklärung. Marko, der mit seiner latenten Homosexualität ringt, hat es als Erster gemerkt und versucht, sich zu entziehen. Vielleicht war der Junge, den Marquardt als drogenabhängig bloßstellte und der unter ungeklärten Umständen starb, auch nur ein Zeuge und/oder Opfer. Otter schaute dem Treiben zu, weil er selber bis zur Hüfte im Schlamm steht. Wahrscheinlich hat Marquardt auch ihn erpresst. Wer will denn da noch den Henker an den Pranger stellen?«

Schneider faltete die rissigen Hände auf dem Wachstuch. »Mag sein«, sagte sie leise, »dass du Recht hast. Mag sein, dass Marquardt all das war und all das getan hat, was du sagst, aber was, wenn nicht? Er kann die Vorwürfe nicht mehr entkräften. Auch der kleine Selim kann dir nicht sagen, ob Marquardt wirklich sein Mörder war. Tote können nicht mehr sagen: ›Du irrst dich‹. Deshalb frage ich dich: Wer hat eigentlich das Recht zu entscheiden, ab wann einer nicht mehr reden darf, hm?« Sie hob kurz den Blick. »Marquardt unterrichtete schon zwei Jahre an unserer Schule, als Otter vor fünf Jahren anfing. Von Anfang an hatte er Marquardt auf dem Kieker. Marquardts Stundenplan bestand nur aus Hohlstunden. Er kam als Erschter und ging als Letschter. Im vergangenen halben Jahr hatte er fünf Unterrichtsbesuche. Einmal bestellte Otter ihn ein, weil das Klassenbuch angeblich nicht ordentlich geführt war, ein andermal, weil Eltern sich über die Themen seines Ethikunterrichts beschwert hatten. Bei der Notenkonferenz fiel ein Schüler durch, für den Marquardt plädiert hatte, weil Otter den Ausgleich der Fünf in Mathe über die Deutschnote unterband. Für seine AGs bekam Marquardt keine Deputatstunden. Es waren auch nie Räume vorhanden, weshalb Marquardt auf die Abende auswich, woraufhin die Schüler wegblieben. Ich erinnere mich noch gut, wie er einmal bei mir drüben in der Physiksammlung saß und darüber nachdachte, ob er den Schuldienst quittieren solle. Er fühlte sich abgelehnt, verlacht, verfolgt und behindert. Ich riet ihm damals, sich einen Verbündeten zu suchen, statt es allen recht machen zu wollen.«

»Was hatte Otter denn gegen Marquardt?«

Schneider lächelte verzwickt. »Marquardts erschtes Abitur war eine Katastrophe. Seine Schüler wurden alle um drei Noten runterkorrigiert. Da er sie außerdem zu gut angemeldet hatte, kamen sie alle ins Mündliche. Dort stellte sich heraus, dass sie über ihren Liebeskummer reden konnten, aber nicht über Werthers Leiden. Marquardt schrieb Beschwerdebriefe ans Oberschulamt. Seit Otter hier ist, hat Marquardt keinen Deutschleistungskurs mehr bekommen. Man warf ihm vor, sich mit den Schülern gegen das Kollegium zu solidarisieren. Ihm ging es nie um Karriere, sondern immer nur um die Entwicklung seiner Schüler.«

»Aber die Schüler sagen –«

»Mein Kind, die Schüler sagen viel, wenn der Tag lang ist. Sie wissen haargenau, was sie bei welcher Gelegenheit sagen müssen. Schließlich trainieren wir sie darauf, die Antwort zu geben, die wir hören wollen.«

»Aber wie kommt die Leiche unter Marquardts Schlehenbüsche, wenn er mit Selims Tod nichts zu tun hatte?«

»Das weiß ich auch nicht. Ich warne nur vor schnellen Urteilen. Dem Minischter kommst du nicht bei, wenn du aus Marquardt eine Bestie machst. Das nützt den Herren eher. Finde lieber den Mörder und mach das ordentlich und in Schönschrift.«

21

Otter wohnte auf der anderen Seite des Neckars in der Zuckerbergstraße auf dem Zuckerberg über Weinhängen, dort wo, wenn Namen etwas bedeuten, das wässrige Gesöff namens Cannstatter Zuckerle herkommt. Die knorrigen Rebstöcke reichten hangabwärts bis zum schwarzen Fluss, begleitet von Lichtkegeln fahrender Autos. Mein Atem blieb in den Maschen des Zauns überm Hang als Reif hängen. Auf der anderen Straßenseite hielten die einzeln stehenden Häuser Nachtruhe.

Ich hatte Hemmungen zu klingeln, nein, nicht Hemmungen, sondern Angst. Das spitzgiebelige Haus lag still inmitten des Gartens an der Straßenecke. Seitlich unterm Dach brannte hinter runtergelassenen Rollläden ein Licht. Ich würde die Otters zwar nicht wecken, aber wohl aus den Betten klingeln. Aber das hatte mir sonst nie Unbehagen bereitet, auch nicht die Aussicht, einem Mörder in Bademantel und gestreiftem Pyjama gegenüberzustehen. Aber musste das wirklich diese Nacht noch sein? Würde einer wie Otter untertauchen, wenn beispielsweise Zeller ihn warnte, dass ich dicht an ihm dran war? Würde Zeller ihn überhaupt warnen? Oder hatte er es schon getan? Oder ein anderer?

Ich stellte mir die erschrockenen Augen seiner Frau vor. Ich würde ihn verklausuliert bedrohen müssen, damit er mir nicht die Tür vor der Nase zuschlug. Ich würde ihm eine Kinderleiche vorlegen, damit er seine Frau hoch ins Bett schickte, wo sie an den Nägeln kaute. Ich würde ihn vor die Wahl stellen, mir den Mord an Marquardt zu gestehen oder übermorgen in der Zeitung von seinem Besuch im Schwulenclub zu lesen. Er würde schwitzen im Durchzug bei offener Haustür. Wenn ich zum Auto zurückging, würde er wissen, dass ihn morgen die Polizei holte. Vielleicht rief er Bollach an, um dessen Schutz zu erflehen, und Bollach riet ihm, an Frau und Kind zu denken und als Ehrenmann einen Schlussstrich zu ziehen. Oder hatte er es ihm schon geraten?

Ich überstieg das Gartentörchen. Und schnüffelte ums Haus. Unter dem erleuchteten Fenster führte eine Treppe zur Waschküchentür hinab. Meine Alarmglocken schrillten. Es roch eklig. Gas!

Ich sprang zurück in den Garten. Klingeln konnte ich nicht, auch nicht anrufen, denn wenn dabei ein elektrischer Funke sprang, konnte alles in die Luft fliegen. Auch durften die Otters nirgendwo sonst Licht machen. Ich nahm eine Hand voll Erde aus dem Rosenbeet und schleuderte den Dreck gegen den erleuchteten Rollladen unterm Dach. Lieber wäre ich weggerannt. Endlich ratterte der Rollladen, von schwacher Hand gezogen, Latte um Latte nach oben. Ich gestikulierte, winkte, hüpfte. Eine Frauengestalt öffnete zögerlich das Fenster. Neben ihr erschien Otter, dessen albinoblondes Haarhütchen im Gegenlicht der Deckenbeleuchtung stiezelte.

»Gas!«, schrie ich. »Im Keller ist Gas. Fassen Sie keinen Lichtschalter an. Holen Sie das Kind und kommen Sie raus, schnell!«

Die Frau verschwand sofort, aber Otter blieb am Fenster, die Hände auf den Sims gestemmt, als ob es gelte, einen nächtlichen Ruhestörer von oben dingfest zu machen. Ich hatte keine Nerven, ihn überzeugen zu wollen.

Die Wahrheit war, ich rannte weg, überwältigt von Panik. Ich überwand einen Zaun mit Rosen und kam erst fünf Häuser weiter wieder zur Besinnung. Die Sorge um Brontë trieb mich zurück. Eine Frau mit einem Kind, das in Decken eingeschlagen war, wehte barfuß aus dem Gartentörchen. Ich fing sie ab. »Wo ist Ihr Mann?«

Sie drehte sich um. »Er wollte noch …«

Ich riss sie mit mir hinter die geparkten Autos und zog sie neben Brontë zu Boden. Mein Auge nahm den Knall vorweg. Ich sah, wie das Haus über dem Weinhang zerplatzte. Brontë blies es die Scheiben raus. Glasbrösel regneten. Das Pfeifen im Ohr tauchte hernach alles in Stille. Das Kind auf Frau Otters Arm riss Augen und Mund auf. Leute erschienen, gestikulierten, irrten vor der hier und dort lodernden Ruine umher, redeten auf uns ein. Frau Otter war ganz Madonna auf blutigen Füßen. Ich legte ihr meine Jacke um. Unversehens saßen wir in einem fremden Wohnzimmer. Unter dem Blumenfenster knirschte Glas auf dem Teppich. Feuerwehrsirenen johlten.

»Er wollte doch nur …«, bibberte Frau Otter, das Kind wiegend, »er wollte doch nur … ich verstehe das nicht … sie haben doch erst heute alles überprüft.« Sie versuchte, mich zu fokussieren. Sie war blass, weich und schön, hatte volle Lippen, dunkle Augen, wirres braunes Haar. Es war die Schönheit des Muttertiers, das für Mann und Kind das Haus bestellte, ohne von der inneren Unruhe des Strebens nach geldwerter Selbstverwirklichung berührt zu sein. Es waren, stammelte sie, am Nachmittag zwei Männer von den Technischen Stadtwerken da gewesen, um wegen einer Änderung des Gasdrucks die Heizung neu einzustellen.

Feuerwehr und Polizei hatten draußen alles großräumig abgesperrt. An Brontë kam ich nicht mehr heran. Ich setzte mich gen Osten durch die Wohnstraßen ab. Ein scharfer Wind fegte mir Schneegriesel entgegen. Aus meinen Haaren rieselten immer noch Glaskrümel. Als ich im Windschatten des Unterstands an der Straßenbahnhaltestelle endlich die Zigarette ankriegte, hatte ich die Prioritäten klar. Die anderen mochten Schachspieler sein, ich war ein Haudegen. Kai, der Spätdienst habende Jungredakteur beim *Stuttgarter Anzeiger,* fiel genauso rotbackig, wie man das von einem Jungredakteur erwarten konnte, auf das dicke Ding herein, das ich ihm hechelnd präsentierte.

Sieben vor sieben klingelten die Furien. Ich taumelte aus dem Bett, versah mich mit einem Küchenmesser und wankte zur Tür. Das Treppenhaus war leer. Unten abgeschlossen. Oma Scheible war ab zehn Uhr abends dahinter her. Ich warf das Messer in die Küchenlade zurück und hängte mich aus dem Fenster. Die Kälte schlug zu. Unten stand Richard. Ich warf ihm den Schlüssel zu und ging mir Hosen und Pullover überziehen. Er stürzte in die Wohnung und stellte das Radio an. Der Pastor sprach.

»Bist du von allen guten Geistern verlassen?« Richard knallte die Zeitung auf den Tisch. Auch in den Sieben-Uhr-Nachrichten war es der Aufmacher.

»Der baden-württembergische Kultusminister Bollach soll nach einem Bericht des *Stuttgarter Anzeigers* in einem Homosexuellen-Club regelmäßig Kontakt mit minderjährigen Strichjungen gehabt haben.« Ein Reporter fasste dann meinen Bericht zusammen. »Wie das Blatt weiter berichtet, kam Bollachs Schwager, der Schulleiter des Paul-Häberlin-Gymnasiums, in der vergangenen Nacht bei einer Gasexplosion in seinem Haus auf dem Steinhaldenfeld ums Leben. Dieser Schwager soll Bollach regelmäßig in den Schwulenclub begleitet haben, in dem auch wenigstens ein Schüler des Gymnasiums verkehrte, der der Redaktion des *Stuttgarter Anzeigers* namentlich bekannt ist. Außerdem führt das Blatt einen Anschlag auf einen Oberstaatsanwalt auf, der sich Dienstagabend ereignet haben und im Zusammenhang mit geheimen Ermittlungen stehen soll, die gegen Bollach im Gange sein sollen. Gegenstand der Ermittlung soll auch der Medienkonzern TVCinema sein. Dabei geht es dem Zeitungsbericht zufolge um illegalen Handel mit Kinderpornographie. Ein Deutschlehrer des Gymnasiums soll bei den Behörden Anzeige gegen TVCinema erstattet haben. Er starb am Dienstag vergangener Woche unter bislang ungeklärten Umständen. Eine offizielle Bestätigung für die Vorwürfe des *Stuttgarter Anzeigers* gibt es noch nicht.«

Richard würgte das Radio ab. »Ich hoffe, du kannst das beweisen!«

»Heute Nacht«, sagte ich, »wären beinahe eine unbeteiligte Frau und ein kleiner Junge draufgegangen.«

»Und was hast du dort wieder gesucht? Merkst du nicht, dass du den Ast absägst, auf dem du sitzt? Dein Auto steht dort. Die Polizei fahndet nach einer unbekannten Person. Die Gasleitung wurde nach ersten Ermittlungen der Brandsachverständigen mit einer Rohrzange beschädigt, die im Keller lag. Die müssen doch zwei und zwei zusammenzählen. Du hast auf mich geschossen. Das ist aktenkundig. Du bist bei Bollach eingedrungen, bis zum Hals umwickelt mit Abhörelektronik, die nicht einmal funktioniert hat. Du findest eine Kinderleiche, nach der die Polizei seit zwei Jahren sucht. Was ist da deine Behauptung wert, Bollach ginge in einen Schwulenclub?« Er nahm meine Jacke vom Haken und warf sie mir ins Gesicht.

»Wohin gehen wir?«, fragte ich.

»Ein vornehmer Mann verliebt sich wie ein Narr, aber nicht wie ein Dummkopf. La Rochefoucauld. Los, zieh dich an!«

Wenn er zitierte, war es ernst. »Ich würde gern noch duschen«, nörgelte ich.

»Jetzt komm!« Er packte mich harsch am Arm, schubste mich zur Tür und scheuchte mich die Treppe hinunter. Meinen Schlüssel hatte er in der Manteltasche. Die Haustür schepperte ins Schloss. Wir fuhren mit seinem Mercedes gerade ab, als ein Streifenwagen am Straßenrand anlegte. Richard kurvte auf die Gegenseite und bog in den Gebäudetunnel der Staatsanwaltschaft. Von seinem Bürofenster sah ich, wie die Polizisten ihren Wagen wieder bestiegen. Oma Scheible stand in der Tür.

»Jetzt werden sie deine Freundin Sally aufschrecken«, bemerkte Richard dicht hinter mir. »Komm bitte weg vom Fenster.« Der sachte Duft von Rasierwasser und Zibet streifte mich.

»Du glaubst doch nicht, dass ich Otter in die Luft gesprengt habe!«

»Was ich glaube, ist irrelevant. Mit deinem Artikel hast du ein Jahr Arbeit zunichte gemacht. Nebenbei hätten wir auch Bollach samt Otter letzten Freitag gehabt, wenn du nicht mit diesem Motor-Magazin-Fotografen im Club erschienen wärst.«

Ich bedachte stumm, dass die Hälfte der Männer in der Wörrishofener Straße dann vermutlich Bullen gewesen waren. »Sag bloß, ihr habt den Club nicht gestürmt, nur weil ich da drin war. Wie rücksichtsvoll.«

»Ach was!« Richard ließ sich in den Schreibtischstuhl fallen. »Ich bin doch nicht lebensmüde. Meine Freundin mit einem Fotografen in dem Club, in dem wir einen Kultusminister in flagranti ertappen. Das hätte nach Tipp an die Presse ausgesehen. Auf so was wartet Kollege Fuhr doch nur. Am Freitag war es uns zum ersten Mal gelungen, das Frühwarnsystem des Clubs auszubooten. Wir wollten die undichten Stellen bei der Polizei und bei der Staatsanwaltschaft ausloten. Ich musste Elsäßer bitten, dir den journalistischen Triumph zu verbieten, damit wir eine zweite Chance kriegen.«

»Hättest du mir gleich gesagt, worum es geht …«

»Ja, wer bist du eigentlich? Kann ich meiner Arbeit nicht nachgehen, ohne dir jeden meiner Schritte offen zu legen, nur damit du mir kein Bein stellst?!«

»Immerhin habe ich dir Kontakt zu Jöran Fischer verschafft. So wie du ihn angebaggert hast, glaubt er, dass du ihn schützt, wenn er aussagt.«

»Lass doch den Quatsch.«

»Dank deiner geldgestützten Altherrenerotik kann Jöran gar nicht anders, als Vertrauen zu dir zu fassen. So mancher Schwule könnte noch von dir lernen.«

»Und heute Abend«, sagte Richard, »heute Abend ist er tot. Dank deines Einsatzes wird auch Marko sterben, sobald er hier in Stuttgart ankommt, nämlich morgen.«

»Aber für den Tod von Otter bin ich nicht verantwortlich, sondern du mit deiner strategischen Zögerlichkeit. Wenn ich nicht gewesen wäre, wären auch noch seine Frau und sein Kind draufgegangen. Was seid ihr nur für feige Arschlöcher. Damen und Bauern werden geopfert, und dann die Rochade, damit euch selbst nichts passiert.«

Die grünen Punkte sprangen aus Richards Augen. »Du bist …«

Er schluckte angestrengt. »Wenn der Staatsanwalt einen Formfehler begeht, dann sind die Ermittlungen gescheitert. So ist das Gesetz.«

»Aber ihr habt doch alles«, sagte ich. »Jöran Fischer wird reden. Dann braucht ihr nur noch die Killer, die sich mit Fahrenheit parfümieren, und ihr habt Bollach. Außerdem habt ihr Fuhr, der zusammenkracht, wenn EKHK Beckstein singt. Wir haben eine aufgeregte Öffentlichkeit und eine Opposition, die nach einem Untersuchungsausschuss schreit. Bollach ist erledigt.«

»Du Idiot«, sagte er. »Bollach wird doch nicht seine eigene Schwester in die Luft sprengen lassen. Das war er nicht.«

»Wie haben die überhaupt das Gas zur Explosion gebracht?«, erkundigte ich mich. »Gas explodiert doch nur bei einer Konzentration in der Luft von fünf bis fünfzehn Prozent. Und dazu muss ein Funke her. Wenn es die beiden waren, die am Nachmittag bei Otters angeblich die Heizung neu eingestellt haben, konnten sie keine Kerze aufstellen. Das wäre Frau Otter aufgefallen. Und einen Zeitzünder, den finden die Sachverständigen doch.«

»Vielleicht sollte es nach Anschlag aussehen«, antwortete Richard. »Du bist erledigt, Lisa. Eine halb verrückte Journalistin, die es mit der Wahrheit nicht genau nimmt, die in Lehrerzimmer einbricht, Leute bedroht und den Kultusminister abhört ...«

»Woher weißt du das eigentlich?«

Er seufzte. »Bollach hat es dem Justizminister erzählt, der hat es dem Generalstaatsanwalt erzählt und der hat es mir beim Mittagessen gesteckt. Auf dem Diktafon ist nichts drauf. Es nützt also nichts, wenn du jetzt behauptest, er habe dich bestechen wollen.«

»Wir haben doch noch den Motor-Magazin-Fotografen als unabhängigen Zeugen gegen Bollach.«

Richard hob schnell den Blick. »Ist das nicht dein Ex-Liebhaber?«

»Wer weiß das schon?«

»Ich weiß es. Du vergisst, dass deine Methoden nicht die meinen sind. Eine Ermittlungsakte, in der es dunkle Punkte gibt, ist im Prozess keinen Pfifferling wert.«

Ich wünschte, dass es draußen endlich hell würde. Ich gierte nach Helligkeit. Richard zündete sich eine Zigarette an und inhalierte. Ich verstand seinen Frust. Über Otter hätte er Bollach vielleicht noch gekriegt. Aber Otter war tot. Das Verbindungsglied zwischen Schülerpornos und dem Kultusminister war gerissen. Krk war als Zeuge unbrauchbar. Jöran konnte sich auf einen Flirt mit dem Staatsanwalt rausreden. Die Schlinge, die Richard für Bollach und TVCinema ausgelegt hatte, war markiert. In diese Falle tappte keiner mehr. In die Ermittlungen zu dem Mord an Marquardt konnte er sich nicht einmischen. Staatsanwältin Meisner musste gar nicht mit drinhängen, um auf die Manipulationen reinzufallen, die EKHK Beckstein an den Akten im Sinne Fuhrs vornahm. Beckstein verdächtigte Richard bereits der Konspiration mit mir. Wenn Persephone ihrem Vater von der Gesprächsrunde im *Besen* berichtet hatte, dann wusste Fuhr, dass Richard gegen ihn ermittelte. Auch wenn der Generalstaatsanwalt Richard mit diesen schmutzigen hausinternen Ermittlungen beauftragt haben mochte, angesichts des jetzt drohenden öffentlichen Interesses musste er sich distanzieren. Dem konnte Richard nur zuvorkommen, wenn er mich eigenhändig opferte. Auf dem Korkenzieher in Bollachs Sesselfalte befanden sich meine Fingerabdrücke. Es wäre nicht das erste Mal, dass man jemanden vor Gericht stellte, ohne Klarheit über das Mordmotiv zu haben.

Das Telefon klingelte. Richard killte die Kippe und nahm ab. Auf seinem Gesicht erschien finsteres Erstaunen. Als er auflegte, sah er aus wie einer, der sich eine Unverschämtheit nicht gefallen lassen würde.

Er schob mich ins Sekretärinnenzimmer bis ans Fenster und sagte: »Da ist die Kaffeemaschine, da sind Filter. Und dann setz dich an den Computer und halt die Klappe.« In der Tür zu seinem Büro drehte er sich noch mal um. »Und mach dich ein bisschen hübsch. Verstanden?«

Nein, aber ich füllte die Kaffeemaschine. Wie stellte er sich das vor? Glaubte er, ich trüge das Dutzend-Döschen Make-up mit mir herum, das ich brauchte, um mich halbwegs zivil zu gestalten? Und wozu? Konnte er sich nicht klarer ausdrücken? Und überhaupt: Was würde Frau Kallweit dazu sagen, wenn sie mich auf ihrem Stuhl vorfand? Dann begriff ich plötzlich.

Als die beiden Schutzpolizisten ins Vorzimmer traten, stand ich halb hinter der offenen Schranktür vor dem Spiegel über dem Waschbecken und malte mir die Lippen mit dem fürchterlich roten Stift an, den ich in Kallweits Schublade gefunden hatte.

»Guten Morgen«, nuschelte einer der Bullen.

Ich winkte und deutete auf Richards Tür, die Augen fest in den Spiegel auf das Karmesinrot geheftet, das unter meiner Nase bösartig aufflammte. Kaum waren die Polizisten eine Tür weiter, warf ich den altersschwachen Computer auf dem Tisch an und verteilte Druckbefehle über diverse Dateien. Als die Klinke von Richards Bürotür knirschte und die Polizisten wieder herauskamen, holte ich gerade neues Papier aus einer Schublade tief unterm Tisch.

»Auf Wiedersehen.«

Unter der Tischkante hindurch sah ich, wie die Schuhe der Polizisten sich zur Tür hinausbewegten. Ich tauchte wieder auf. Richard stand in seiner Tür und blickte mit zusammengezogenen Brauen auf mich herab.

Ich stand auf, nahm das Handtuch und wischte mir Kallweits Karmesin aus dem Gesicht.

»Die verdächtigen doch tatsächlich mich«, bemerkte Richard bass erstaunt, »dass ich dir Unterschlupf gewähre oder deinen Aufenthalt wüsste!«

»Wer?«

22

Kriminaloberkommissar Weininger schob die Hände in die Taschen seiner roten Daunenweste, kaum hatte er die Tür hinter sich zugezogen. Richard hieß den Fahnder mehr, als dass er ihn bat, Platz zu nehmen. Christoph beschränkte sich auf die Stuhlkante.

»Ich habe Sie rufen lassen …«

Christoph krümmte die Zehen in seinen Sportschuhen. Solange Richard keinen anderen Ton fand, würde er seine Meinung über die Berufsgruppe von Arschlöchern, die sich Staatsanwälte nannten, nicht ändern.

»… weil ich Sie bitten möchte … Ich möchte, dass Sie …« Richard verlor plötzlich den Faden.

Christoph warf mir einen fragenden Blick zu.

»Er hält mich hier fest«, sagte ich. »Er sagt, ich hätte die Gasexplosion in Otters Haus zu verantworten. Ich fürchte, jetzt ist er endgültig durchgeknallt.«

Christoph zog die Zigarettenschachtel. Hinter seiner Schläfe arbeitete es. Ich fragte mich, warum Richard seinen Erzfeind bestellt hatte. Doch nicht, damit er ihm aus der Klemme helfe.

»Ich bin für den Fall nicht zuständig«, sagte Christoph.

»Gerade waren zwei Schutzpolizisten hier«, sagte Richard. »Sie teilten mir mit, dass Frau Nerz per Haftbefehl gesucht werde. Durch einen Zufall war Frau Nerz gerade nicht anwesend.«

Christoph nickte neutral.

»Es handelte sich«, fuhr Richard fort, »um die beiden Polizeimeister Zabel und Juncker, die einer nicht genehmigten Nebentätigkeit als Türsteher im Club in der Wörrishofener Straße nachgehen.«

Mir wurde heißkalt.

Christoph zündete sich die Zigarette an. Ich versuchte hastig, Richards Taktik auf die Spur zu kommen, und räsonierte im Stillen darüber, dass er voraussetzte, ich hätte denselben Gedanken wie er.

»Zabel und Juncker«, sagte ich, »haben den Angriff auf Weber inszeniert, und ich glaube, dass sie Otters Gasleitung beschädigt haben. Sie sind Bollachs Killer.«

Richard machte keine Miene, mir das Wort zu verbieten. »Der Mord an Marquardt«, fuhr ich fort, »der Anschlag auf Herrn Weber, der Tod von Otter und ihr Erscheinen hier lassen mich befürchten, dass eine von Beckstein geführte Vernehmung für mich lebensgefährlich werden könnte.«

Christoph hielt nach dem Aschenbecher Ausschau, den Richard ihm über den Tisch schob.

»Danke.«

»Bitte.«

Christoph stippte die Asche ab. »Gesetzt den Fall, es wäre so. Was soll ich dabei tun?«

Das wusste ich nun wirklich nicht. Schließlich hatte Richard das Dreiertreffen veranlasst.

»Wenn Sie mir einen Vorschlag erlauben, Herr Weininger«, sagte er, »dann nehmen Sie die Aussage der jungen Dame zu Protokoll und leiten sie Frau Meisner zu.«

»Ich bin nicht mehr mit dem Fall Marquardt befasst. Beckstein hat die Soko verkleinert. Der Fall gilt ja als weitgehend gelöst.«

»Egal«, sagte Richard. »Lisa wird den ganzen Schwurbel in die Akten gießen, wo er herumschwelt wie eine Müllkippe und alle möglichen Leute zu heftigem Armwedeln veranlasst.«

Christoph lachte verblüfft.

»Und Sie, Herr Weininger, nennen mir ein paar Namen.«

»Ich verstehe nicht.«

»Sie haben doch selber Zweifel, ob Marko Vasiljevic seinen Lehrer getötet hat. Beckstein muss sogar den Obduktionsbericht manipuliert haben, damit das beweisbar ist. Anfangs hieß es doch, Marquardt sei mit einer Hohlnadel erstochen worden, nicht mit einer Schusterahle.«

»Das forensische Gutachten widerspricht der ersten Begutachtung durch den Polizeiarzt in diesem Punkt«, gab Christoph zu.

»Wie viel hat der Begutachter dafür bekommen?«

»Den Stiefel ziehe ich mir nicht an.«

»Sie sollen ihn auch nicht sich, sondern Frau Beckstein anziehen.«

»Das stinkt«, sagte Christoph. »Da mache ich nicht mit. Die Beckstein mag zwar ihre Fehler haben, aber ich konnte keine groben Irrtümer oder gar Beweisunterdrückung bei den Ermittlungen im Fall Marquardt feststellen.«

»Nun«, sagte Richard fies, »dass Sie Offensichtliches gern übersehen, ist ja hinlänglich bekannt.«

Für einen Moment hielten Aktenordner, Sechzigwattglühlampe, Aschenbecher und Straßenverkehr die Luft an. Die Vergangenheit erhob sich flügelschlagend wie eine desorientierte Taube.

»Wenn ich damals nach Ihrem Unfall mit Unfallflucht«, sagte Christoph mit angelegtem Kinn, »bei Ihnen eine Blutentnahme angeordnet hätte, wären Sie jetzt nicht Staatsanwalt.«

»Da irren Sie sich«, sagte Richard. »Sie haben meine offensichtliche Trunkenheit übersehen und damit verhindert, dass ich mildernde Umstände in der Verhandlung wegen Unfallflucht geltend machen konnte. Wegen Ihres Versäumnisses musste ich meine Schuldunfähigkeit mühselig auf anderem Wege nachweisen.«

Christoph schnaubte.

»Sie glauben mir bis heute nicht«, stellte Richard fest. »Sie haben sich damals als blutjunger Polizist an dem arroganten Gerichtsreferendar mit den wenigen Mitteln rächen wollen, die Ihnen zu Gebote standen. Ich erinnere mich, dass ich Sie damals als schnauzbärtigen Wichser beschimpft habe. Aber das hätte Sie nicht veranlassen dürfen, mich für zurechnungsfähig zu halten. Ein Unfall hat oft einen jäh ernüchternden Effekt. Ich hatte immerhin einen geliehenen Porsche geschrottet. Aber Sie haben ignoriert, dass ich kurz darauf nicht mehr ansprechbar war.«

»Sie schienen mir nicht unerheblich verletzt«, antwortete Christoph überraschend ruhig. »Ich habe ein Schädeltrauma angenommen, unerfahren wie ich war. Die Symptome sind, wie Ihnen sicherlich bekannt ist, sehr ähnlich der der Trunkenheit. Es schien mir vordringlicher, Sie ins Krankenhaus bringen zu lassen, als eine Blutentnahme anzuordnen.«

Der Polizist in Jeans und Weste und der adrette Staatsanwalt starrten sich an.

»Seitdem«, fuhr Christoph fort, »schaden Sie mir. Selbst wenn ich mich damals für eine Beleidigung hätte rächen wollen – kann man das, was Sie all die Jahre gegen mich angezettelt haben, noch Verhältnismäßigkeit nennen? Disziplinarverfahren, Ermittlungen wegen Korruption, sogar Mordverdacht. Keine Beförderung, A10 KOK auf Lebenszeit. Wollen Sie für diese Art Existenzvernichtung ebenfalls verminderte Schuldfähigkeit geltend machen? Das ist ja Ihre Spezialität.«

Richard lächelte leicht. »Herr Kriminaloberkommissar. Ich brauche Ihre Hilfe. Dafür biete ich Ihnen zwei Gehaltsstufen an: KHK 12.«

»Das können Sie gar nicht.« Christoph erhob sich.

»Hör mal, Christoph«, sagte ich eilig, »was uns dieser Affe im Anzug zu sagen versucht, ist, dass er ohne einen unbestechlichen Bullen nicht mehr weiterweiß.«

Christoph drehte sich in der Tür um.

»So wie ich das sehe«, sagte ich, »haben wir nicht viel Zeit. Wenn das Kultusministerium anfängt zu dementieren, müssen Beweise vorliegen. Marquardts Tod steht im Zusammenhang mit einem Kinderschänderring. TVCinema wurde aus den Reihen der Staatsanwaltschaft gewarnt. Der Club in der Wörrishofener Straße steht unter dem Schutz korrupter Polizisten. Bollach war der Nutznießer.«

Christoph setzte sich wieder. »Aber Zabel und Juncker können nicht auf Weber geschossen haben, zumindest nicht mit ihrer Dienstwaffe. Sie müssen über jeden Schuss Buch führen, und die Munition wird überprüft.«

»Okay«, sagte Richard, »dann sehen wir eben zu, dass wir Lisa hinter Gitter bringen.«

»He!«, protestierte ich.

Die beiden gingen hinaus. Ich blieb. Richard schloss seine Bürotür von außen ab. Ich hörte, wie Frau Kallweit sich im Vorzimmer für den Tag installierte, und probierte die Schubladen von Richards Schreibtisch. Sie waren zugeschlossen. Ich bog mir eine Büroklammer zurecht und stocherte im Zentralschloss herum. Die mittlere Lade, die die Beinfreiheit arg beeinträchtigte, enthielt den üblichen Bürounsinn von Klebstoff über Salzstreuer bis zu einer Werbebeilage aus der Zeitung mit Geschenkartikeln für den Herrn und die Dame, die schon alles hatten. Ein Laden in der Calwerstraße bot Dunhillpfeifen, vergoldete Feuerzeuge, Sektflaschenverschlüsse, Uhren und Qualitätskorkenzieher an, darunter das Luftdruckexemplar, das in Bollachs Sesselfalte ruhte. Ich erinnerte mich an Richards Frage nach der Marke. Sie war dänisch.

Ich rief mit meinem Handy in der Werbeabteilung des *Stuttgarter Anzeigers* an und erkundigte mich, wann die Beilage erschienen war. Vor Weihnachten. Ich fragte mich, welche der Tausendmarkuhren Richard wohl gefallen würde, entschied mich für einen affigen Tiefseechronometer und tippte die Nummer des Ladens.

Der Geschäftsführer schnarrte zuvorkommend. Nein, diese Korkenzieher habe man nicht mehr vorrätig. Man habe alle fünf Exemplare vor Weihnachten verkauft. Zwei seien zurückgegeben worden, weil sie nicht funktionierten. Von dem Produkt sei eher abzuraten. Wenn der Korken nicht einwandfrei sei, spritze der Wein heraus und der Korken bleibe im Flaschenhals. Die Käufer zurückverfolgen könne man schon, sofern sie mit Kreditkarte bezahlt hatten, aber aus Datenschutzgründen könne er mir in dieser Hinsicht leider nicht weiterhelfen.

Ich bedankte mich und schaute weiter.

Die Schubladen links enthielten Papier, Formulare, Haftbefehle, Durchsuchungsbeschlüsse und Klarsichthüllen. In den rechten Laden stieß ich auf die CD, einige Mappen mit Notizen zu laufenden Verfahren und zuunterst auf eine Kladde, die sich ausschließlich mit mir beschäftigte.

Vom Eintrag ins Taufregister von Vingen übers Schulabgangszeugnis, meine Ausbildung zur Fremdsprachensekretärin, den Hochzeitstermin mit Todt Gallion und mein Gastspiel bei der Frauenzeitschrift *Amazone* bis zum Eintritt in den *Stuttgarter Anzeiger* war mein Werdegang belegt. Krks Name schwelte da genauso wie die Namen Sallys und Hedes, der Sappho von Stuttgart, der eines Bereiters im Gestüt meines Schwiegervaters und Isoldes. Dazu all die Toten: Todt Gallion am Birnbaum verendet, die Chefin der *Amazone,* Selbstmord mit Fragezeichen, eine Leiche im Eckensee, ein toter Bodybuilder, eine Schlägerei am Funkhaus mit einem Schwerverletzten. Otter zu vermerken, hatte Richard wohl nur noch keine Zeit gehabt. Niemals hätte ich selbst mein Leben so lückenlos dokumentieren können. Wie hatte Richard gesagt: Eine Ermittlungsakte mit dunklen Punkten war vor Gericht keinen Pfifferling wert. Das hier war so finster, dass man mich sofort hätte einlochen müssen. Was wollte ein Mann, der ein solches Dossier über seine Geliebte anlegte? Ich spielte mit dem Feuerzeug. Ich öffnete das Fenster und blickte auf die Straße hinab. Freund oder Feind?

Vor allem musste ich schleunigst diesen Schreibtisch wieder verschließen.

Frau Kallweit war noch nicht mit den Stücken ihres Pausenapfels fertig, da war der Haftbefehl zur Stelle und mir zur Kenntnis gebracht. Richard bugsierte mich aus der Staatsanwaltschaft hinaus in einen Hinterhof, von dem aus Stufen in ein Nachbargebäude führten. In dem lang gestreckten Gang ging es zu wie auf dem Bahnhof. Massen von Männern, teilweise in Handschellen. Plötzlich schüttelte mir ein Anwalt die Hand und vergewisserte sich, dass ich keinerlei Schuldeingeständnis gemacht hatte.

Ich erwachte aus meiner Benommenheit, als mir auffiel, dass ich Ermittlungsrichter 3, der für die Buchstaben N–S zuständig war, kannte. Timotheus Pfrommer hatte den zweiten Dan im Judo auf derselben Prüfungsveranstaltung erworben, auf dem ich am ersten Dan gescheitert war.

Und offenbar ging es jetzt nicht nur um die Eröffnung des vorhin von meinem Judokumpel Timotheus unterzeichneten Haftbefehls und eine Rechtsmittelbelehrung, denn Richard erklärte sich, ehe mein Anwalt den Mund aufgemacht hatte, damit einverstanden, sogleich auch einen Haftprüfungstermin vorzunehmen.

Tim schaute in die Unterlagen und nuschelte. Er würde das Verfahren nicht dadurch komplizieren, dass er unsere Bekanntschaft herausstrich. Mein Anwalt gab sich völlig unvorbereitet meiner Verteidigung hin, während Richard zu meiner Rechten den Advocatus Diaboli machte. Er beschwor den dringenden Tatverdacht im Zusammenhang mit der Explosion von Otters Haus und den Schüssen auf seine Person. Mein Verteidiger erwiderte, der Anfangsverdacht rechtfertige keine Untersuchungshaft, im Übrigen habe seine Mandantin einen festen Wohnsitz und eine geregelte Arbeit. Ein Schuldspruch sei zudem nicht zu erwarten. Richard hielt dagegen, dass nach Paragraph 112 Absatz 3 StGB die Flucht- oder Verdunklungsgefahr den Umständen nach nicht ausgeschlossen werden könne.

Zwischendurch klingelte immer wieder das Telefon. Immer wieder kamen Leute herein, zeichnete Tim irgendetwas ab. Nie brachte jemand seinen Gedanken ohne Unterbrechung zu Ende.

Ich protestierte, dass meine Inhaftierung nach einer reinen Verdachtsstrafe aussehe, wenn der Staatsanwalt kein stärkeres Argument habe als die bloßen Umstände, die eine Flucht- oder Verdunklungsgefahr nahe legten, und dies sei gegen die Verfassung. Timotheus Pfrommer unterdrückte ein Schmunzeln und murmelte, ich solle die Verfassung aus dem Spiel lassen. Ich wies darauf hin, dass ich aus beruflichen Gründen an der Aufklärung der Vorgänge um Marquardt interessiert sei und dass ich im Übrigen versucht hätte, die Otters rechtzeitig aus dem Haus zu holen.

Richard äußerte Zweifel an der Zurechnungsfähigkeit der Beschuldigten. Der Anwalt protestierte. Timotheus Pfrommer befand nach Augenschein, dass die zur Inhaftierung vorgeführte Person einen ganz vernünftigen Eindruck mache, und hob den Haftbefehl auf. »Lisa Nerz, Sie sind frei.«

Mein Anwalt gratulierte sich, indem er mir die Hand schüttelte. Wir rammelten durch die Männermassen im Gang. Richard blickte ungemein arrogant drein, bis der Anwalt verschwunden war. An der Schwelle zur Freiheit nahm er mich am Ellbogen und sagte: »Hör zu, Lisa, du solltest jetzt –«

»Meinen Schlüssel bitte«, unterbrach ich ihn.

»Was?«

»Du hast noch meinen Hausschlüssel in der Tasche. Darf ich bitten? Danke.«

23

Isolde Ringolf saß in meinem Kabuff auf meinem Stuhl an meinem Tisch und entschuldigte sich. »Wir haben gedacht, du kommst heute nicht mehr. Da habe ich nur mal kurz …«

»Schon gut.«

»Wir sind ziemlich im Stress wegen Bollach. Das Ministerium hat noch keine Presseerklärung herausgegeben. Absolutes Schweigen … Ist was?«

Isolde blickte mich an, so wie man jemanden ansieht, dessen Befindlichkeit einen wirklich interessiert. Ich gestand ihr meinen Zustand der Verwirrung nach dem Termin beim Ermittlungsrichter.

»Oh«, sagte sie. »Ich dachte, Weber sei dein … Entschuldigung.«

»So kann man sich täuschen.«

»Tut mir leid.«

»Eifersucht lebt von Irrtümern«, sagte ich.

»Wie bitte?«

»Entschuldigung. Ich habe nur laut gedacht, und das nicht einmal besonders intelligent. Aber Intelligenz war noch nie das Pfund, mit dem ich wuchern konnte.«

Isolde grinste.

»Du kannst mir helfen«, sagte ich. »Du sammelst doch Telefonnummern. Ich brauche die Faxnummer vom Kultusminister, keine Vorzimmernummer, sondern eine direkte.«

»So eine Faxnummer gibt es nicht, aber …« Isolde sah stolz aus. »… aber eine E-Mail-Adresse hätte ich, Bollachs direkte. Ich habe ihm schon gemailt, aber er antwortet nicht.«

»Was hast du ihm denn angeboten?«

Isolde blinzelte.

»Dann bieten wir ihm jetzt was an. Er und ich, wir haben denselben Feind, nämlich Weber, und deshalb habe ich eine wichtige Information für ihn.«

»Aber …«

Das Aber gefiel mir. Sie passte wirklich gut zu Richard: immer bedenklich und steif, wenn es darum ging zu tricksen. Wie würde Richard sagen: List und Verräterei sind nur Folgen von mangelnder Klugheit. Ich musste ihn aus meinem Gedächtnis streichen.

»Wir machen einen unkollegialen Alleingang«, erklärte ich. »Wenn es schief geht, nehme ich es auf meine Kappe. Wenn es gut geht, kriegst du die Lorbeeren.«

»Bollach wird sowieso nicht reagieren.«

»Na fein.«

Gackernd wie zwei Schülerinnen beim Liebesbrief machten wir uns daran, einen Text aufzusetzen. »Zu viele Adjektive«, meinte Isolde. »Wichtige Informationen, das klingt nach Hollywood. Informationen reicht.« Und damit zum konspirativen Treffpunkt. Da hat man nun eine ganze Stadt zur Verfügung, aber was ist nahe gelegen und einsam?

»Warum nicht ein Friedhof«, schlug Isolde vor.

»Wunderbar. Da können sie mich anschließend gleich verscharren.«

»Du, hör mal, wenn es gefährlich ist ...« Sie wurde trotz ihrer Jugend auf einmal mütterlich. »Ich will nicht, dass dir was passiert. Das ist es nicht wert. Sollten wir nicht wenigstens Weber informieren?«

»Untersteh dich!«

»Dann komme ich mit.«

Ich nahm ihre Hand und küsste sie. »Lass mal. Ich brauche hier jemanden, der das Telefon hütet. Außerdem, Bollach kommt sowieso nicht, wie du selber sagst.«

Sie zog ihre Hand weg. So dann auch wieder nicht, gell.

Wir verabredeten, dass ich um neun in der Redaktion anrufen würde. Ich beauftragte meine Werkstatt, Brontë von der Zuckerbergstraße zu holen, nahm unseren Briefentwurf, ließ mich von einem Taxi in die Stadt bringen, mailte von einem Internetcafé aus und setzte mich dann in die Linie 14. Es war dunkel, als die Bahn aus dem Tunnel in die Neckarstraße aufstieg. Die Staatsanwaltschaft war erleuchtet, nur Richards Fenster nicht. Vor meinem Haus hingen keine verdächtigen Personen herum. Aber wenn jemand Wache hielt, tat er das ohnehin besser auf dem Hochbahnsteig der Straßenbahnhaltestelle. Dort stand auch tatsächlich einer am Geländer, mit dem Rücken zur einfahrenden Bahn, und las die Zeitung.

Ich blieb sitzen und fuhr weiter nach Münster. Die Tundra lag verlassen. Bei Steffi Bach machte niemand auf. Ich irrte durch den lichtlosen Ort und klingelte schließlich bei den Frechs. Die Mutter hatte gerade zum Abendbrot gedeckt. Mir fiel ein, dass ich nicht einmal gefrühstückt hatte. Fickfehler zeigte Unbehagen bei der Idee, dass ich an der Abendbrotszeremonie teilnehmen würde. Der Vater kaute stumm. Die Mutter trachtete mir, während sie das Käsemesser reichte, die Zustimmung zu entlocken, dass ihr Sohn immer noch Maler werden konnte, wenn er ein Architekturstudium absolviert hatte. »Das ist doch auch etwas Kreatives.«

»Ich bin nicht kreativ«, rotzte Fickfehler.

Ich geriet in einen Solidarisierungskonflikt. Die Mutter wollte den drohenden Schulabgang ihres Sohnes unbedingt jetzt bei Wurst und Käse abwenden, weil sie von mir als Journalistin Schützenhilfe erwartete. Man kann nicht den Eltern Recht geben, ohne dem Kind in den Rücken zu fallen. Außerdem, wie sollte ich fürs Abitur eine Lanze brechen, wenn ich selbst keines hatte und trotzdem was geworden war? Andererseits durfte der Junge von mir als Erwachsener ein Mindestmaß an konventioneller Besinnung erwarten. Anbiederei an jugendliche Lebensträume ist Verrat.

»Ihm steht ja immer noch der zweite Bildungsweg offen«, sagte ich.

»Eher erschieße ich mich«, sagte Fickfehler.

»Aber, Mark. Wir wollen doch nur dein Bestes.«

»Seien Sie ehrlich«, sagte ich, »Sie wollen ihm vor allem nichts schenken. Sie wollen später von Ihrem Sohn dem Architekten sprechen und Bilder von den Enkeln herumzeigen.«

Der Vater hob die Augen. »Was wollen Sie eigentlich von unserem Jungen?«

Ich ließ das Käsemesser fallen.

»Aber, Heinrich!«, sagte die Mutter.

»Wir kennen doch diese Person, mit der unser Sohn herumzieht, gar nicht. Man liest wahrlich genug!«

Ich stand auf.

»Entschuldigen Sie«, sagte die Mutter in der Tür. »Mein Mann hat Magengeschwüre.«

Und wieder stand ich allein auf der Straße. Ab siebzehn durchkreuzt der Tod die Zukunftsvisionen. Mark wollte natürlich nicht wie sein Vater an Magenkrebs sterben. Er hatte mich eingeholt, als ich unten an der Ecke war. Zuerst klingelten wir Zampano aus seiner kinderreichen Familie in einer grün gestrichenen Reihensiedlung mit Wäscheleinen neben den Sandkästen. Der Oiskin wusste, wo Jöran wohnte. Jöran war, wie mir schien, ziemlich zugepellt, aber durchaus im Stande, uns zu erkennen und sich senkrecht zu halten. Er erklärte, Steffi sei bei Birte. Sie hätten die neue CD von OutKast. Wir begaben uns in die Austraße zum Reifenhändler. Eine Dame in Gold und Blond öffnete. Der Haushalt war mit allem ausgestattet, was teuer und hässlich war. Im Mädchenzimmer Plakate von Christina Aguilera und Ashanti an den Wänden. Birtes Fernseher lief. Die Mädchen wollten *King of Queens* gucken.

Ich erläuterte allen mein Vorhaben.

»Der kommt nicht«, bemerkte Fickfehler nüchtern.

»Die haben total die Macht«, ergänzte Jöran.

»Und was soll das überhaupt bringen?«, erkundigte sich Zampano.

»Feiglinge«, sagte Steffi und sprang auf. »Ich komm mit.«

»Ich auch«, sagte Birte.

Als wir die Wohnung verlassen wollten, schritt Birtes Mutter ein und sprach ein Verbot aus. Birte stampfte mit dem Fuß auf. Es half nichts. Sie habe ihr schon hundert Mal gesagt, sagte die Mutter, sie solle sich nicht mit denen auf der Straße herumtreiben. Ich beglückwünschte die Dame zu ihrem Verstand. Wenn Kinder anfangen mit Älteren herumzuziehen, endet das fast immer auf der Polizei.

Wir reisten ohne Birte mit der Straßenbahn über den Hauptbahnhof Richtung Pragsattel, Steffi, Fickfehler, Jöran, Zampano und ich.

Der Pragfriedhof lag als unerleuchtete Aussparung zwischen Aus- und Einfallstraßen. Auf dem Parkplatz an der Heilbronner Straße stand kein einziges Auto. Die Blumenläden waren verdunkelt. Eine Schranke versperrte den Fahrweg in den Friedhof. An der Pforte zur Finsternis griffen sich die Kinder unter die Jacken nach den Waffen.

»Da kann ich nicht rein«, sagte Steffi. Die anderen verhielten sofort. Auf einmal standen sie mir mit steifen Gliedern gegenüber. Das Weiße blitzte in den Augen.

»Angst?«, spottete ich.

Die Kinder mauerten, drucksten, konnten es kaum in Worte fassen, krampften reichlich uncool. Da war etwas, das nur langsam und verschämt Gestalt annahm: »Zombies.«

»Und ich glaube an den Weihnachtsmann«, sagte ich.

»Das ist was anderes.«

Es war nicht zum Lachen. Sie hatten alle schon Zombies gesehen, in langen Nächten vor der Videokiste, faulige Gestalten, die aus Gräbern stiegen und sich auf kreischende Menschlein warfen, um ihnen das Herz aus dem zuckenden Leib zu reißen. Wir Erwachsenen rationalisieren die Angst vor Friedhöfen nur anders. Als ob sich da wirklich einer drei Jahre lang auf die Lauer legen würde, um uns am Krematorium unserer Geldbörse zu berauben. Da war es am Hauptbahnhof gefährlicher.

»Also gut«, sagte ich. »Ihr wartet hier. Wenn ich zurückkomme, dann ist es den Zombies heute zu kalt.«

Die vier blieben zusammengedrängt an der Schranke zurück. Zugegeben, eine Straße mitten durch Friedhofsschwärze hat ihren eigenen Charme. Die großen kahlen Bäume rückten zusammen. Im Laub wühlten Mäuse. Ein schwarzes Loch inmitten der Stadt. Der Verkehrslärm blieb draußen. Es roch nach Moder. Ein Engel flehte am Jugendstil-Tor zum Krematorium. Der Weg zweigte unter die Gräber. Ich war allein und abgeschnitten von den Lebenden und wachsam wie eine Ratte.

Richtige Angst hätte mir vieles erspart.

Den Parkplatz am neubarocken Jugendstil-Kuppelbau des Krematoriums mit seinen Heißluftröhren und Abluftessen konnte man von der anderen Seite anfahren. Vor der Pforte für den Arzt stand ein grünweißer Streifenwagen.

Verdammt, dachte ich, was macht der da? Und schon stiegen zwei Beamte aus. Sie ähnelten einander wie Zwillinge. Ehe ich umdrehen konnte, schielte ich in eine Pistolenmündung. Der andere schubste mich gegen das Auto – Hände aufs Dach – und griff mir zwischen die Beine. Fahrenheit. Im nächsten Moment schlug er mir die Handschellen aufs Gelenk, schloss mich auf dem Rücken und bugsierte mich auf den Rücksitz des Polizeiwagens. Als ich gegen das Plastikpolster fiel, rasteten die Zähne der Fesseln noch enger. Bis ich endlich den Feststellknopf ertastet hatte, zwiebelten die Eisen schon.

Da hatten die Arbeitszwillinge Zabel/Juncker bereits den Wagen gestartet und fuhren aus dem Friedhof heraus Richtung Südmilchgelände, dem derzeitigen Sitz von TVCinema.

Ich protestierte lauthals. Der auf dem Beifahrersitz drehte sich um, grinste und fuchtelte mit seiner Walther bedrohlich kindisch vor meinem Gesicht herum. Ich dachte an mein bibberndes Häuflein, das auf der anderen Seite des Friedhofs auf meine Rückkehr aus dem Reich der Zombies wartete. Warum, verflucht, hatte Richard mich vor den Ermittlungsrichter gezerrt und ließ Zabel/Juncker unbehelligt herumgeistern?

Sie bogen ab, aber nicht raus auf die Nordbahnhofsstraße, sondern vorher aufs Kopfsteinpflaster einer namenlosen Straße, die über halb tote Schienenstränge des Nordbahnhofs hoppelte und an niedrigen Gebäuden mit Toren und Laderampen endete. Dort stand an den Kies- und Sandhaufen einer Baustofffirma ein anthrazitfarbener Daimler der Diplomatenklasse. Zabel oder Juncker zerrte mich aus dem Auto. Dem anderen Wagen entstieg, flink trotz seines Bauches, Bollach.

Da hatte ich den Beweis, aber Bollach würde dafür sorgen, dass ich ihn nicht verwerten konnte, das war todsicher. Zabel oder

Juncker schubste mich vorwärts. Mit auf dem Rücken geschlossenen Händen war schwer das Gleichgewicht zu halten, zumal die Eisen bei jeder Zuckung die Knochen zermalmten.

Bollach zog sein Hängegesicht hoch, winkte Zabel/Juncker auf Abstand, streckte mir die Hand hin und grinste. »Ah, ich sehe, Sie haben die Hände nicht frei. Tut mir leid, dass es so laufen musste, aber ich kann es mir nicht leisten, dass Sie mich noch einmal reinlegen. Das hatten Sie doch vor, gell? Was hätten Sie mir schon wirklich Wichtiges mitzuteilen?«

»Ihr Kontakt mit Zabel und Juncker bricht Ihnen das Genick«, behauptete ich. »Sie sind –«

Bollach schlug mir ohne Vorwarnung ins Gesicht, sodass ich gegen seinen Wagen taumelte und, während Panik in mir hochschoss, weil ich mit geschlossenen Händen nichts abfangen konnte, mehlsackmäßig umkippte. Der Asphalt sprang mir ins Gesicht. Bollachs Schuhsohlen knisterten nahe. Doch noch mochte er mich nicht stiefeln, sondern zog mich am Kragen wieder hoch.

»Was wollten Sie sagen?«

Mein Kiefer schwoll und brannte. Aber wirklich erschüttert hatte mich die eine Sekunde blanker Panik beim Fallen. Dass ich so schnell zerbrach, entsetzte mich bis in die Kniekehlen. Nur keine Schläge mehr, nicht solche, denen ich ausgeliefert war. Was sollte ich antworten? Welches Zauberwort besänftigte den Zorn über meine Dummheit? Vergiss die Argumente. Der Minister verlangt bedingungslosen Respekt vor seiner Macht. Er ist groß, schwer und schlagfertig. So funktioniert das.

»Schalten Sie mal Ihr Spatzenhirn ein«, sagte er. »Was glauben Sie denn, warum ich die Polizei gleich mitgebracht habe? Glauben Sie, ich lasse mir von Ihnen auf der Nase herumtanzen?« Er hob die Hand zur väterlichen Geste unmittelbar bevorstehender Ohrfeigen. Ich duckte mich unwillkürlich. Er lachte, dass der Bauch sprang.

»Warum sind Sie dann überhaupt gekommen?«, fragte ich und war erschrocken über meine magere Stimme.

»Sagen wir, aus alter Freundschaft«, gestand Bollach gemütlich.

»Sie wollten mir eine Falle stellen. Das wollte ich mir anschauen, wie Sie das anstellen. Und nun? Was ist bewiesen? Ich habe Ihre E-Mail erhalten, und was weiter? Die Polizei wird Sie abführen. Erpressungsversuch. Das wird Sie teuer zu stehen kommen. Ich habe Sie gewarnt.«

»Wenn das so ist«, sagte ich, »dann rate ich Ihnen: Packen Sie Ihre Sachen, räumen Sie Ihren Stuhl und setzen Sie sich nach Paraguay ab. Wenn mir was passiert, sind Sie dran. Im Übrigen schulden Sie mir was, denn ich habe Ihre Schwester gerettet, Sie Brudermörder!«

Bollachs Gesicht rutschte auf den Kehlkopf. Ich erwartete einen neuen Schlag, aber er kam nicht.

»Mord?«, knurrte er. »Das werfen Sie mir nicht vor. Ich bin kein Mörder. Was den Anschlag auf meinen Schwager betrifft, die Verantwortlichen werden zur Verantwortung gezogen, so wahr ich Bollach heiße. Und wenn ich dem Polizeipräsidenten jeden Tag eigenhändig Beine machen muss. Das wird gesühnt, mit der vollen Härte des Gesetzes.«

»Da drüben«, sagte ich, »stehen die Täter.«

Zabel und Juncker turtelten am Heck des Streifenwagens.

»Sie haben die falschen Freunde bei der Polizei«, fuhr ich fort. »Am Ende kommen Sie auch noch dran, aber erst einmal ich, wenn Sie mir nicht helfen.«

Bollachs Blick weitete sich plötzlich. Ich schaute mich um.

Hinter Zabel und Juncker aus der Tiefe der dunklen Straße näherten sich schmal und schwankend vier Gestalten.

Bollach wich zurück, drehte auf dem Absatz um und sprang in sein Auto. Der Motor röhrte, die Scheinwerfer flammten auf, die Reifen qualmten, der Wagen krachte mit dem Rücklicht in die Betontrenner zwischen den Sand- und Kieshaufen und raste, während Zabel oder Juncker mich am Arm packte und der andere mir die Pistole an die Schläfe hielt, an uns vorbei auf die Jugendlichen zu, die mit aufleuchtenden bunten Jacken auseinander sprangen.

Im Bruchteil einer Sekunde sah ich das Szenario – ich tot, die Kinder niedergeknallt – und schrie: »Haut ab! Lauft! Die schießen!«

Im nächsten Moment hing ich im Polizeiwagen auf der Rückbank, den Kopf auf der Fußmatte, und die Reifen pfiffen. Die Beschleunigung riss mich in die Senkrechte und schleuderte mich gegen die Lehne. Die Handschellen bohrten sich mir in die Lenden und quetschten mir die Gelenke ab. Zampanos Glatze geisterte am Seitenfenster entlang. Fäuste donnerten gegen das Blech. Dann quietschten wir hinaus aus der Sackgasse.

24

Obwohl das Spiel eigentlich aus war, war es noch lange nicht zu Ende. Wie hatte Sally mir einmal erklärt? Wenn eine Frau ein Kind kriegt, macht sie drei völlig unvorhersehbare Erfahrungen: Der Geburtsvorgang ist von unvorstellbarer Gewalt, sie verliert, egal, was sie sich vornahm, die Kontrolle und schreit, und hinterher ist alles vergessen. Verschiedentlich hatte ich mir ausgemalt, was ich tun würde, wenn ich wusste, dass ich nicht mehr lebend davonkommen würde: mit dem Leben abschließen, vor allem kein Wimmern und Betteln. Aber es ist ganz anders. Etwa drei Minuten lang aktiviert das Adrenalin im Blut ungeahnte Kräfte, die man zum Kampf oder zur Flucht nutzen kann. Dann kommt der innere Zusammenbruch. Eine unausdenkbare Angst pellte mir das Fleisch von den Knochen und erzeugte eine kindliche Sehnsucht nach Liebe, die man nur dem Peiniger zuwenden kann.

Ich war dankbar, dass ich noch lebte, und hegte vertrauensselige Hoffnung, dass der durch die Stadtnacht blaulichternde Wagen mit Zabel/Juncker mich in die Welt zurückwarf. Ich beharrte auf der Hoffnung, als wir durchs stacheldrahtumwickelte Rolltor in den Innenhof der Landespolizeidirektion am Pragsattel einfuhren. Lebten wir nicht in einem Rechtsstaat, in dem Menschen nicht einfach verschwanden? Aber nachdem wir den zarten Gurkengeruch der dunklen Kantine durchquert hatten und mit dem Fahrstuhl in den Keller ratterten, zerfiel die bunte Welt, und ich glaubte an Zombies. Es lag nicht mehr außerhalb jeder Glaubhaftigkeit, dass Zabel oder Juncker, der mich in einem fußkalten fensterlosen Raum auf einen Stuhl gestoßen hatte und jetzt die Pistole auf mich richtete, abdrücken würde.

»Zieh dich aus!«

»Wozu denn?«

Er schlug mich sofort vom Stuhl und drückte mir das Gesicht in den Steinboden, während der andere die Eisen aufschloss. Hätten sie mir wenigstens die Jacke vom Leib gerissen und bitte auch den Pullover und das T-Shirt, aber genau das sollte ich selber besorgen, eigenhändig und freiwillig aus nackter Angst vor Schlägen und sinnlosen Schmerzen. Mein Gott, was hatten sie davon? Sie waren doch schwul. Aber das nützte mir nichts, denn sie weideten sich an Blut und Wasser.

Ich belog mich, dass ich durch Entgegenkommen Zeit gewinnen wollte. Unter dem Baumwollgestrick bedeckte mich immer noch das T-Shirt. Zabel/Juncker forderten die Hose. Mein Hirn sagte Nein, aber mein feiger Körper bückte sich, um erst mal die Schnürsenkel zu lösen. Und wieder diese scheiß Dankbarkeit, dass sie mich unbehelligt an den Socken zupfen ließen. Scheinbare Gnadenfrist zum Nachdenken, bei dem nichts herauskam als die Einsicht, dass die Hosen in jedem Fall runtermussten. Kalt wie Eis der Stein an den nackten Füßen.

»Jetzt woll'n wir doch mal sehen, ob du ein Junge bist oder ein Mädchen. Auf geht's.«

Werdet ihr mich dann nicht töten? Bitte, bitte nicht! Alles, bloß das nicht. Aber was noch? Meine Hände hatten die Gürtelschnalle schon gelöst, da flutete mich eine namenlose Angst, ersäufte alle Reflexionen. Plötzlich sah ich von oben, wie die Wahnsinnige den Gürtel aus den Schlaufen ratschte, wie das Leder Zabel/Juncker ins Gesicht pfiff, wie Blut quoll und die Walther flog, wie Zabel/Juncker mich an den Haaren rückwärts riss, wie plötzlich die Tür aufging …

»Aber, meine Herren!«

Ich lag mit dem nackten Arsch und blühendem Schamhaar auf

dem kalten Stein. Zabel/Juncker drückten sich verschämt beiseite. Ein Wanst in Jeans und Sweater watschelte heran, oben ein Doppelkinn.

Die Erste Kriminalhauptkommissarin Beckstein legte die Mappe auf dem Tisch ab. Ich musste zweimal ansetzen, bis ich auf die Füße kam, angelte nach der Hose in meinen Knien, die aber sperrte sich unter dem gestrengen Blick Becksteins. Als ich endlich die Hose oben hatte, war der Schlüpfer vor lauter Hektik, die äußere Würde wiederherzustellen, irgendwie unten an den Hinterbacken hängen geblieben. Um das in Ordnung zu bringen, hätte ich mich wieder aufknöpfen müssen. Die verkrümpelte Unterhose verhinderte, dass ich die innere Würde wiedererrang.

Beckstein lächelte tadelnd bis nachsichtig. »Ich muss mich wohl für die Beamten entschuldigen.«

Mir lief der Rotz aus der Nase. Sie gab sich mütterlich und reichte mir ein Papiertaschentuch.

»Danke«, sagte ich und hasste mich augenblicklich, weil die Floskeln so eigenständig funktionierten. »Vielen Dank.«

»Nun beruhig dich erst mal. Setz dich.«

Der Schlüpfer kniff. Pullover und Jacke knüllten in fernen Ecken. Ich zitterte nach Wärmeschutz. »Darf ich rauchen?«

»Nachher, Schätzle, nachher.« Sie nickte Zabel/Juncker hinaus. »Vorher haben wir zwei beide noch was zu besprechen. Es hängt ganz von dir ab.« Sie schlug die Akte auf.

Hatte ich mir wirklich diese Blöße geben müssen? Schon als Kind hatte ich dazu geneigt, mich furchtsamer zu stellen, um die Erwachsenen überlegen zu stimmen. Auch im Judo hatte ich lieber den Gegner zupacken lassen, ehe ihn meine Selbstverteidigung in Wut brachte, und darum meinen Meistergrad nicht bekommen.

Beckstein legte mir ein umfassendes Geständnis vor, das ich nur zu unterschreiben brauchte. Ich erfasste kaum, was da stand, musste dreimal anfangen, denn mehr als alles andere quälte mich der unbeherrschbare Wunsch, mir hinten in die Hose zu fassen, um die Unterhose hochzuzippeln. Ich kam nie tief genug und las gleichzeitig mein Todesurteil. Du musst dir Zeit nehmen, ermahnte ich mich, du musst dich konzentrieren. Ich las, dass ich einräumte, Marquardt mit einer Spritze getötet zu haben – wieso auf einmal wieder eine Kanüle? –, die ich dann in den Neckar geworfen hatte, dass ich Schüsse auf Weber abgefeuert hatte und dass ich die Gasleitung in Otters Keller beschädigt hatte, um eine Explosion herbeizuführen.

»Und das Motiv?«, erkundigte ich mich, die Zehen krümmend, um sie vom Eis zu halten.

»Aber da steht es doch, Schätzle. Du hast aus dem perversen Bedürfnis heraus gehandelt, Männer zu demütigen. Du hast Marquardt die Hose runtergezogen, weil du seinen Popo sehen wolltest. In wehrloser Lage hast du ihn dann erstochen. Dein Sportsfreund Weber ist dir draufgekommen, also wolltest du ihn auch beseitigen. Otter hat es dir auf den Kopf zugesagt, also hast du ihn getötet, wobei du gewissenlos den Tod zweier weiterer Personen in Kauf genommen hast. Du bist krank, sehr krank.«

»Wie kommen Sie denn auf die Spritze?«

»Was für eine Spritze?«

»Als Mordinstrument bei Marquardt«, bibberte ich. »Marko sitzt doch in U-Haft, weil sein Vater mit Schusternadeln arbeitet.«

Beckstein blies die Backen auf und schob die Lippen vor. So hatte mich einst meine Mutter angesehen, wenn sie mein aufgeregtes Argumentieren bespöttelte.

»Da hat Kollege Weininger sich bös verhauen. Wir sind es heute noch mal durchgegangen. Der Obduktionsbefund spricht eindeutig von Luftverdrängungen in der Herzgegend. Könnte man bei einer Exhumierung leicht nachweisen. Aber zerbrich dir darüber nicht den Kopf. Es hat alles seine Richtigkeit. Unterschreib einfach. Dann hast du deine Ruhe.«

»Das …«, mir blieb kurz die Luft weg vor lauter Zittern, »das un-unterschrei-eibe ich nicht.«

»Nicht so voreilig, Schätzle. Denk nach.«

»Ich kön-n-nte das Ge-he-ständnis jederzeit widerrufen.«

»Du könntest, aber du wirst nicht. Soll ich dir sagen, warum?«

Ich nickte wider Willen.

»Das stehst du gar nicht durch, diese Verhöre, immer wieder dieselben indiskreten Fragen. Man behandelt dich wie einen Schwerverbrecher. Du kommst dir lächerlich vor, wenn du immer wieder sagen musst, ›nein, ich war es nicht‹, immer und immer wieder. Du willst, dass das aufhört, und eines Tages sagst du einfach mal entnervt, ›ja, ich war's‹, und dann geht es erst richtig los. Am Ende weißt du nicht mehr, ob du es getan hast oder nicht, und du fängst an abzustreiten, dass du Nerz heißt.«

Beckstein hakte die Daumen in den gürtellosen Hosenbund. »Jetzt glaubst du noch, du hättest den längeren Atem. Aber schau dich doch an: Man hat dich ein wenig hart angefasst, und schon scheißt du dir in die Hosen. In zwei Wochen bist du ein Wrack. Glaub mir, Schätzle, ich habe schon härtere Männer hier zusammenklappen sehen, Schwerverbrecher, Massenmörder, Vergewaltiger von der übelsten Sorte, die hier saßen und Rotz und Wasser geheult und gebittelt und gebettelt haben, dass sie was unterschreiben dürfen, damit man sie endlich in Ruhe lässt.«

Die Bodenkälte eroberte über meine Zehennägel die Füße. Den kleinen Zeh spürte ich schon nicht mehr. Ich hob die Füße vom Stein, aber das ließ sich nur ein paar Sekunden durchhalten, dann krampften die Oberschenkel, und ich musste die Fersen absetzen.

Beckstein beugte sich vor. »Außerdem, was regst du dich auf? Du bist doch gar nicht verhandlungsfähig. Die stecken dich gar nicht ins Gefängnis. Wir besorgen dir den besten Gutachter. Man wird dir helfen. Man wird sich um dich kümmern. Es wird dir gefallen. Viele Menschen werden sich mit dir beschäftigen. Du kommst in ein Krankenhaus, da kannst du malen, zeichnen, da kannst du dir alles von der Seele reden. Man wird dir zuhören. In ein paar Jahren bist du ein neuer Mensch, frei von diesen Zwangsvorstellungen. Du kannst wieder auf die Straße und den Jungs hinterherschauen, ohne den zwanghaften Wunsch zu verspüren, ihnen die Hosen runterzuziehen und den Popo zu versohlen.«

Ich schob die Hände unter die Schenkel. So konnte ich die Füße ein paar Millimeter über dem Eis halten.

»Wir wissen doch alle«, fuhr Beckstein fort, »dass du nichts dafür kannst. Ein kleiner Schulfreund ist mal sehr böse zu dir gewesen. Er hat dir im Sandkasten das Höschen runtergezogen, und deine Mama hat dich dabei erwischt und dir den Popo versohlt. Das war ungerecht, sehr ungerecht. Böse Mama. Aber eigentlich war es ja dieser Rotzbengel, der dich bloßgestellt hat. Er ist schuld, dass deine Mama dich geschlagen hat und dass du ein böses kleines schamloses Mädchen warst. Damals konntest du nichts dagegen machen. Aber jetzt bist du groß und stark und machst den Macker. Du kannst den wirklich Schuldigen versohlen, wie er es verdient hat. Diese Buben sind doch alle gleich. Sie prahlen mit ihrem Schniepel herum und drangsalieren die Mädchen auf dem Schulhof. Höchste Zeit, dass ihnen mal jemand zeigt, wo es langgeht. Die sollen auch mal spüren, wie das ist, wenn es was setzt und wenn die Pobäckchen wackeln wie Ziegenpeter. Erst sind sie ganz weiß und haben eine Gänsehaut, dann werden sie rot, himbeerrot.«

Becksteins Hefeteiggesicht hatte sich gerötet.

»Sie … Sie ha-aben Marquardt umgebracht. Er wu-usste, dass Sie die stra-straf-f-fälligen Jugendlichen …«

Sie beugte sich noch weiter vor. »Was? Was wusste Marquardt?«

Ich biss die Kiefer zusammen, damit die Zähne aufhörten zu klappern. Beckstein schob Lippen und Kinn vor und blies die Backen auf. Nach kurzem Nachdenken rief sie Zabel und Juncker wieder herein. Dem einen glühte die Scharte von meinem Gürtel auf der Backe.

»Hosen runter!«

Gnade!, dachte ich. Nein. Um die Wahrheit zu sagen, ich dachte gar nichts. In meinem Hirn herrschte Leere, oder vielmehr Entsetzen. Aber auch Entsetzen lag noch zu nahe an der Begrifflichkeit, an Vernunft und Verstand. In dem Keller gab es keine bekannte Welt mehr, nichts mehr, das sich in Sprache fassen ließ.

Die Zwillinge grinsten wie Heuschrecken.

Schon wenn meine Mutter zuschlug und mir mit dem wutäugigen Gesicht, der geblähten Nase, den nassen Lippen nahe kam, hatte es bei mir ausgesetzt. Wenn ich den Arm vors Gesicht hob, rastete sie vollends aus, als ob ich ihr mit dem Schutzreflex hätte vorwerfen wollen, dass man vor ihr Angst haben musste, weil sie unberechenbar und sinnlos prügelte. Dann trimmte sie mir die Frechheit und den Trotz aus dem Leib. Es gab nur einen einzigen Beweis von Einsicht, der sie ein Einsehen haben ließ und die Dresche milderte: Ich musste den Hosenknopf selber aufmachen, und zwar mit der Hand, die ich schützend erhoben hatte, und wenn es nicht klappte, dann hagelte es Kopfnüsse. So oder so legte sie mich übers Knie, und ihre Fingernägel ratzten, wenn sie mir die Hose vollends vom Po zog, und dann pfefferte sie, bis ich heulte, denn ein Kind, das nicht heulte, war bockig und uneinsichtig.

Beckstein hatte harte Schenkel. Zabel/Juncker hielten mich einer im Nacken, der andere an den Füßen. Als Beckstein fertig war, ließen sie mich einfach von ihren Knien gegen die Tischbeine auf den Boden plumpsen. Diesmal bekam ich den Schlüpfer zuerst in den Griff. Ich fühlte nichts mehr und zitterte nicht mehr und unterschrieb das Geständnis. Vielleicht waren sie doch Menschen und ließen mich noch eine letzte Zigarette rauchen.

»Warum nicht gleich so«, sagte Beckstein und nickte ihren Gehilfen zu. Zabel oder Juncker – sagen wir Zabel – nahm meinen Pullover vom Boden und drehte ihn, während Juncker mir den Arm auf den Rücken drehte, zu einer Schlinge. Er stieg auf den Stuhl, nahm die Deckenlampe vom Haken und hängte das gedrehte Baumwollgestrick hinein. Ich trat Juncker gegen das Schienbein, doch die nackte Ferse war nicht sehr wirkungsvoll. Er brach mir dafür fast das Ellbogengelenk. Zabel sprang vom Stuhl und schob den Tisch beiseite. Juncker dirigierte mich zum Stuhl. Ich kickte den Stuhl weg. Zabel hieb mir die Faust in den Magen. Ich fragte mich, wie sie meinen Selbstmord erklären wollten, wenn meine Leiche so viele Zeichen äußerer Gewalteinwirkung aufwies. Sie mussten verdammt fest im Sattel sitzen. Sie mussten viele sein, wenn sie damit über Jahre hatten durchkommen können, und sie hatten einen Gerichtsmediziner auf ihrer Seite.

Beckstein stand an der Tür, die Beine breit, die Hände in den Hüften. Juncker schraubte an meinem Arm. Zabel stellte den Stuhl wieder auf. Zweiter Anlauf. Eigentlich hätte ich mir um meinen Ellbogen keine Sorgen mehr zu machen brauchen. Trotzdem gab ich dem Schmerz nach. Schmerzen hören eben nur dann auf, wenn man macht, was die anderen wollen. Ich stand auf dem Stuhl. Juncker lockerte den Polizeigriff nicht. Zabel reckte sich vor mir hoch und legte mir die Pulloverschlinge um den Hals. Achselschweiß stieg auf, vermischt mit Fahrenheit. Ich rammte ihm das Knie unters Kinn. Beim Kick nach hinten traf ich ein Brustbein. Doch kippte dabei der Stuhl, und ich hagelte in die Schlinge. Ich dachte noch, dass der Erhängte meist am Genickbruch stirbt und dass ich gelesen hatte, dass das nicht stimmt.

25

Das Brausen und Trommeln einer Dusche weckte mich. Also war ich doch noch eingeschlafen. Ich hatte keine Uhr, und auf dem Nachttisch stand auch keine. Aber es war hell. Solche Streifentapeten konnte nur jemand ertragen, der sich in Vorstadthotels sauwohl fühlte, und die waren wenigstens geheizt.

Das Wasserrauschen versiegte in einem kurzen Rohrknattern. Füße quietschten in einer Wanne. Nach einer Weile summte ein Rasierapparat.

Gott, was hatte ich für einen Mist geträumt. Mein Unterbewusstsein bedurfte dringend einer Überarbeitung. Man hatte mich erhängt, wäre da nicht – wie ich mich nebulös erinnerte – im letzten Moment die Tür aufgeplatzt, die ein dickes Weib durch den Raum schubste, und hätte nicht, begleitet von Wölfen oder Polizisten, jemand mich gepackt, der meinem Liebhaber ähnelte (aber welchem nur?), und mich aus der Schlinge gehoben. Ich schrie, denn der Steinboden kam mir glühend heiß vor.

Die erste kleine Bewegung, die mich eigentlich mit einem morgenfröhlichen Ruck aus dem Bett hätte bringen sollen, warf mich zurück. Die Muskeln waren versteinert und mindestens fünf Zentimeter zu kurz. Ich hatte mich hysterisch geweigert, mich in ein Krankenhaus bringen zu lassen. Die Dienst habende Polizeiärztin, die um Mitternacht in der LPD II im Minirock neben der Thermoskanne in einem winzigen Raum auf Alkoholsünder wartete, hatte meine Blessuren dokumentiert. Richard hatte mich Stunden danach auf den Haigst gefahren, das Gästebett bezogen, mich unter die Decke gesteckt und im Dunkeln gewartet, bis ich einschlief. Womöglich hatte er ein Wiegenlied gesungen.

Eine Klinke klackte, eine Tür klappte. Ich sammelte meinen Willen und setzte mich senkrecht. Oje! Meine Handgelenke waren blau und rot gequetscht, das rechte Ellbogengelenk sperrte. Auf meinem Schenkel glühte ein Hämatom, dessen Herkunft mir nicht klar war. Dafür hatte ich ein weißes Hemd an, das mich zu meiner Beruhigung ausreichend bedeckte.

Richard stand in einem gestreiften Bademantel in der Küche und hielt sich an dem Kaffeebecher fest.

»Wie spät?«

»Halb neun. Wie geht es dir?«

»Kalt.«

Er schwieg betreten und unternahm keinen Versuch, die symbolische Kälte wegzudiskutieren mittels Hinweisen auf heißen Kaffee, eine heiße Dusche und heiße Heizkörper.

Der Spiegel im Bad war noch beschlagen, der Duschvorhang troff. Heißes Wasser prasselte aus dem Duschkopf. Vom Fensterbrett nahm ich ein Duschgel, das zunächst ein Aroma von Zeder und Heidekraut entfaltete, bevor der nicht fassbare Duft des Schleichkatzensekrets Zibet eine untergründig ordinäre Männlichkeit heraufgeistern ließ. In Richards weißem Oberhemd kehrte ich in die Küche zurück. Er stand immer noch an der Kaffeemaschine und rauchte.

»Hast du was zum Anziehen für mich? Ich mag meine Klamotten von gestern nicht mehr.«

»Aber natürlich, klar, selbstverständlich.« Er löschte die Zigarette.

Das schmale Bett in der Mönchszelle, die er vermutlich Schlafzimmer nannte, war schon bedeckt. Der dunkel gebeizte Schrank mit den Jugendstilschnitzereien enthielt auf den ersten Blick nicht viel mehr als ein halbes Dutzend bräunlicher Anzüge, ein Dutzend Hemden, einige Paar Schuhe, weinrote Socken, Krawatten und Unterwäsche. Richard starrte ratlos hinein. So ging das nicht. Er blickte mich an. Die Selbstgefälligkeit, die sonst sein Figürchen straffte, war ihm abhanden gekommen. Kaum berührte ich ihn, schlang er die Arme um mich. Sein Atem fuhr mir heiß in den Kragen.

»Es tut mir so leid«, flüsterte er.

Ich griff ihm ins Nackenhaar und küsste ihn mit Zunge und allem. Er antwortete mit dem ganzen Körper.

»Und wo lagerst du deine Sportklamotten?«, erkundigte ich mich.

»Oh! Entschuldige … Im Schrank im Gästezimmer.«

»Fang dich!«, sagte ich. »Ich lebe noch.«

Er zog mich erneut an sich, erregt wie ein Schuljunge. Er war so durcheinander, dass er tröstende Zärtlichkeit und Begierde nicht mehr auseinander halten konnte. Als es ihm bewusst wurde, ließ er mich beschämt los. Er würde Zeit brauchen einzusehen, dass er nicht für alles verantwortlich war, wofür er die Verantwortung übernahm.

Im Gästezimmer hatte ich die Auswahl zwischen zwei dunkelblaugrauen Trainingsanzügen und einer Sammlung weißer Tennissocken. Inzwischen hatte Richard Kaffeetassen, Teller und ein Sammelsurium von Butter, Quittengelee und Brombeermarmelade aus Mutters vorletztjähriger Ernte und einem Paket Knäckebrot auf den Küchentisch gestellt. Er rauchte offenbar lieber statt zu frühstücken, unterließ es aber, weil ich mich hungrig über die Notration hermachte.

»Musst du nicht ins Amt?«, fragte ich, als eine Kirchturmuhr neun schlug.

»Der Generalstaatsanwalt braucht mich nicht, um der Presse die ganze Scheiße als Fahndungserfolg zu präsentieren.«

»Gehe ich recht in der Annahme, dass ich meine Rettung Isolde verdanke? Sie hat dich doch noch angerufen.«

»Wenn du so willst.«

»Nicht ich, du hast es so gewollt. Meine Vorführung beim Ermittlungsrichter war doch wohl von vornherein auf Haftverschonung angelegt. Du hast die Judo-Connection so schlau genutzt, dass ich dachte, so blöd könntest du doch gar nicht sein. Du wolltest Christoph Weininger und alle, mit denen er zu tun hat, darüber hinwegtäuschen, dass wir zusammenarbeiten.«

»Ich wollte vor allem verhindern, dass Beckstein dich ... dass sie dich in die Finger kriegt.«

»Dann hätte ich nach meiner Freilassung wohl überall mit einem Taxi hinfahren müssen, damit deine Leute mich nicht aus den Augen verlieren. Der Posten auf dem Bahnsteig vor meiner Wohnung muss ganz schön in Hektik geraten sein, als ich in der Straßenbahn vorbeifuhr. Einer Straßenbahn zur Hauptverkehrszeit mit einem Auto folgen, das ist nahezu unmöglich.«

»Wir haben allerdings vermutet«, sagte Richard, »dass du nach Münster fuhrst. Weiningers Leute haben dich dort auch mit den Jugendlichen gesehen.«

»Weiningers Leute? Und die haben mich dann absichtlich aus den Augen verloren, oder wie? Komm, lass dir nicht alles einzeln aus der Nase ziehen.«

Richard verfolgte das Gedrösel des Honigfadens, den ich auf das Knäckebrot trielen ließ. »Weininger hat getan, was er konnte«, sagte er steif. »Die Schutzpolizei am Hauptbahnhof wusste, in welche Bahn ihr umgestiegen seid. Ich erwischte Isolde in der Redaktion und erfuhr, wo ihr hinwolltet. Ich fuhr den Pragfriedhof von der Heilbronner Straße aus an. Weininger hat sich mit drei Leuten auf der anderen Seite postiert. Wegen der Schranke musste ich zu Fuß durch den ganzen Friedhof. Als ich bei Weininger ankam, war der Streifenwagen mit dir und Juncker und Zabel gerade durch und in Richtung Güterbahnhof abgebogen, gefolgt von vier Jugendlichen zu Fuß. Es dauerte leider ein paar Minuten, bis Weininger einen Sonderkanal hatte und im FLZ – dem Führungs- und Lagezentrum – nachfragen konnte, ob sie etwas von einem Einsatz am Pragfriedhof wussten. Der betreffende Streifenwagen war als momentan nicht im Einsatz gemeldet. Damit war klar, dass die irgendein Ding drehten. Wir entschlossen uns sofort zum Eingreifen. Aber da kam uns auch schon Bollachs Wagen entgegen und gleich darauf der Streifenwagen. Im ehemaligen Güterbahnhof stießen wir auf die vier Jugendlichen, die uns etwas von Zombies erzählten und dass die Bullen dich erschießen wollten.«

Ich hob das Knäckebrot. Richards Augen klebten daran.

»Und daraufhin habt ihr mich erneut verloren.« Das Knäckebrot krachte in meinem Schädel. Langsam stellte sich Sättigung ein.

»Du bist gut«, sagte Richard mit einem Aufkeimen seiner ureigenen Selbstgefälligkeit. »Was kann man schon mit vier Polizisten ausrichten, die man durch die ganze Stadt schicken muss und die nicht so genau wissen, worum es geht? Wir haben dreimal das Band gewechselt, weil wir davon ausgehen mussten, dass Zabel und Juncker den Funk mithörten. Das führte gelegentlich zu Kommunikationslücken.«

Ich schob den Teller von mir. Richards Blick verlor sich in Krümeln. »Und dann?«

»Wir ließen Zabel und Juncker übers FLZ anfunken, aber sie meldeten sich nicht. Ich plädierte für eine Fahndung. Weininger fuhr hinauf in die Hahnemannstraße, sah dort den Streifenwagen stehen und rief mich an. Ich raste dorthin. Wir stürmten den Keller.«

Er räumte den Tisch ab. Ich zündete mir eine Zigarette an. Er stellte die Marmeladen in den Kühlschrank und versorgte das Geschirr in der Spülmaschine.

»Und wie geht es nun weiter?«, fragte ich.

Er trocknete sich die Hände am Geschirrtuch. »Beckstein hat ein erstes Geständnis abgelegt. Sie ist praktisch sofort zusammengebrochen.«

»Sie sehnt sich nach Ruhe und Frieden, nach Hilfe.«

»Wonach Frau Beckstein sich sehnt, ist mir, offen gesagt, scheißegal. Sie hat schon vor Jahren im Dezernat Jugenddelinquenz damit angefangen, Jugendliche unter Druck zu setzen, vor allem Jungs, die sie für schwul hielt, strafunmündige Ladendiebe wie Jöran Fischer zum Beispiel, die sie … nun ja, übers Knie legte und vor die Wahl stellte, in den Knast zu wandern und dort gefickt zu werden oder sich auf ihr Spielchen einzulassen. Jöran schlug sie vor, sich die Kohle, die er brauchte, im Club zu verdienen. Zabel und Juncker waren praktisch von Anfang an dabei. Ihnen fiel Selim Ögalan bei einer Streife in den Schrebergärten von Münster in die Hände. Sie vergingen sich an ihm und erwürgten ihn dabei. Dass sie ihn in dem Loch vergruben, das Marquardt damals für die Schlehenbüsche ausgehoben hatte, war reiner Zufall. Am Wochenende drauf pflanzte Marquardt nichts ahnend die Büsche.« Richard schüttelte sich vor Abscheu. »Beckstein nutzte ihren vielleicht primitiven, aber ausgeprägten Sinn für psychologische Schwachstellen, um Kollegen unter Druck zu setzen und auf ihre Seite zu bannen. Es ist unglaublich. Im Kinderschänderprozess von Stammheim gelang es ihr, einen der beiden Polizeipsychologen – nicht Weißenfels, den anderen – davon zu überzeugen, dass die Kinder phantasierten. Sie misshandelte wenigstens eines der Kinder erneut und erzwang den Widerruf der belastenden Aussage gegen die Angeklagten. Dann konfrontierte sie den Psychologen damit, dass das Kind ihn beschuldigte, es zu sexuellen Handlungen aufgefordert zu haben. Dem Psychologen blieb nichts anderes übrig, als alle Aussagen dieses Kindes und der anderen zu bezweifeln. Beckstein merkte auch, dass Staatsanwalt Fuhr ein mehr als berufliches Interesse an Pornos hatte. Sie spielte ihm Pornos in die Hände. Seine Ermittlungen blieben stets in den Vorermittlungen stecken, auch die gegen TVCinema. Kurt Holzer schickte ihm bald die DVDs direkt. So wurde Fuhr erpressbar. Er hat Holzer den Tipp gegeben. Beckstein sorgte außerdem dafür, dass Fuhr nicht erfolgreich gegen den Club in der Wörrishofener Straße vorgehen konnte. Wenn Fuhr das Gewissen plagte, machte sie ihm klar, dass er wegen Strafvereitelung im Amt mit einem Verfahren rechnen musste.«

»Hat sie den Mord an Marquardt zugegeben?«

»Bis jetzt nicht. Aber sie weiß auch, dass Mord noch einmal eine andere Qualität hat. Sie sorgte alledings dafür, dass sämtliche Hinweise auf Pädophilie aus Marquardts Wohnung verschwanden. Außerdem beschuldigte sie Zabel und Juncker, ohne ihr Wissen den bewaffneten Überfall auf dich und mich geplant zu haben. Zabel und Juncker schwiegen sich gestern Nacht aus. Die Schüsse stammen jedenfalls nicht aus ihren Dienstwaffen. Im Moment werden alle Dienstwaffen ihres Reviers überprüft.«

»Und was wird mit Bollach? Er hat sich wohl außer seiner Neigung für minderjährige Knaben nichts zuschulden kommen lassen. Vielleicht hätte er mich sogar aus den Fängen von Zabel und Juncker befreit, wenn nicht die Kinder dazwischengekommen wären, von denen er auf keinen Fall gesehen werden wollte.«

Richards Augen wanderten zum Radio neben der Mikrowelle. »Wir geben ihm die Chance zurückzutreten und die Aufhebung der parlamentarischen Immunität zu beantragen. Geschieht das nicht, bleibt uns die vom Grundgesetz gegebene Möglichkeit, Bollach nicht nur während der Tat, sondern auch noch einen Tag danach zu verhaften. Das Treffen mit dir gestern Abend ist mit Hilfe der Scherben des Rücklichts seines Dienstfahrzeugs an der Betonmauer am Nordbahnhof nachweisbar. Er wird auf die Frage antworten müssen, wie sein Wagen dorthin kam. Doch dürfte es in der Tat schwierig werden, ihm eine Beteiligung an eventuellen Morden im Zusammenhang mit Becksteins Machenschaften und seinen eigenen sexuellen Neigungen nachzuweisen. Allerdings hat Bollach auch so mit dem durch Jöran Fischers Aussage glaubhaft gemachten sexuellen Missbrauch Minderjähriger eine Straferwartung von vier bis sechs Jahren.«

Wenn Richard anfing, die Sätze juristisch aufzudrechseln, dann sehnte er sich danach, einem Gespräch zu entkommen, zumindest den persönlichen Aspekten. Er hatte sehr wohl verstanden, dass meine Eingangsfrage, wie es weitergehe, nicht unbedingt Becksteins Untaten gegolten hatte. Jetzt hatte ich das Gefühl, dass ich ihn schonen musste, weil seine Angst so groß war, er könne nach den Ereignissen im Folterkeller etwas Gefühlloses sagen, das mich noch einmal verletzte. In Wahrheit stand er so ratlos in der Küche herum, weil er glaubte, er dürfe mich jetzt nicht alleine lassen. Lieber wäre er ins Amt gegangen. Darum forderte ich ihn auf, mich heimzubringen.

Die Fahrt die Weinsteige hinab, immer dem Stern auf dem Kühler hinterher, brachte, während ich versuchte, ein Gespräch in Gang zu bringen, meine Gedanken ins Stolpern. Richard drängelte aufs Garstigste an jeder Schlange vorbei und vorne wieder hinein und redete von Verfahrensfragen. Sie hatten außer Fuhr, Beckstein und Zabel/Juncker noch vier weitere Personen festgenommen, darunter Kurt Holzer, der seinen inländischen Pornohandel mit Ausfuhrabrechnungen getarnt hatte, selber weder schwul noch sexuell pervers, sondern nur an einem interessiert, an viel Geld.

Sonnenreflexe sprangen von allen Autodächern, als ob es Frühling werden wollte, und ich dachte hin und wieder: Da stimmt doch etwas nicht.

Die auf unserem Weg zwischen Oper und Landtag aufgefahrenen Übertragungswagen deuteten auf ein großes Ereignis hin. Die Pressekonferenz war auf elf Uhr angesetzt, informierte mich Richard. Er fuhr an meiner Haustür vorbei, denn vor dem Drogeriemarkt und der Schilderdruckerei parkten die Autos dicht an dicht, und wendete verbotenerweise an der nächsten Kreuzung über die Schienen. Offenbar war er entschlossen, mich erst im Hinterhof der Staatsanwaltschaft aus seiner Nobelkarosse steigen zu lassen, obgleich eine Frau kaum mehr nach Schlampe aussehen konnte als ich im Moment in seinem Trainingsanzug mit Lederjacke darüber und den eigenen Klamotten in einer Plastiktüte. Was musste er unter Schuldgefühlen leiden, wenn er es auf sich nahm, im Innenhof unter all den Fensteraugen eine Szene aus dem Stück »Der Schöne und das Biest« zu inszenieren.

»Aber eines verstehe ich immer noch nicht«, sagte ich, als er den Zündschlüssel zog.

Er hielt inne. »Was?«

»Jöran hat dir doch nach dem Treffen im *Besen* erzählt, wie Beckstein ihre Vernehmungen führte. Außerdem wusstest du damals schon, dass die beiden Polizisten Zabel und Juncker im Club arbeiteten. Aber gestern Abend willst du nicht gewusst haben, was mir blühte?«

Richard verhielt, wie ein Kind kurz vor dem Schlag.

»Ist es dir lieber«, fragte ich, »wenn ich dich für einen Idioten halte oder für ein rachsüchtiges Arschloch?«

Er schüttelte den Kopf.

»Willst du wirklich auf deiner Aussage bestehen, dass du wie ein kopfloses Huhn durch den Friedhof sprintest, um den Kultusminister mit mir zu erwischen? Musste Weininger wirklich in der Zentrale nach dem Status von Zabel/Junckers Wagen fragen, bevor ihr nachschauen gehen konntet, was am Güterbahnhof passiert? Nein. Dir ging es nicht um Bollach, sondern nur um Fuhr und Beckstein. Dein Plan war, dass Zabel und Juncker mich mitnehmen. Von wegen, du wolltest verhindern, dass Beckstein mich in die Finger bekommt. Im Gegenteil. Und fast wären dir noch die vier Kinder dazwischengekommen. Hätten sie mir nicht am Güterbahnhof das Leben gerettet, dann hättest du Zabel und Juncker gleich als Killer verhaften können, mit der Zugabe Bollach als Auftraggeber und Beckstein als Organisatorin.«

»Das …«, Richard räusperte sich, »das war so nicht geplant. Glaub mir. Ich habe einen furchtbaren Fehler gemacht. Das werde ich mir nie verzeihen.«

»Unglaublich! Du gibst zu, dass ich dein Lockvogel war?!«

»Lisa …«

»Ihr habt mich tatsächlich in diesem Keller schmoren lassen, um Beckstein auf frischer Tat zu ertappen. Hattet ihr nur Mikrofone installiert oder auch eine Kamera? Rache ist so süß!«

»Nein, Lisa, hör auf! Sag das nicht. Jeden Vorwurf kannst du mir machen, aber nicht den der Rachsucht. Wofür auch? Dafür, dass du mich immer wieder vor die Aufgabe stellst, meine Vorstellungen von Partnerschaft zu überprüfen? Für den Wunsch, dich in den Griff zu kriegen, müsste ich mich selbst an die Wand stellen. Ich bin ein Idiot, auch wenn du die Güte hast, mich für ein intelligentes Arschloch zu halten. Dass ich zu viel Phantasie hätte, hast du mir nie vorgehalten. Wie wenig ich habe, ist mir leider nur zu klar geworden. Ich konnte mir dich einfach nicht als Opfer vorstellen. Ich habe dich eingesetzt wie eine Schachfigur. Ich … ich weiß ja, wie du jemanden provozieren kannst. Ich habe mir nicht wirklich ausgemalt, was passiert. Ich konnte mir nicht vorstellen, dass Beckstein … was sie dir antun würde … Ich habe darauf gesetzt, dass du sie provozieren würdest, die Regie behalten, sie entlarven.«

»Danke für das Vertrauen.«

»Du hast allen Grund, verbittert zu sein. Ich hatte es nicht zu Ende gedacht. Ich habe wirklich nicht geglaubt, dass Beckstein so dumm sein würde … dass das passieren würde. Mein Gott, als wir merkten, was sie tat, dass sie dich … Wir sind sofort losgerannt. Aber wir saßen im anderen Flügel, drei Stockwerke drüber.«

»Ich bin nur ein bisschen verrückt«, sagte ich, »aber du bist wahnsinnig. Und das Irre ist, es hat funktioniert.«

Ihm war nicht zum Lachen zumute. Richard war ein formeller Mensch, der eigene Fehler durchaus pietistisch ein Leben lang, ohne Aussicht auf Ablass, als Unverzeihlichkeit kultivierte.

»Und wie geht es nun weiter?«

»Ich weiß es nicht«, sagte er.

»Dann werden wir uns wohl auf der Pressekonferenz im Landtag sehen.«

»Was willst du denn dort schon wieder?!«

»Ich bin von der Presse.« Ich stieg aus und beugte mich noch mal zur Tür hinein. »Übrigens, da fällt mir noch was ein. Du hast doch so einen dänischen Korkenzieher gekauft.«

»Ein Weihnachtsgeschenk.«

»Für welchen deiner Feinde?«

»Für …« Richard zog die Brauen zusammen. »Nein, das glaube ich nicht.«

»Für wen?«

Er schüttelte den Kopf. »Der ist kein Mörder, nie und nimmer!«

Immerhin wusste Richard nun, dass ich an seinem Schreibtisch gewesen war. In wenigen Minuten würde er ergrübelt haben, dass ich dann auch das Dossier gesehen hatte, das er über mich angelegt hatte, aber da war ich schon auf dem Weg über die Straßenbahnschienen.

26

Ich hastete durchs Labyrinth der Stellwände im Großraumbüro und suchte nach Isolde. Von Maier bis Ruth Laukin hatten alle sie schon gesehen, wussten aber nicht, wo sie gerade war. Dabei fiel ich Elsäßer in die Hände, der mich in sein Büro bat und sagte: »Nun erzählen Sie mal. Frau Ringolf hat die tollsten Dinge angedeutet.«

»Ich muss zur PK!«

»Das Fernsehen ist dabei und der Rundfunk, wir können sie hier verfolgen. Gute Arbeit … Ich nehme an, der Mord an diesem Deutschlehrer –«

»Ach Gott, ja, der … der ist irgendwie unter die Räder gekommen, ein Opfer seiner Sucht, das Vertrauen seiner Schüler zu erlangen und sich überall einzumischen. Eine seiner Schülerinnen war die Tochter eines jetzt festgenommenen Staatsanwalts. Aber ich muss …«

Vor allem musste ich aufs Klo. Der Kaffee drängelte. Ich strullte, während nebenan eine tröpfelte. Am Waschbecken stellte sich heraus, es war Isolde. Sie sah etwas blass aus, ruhebedürftig oder erschreckt über die Härte des Lebens im Besonderen und Allgemeinen. Sie hatte sich von Kurt Holzer getrennt. Man merkte einem im Bett ja nicht an, dass er tagsüber mit Kinderpornos Wohnung, Oldtimer, Freundin und Schießsport finanzierte.

»Wem kann ich denn jetzt noch in die Augen schauen?«

»Mir«, sagte ich.

Das blaue Gift hinter den von Titan gehaltenen Plastikgläsern nässte etwas.

»Und jetzt komm mit, wir gehen Bollach abschießen.«

Ich war nicht Mitglied der Landespressekonferenz, aber der Sicherheitsdienst des Landtags verlangte nicht einmal einen Presseausweis. Der Saal war gestopft voll. Sie standen rundherum an den Wänden, immer in Gefahr, von einer schwenkenden Kamera umgemäht zu werden. Ich zog Isolde Entschuldigung für Entschuldigung an den Leuten vorbei und über Übertragungskabel ums Viereck, bis wir vorne seitlich des Rednertisches bei der Kamera von RTL den direkten Blick gewannen. Unterhalb des Tisches hockten die Rundfunkleute und Tontechniker und verteidigten ihre Mikrofone, vor der ersten Stuhlreihe knieten die Fotografen mit Teleobjektiven.

Doch als Bollach, begleitet vom Pressesprecher und einem Sicherheitsmann, aber ohne den Ministerpräsidenten, eintrat, orakelten erfahrene Journalisten sofort, dass er heute noch nicht zurücktreten werde. Bollach hing das Gesicht auf dem Kehlkopf. Ohne den Blick zu fokussieren, gab er eine Ehrenworterklärung ab.

Ich stippte Isolde an und soufflierte ihr die Frage: »Herr Minister …«

Bollachs wässrige Augen bewegten sich langsam zu uns herüber und verengten sich, als er mich erkannte.

»Herr Minister«, sagte Isolde mit ihrer klugen und wohlerzogenen Stimme, »dem *Stuttgarter Anzeiger* liegen gesicherte Informationen vor, dass Sie sich gestern Abend am Pragfriedhof von zwei Polizisten eine Journalistin in Handschellen haben vorführen lassen und sie dann geschlagen haben. Inzwischen –«

»Absoluter Quatsch!«, schnauzte Bollach. »Wann stopft endlich einmal jemand der Presse das Maul. Das ist doch kein Journalismus mehr, das ist Verunglimpfung der Staatsorgane. Sie gehören doch alle …«

Der Pressesprecher stoppte den Minister mit einer alles andere als dezenten Handbewegung. Er packte ihn regelrecht an der Schulter und fraß dabei fast das Saalmikrofon, um zu erklären, dass weitere Fragen nicht beantwortet würden.

Ich stupste Isolde erneut.

»Inzwischen«, sagte sie, ihre Stimme in glasklare Höhen treibend, die über alle Tumulte hinwegschwebte, »sind diese beiden Polizisten verhaftet worden, und zwar weil sie mehrere Leute umgebracht oder versucht haben sollen, sie zu töten, darunter den ermittelnden Staatsanwalt und Ihren Schwager, Herr Minister, der bei einer Gasexplosion sein Leben verlor. Wussten Sie das? Wussten Sie das auch, als Sie sich von diesen beiden Polizisten die Journalistin vorführen ließen? Nämlich die hier, die neben mir steht. Sehen Sie her, schauen Sie sich die Verletzungen an, die sie hat. Sie haben sie ins Gesicht geschlagen. Wussten Sie, dass diese beiden Polizisten auch sie ermorden sollten? Erhängen wollten sie sie. Verprügelt haben sie sie. Haben Sie das angeordnet?!«

»Lüge!« Bollach sprang auf, keuchte.

Ich hielt meine von den Handschellen blau und rot gequetschten Handgelenke zwischen Bollach und die Kameras. Der Pressesprecher zerrte am Ärmel des Ministers, doch Bollach stand wie ein Stier vor dem Todesstoß.

Hingerissen beobachtete ich, wie sich in Isolde eine urgewaltige Leidenschaft Bahn brach und mit ihrer Begabung zur moralischen Entrüstung paarte. Das würde doch mal eine gute Journalistin werden, jetzt, da sie sich nicht mehr für die Öffentlichkeitslügen eines Medienkonzerns wie TVCinema verkaufen musste.

»Haben Sie das angeordnet«, legte sie nach, »weil Sie eine Zeugin beseitigen wollten, genauso wie den Staatsanwalt, der gegen Sie ermittelte wegen Kindesmissbrauchs? Und haben Sie deshalb auch Ihren eigenen Schwager ermorden lassen, wobei Sie in Kauf genommen haben, dass Ihre eigene Schwester und deren Sohn mit in die Luft fliegen? Mein Gott, was sind Sie nur für ein Mensch? Was sind Sie für ein Mensch?«

Ich sah eiskalte Verachtung im Augenwinkel des Pressesprechers, während Bollach in seinen Sitz sank und sich röchelnd räusperte.

»Das entspricht so keinesfalls der Wahrheit. Ich –«

»Die Wahrheit, die Wahrheit!«, schrien die Journalisten.

Bollach fuhr auf. »Ihr Arschdackel, glaubt ihr, ich würde jemanden umbringen, und dazu noch meine eigene Schwester! Ich sage Ihnen klipp und klar, ich habe mir nichts zuschulden kommen lassen. Ich soll unmündige Jungs missbraucht haben? Missbraucht, dass ich nicht lache! Gebalgt haben sie sich darum, die hat keiner gezwungen. Sie haben doch keine Ahnung von der Jugend von heute. Gehen Sie mal in die Schulen, meine Herren. Da können vielleicht sogar Sie noch was lernen, wie da gefeilscht, betrogen, abgezockt und herumgefickt wird. Geld und Sex, das ist alles, was die Bälger interessiert. Das ist die Wahrheit! Aber was red ich überhaupt? ’s wird einem ja sowieso jedes Wort in der Gosch rum und num’dreht. Scheiß drauf. Ich trete zurück!«, schrie er.

Ich raunte dem Kameramann von RTL zu: »Und jetzt raus auf den Parkplatz, wenn ihr die Festnahme filmen wollt.«

»Was?« Ein anderer Journalist fuhr herum, und im Nu flutete das Gerücht, es werde eine Verhaftung geben, den Saal, der sich unter panikartigem Getümmel leerte, noch ehe Bollach mit Gefolge durch die Tür am Rednerpult hinaus war. Es wimmelte von Journalisten im Treppenhaus, Kamerateams stürmten die Fahrstühle, durch Kabel aneinander gekettet, oder holperten die Treppen hinab. In alle Richtungen Gerenne, Umkehr, nervöses Geschrei. Unten um den Landtag herum, wildes Gesuche nach einem Hinterausgang. Manche warfen sich unter Lebensgefahr zwischen die Autos, um die Stalin-Allee zu überqueren, hinüber zum Haus der Abgeordneten, das durch einen Tunnel mit dem Landtag verbunden war.

Ich hakte mich bei Isolde unter, und wir machten uns unbeachtet am Eckensee vorbei Richtung U-Bahn-Haltestelle davon.

Der Landtag trat zu einer Sondersitzung zusammen und hob Bollachs Immunität auf. Um fünf war alles erledigt und die Kollegen sprangen an die Schreibcomputer.

Ich stieg zu Karin Becker hinab. Sie schickte den Archivvolontär in den Feierabend und nahm sich Zeit, dem zuzuhören, was ich mir von der Seele reden musste. Sie begegnete jeder Widerlichkeit und Unfassbarkeit mit einem beruhigenden Repertoire an konventionellen Worten des Mitgefühls und Beileids.

Gegen sieben platzte Richard mit wehendem Mantel herein. »Hast du schon mit Elsäßer gesprochen?«, fragte er.

»Das ließ sich nicht vermeiden. Habt ihr Bollach?«

»Nach diesem öffentlichen Geständnis? Der sitzt erst mal. Guten Abend übrigens, Frau Becker, entschuldigen Sie, dass ich hier einfach so … Er ist nicht mehr in seinem Büro.«

»Wer?«, fragte ich.

»Elsäßer! Von wem reden wir denn?«

»Elsäßer? Wieso? … Ach du meine Scheiße! Elsäßer!«

Beckers Archivaugen glühten unterdes neugierig eine blaue Pappmappe ab, die Richard unterm Arm trug und die er jetzt, sich plötzlich erinnernd, in beide Hände nahm. »Übrigens, das ist für dich.«

Mein Dossier. »Frau Becker«, sagte ich, »würden Sie das bitte einstweilen für mich aufbewahren?«

Richard schluckte, während die Hände der Archivarin den Pappendeckel mit züchtiger Begierde umwoben.

27

»Nur hereinspaziert«, rief Elsäßer. »Gute Freunde sind immer willkommen, vor allem, wenn es was zu feiern gibt. Margot! Komm mal! Schau, wer da ist.«

Im Wohnzimmer liefen die Regionalfernsehnachrichten und spulten die Highlights des Tages ab. Bollachs hängende Visage, Isoldes glasklare und blonde Redlichkeit, Bollachs öffentliches Harakiri und dann seine Festnahme vor dem Landtag unter all den Pressegeiern. Richard hatte den Minister nicht geschont.

Während Elsäßer ein edles Tröpfchen holen ging, trat Margot Müller-Elsäßer schmal und schwarz gekleidet ein. Sie sah nach Kopfschmerzen aus, stellte den Fernseher ab und holte Weinkelche aus der Vitrine. Richard erkundigte sich nach einer Ausstellung, die sie plante. Ich hatte plötzlich das Gefühl, dass er mal was mit ihr gehabt hatte oder hatte haben wollen. Es war die Art, wie sie sich jedes höfliche Lächeln sparten. Das hätte auch Richards Hausfreundschaft mit Elsäßer erklärt. Sie jedenfalls benahm sich wie eine, die sich im Schnittpunkt einer Dreiecksbeziehung wusste. Warum auch sonst kam sie trotz Kopfschmerzen von oben herab, um Schälchen mit Oliven und Erdnüssen hinzustellen, während der Gatte zeremoniös lärmend den Château L'Évangile Pomerol präsentierte, ein Anekdötchen erzählend, wie er an die Flasche gekommen war. Richard und Margot blickten Hermann mit einer Resignation an, die ihn, ohne dass er es merkte, dem heimlichen Gelächter unbeteiligter Zuschauer preisgab.

Der Korken quietschte aus dem Flaschenhals.

»Wo hast du denn den Korkenzieher, den ich dir geschenkt habe, Hermann?«, erkundigte sich Richard.

Ich erinnerte mich plötzlich, dass ich eine ähnliche Frage vor ein paar Tagen auf meinem Lauscherposten draußen vor dem Fenster aus Margots Mund gehört hatte.

Elsäßer machte eine wegwerfende Geste. »Dieser neumodische Klump! Nimm mir's nicht übel, Richard.«

»Wo hast du ihn denn?«

Margot schärfte den Blick und strich das kupferrote Haar zurück.

Elsäßers Höhenflug sackte vorübergehend in ein Luftloch. »Richard, du bist doch nicht sauer, hör mal. Weihnachtsgeschenke sind doch immer Verlegenheitsgeschenke. Wir sind doch keine Kinder mehr. Ich konnte halt wirklich nichts mit dem Ding anfangen.«

»Du hast meine Frage nicht beantwortet«, sagte Richard.

Elsäßer stellte die Flasche auf den Tisch und ließ sich in einen Sessel fallen. Verwundert schaute er zwischen Richard und Margot hin und her, doch beide verweigerten ihm diesmal die Nachsicht, und so ruhten seine Augen am Ende groß auf mir.

Er hatte mir von Anfang an verboten, im Schulhofmord zu recherchieren. Immer wieder hatte er sich dann über den Stand der Ermittlungen berichten lassen und sich erst entspannt, als Marko verhaftet wurde. Nach den Schüssen auf Richard war er erneut nervös geworden, weil ich keine Ruhe gab, hatte versucht mich rauszuschmeißen und sich erst besänftigen lassen, als Otter und Bollach ins Zentrum der Geschichte rückten. Und heute Morgen dann hatte ich ihm auf Anfrage versichert, dass der Mord an Marquardt, der im allgemeinen Verhaftungsrausch untergegangen war, als im Prinzip aufgeklärt galt. Ein Minister war zurückgetreten, und nun war Elsäßer in Feierlaune.

»Wir haben«, erklärte Richard, »einen Korkenzieher derselben Machart und Marke wie der, den ich dir geschenkt habe, in einem Sessel versteckt in Bollachs Büro gefunden.«

Margot Müller-Elsäßer lachte laut auf.

»In der Nadel«, fuhr Richard fort, »fanden sich Blutreste von Marquardts Blutgruppe. Eine Genomanalyse wird die Übereinstimmung zweifelsfrei beweisen. Aber Bollach hat für den Zeitpunkt von Marquardts Tod ein Alibi. Er war in Ulm bei einer Podiumsdiskussion über Lehrermangel, zu große Klassen und Gewalt an den Schulen.« Richard milderte die inhaltliche Schärfe seiner Worte mit einem leichthin gesprochenen Nachsatz ab. »Eine seltsame Sache, nicht?«

Elsäßer entspannte sich. »Ja, seltsam.«

Richard lächelte. »Unsere Nachforschungen haben ergeben, dass nicht viele Korkenzieher dieser dänischen Marke im Umlauf sind. Sie wurden in Stuttgart seit November in fünf Läden und Kaufhausabteilungen verkauft, etwa dreißig Stück. Bei etwa der Hälfte lassen sich die Käufer über die Kreditkarten ermitteln. Wo hast du denn nun deinen?«

»Mein Gott, bist du hartnäckig.« Elsäßers Augen flitzten hin und her, dann wuchtete er sich hoch. »Aber in diesem Haus geht ja nichts verloren. Margot, wo hast du das Ding hingetan?«

Sie blickte erstaunt hoch. »Wenn er nicht in der Schublade ist …«

Elsäßer riss die Lade unter der Vitrine mit den Weinkelchen auf, wühlte lautstark darin herum und griff, als sich das Gesuchte nicht fand, mit beiden Pranken hinein und ließ Cocktaillöffel, Sektflaschenverschlüsse, versilberte Zierkorken, Nussknacker aus Messing, Zigarrenscheren und Mateteeröhrchen auf den Boden prasseln.

Peinlich berührtes Schweigen.

Margot stand auf, ging in die Hocke und begann, die Utensilien wieder einzusammeln. Ihr Rückgrat zeichnete sich scharf unter dem engen schwarzen Pullover ab. Die kupferroten Haare verwehten das Gesicht. Elsäßer trat zurück, nahm eine Pfeife aus dem Pfeifenständer und stopfte sie schnaufend.

»Also, Kinder«, sagte er nach den ersten dampfenden Zügen, »was werden wir uns denn wegen eines albernen Korkenziehers in die Wolle kriegen. Entschuldige, Richard, ich wusste wirklich nicht, dass du mit deinen Geschenken so eigen bist.«

Ich sah, dass Richard ernstlich irritiert war. Merkte sein Freund Hermann denn nicht, dass es nicht um ein Geschenk ging? Konnte er so blöd sein? Konnte man eine Tat so vollständig verdrängen, wenn Polizei und öffentliche Aufregung die Schuld einem anderen zuwiesen? Oder war der Korkenzieher doch das falsche Indiz? War Richard auf dem besten Wege, eine alte, wenn auch nicht sonderlich aufregende Freundschaft sinnlos zu zertrümmern?

Richard schaute mich an.

Das hatte er schlau eingefädelt, aber auch anrührend einfach. Ohne meine Hilfe bekam er den Korkenzieher nicht aus Bollachs Sessel zurück in Elsäßers Finger. Doch wenn ich ihm helfen wollte, dann musste ich mich selbst einer vermutlich strafbaren Handlung bezichtigen, die nicht ungeahndet bleiben würde, da ich dann ja auch als Zeugin in den diversen Prozessen auftreten musste. Als Jurist aus Leidenschaft achtete Richard mein Selbstschutzinteresse, aber als Mensch machte er es mir verdammt schwer, darauf zu bestehen, denn nun langte er über die Sessellehne und nahm meine Hand.

Derweil richtete sich Margot auf, ließ die Gerätschaften in die Lade zurückpoltern, strich sich das Haar aus dem Gesicht, wandte sich um und erstarrte beim Anblick unseres Händchenhaltens.

Elsäßer grinste schlonzig.

Mir rieselte es kalt den Rücken runter. Im nächsten Moment würden sich die Eichenmöbel aus der jahrzehntelangen Starre befreien, auf uns zutanzen und sich auf uns werfen. Die Bilder hüpften von den Wänden und keilten uns um die Ohren. Der Teppich bäumte sich auf und verschlang uns.

Margots Gesicht fiel auseinander. Sie erkannte: Richard kam

schon lange nicht mehr, um sie zu sehen, sondern tatsächlich um mit Hermann diesen endlos öden Gedankenaustausch über Lops und Flops, 16-Ventiler und Politik zu pflegen, den sie nur deshalb mit Oliven und Erdnüssen unterstützte, weil sie glaubte, auch für Richard bedeute dies ein Opfer. Sie fing sich jedoch, schob das Olivenschälchen über den Eichentisch, setzte sich und faltete die Hände im Schoß. Der Ehering schien zu groß für den knochigen Finger.

Auf einmal war alles kaputt, wussten alle drei nicht mehr, was sie vormals miteinander gewollt hatten. Elsäßer merkte es als Letzter und versuchte, seinem poltrigen Naturell gemäß, mit alten Gebräuchen gegenzusteuern, griff die Weinflasche, präsentierte das Etikett erneut und schenkte ein. Schwarzrot mit einem Stich ins Lila schimmerte der Wein in den Kelchen.

Richard drückte meine Hand.

»Was nun diesen Korkenzieher betrifft …«, begann ich.

»Nun ist es aber gut, gell«, sagte Elsäßer. »Man kann es auch übertreiben.«

»Ja, aber diesen Korkenzieher, den die Polizei in Bollachs Sessel gefunden hat, den habe ich dort deponiert, nicht in der Absicht, ihn zu belasten, sondern aus Angst, dass er bei mir gefunden würde, wenn der Wachdienst mich wegen meiner Abhörelektronik filzt. Ich gebe allerdings zu, dass ich später versucht habe, damit den Verdacht auf Bollach zu lenken, statt die Ermittlungsbehörden sofort über den wahren Sachverhalt aufzuklären.«

Richards Finger zuckten.

»Vielleicht mag man mir zugute halten, dass ich mir, als ich den Korkenzieher in der Sammlung von nutzbarem Trödel in der Asservatenkammer von Frau Schneider fand, während sie mir das Abhörgerät zusammenbaute, nicht über die Bedeutung des Fundes im Klaren war.«

Margot lachte erneut auf. »Na, hoffentlich kann Frau Schneider nun ein Alibi vorweisen, sonst geht es ihr an den Kragen.«

»Wenn wir schon beim Alibi sind«, sagte ich, »wo waren Sie denn an jenem Dienstagabend?«

»Bei einer Freundin.«

»Hat sie auch einen Namen?«

»Hat sie, aber das geht Sie nichts an. Offenbar lässt der Herr Oberstaatsanwalt seine Verhöre jetzt von einer Journalistin führen. Ein Mann über fünfzig ist offensichtlich vor keiner Torheit gefeit. Je älter, desto alberner die Entgleisungen. Richard, merkst du denn nicht, dass sich diese kleine Schlampe über dich mokiert?«

»Eifersucht«, sagte Richard ruhig, quetschte mir aber dabei fast die Finger ab, »ist ein schlechter Richter.«

»Du unterstellst mir Eifersucht?! Dass ich nicht lache. Entschuldige, aber es ist noch nicht lange her, dass sich die Schlampe bei mir bitter über deine Eifersucht beklagt hat.«

»Wobei«, fuhr ich auf, »wobei Sie mir eröffnet haben, dass Ihnen Eifersucht vertraut ist und dass Sie ein Verhältnis mit Marquardt hatten.«

»Leider«, sie lächelte verschärft, »habe ich versäumt, Ihnen zu sagen, wie primitiv und ordinär Sie sind. Sie verwechseln nämlich eine therapeutische Beziehung mit einer Affäre. Offensichtlich können Sie sich nicht vorstellen, dass es auch andere zwischenmenschliche Beziehungen gibt.«

»Ihr Mann offenbar auch nicht«, sagte ich. »Er bändelt mit jeder Volontärin an, aber Ihnen gönnt er kein Abenteuer.«

Das Lächeln gefror auf Margots Gesicht. Hermann hüllte sich in Wolken. Richards Hand schweißte.

»Der arme Marquardt«, sagte ich, »musste nämlich erst die Hosen runterlassen, damit Ihr Mann ihm glaubte, dass er nichts mit Ihnen hatte. Nur diese eine Chance sah der erschrockene, der in die Enge getriebene Lehrer, den ganzen Kerl zu überzeugen, der ihn am Wickel hatte. So ein starker Mann, dachte das Lehrerlein bei sich, glaubt nämlich an den ganzen organischen Protz. Also zeigte er ihm auf dem verschwiegenen dunklen Schulhof seinen Haken. Doch mit Hosen in den Kniekehlen ist schlecht stehen. Vielleicht schubste der gehörnte Gatte auch noch, da er plötzlich argwöhnte, dass dieser Enterhaken anstelle des Rüssels beim Weibe ganz ungeahnte Lüste auslösen könnte. Eifersucht ist eine Form von Stress, die unflexibel macht; ein Zurück gab es nicht mehr, man macht sich ja ungern lächerlich. Außerdem lag der Lehrer schon, den Betonkübel im Genick, womöglich so schwer verletzt, dass es in jedem Fall eine Suche nach dem Gewalttäter geben würde. Und wenn er aufwachte, dann war Hermann Elsäßer benannt. Also stach er zu, hatte er doch den Korkenstecher extra mitgenommen, als er losfuhr, um seine Frau in flagranti in der Turnhalle zu erwischen.«

Elsäßer sackte etwas in seinem Sessel zusammen und blickte Richard an. »Du beschuldigst mich des Mordes? Du?!«

Richard zog seine Hand aus meiner. »Nach meinem Rechtsverständnis begründet private Kenntniserlangung eine Pflicht zum Einschreiten bei Straftaten, die nach Art und Umfang die Belange der Öffentlichkeit im besonderen Maße berühren, in jedem Fall aber bei Kapitalverbrechen. Als Staatsanwalt kann ich dir nur raten, dich nicht zum Sachverhalt zu äußern, wenn du befürchten musst, dich selbst zu belasten, und einen Rechtsanwalt aufzusuchen. Bislang gibt es keinen Tatbeweis. Der erwähnte Korkenzieher weist keine verwertbaren Fingerabdrücke auf. Dein blauer BMW wurde zwar zur Tatzeit vor der Schule gesehen, aber nicht zweifelsfrei identifiziert.«

Elsäßer schnaufte und qualmte, dass die Funken sprühten.

Margot beherrschte nur mühsam den Reflex, die herabregnenden Funken zu haschen und zu löschen, ehe sie Löcher in Sessel und Hosen brannten. »Pass doch auf, Hermann!«

»Haben Sie denn«, wandte ich mich an sie, »an jenem Dienstagabend Ihren Schlüsselbund nicht vermisst, zumindest den Schlüssel für das Tor zum Bolzplatz und hinteren Schulhof? Sie wussten doch, dass Ihr Mann Ihnen nachspionierte, wenn Sie abends Ihre Freundinnen besuchten. Hätten Sie nicht fairerweise Marquardt warnen müssen? Ihnen war doch bekannt, dass der Dienstagabend unterrichtete.«

»Von Ihnen lasse ich mich nicht provozieren!«

»Sie haben sich darüber beklagt, dass Marquardt sich nicht in Sie verliebt hat, was er bei so viel freundschaftlichem Aufwand

Ihrerseits unbedingt hätte tun müssen. Das geht tief, nicht wahr, wenn man als Frau mal ein gewisses Alter erreicht hat. Dieser saftlose Softwürfel, dieser auf Zuneigung erpichte Harmonietrottel, über den alle lachten, nur Sie nicht, dachte gar nicht daran, die traute seelische Nähe, die Sie ihm anboten, begehrlich auszunutzen. Solche Niederlagen schmerzen. Ein bisschen Prügel geschieht so einem Tropf ganz recht, denkt man sich, und die martialische Eifersucht des Gatten ist immerhin Entschädigung genug und billiger Liebesbeweis.«

Sie sprang auf. »Du miese kleine …«

Richard sprang auf. Ich sprang auf. Der Eichentisch versperrte in Kniehöhe weitere Annäherungen, aber der Wein zitterte in den Kelchen.

»Hermann …« Richard räusperte sich. »Ich … ich werde nicht umhinkönnen, die ermittelnde Staatsanwältin von der neuen Entwicklung in Kenntnis zu setzen. Welche Maßnahmen sie dann ergreift, bleibt ihrem Urteil überlassen. Ich hoffe allerdings –«

»Ich fasse es nicht!« Elsäßer schüttelte den bärtigen Schädel. »Du hältst mich tatsächlich für fähig, einen Mord zu begehen. Du kommst in mein Haus, nur um mir das vorzuhalten, und dann hast du nicht einmal den Mumm, es selbst zu tun, eine meiner eigenen Mitarbeiterinnen muss für dich reden. Was bist du nur für ein aalglatter Feigling, wirklich, ich bin menschlich schwer enttäuscht.«

Richard blickte zu Boden. Er hielt grundsätzlich niemanden des Mordes für fähig.

»Ach tu doch nicht so, Hermann!«, schnappte Margot Müller-Elsäßer plötzlich. »Und du auch nicht, Richard. Was seid ihr für erbärmliche Helden, alle beide. Mädels, das ist das Einzige, was euch interessiert, törichte, junge, dumme Mädels. Du, Hermann, du ziehst mit Volontärinnen herum, aber wenn ich mich mal zehn Minuten mit einem anderen Mann unterhalte, führst du dich auf wie ein Kind, dem man das Nuckelfläschchen weggenommen hat. Dabei geht es dir gar nicht um mich. Ich bin dir scheißegal. Du willst doch nur das Haus nicht verlieren und deine Yacht auf dem

Bodensee und all die Speichellecker, die im Tennisclub um dich herumscharwenzeln, weil du das Geld mit vollen Händen rausschmeißt, mein Geld, hörst du, mein Geld. Glaubst du denn, dass ich das nicht genau weiß? Ihr Männer seid so durchschaubar. Ihr schimpft euch Herren der Schöpfung und benehmt euch auch so. Ihr wollt alles haben und beherrschen und über alles richten, dabei reicht euer Verstand nicht einmal aus, eure sinnlosen Taten sauber und ordentlich zu Ende zu bringen. Der arme Marquardt. Sogar den Korkenzieher musste ich ihm am andern Morgen aus der Brust ziehen. Der Hausmeister war so kopflos, dass er nicht gemerkt hat, wie ich das Ding aus dem Schulhof warf.«

28

Richard fröstelte, trotz der potenten Standheizung in seinem Wagen. Die Außenbeleuchtung von Elsäßers Haus war längst verloschen. Dunkel lag die Rotdornstraße vor uns.

Ich war nicht böse, dass Richard das Haus fluchtartig verlassen hatte, um erst in seinem Wagen zu telefonieren. In der Hölle hinter den unbeweglich hellen Fenstern der Villa wollte ich jetzt auch nicht schmoren, bis die Polizei kam. Wir hätten genauso gut wegfahren können, denn Richard hätte Elsäßer nicht an der Flucht gehindert, ich ebenso wenig. Abgesehen davon, dass ein Mann wie Elsäßer nicht floh. Wohin auch?

»Schlechter hätte es gar nicht laufen können«, bemerkte ich, um etwas zu sagen. »Eine Beziehungstat klärt die Soko normalerweise in 24 Stunden auf. Was ist da nur schief gegangen?«

»Ich weiß es nicht. Das war nie mein Fall.« Er blickte mich an. »Der entscheidende Fehler war, dass ich aus ganz persönlichen Gründen glaubte, dich davon abhalten zu müssen, im Schulhofmord Eigenrecherche zu betreiben.«

»Warum?«

Er blickte zur Frontscheibe hinaus. »Weil zufällig an diesem

Morgen der Steuerfahnder, der die Anzeige Marquardt gegen TVCinema bearbeitete, mit einem Sachbearbeiter vom Finanzamt an der Bushaltestelle stand – er hatte wegen Glatteis seinen Wagen zu Hause gelassen – und auf diese Weise erfuhr, dass die beiden Polizeimeister Zabel und Juncker aus dem Revier Cannstatt im Club in der Wörrishofener Straße einer steuerpflichtigen Nebentätigkeit nachgingen. Der Steuerfahnder hatte einen Termin mit mir und erzählte es mir. Diesen Club hatte Marquardt erwähnt. Damit schien mir auf einmal auch klar, warum jede Durchsuchung des Clubs – immer von Fuhr richterlich beantragt und durchgeführt mit Unterstützung der Schutzpolizei vom Revier Cannstatt – ohne Ergebnis blieb. Zabel und Juncker warnten den Club nach der Einsatzbesprechung. Polizisten desselben Reviers waren auch als Erstes am Tatort im Paul-Häberlin-Gymnasium, ehe die Kriminalpolizei übernahm. Wenn aber die Polizei einen Lehrer ermordet, dachte ich, dann ist das tödlich für eine allzu forsche Journalistin, vor allem wenn ein ganzes Revier mit drinhängt. Ein Irrtum, wie sich inzwischen herausgestellt hat, denn Zabels und Junckers Kollegen haben heute blitzschnelle Ermittlungsarbeit geleistet – besser als die durch Becksteins Machenschaften verrottete Kriminalpolizei in diesem Fall – und Zabel und Juncker als diejenigen isoliert, die an die Schließfächer der Kollegen gegangen waren, um eine Dienstwaffe zu entwenden, für den Anschlag auf mich zu benutzen und wieder zurückzulegen.«

»Dann siehst du inzwischen ein, dass der Anschlag dir galt.«

»Das war mir sofort klar. Und auch, dass jemand versuchte, dich in die Finger zu kriegen, nämlich Beckstein.« Er richtete seine asymmetrischen Augen auf mich. »Ich hatte eine scheiß Angst um dich, das kann ich dir sagen.«

Ich langte hinüber auf den Kupplungsknüppel.

»Ich hatte vom ersten Moment an Angst«, gestand er. »Angst, dass dir was passiert, Angst, dass du mir entgleitest … Ich konnte überhaupt nicht mehr klar denken. Ich wusste nur, solange die glauben, dass du meine Informationen besitzt, bist du in Todesgefahr.«

Ich streichelte den Kupplungsknüppel, das Köpfchen aus rauem Gummi, den Hals, den glatten Stiel.

»Was machst du da eigentlich?«, fragte er verwundert.

»Ich dachte, wenn ich ein bisschen nett zu deinem Auto bin, dann taust du vielleicht wieder auf.«

Er lachte.

Ich stieß sachte zu seinem Knüppel vor. Er knurrte und schnappte sich meine Lippen. Doch in diesem Moment bogen Scheinwerfer oben um die Ecke und trieben uns auseinander. Während der Streifenwagen vorfuhr, langte Richard nach dem Zündschlüssel und startete den Wagen mit der Bemerkung: »Das ist Meisners Sache.«

»Ich hätte da noch eine Kleinigkeit in Münster zu erledigen«, sagte ich.

29

Der Mond sichelte in den Parkbäumen hinter der Leihbibliothek. Die Tundra war sumpfig nach dem Tag Sonnenschein, hart nur an den Nordseiten der Büsche, wohin der ewige Schatten fiel.

»Hier?«, bemerkte Richard bestürzt. »Können die denn sonst nirgendwohin?«

Im *Besen* hatten wir schon geschaut.

Das Häuflein hockte Schulter an Schulter auf der Banklehne am Sandkasten hinter dem Gesträuch. Marko, Steffi, Jöran, Birte, Fickfehler und Zampano. Steffi jubelte, als wir um den Busch bogen, kämpfte sich mit den Ellbogen von der Hühnerstange, dass links und rechts Marko und Zampano vom kurzen Ende kippten, sprang mich an und fiel mir in einem Anflug absoluter Uncoolness um den Hals. »Du bist ja gar nicht tot!«

Darauf schüttelte sie Richard mit beiden Händen die Hand und erklärte: »Das ist, weil Sie Marko aus dem Knast geholt haben. Danke.«

»Habe ich nicht«, sagte Richard, korrekt wie immer.

»Doch, haben Sie«, sagte Steffi. »Mir machen Sie nix vor. Sie nicht!«

Marko zeigte verlegen seine bös gelichteten Zähne.

»Du bist in Ordnung?«, erkundigte ich mich.

Marko nickte.

»Mark«, sagte ich. »Ich will dir ein Bild abkaufen. Wenn du mir eins verkaufst.«

»Dir schon!«, antwortete Fickfehler.

»Porno!«, rief Steffi. »Du malst? Kannst du mir das beibringen? Dann kann ich auch Bilder verkaufen. Das wär voll vierlagig.«

»Dann verkaufst du mir eben was anderes, Steffi«, sagte ich.

»Was denn?«

»Denk dir was aus. Jeder von euch verkauft mir etwas. Ihr habt mir am Güterbahnhof das Leben gerettet.«

Das kam gut. Zum ersten Mal sah ich Steffi um eine Antwort verlegen. Sie wandte sich zu ihren Freunden um, die wie die Hühner in dicken Jacken auf der Lehne hockten, die Stiefel auf dem Banksitz, qualmende Zigarettengluten in den eingefrorenen Fingern, und ungläubige Blicke machten angesichts der ungeschminkten Wahrheit.

»Das war reiner Zufall«, sagte Fickfehler generös.

»Nein, voll mutig«, widersprach ich.

»So sind wir eben«, sagte Steffi.